Scarlet
스칼렛

www.bbulmedia.com

Scarlet
스카렛

www.bbulmedia.com

불타는
열정

불타는
열망

향기로운선물 [윤혜] 장편 소설
SCARLET ROMANCE STORY

contents

프롤로그 7

1. 십 년 전 싸가지를 다시 만나다 10

2. 망아지 제자와 당돌한 과외샘 24

3. 나쁜 자식, 평생 너를 저주할 거야 58

4. 우린 모르는 사이야 82

5. 실연은 아프다 100

6. 스카우트 제안을 받아들이다 135

7. 미친 짓도 사랑이라면 우리도 한번 해 봐! ... 167

8. 너를 아무에게도 내어 줄 수 없다 205

9. 결혼 허락을 받다 256

10. 우리 모두 행복해졌으면 좋겠어 290

11. 축하합니다, 임신입니다 316

에필로그 330

외전1 342

외전2 363

작가 후기 382

하늘은 푸른 물감을 풀어 놓은 듯 청명하고 새뜻했다. 구름 한 점 없는 하늘을 바라보는 남자의 잘생긴 얼굴 위로 착잡한 빛이 드리워졌다. 회의 시간이 곧 다가오는데도 남자는 발에서 땅으로 뿌리가 내린 듯 꼼짝할 수가 없었다.

그것은 큰 계약을 앞둔 긴장감 때문이 아니다. 마치 판도라의 상자처럼 저주와 꽤 오랜 시간 동안 지속된 고통이 담겨 있는 상자의 뚜껑을 열었기 때문이다.

이상한 일이지? 분명 아침까지는 모든 것이 평소처럼 아무 탈 없이 순조로웠는데 말이다.

일종의 징크스처럼 면도할 때 얼굴에 괜히 상처 내지 않을까 걱정스러웠는데 결국 별 탈 없이 넘어갔다. 만약에 이런 일이 벌어질 줄 알았다면 어제 밤을 꼬박 새서라도 사무실에서 일을 마저 끝내는 거였는데 말이다. 큰 계약을 앞둔 마지막 점검 겸 브리핑할 서

류들을 체크하느라 무의식중 꽤 오랫동안 굳게 닫혀 있던 서랍을 열고 말았던 것이다. 그것이 큰 화근이었다.

아주 시간이 오래 지난 듯 연필로 휙휙 갈겨쓴 글씨는 세월의 흐름에 빛바래고 희미해졌지만 그 속에 담겨 있는 혼자만의 비밀은 마치 어제의 일인 것처럼 머릿속에 생생했다. 그리고 그것은 남자를 헤어날 수 없는 고통의 늪 속으로 빠뜨렸다.

"미안하다, 정말 미안하다."

누구에게 하는 말인지도 모르는 채 남자는 벌써 몇 번이나 똑같은 말을 반복했다.

「보고 싶다. 단 한 번만 얼굴 좀 보여 주면 안 되니? 이런 내가 미친놈이겠지? 미안하다.」

아침에 읽었던 한 단락의 글귀가 날카로운 비수가 되어 그의 가슴에 콕 박혀 들었다. 아프다, 심장을 칼에 베인 것처럼.

세월이 오래 지난 지금까지 단 한 번도 제대로 된 사과조차 하지 못했다. 할 수만 있다면 그때 벌어진 악몽과 같은 그 순간을 통째로 머릿속에서 지우고 싶었다.

"만약 다시 만난다면 날 용서해 줄 수 있을까?"

햇살 가득한 하늘은 저토록 푸른데 아직 그녀를 기억하고 있는 남자의 마음은 한없이 어두운 듯 그는 우울하게 중얼거렸다.

"아니, 용서하지 마. 난 개 같은 짓을 했으니까. 그래도…… 보고 싶다."

보고 싶다. 그녀의 예쁜 얼굴이, 그녀의 밝게 웃는 모습이, 철부지 같은 자신을 혼내던 그녀의 당돌한 모습이…….

머릿속에 떠오르는 그녀의 얼굴을 지우려는 듯 그는 담배를 꺼내 물고 담배 연기를 빨아들이며 마음을 진정시키고자 애썼다.

"후훗."

 그토록 잊으려고 노력을 했지만 그럴수록 그녀의 모습은 더욱더 선명해져 끝없는 고통과 아픔 속에서 몸부림치고 있는 그를 놓아 주지 않았다. 이미 십 년의 세월이 지난 지금까지…….

1.

십 년 전 싸가지를
다시 만나다

"뭐라고? 갑자기 그게 무슨 소리야?"

고급스러움과 압도적인 분위기를 느끼게 하는 사장 집무실.

주인의 성격을 고스란히 드러내는 듯 나무랄 데 없이 깔끔하게 정리된 책상 앞에 한 남자가 단단히 화가 난 음성으로 누군가와 통화하고 있었다. 한겨울의 북풍한설을 연상케 하는 차가운 목소리에 결재를 받으러 왔던 간부들이 슬금슬금 뒷걸음질로 도망쳤다.

"형, 나한테 무슨 억하심정이라도 있는 거 아냐? 이제 곧 가을 시즌 패션도 준비해야 하는데 사전에 아무 통보도 없이 갑자기 사람을 데리고 사라져 버리면 여기 일은 어떡하라고? 대체 지금 제정신이야? 회사가 놀이터인 줄 알아?"

'형'이라는 그 호칭에 어울리지 않게 남자의 **목소리**에는 불평과 불만이 가득 차 있었다. 잘못하다간 그 불똥이 다른 사람에게 튈

수도 있는 아슬아슬한 상황이었지만, 오직 한 사람만은 끝까지 물러서지 않고서 그의 통화가 끝나기를 계속 기다리고 있었다.

— 그래서 사정이 있다고 했잖아. 근 6년 만에 찾아온 아기란 말이야.

수화기 너머에서는 나이가 좀 든 듯한 남자의 조근조근한 목소리가 건너왔다.

— 설마 우리 공주가 없다고 해서 세상이 돌아가지 않을까 봐?

잔뜩 못마땅하는 남자와는 대조적으로 수화기 너머 남자는 행복에 가득 차 있었고 어서 이 지루한 전화를 빨리 끊고 싶어 하는 눈치였다.

— 녀석, 너도 결혼해 봐. 그리고 그 누구도 아닌 네가 잘 알잖아. 우리가 얼마나 힘들게 아기를 갖게 되었는지. 난 어렵게 찾아온 이 기회 포기 못 해. 사람 일은 한 치 앞도 모르는 법, 우리 공주가 일을 너무 무리하게 해서 의외의 사고라도 발생한다면 네가 책임질 거냐? 난 우리 공주 다치는 꼴 절대 못 봐! 그러니 최건, 네가 좀 이해해라!

남자가 이렇게까지 사정하는데 더 얘기를 해 봤자, 이제는 본전도 못 찾을 거라고 예상했는지 건은 작은 한숨을 내쉬었다.

— 설마 뭐, 우리 공주만 한 디자이너가 없을까 봐. 하긴 뭐 우리 공주가 좀 잘하긴 했지. 잘 찾아봐. 숨은 인재가 어딘가에 또 있을 거야. 패션제국의 황제, 최건이 답지 않게 나약한 소리 하면 절대 안 되는 법이지. 암!

"이런 제기랄!"

탁, 하고 수화기를 내려놓는 남자의 입에서 기어코 욕설이 터져 나왔다.

주 고객층이 2, 30대 젊은 여성인 대기업 계열 패션회사인 대현 아일랜드는 올해에도 1조7천억 원의 매출을 기록하며 2년 연속 영업매출액과 영업이익률 톱 1위에 오름으로써 최고 패션기업으로 이름을 확인했다. 들리는 소문에 의하면 이 회사 CEO는 굉장히 젊고 잘생긴 데다 사업 감각이 뛰어나다고 한다. 그래서 그를 익히 아는 사람들은 그에게 '패션제국의 황제'라는 칭호를 붙여 주었다.

그러나 '대현 아일랜드'의 승승장구 뒤에는 하루 16시간에서 20시간을 일만 하면서 지독한 일벌레로 살아가는 최건도 있지만 뛰어난 패션 감각과 재능을 가진 천재 디자이너도 있었다.

그런데 그 천재 디자이너인 김유지가 임신 사실을 알게 됨과 동시에 단 하루 사이에 감쪽같이 사라져 버렸던 것이다. 아니, 솔직히 말하면 더울세라, 추울세라, 외로울세라 자신의 아내를 끔찍이 여기는 남편이 그녀를 데리고 미국으로 훌쩍 출국해 버렸던 것이다. 그것도 아내가 소속된 기업의 사장인 최건에게 일언반구도 없이.

오히려 생판 모르는 남이라면 디자이너의 일에 일일이 속 썩을 일도 없었다. 이미 오래전부터 절친한 선후배 사이로 지내 왔던 그녀의 남편을 평소에 형이라고 부르며 잘도 따랐는데, 그런 그가 이런 식으로 뒤통수를 치다니? 배신감에 건은 이가 부드득 갈렸다.

"빌어먹을!"

믿는 도끼에 발등 찍힌다는 것이 이런 기분일까? 건은 허탈하고 어이가 없고 분해서 또다시 욕설을 내뱉었다.

대한민국이 그리 좁은 땅은 아니니 찬찬히 찾아보면 감각이 뛰어난 디자이너 하나 없을까 싶지만, 문제는 그로 인해 쓸데없이 낭비되는 시간과 에너지였다. 세상에서 쓸데없는 시간 낭비를 제일 질색하는 건에게는 그야말로 큰 타격이 아닐 수 없었다. 그때껏 건의 모습을 가만히 지켜보고 있던 남자가 처음으로 입을 열었다.

"왜? 그렇게 심각한 문제야?"

그래, 한마디로 말하자면 '대현 아일랜드'의 운명이 달린 문제였다. 지금껏 그 누군가에게 져 본 적이 없었기에 고작 디자이너 하나 때문에 매출에 영향을 받거나 타 경쟁사에 밀린다면 건은 결코 그 결과를 받아들일 수가 없었다.

"추천할 만한 사람 없어?"

오랫동안 자리를 비울 수는 없는 법! 하루 빨리 그 빈자리를 메워야 한다는 압박감이 그의 숨통을 조여 왔다.

"사람이야 많지. 근데 김유지 같은 인재가 있을까?"

무릇 미래에 대한 꿈과 열정을 가지고 사는 젊은이들이라면 하나같이 국내 최고 패션 브랜드로서 이름을 떨치고 있는 이 대기업에 들어와 인정받기 위해 눈물겨운 노력을 하고 있었다. 그런데 프랑스에서 8년 넘게 패션을 공부해 온 김유지가 워낙 뛰어나서 아직 그녀만큼 뛰어난 인재를 보지 못했다는 게 큰 문제였다.

김유지를 뛰어넘는 디자이너를 찾을 수 있겠는가 하는 근심 때문에 건은 불안해서 견딜 수가 없었던 것이다.

"천재가 아니라도 괜찮아. 당장 공모전을 준비하는 게 좋겠어."

그래, 천재가 아니라도 괜찮다. 오래전에 누군가 그랬었지. 천재는 1%의 영감과 99%의 노력으로 만들어진다고. 김유지만 할 수 있고, 김유지만 뛰어나다는 고집과 편견을 버리고 열린 마음을 가진다면 또다시 훌륭한 디자이너를 찾을 수 있지 않을까, 하는 생각에 건은 이미 결정 내렸다는 듯 자리에서 일어섰다. 그때까지 건의 말을 열심히 경청하던 남자가 문득 뭔가 생각난 듯 희망에 가득 찬 표정으로 입을 열었다.

"혹시 YJ홈쇼핑이라고 들어 본 적 있어?"

"YJ?"

그런 거 처음 들어 본다는 듯 건이 눈빛으로 뒷말을 재촉했다.

YJ은 10대와 20대의 젊은 고객을 겨냥한 디자인의 보세 옷들을 쇼핑몰을 통해 판매하고 있는 작은 규모의 사업체였다. 직원이라고 해 봐야 고작 서너 명밖에 되지 않았지만, YJ에서 디자인한 옷들은 시장에 내놓기 바쁘게 날개 돋친 듯 팔려 나갔고, 젊은 고객층 사이에서 큰 인기를 끌고 있다고 했다.

워낙 젊은 고객층의 절대적인 지지와 폭발적인 호응을 얻고 있는 개성 있는 패션이어서인지 곳곳에서 그녀의 디자인을 표절하는 양심이라고는 손톱만큼도 없는 사람들이 수두룩하다고 덧붙이며 남자는 YJ홈쇼핑에 대한 간략한 브리핑을 마쳤다.

"YJ이라……."

건이 생각에 잠긴 표정으로 작게 웅얼거리자 남자는 눈에 빛을 내며 신이 나서 제안하듯 말했다.

"그래서 말인데 네가 YJ의 디자이너를 한번 만나 보는 게 어때? 어쩌면 두 번째 김유지일지도 모르잖아."

두 남자의 시선이 서로 마주쳤다. 깔끔하게 정돈된 헤어스타일과 짙은 눈썹, 뚜렷한 이목구비와 날카로운 턱 선, 날렵한 콧날이 눈에 띄는 건의 외모는 전체적으로 강하고 차갑다는 인상을 느끼게 했다.

그런 건을 유일하게 똑바로 쳐다볼 수 있는 겁을 상실한 남자는 바로 태명진. 그는 건의 오랜 친구였고 마음의 지기였다. 그래서 건은 명진의 말을 전적으로 믿었고, 그가 알려 준 정보를 전적으로 신뢰했다. YJ홈쇼핑에 대해서는 이름조차 못 들어 봤음에도 불구하고 그 작은 사업체의 디자이너를 찾아 나섰다.

✳

"크헉, 진짜 잘생겼다!"

옥을 깎아 만든 듯한 외모에 차가운 눈빛. 젊은 남자는 어디 하나 흠잡을 데가 없이 완벽했다. 은민정의 감탄 어린 시선은 젊은 남자의 얼굴에 못 박힌 듯 떨어지지 않았다.

마치 잘생긴 남자를 처음 보는 것처럼 금방이라도 침을 흘릴 것 같은 그녀의 모습에 남자는 어이없어하며 짧은 헛기침을 뱉어 냈다. 그제야 정신이 퍼뜩 든 민정은 어색하게 웃으며 횡설수설 떠들었다.

"호호, 죄송해요. 바깥에 잘 나가지 않다 보니 잘생긴 남자들을 좀체 보기가 드물어서요. 아니, 댁이 어지간히 생겼어야지요. 더군다나 나처럼 나이가 많은 노처녀들은 워낙 잘생긴 남자들만 보면 자연스럽게 기분이 붕붕 뜬답니다."

뭔 회사가 이따위로 생겨 먹었는지? 벌써부터 그는 신경질이 나기 시작했고 또 한편으론 자신이 잘못 찾아온 것은 아닌가 하는 생각이 들 정도로 당황스러웠다. 하지만, 불편한 기색을 애써 감춘 얼굴로 그는 민정에게 명함을 건네며 사무적이고 딱딱한 말투와 표정으로 인사했다.

"처음 뵙겠습니다. 대현 아일랜드 최건입니다."

그가 내미는 명함을 손에 받아 든 민정이 눈을 가늘게 뜨고 한

참 명함을 들여다보더니 생전 처음 듣는다는 듯 고개를 갸웃거리며 물었다.

"대현? 뭐 하는 사람이죠?"

혹시 어디가 모자란 여자인가? 아니면 세상 돌아가는 물정을 너무 모르는 무식한 여자인가? 그도 그럴 것이 패션계에 종사하면서 한국 패션계 톱 1위를 자랑하는 최고 브랜드인 '대현 아일랜드'를 모르는 게 말이 되는가 말이다. 게다가 상대의 기분 따위는 아예 안중에도 없는 듯 제멋대로 깔깔거리며 서슴없이 말을 내뱉는 그녀의 모습에 건은 미간을 사정없이 찌푸렸다.

"나도 자기소개를 해야 하나요?"

너무도 황당하게 나오는 민정의 태도에 건은 잠시 할 말을 잃었다. 절로 입이 쩍, 벌어질 정도로 어처구니가 없었기 때문이다.

'이게 정녕 요즘 인기 있다는 YJ이라는 회사 맞아? 혹 명진이 잘못 알고 있었던 거 아냐?'

만약 자신의 마음을 잘 다스리지 못했다면 건은 진즉 이 불쾌한 자리를 박차고 나갔을 것이다. 아니, 하루라도 빨리 천재 디자이너 김유지를 대신할 수 있는 사람을 찾아야겠다는 압박감만 아니었다면 두말없이 돌아섰을 것이다. 약간 불편해하는 남자의 기색을 눈치채긴 했지만, 민정은 일부러 모르는 척 외면하며 생긋 웃는 얼굴로 그에게 명함을 건넸다.

"YJ 은민정입니다. 잘 부탁드립니다."

『YJ 대표 은민정』

떠오르는 보름달처럼 통통하게 생긴 얼굴하며, 또 임신 4개월은 될 법한 통배하며, 게다가 뽀글뽀글 파마머리. 코앞까지 다가온 민정과 명함을 한참 동안 번갈아 보던 건은 당장이라도 터질 것 같은 폭소를 참기 위해 어금니를 지그시 깨물어야 했다.

도저히 사장이란 타이틀에 어울리지 않아 보였다. 강하고 톤이 높은 목소리, 상대의 기분 따위는 전혀 개의치 않아 하는 방자한 태도, 경망스럽기 그지없는 말투. 하나부터 열까지 사장의 이미지와 어울리는 구석이라곤 전혀 찾아볼 수 없을 정도였다. 그런 건의 의중을 훤히 꿰뚫어 본 듯 민정이 차분하게 입을 열었다.

"뭐, 난 그냥 껍데기만 사장일 뿐이에요. 크고 작은 일은 모두 우리 윤, 아…… 아니, 우리 디자이너가 맡아서 하지요. 아마도 나만큼 팔자 편한 사장은 없을 거예요. 호호."

그게 어디 자랑인가? 부끄러운 것도 모르고 자랑스럽다는 듯이 말하는 그녀의 모습에 건은 실소가 나오는 걸 겨우 참고서 무뚝뚝하게 물었다.

"디자이너는 안 계십니까?"

"아, 맞다! 우리 디자이너를 찾아오셨다고 했지요? 얘가 요즘 몸이 열 개라도 모자랄 정도로 굉장히 바쁘게 지내고 있어요. 그 애가 디자인한 옷들이 워낙 젊은 고객층들에게 인기가 많아서 말이지요. 하긴 뭐 그래서 양심이라곤 손톱만큼도 없는 도둑놈들이 우리 디자인을 훔쳐 가는 일도 있지만요. 참, 내! 빌어먹을 것들! 근데 우리 디자이너한테 무슨 볼일이라도?"

잘생긴 남자가 여기를 찾아온 게 수상스럽다는 듯 갑자기 민정의 눈이 날카롭게 변했다. 예의 바른 태도와는 달리 말투는 쌀쌀하기 그지없었다. 그녀의 경계심을 단박에 눈치챈 건이 정중하게 말했다.

"자세한 건 디자이너를 뵙고 나서 얘기를 나누었으면 합니다."

손님이 직접 디자이너를 찾는 이유는 몇 가지였다. 하나는 자신의 옷을 예쁘게 만들어 달라고 하기 위해 자세하게 상담을 원하는 경우였고, 또 다른 하나는 뭔가 계획적으로 시비를 걸기 위해 시비 계기를 만들기 위함이었고, 마지막으로 몇 배를 줄 테니 디자인을 팔라는 제안을 하는 경우였다.

그런데 이 남자의 경우는 어느 쪽인지 감이 잡히지 않았으므로 민정은 그를 요리조리 뜯어보았다. 근데 이리저리 봐도 정말 잘생긴 얼굴이었다. 도저히 나쁜 사람 같지 않았기에 민정은 굳었던 표정을 누그러뜨리며 말했다.

"음…… 곧 올 때도 된 것 같은데, 미안하지만 조금만 기다려 주실래요? 커피 드실래요?"

민정은 말을 마침과 동시에 눈웃음을 살살 치면서 건에게 사리를 권했다. 그때 마침 문이 삐꺽 열리더니 또 다른 여자가 들어오자 민정이 환하게 웃으며 그녀에게 부탁했다.

"막내, 마침 잘 왔네. 대현 아일랜드 사장님한테 커피 한 잔 타 드려라."

막내? 그런 이름도 있던가? 아니면 호칭인가? 회사가 집도 아니고. 처음으로 느껴 보는 이상한 분위기에 건은 일순 적응이 되지 않았다. 민정의 말이 떨어지기 바쁘게 막내는 번개처럼 몸을 움직였다. 그녀는 재빨리 커피 한 잔을 타서 그의 앞에 갖다 놓았다.

"헉! 진짜 잘생겼다!"

무심코 고개를 돌린 그와 눈이 마주치자, 막내가 감탄하듯 말했다. 눈을 반짝반짝 빛내며 홀린 듯이 그를 바라보는 막내의 멍한 모습에 건은 황당하고 짜증이 나서 시선을 홱 돌려 버렸다. 갈수록 이상한 회사라는 느낌이 점점 분명하게 와 닿았다. 여기 여자들은 왜 하나같이 남자를 처음 구경하는 사람처럼 하는 짓이 이다지도 터무니없단 말인가?

무시하는 듯한 남자의 거만한 태도에 막내는 괜히 멋쩍은 듯 깊이 고개를 숙이며 다급히 자신의 자리로 돌아갔다. 약간 상기된 막내의 얼굴과 적잖이 불편해하는 남자를 흘긋 바라보던 민정은 터져 나오는 웃음을 가까스로 삼키곤 휴대폰을 바싹 귀에 가져다 대었다.

"너, 어디야? 언제 와?"

— 거의 다 왔어. 아휴, 숨차 죽겠어.

"얘, 누가 칼 들고 뒤를 쫓아온다니? 천천히 와라!"

언뜻 들어 보니 아무래도 디자이너와 통화하는 것 같았다. 그런데 손님이 기다리고 있는데 천천히 오라고 말하는 저 여자는 대체 무슨 심보란 말인가? 듣고 있던 건은 어이가 없었으나 그저 올라오는 울분을 커피를 홀짝거리는 것으로 억누를 수밖에 없었다.

"근데, 오늘은 또 어떤 빌어먹을 놈이 너를 괴롭혔는데?"

— 오늘은 그게 아니라……. 아이구, 내가 우리 박 여사 때문에 진짜 못 살아.

"아주머니가 왜?"

— 꼭두새벽부터 전화 와서 맞선 보라고 안달이었잖아.

"호오…… 맞선이라. 그 아주머닌 여전하셔. 네가 대체 어디가 모자라서 만날 맞선을 보라고 안달이래?"

— 그래서 언니랑 작작 붙어 다니라고 늘 입버릇처럼 말하나 봐.

"어머, 얘! 그건 또 뭔 소리라니?"

— 언니 닮아 나도 처녀 귀신 될까 봐 그러겠지, 뭐!

들을수록 기가 차고 한심했다. 회사가 놀이터도 아니고, 손님을 면전에 앉혀 두고 스스럼없이 수다를 떨고 있다니. 지금껏 단 한 번도 이렇게 개무시를 당하면서 푸대접을 받아 본 적이 없었던 건은 기분이 몹시 불쾌해졌다.

그런데 여자의 대화는 거기서 끝나지 않았다. 통화하다가 갑자기 기분이 나빠진 건지, 여자의 얼굴이 분노로 울긋불긋해지더니 곧 음성이 높아지기 시작했다.

"어머, 얘! 그래도 말은 바른대로 하자! 내가 달리 시집 안 가는 줄 아니? 결혼에 회의가 들어서 그런 거야. 아니, 솔직히 결혼하게 되면 여자만 손해 아냐? 지금이 조선시대도 아니고, 왜 아직도 여자가 남편의 뒷바라지하고 또 애 낳으면 자연스럽게 집에 눌러 살아야 하는데. 얘! 아주머니 그 말씀은 너무 지나쳤다. 은근히 기분 나빠지려 하네."

— 언니 화났어? 호호.

왠지 웃음소리가 점점 크게 들려온다 싶더니 조금 전까지 통화하던 여자인 듯한 사람이 마침내 모습을 드러내자 민정이 그녀 가까이 다가갔다. 그러나 여자가 등을 돌려 서 있고 민정이 여자의 앞을 가로막고 있는 바람에 건의 눈에는 아직 그녀의 뒷모습만 어렴풋이 보일 뿐이었다.

사무실 안에 발을 들여놓으면서도 지금까지 줄곧 민정에게만 시선이 집중되어 있던 여자는 아직 손님의 존재를 의식하지 못한 듯했다.

"호호, 너무 화내지 마."

얼굴을 일그러뜨리며 인상을 쓰는 민정의 모습이 재미있다는 듯 여자가 웃음을 터뜨렸다.

"근데, 오늘 맞선남은 영 아니든?"

"휴, 다시는 내 앞에서 맞선남 소리 하지 마! 내가 두 번 다시 맞선 보나 봐라!"

생각만 하면 으스스한 느낌이 들면서 피부에 소름이 돋는다는 듯 여자는 진저리를 쳤다. 그때 자리에 가만히 앉아 있던 막내까지 그녀에게 다가가서 대화에 끼어들자, 여자들의 목소리는 더욱더 높아질 수밖에 없었다.

여자들의 시끄러운 대화에 건은 순간적으로 자신이 시끌벅적한 재래시장에 와 있는 것이 아닌가, 하는 착각이 들었다. 뭐라 내쏘고 싶었지만, 언제 그가 끼어들 겨를도 없이 여자들의 수다는 계속 이어졌고 민정과 막내가 여자의 앞을 막아섰기에 건은 아직도 여자의 얼굴을 볼 수 없었다.

"어머, 실장님. 그렇게 아니었어요? 어땠는데요?"

막내가 호기심이 가득한 눈으로 물어 오자, 여자는 연방 손부채질을 하며 미간을 잔뜩 좁혔다.

"보자, 남자 나이가 얼마였더라? 38인가? 그래, 뭐. 나이 많은 건 그렇다 치고. 대머리 아저씨더라고. 내가 딱히 대머리 아저씨를 싫어한다는 게 아니라, 가발을 쓰고 왔잖아. 근데 커피를 마시던 도중 가발이 홀랑 벗겨진 것 있지. 그것도 숱한 사람들 앞에서 말야."

"가, 가발이 벗겨졌어요? 홀라당?"

천천히 되묻던 막내가 마침내 참지 못하겠는지 배꼽을 잡고 마구 웃어 대기 시작했다.

"근데, 아저씨가 얼마나 기분 나쁘게 구는지. 나한테 꼬치꼬치 캐어묻는 거야. 왜 여태껏 결혼은 안 했냐? 언제 결혼할래? 혹시 불임이 아닌가? 연애는 해 봤나, 뭐 그런 것 말이야. 나는 네가 마음에 든다. 지옥이라도 그런 지옥이 있었을까, 얼마나 괴롭고 고통스럽고……."

어떻게 해서든 터져 나오려는 웃음을 참아 보려 무진장 애쓰던 민정마저 눈물까지 찔끔 흘리며 꾹꾹댔다. 그런 그녀를 보며 여자가 자신의 얼굴을 바싹 들이밀곤 하소연하듯 한가득 불평을 늘어놓았다.

"내 얼굴 봐 봐! 내가 못생겼어? 아니잖아? 내가 능력 없어? 그것도 아니잖아? 난 도저히 우리 엄마를 이해할 수가 없다니까. 꽃미남이면 말도 안 하지. 아무리 그래도 그렇지, 어쩌면 하나밖에 없는 딸한테 그런 사람을 소개해 줄 수가 있다니. 내 원!"

"아뇨! 실장님 정도면 더 말할 것도 없는 금상첨화죠. 외모면 외모, 능력이면 능력, 성격이면 성격…… 부족한 것 하나 없는데. 얼마나 완벽하다고요. 이번엔 아주머니가 너무했어요."

"그래, 이번은 아주머니가 너무했어."

민정과 막내까지 거들어 주며 그녀를 칭찬해 주자, 그제야 여자의 얼굴에서 노기가 조금씩 가라앉기 시작했다.

"아, 컨디션 최악에다 빌어먹게도 날씨까지 덥고 말이야. 죽을 뻔했다니까!"

입을 닭나발처럼 쭉 내미는 여자의 모습에 민정이 또다시 키득거리기 시작했다. 그러다가 무심코 고개를 돌리는 순간 덤덤하게 앉아 커피를 말없이 들이켜는 남자의 모습이 눈에 들어오자, 그녀는 다급히 여자의 어깨를 툭툭 두드렸다.

"너를 찾는 손님 왔어!"

"손님?"

그 말을 되풀이하던 여자의 얼굴이 심각하게 굳어 가더니 민정을 향해 나무라는 투로 낮게 투덜거렸다.

"아, 진짜! 진즉 얘기해 줄 것이지! 근데 무슨 손님이야?"

"대현 아일랜드의 사장님이라고 하던데."

여자가 흠칫하는 게 느껴졌다. 하긴 자신이 와 있다는 사실도 모르는 채 정신없이 떠들고 경망스럽게 웃어 댔으니, 몹시 창피했을 것이다.

민정이 조금 자리를 비켜 주자 남자의 옆모습이 그녀의 눈에 들어왔다. 곧이어 남자가 고개를 돌려 여자를 똑바로 바라보자 두 사람의 놀란 시선이 허공에서 마주치면서 둘은 동시에 숨을 삼켰다.

'주……윤주…….'

'최건!'

속으로 그의 이름을 곱씹던 그녀의 얼굴에 복잡한 빛이 스쳐 갔다. 당황하며 남자를 바라보는 그녀 못지않게 그도 놀란 표정을 감출 수가 없었다. 그렇게 망연하게 서로를 바라보는 두 사람 사이로 이제는 잊었다고 생각했던 과거의 기억들이 파노라마처럼 스쳐 갔다.

2.

망아지 제자와
당돌한 과외샘

"2003년은 2002년보다 더 나은 한 해가 되길 바라며!"

윤주가 늘 입버릇처럼 중얼거렸던 탓일까, 아니면 하늘이 착한 그녀에게 좋은 운을 가져다준 덕분일까? 올해 서울 H대학교 경영학과 3학년이 되는 윤주에게 좋은 알바 자리가 생겼다.

고등학교 2학년 남학생에게 수학을 가르치는 일인데, 소문에 의하면 그는 엄청난 부잣집 아들이라고 했다. 그래서 과외비를 톡톡히 챙겨 받을 수 있고, 또한 다음 학기 등록금을 해결하는 데 어머니의 수고를 얼마간 덜 수도 있게 된 것이다.

그냥 보기만 해도 위엄이 느껴지는 딱딱하고 권위적인 성북동 저택 대문을 감탄의 눈으로 쳐다보던 윤주는 숨을 크게 내쉬며 초인종을 눌렀다. 잠시 뒤 40대 중반쯤 된 귀티 나는, 그야말로 부러울 것이 없어 보이는 중년 여인이 그녀를 반가이 맞아 주었다.

"처음 뵙겠습니다. 오늘부터 과외를 맡게 된 주윤주라고 합니다."

"그래요. 반가워요. 여기까지 오느라 수고 많았어요. 우리 건이 잘 부탁해요."

언뜻 보면 차가운 듯한 인상의 외모와는 달리 부인의 목소리는 부드러우면서도 따뜻했다. 부인을 향해 다시 한 번 고개를 숙여 깍듯하게 인사를 한 윤주는 방을 안내해 주는 아주머니를 따라 최건이란 남학생의 방으로 들어섰다.

그러나 그곳에 발을 들여놓은 지 얼마 되지 않아 그녀는 그만 한숨을 크게 내쉬고 말았다. 게임센터에 와 있다는 착각이 들 정도로 방 안 전체를 쿵쿵쿵쿵 울리는 시끄러운 소리에 벌써부터 귀가 아파 왔던 것이다. 하지만 게임에 정신 팔린 건은 사람이 다가오는 기척조차 느끼지 못했다.

"안녕, 나 주윤주야. 반갑다."

그녀가 생긋 웃으며 인사를 건네는데도 건은 아예 거들떠보지도 않았다. 아마도 듣지 못했을 것이다. 침대에 배를 붙이고 엎드린 자세로 건은 탄식하듯 소리를 지르기도 하고, 안타깝다는 듯 머리를 벅벅 긁기도 하고, 화가 난다는 듯 머리를 세차게 흔들면서 험한 욕설을 내뱉기도 했다.

윤주는 짧게 혀를 차더니 곧 책상 앞에 조용히 다가가 앉았다. 그리고 잠자코 자신이 가지고 온 책을 꺼내 책장을 한 장 한 장 넘기거나, 아주머니가 놓고 간 사과를 아삭아삭 먹으면서 여유를 즐겼다.

"에이 씨! 열 받아! 빌어먹을!"

한창 게임에 열중하던 건이 순간 몸을 벌떡 일으키더니 이제는 더 이상 못 해 먹겠다는 듯 게임기를 바닥에 거칠게 패대기치며 잔뜩 인상을 썼다.

"젠장!"

노기등등한 얼굴로 한참 동안 바닥을 험악하게 노려보다가 문득 고개를 돌린 건은 책상 앞에 얌전히 앉아 한가하게 책장을 넘기는 낯선 여자를 보자, 단숨에 무서운 기세로 성큼성큼 걸어왔다.

"너, 뭐야?"

당장 잡아먹을 듯이 사납게 그녀를 노려보는 건을 가만히 쳐다 보던 윤주가 싱긋이 웃으며 손을 내밀었다.

"아까 인사했는데, 네가 못 듣더라. 나 주윤주야. 반갑다. 오늘 부터 너의 수학……."

"윤주고 나발이고, 당장 꺼져!"

윤주의 말을 매몰차게 자른 건이 그녀를 향해 으르렁거렸다.

"당장 험한 꼴 당하기 전에 얼른 꺼져!"

그 기세만으로도 제법 무서울 법도 하건만, 윤주는 그저 눈만 연거푸 깜빡거리다가 방긋 웃는 얼굴로 능청스럽게 반문했다.

"어디로 꺼지면 돼?"

은근히 놀리는 듯한 말투에 건은 인상을 한껏 찌푸리며 노기 띤 목소리로 그녀를 힐난하기를 서슴지 않았다.

"너 바보야? 사람 말귀 못 알아듣냐?"

몹시 화가 난 듯 얼굴이 붉으락푸르락 달아오른 건을 보고도 윤 주는 조금도 두려워하는 기색이 없었다. 오히려 영문을 모르겠다 는 듯 의아해하며 그녀는 양손으로 자신의 얼굴을 감싸고 건에게 물었다.

"내가, 정말 바보 같게 생겼니?"

"뭐, 뭐어?"

대체 어디서 듣도 보도 못한 얼뜨기 같은 계집이 굴러 왔는지.

대번에 화가 머리끝까지 솟은 건은 이를 앙다물고 그녀를 노려봤다. 그런데도 윤주는 덤덤한 표정으로 고개를 갸웃하며 차근차근 설명했다.

"음, 내가 여태껏 똑똑하다거나, 예쁘다는 소리는 많이 들어 봤어도 바보 같다는 말은 너한테서 처음 듣거든."

너무도 뻔뻔한 윤주의 태도에 건은 그만 말이 목구멍에 걸려 나오지 않았다. 당장이라도 터질 듯 답답한 가슴을 주먹으로 탕탕 내려치던 건은 겨우 숨을 고르며 잇새로 나지막이 씹어뱉었다.

"너, 지금 나랑 말장난해?"

"애들 장난 같은 건 안 한 지 꽤 되었는데."

"으악!"

한 마디도 지지 않고 또박또박 대꾸하는 윤주 때문에 건의 얼굴이 불붙은 숯덩이처럼 달아올라 연기가 나는 듯했다. 악에 받친 건은 제 머리카락을 마구 헝클어뜨리며 성이 날 대로 난 짐승처럼 무섭게 고함쳤다.

"입 닥치고 당장 꺼져!"

"싫은데."

"뭐, 뭐라고?"

윤주를 똑바로 직시하는 건의 눈에는 독기가 잔뜩 서려 있었고, 얼굴에는 그녀에 대한 경멸과 노여움이 가득했다. 그래도 윤주는 바위처럼 꿈쩍하지 않은 채 태연하게 대답했다.

"때가 되면 꺼져 줄게. 근데……."

잠시 말꼬리를 흐리던 윤주는 잔뜩 일그러질 대로 일그러진 건의 얼굴을 똑바로 쳐다보더니 싱긋이 웃으며 말했다.

"예쁘다고 말해 주면 한번 고민해 보지 뭐."

황당하다는 듯 건은 코웃음을 치고는 한참 동안 그녀를 벌레 쳐다보듯 보았다. 불평불만이 가득 어린 건의 시선을 슬쩍 피해 고개를 돌린 윤주는 다시 책에 눈을 박으며 속으로 중얼거렸다.

'그 녀석, 성깔 하나 더럽군!'

고개를 깊이 숙인 채 책에서 시선을 떼지 않는 윤주의 뒤통수를 한참이나 노려보던 건은 신경질적으로 머리를 마구 긁으면서 침대로 걸어가 천장을 바라보고 철퍼덕 누웠다.

'그래, 네가 며칠이나 버틸 수 있나 어디 한번 두고 보자! 내가 지옥이 뭔지 제대로 보여 줄 거야!'

다짐이라도 하듯 건은 이를 악물고 속으로 으르렁거리며 발딱 몸을 일으켜 소리가 크게 나오도록 스피커의 볼륨을 높게 조절했다.

쿵쿵쿵! 쾅쾅쾅! 귀가 찢어질 것 같은 시끄러운 음악 소리에 정신이 혼란스러웠지만 윤주는 귀를 틀어막지 않았다. 뒤에는 자신을 찌르듯 쏘아보는 건의 눈빛이 예리한 송곳 끝처럼 날카롭게 느껴졌으나 그녀는 조금도 흐트러짐 없는 자세로 똑바로 앉아 묵묵히 책만 들여다보고 있었다.

그리고 정확히 두 시간 후 거짓말처럼 자리에서 일어서서 건을 향해 생긋 웃음을 흩날렸다.

"오늘 만나서 반가웠다. 이제는 이만 꺼져 줄게. 내일 또 봐!"

말이 끝남과 동시에 그녀가 바로 모습을 감추어 버리자, 건은 너무도 어이없어서 그만 실소하고 말았다.

"저, 저 빌어먹을 여자가!"

여자라고 절대 만만하게 볼 게 아니었다. 소리를 바락바락 지르고, 죽일 듯이 노려보는 무서운 눈빛을 여과 없이 보내도 그녀는 눈도 깜빡하지 않았고, 그런 자신을 두려워하기는커녕 오히려 입가에 미소까지 매달지 않던가? 끄응, 하는 신음을 내며 침대에 양반다리로 앉은 건은 팔짱을 끼고서 곰곰이 생각에 잠겼다.

그렇게 하루하루 똑같은 패턴으로 일주일이 지나갔다. 건이 그녀를 공기 대하듯 철저하게 무시하는데도 불구하고 윤주는 고래 심줄보다 더 끈질기게 버텨 냈다. 정말 바보가 아닌가, 하는 생각이 들 정도로 좀체 반응이 없는 그녀의 모습에 건이 혀를 끌끌 찰 정도였다.

비록 그동안 두 사람이 생각하는 바는 완전히 달랐지만 시간이 흘러가도 여전히 자신의 뜻대로 되지 않자, 그들은 비로소 조금씩 조급증을 느끼면서 안달 나기 시작했다.

지금껏 건의 과외를 맡아 온 선생들치고는 솔직히 사흘을 버텨 본 사람이 없을 정도로 그는 머리를 지끈거리게 만드는 골칫덩어리나 다름없었다. 그런데 그녀에게는 어디 외계에서 온 사람이 아닌가, 하는 착각이 들 정도로 사람의 약을 잔뜩 올리거나, 기막히고 분하게 만드는 재주가 있었다.

순식간에 입장이 바뀌게 된 것이다. 그건 자신만의 재주였는데, 갑자기 어디서 저런 게 굴러 들어와서는 그의 신경을 북북 긁는지! 그래서 건은 난생처음 맞닥뜨린 어이없고 황당하기 그지없는 여자 때문에 골머리를 앓아야 했다.

그런 그와는 다르게 윤주는 이렇게 무의미하게 보내다간 한 달이 훌쩍 지나갈 것 같은 느낌에 마음이 조급해졌다. 그래도 양심과 생각이란 게 있는데, 이렇게 한 달 동안 아무것도 하지 않고 그저 과외비만 챙긴다는 것은 매우 꺼림칙했기 때문이다.

그리고 과외를 한 지 일주일이 되는 날, 문제가 생겼다. 막 돌아가려는 그녀를, 건의 어머니 심 여사가 붙잡은 것이다.

"저기, 선생님. 우리 건이 선생님을 난처하게 하지 않던가요?"

솔직히, 건에 대한 심 여사의 걱정은 이만저만이 아니었다. 여태껏 아들의 과외를 맡은 선생님들치고는 사흘을 넘어 본 사람이 단 한 명도 없었으니까 말이다. 그런데 한눈에 보기에도 청순하고 가녀리게 생긴 여대생이 이미 일주일을 넘겼으니, 여간 신기한 게 아니었다.

원래는 진즉부터 물어보고 싶었지만, 차마 입이 떨어지지 않았다. 눈앞의 여대생에게 자신의 아들이 골칫덩어리라는 사실과 지금껏 얼마나 많은 과외 선생님이 바뀌었는지에 대한 걸 한 번도 얘기해 주지 않았기에 약간의 자책감도 없지 않았기 때문이다.

전혀 준비되지 않았던 질문에 윤주는 잠시 당황했지만, 이내 싱긋이 미소를 띠며 깍듯하게 대답했다.

"오, 아니에요. 건이 착해요."

"네에? 건이, 차, 착하다구요?"

믿을 수 없다는 듯 떠듬떠듬 되묻는 심 여사의 눈에 의문의 빛이 지나갔다. 자신의 아들이 절대 착한 녀석이 아니라는 것쯤은 그녀 자신이 더 잘 알고 있었다.

그때 우연히 그곳을 지나가던 건이 잠깐 걸음을 멈추고 대화를 엿듣기 위해 귀를 쫑긋 세웠다.

"그럼요. 건이 얼마나 착한데요. 뭐 가끔씩 게임도 하고 있지만요. 독일 연구 기관에서 발표한 논문에 의하면 게임이 뇌 발달에 긍정적 기여를 하고 있다고 하던데요. 드문드문 소리도 막 지를 때도 있지만. 그래도 뭐, 괜찮아요. 소리 지르고 하는 건 스트레스 해소에 도움이 된대요. 요즘 애들 얼마나 불쌍한데요. 마음껏 놀지도 못하고 공부에만 파묻혀 있다 보니, 스트레스도 만만치 않을 거예요."

'내가 착해? 뭐? 스트레스 해소? 뇌 발달?'

이게 무슨 개 풀 뜯어먹는 소리야. 어떻게 눈 하나 깜짝하지 않고 새빨간 거짓말을 술술 할 수 있을까? 저거 완전 뻥쟁이에 사기꾼이잖아?

너무도 뻔뻔하고 능청스럽기 그지없는 윤주의 모습에 순간 건은 하마터면 물을 마시다 내뿜을 뻔했다. 하지만 아직 건의 기척을 알아차리지 못한 두 여자는 서로를 마주 보며 얘기를 계속했다.

"실은 우리 건이…… 요즘 흔히 말하는 문제아예요. 선생님께 이런 말까지 드리기는 뭣하지만, 좀 반항적이고, 과외 선생님도 참 많이 바뀌었어요."

'아, 그랬구나! 하여튼 자식, 성깔 하나는 더럽더라니까!'

그러나 그런 생각과는 다르게 윤주는 다소 침울해 보이는 부인을 따뜻하게 위로해 주었다.

"너무 걱정 마세요, 어머님. 제가 최선을 다해서 건이 가르쳐 볼게요."

자신감에 가득 찬 어조에 심 여사는 얼굴을 활짝 펴면서 윤주의 손을 꼭 잡고서 말했다.

"그럼, 염치없지만, 선생님한테 우리 건이 좀 부탁할게요."

"네. 걱정 마세요, 어머님."

정작 대답은 시원하게 했지만, 심 여사의 한마디가 늘 마음속에 켕겼던 윤주는 집에 돌아오고 나서도 여전히 답답함이 가셔지지 않았다. 평소와는 달리 우울한 빛을 띠고 있는 딸의 얼굴을 걱정스레 쳐다보던 어머니가 조심스럽게 물었다.

"과외가 힘드니?"

어머니가 걱정을 하고 있다는 걸 눈치챈 윤주가 미소 띤 얼굴로 씩씩하게 대답했다.

"아녜요. 엄마."

"그러니까, 방학이면 푹 쉬어야지. 그런 건 뭣하러 해? 왜 괜히 고생을 사서 하느냐고?"

"에, 엄마도. 그런 말이 있잖아요. 젊을 때 고생은 사서라도 하라!"

"이그, 계집애! 말은 참 잘해요!"

"얼마나 좋은 자리인데요. 게다가 내가 막노동을 하는 것도 아니고, 그냥 정신적 노동에 불과한데 뭐. 나이 들어 머리가 녹슬지 않고 치매에 걸리지 않으려면 될수록 머리를 많이 써야 한대요. 그러니까, 정신노동은 많이 하면 할수록 좋다, 이것이지. 머리도 총명해지겠다, 돈도 벌겠다. 이게 바로 꿩 먹고 알 먹고 누이 좋고 매부 좋고 도랑 치고 가재 잡는 일석이조의 속셈 아니겠어요? 호호."

그렇게 말해 놓곤 환하게 웃는 딸의 모습을 바라보는 어머니의 얼굴 위로 흡족한 미소가 깊게 드리워졌다.

✳

"어제보다 더 나은 오늘을 만들기 위해서 아자! 오늘은 제발 기적이 나타나라!"

크게 심호흡을 한 윤주는 등을 꼿꼿이 펴고 가볍게 노크를 한 뒤 건의 방으로 들어섰다. 그녀는 언제나처럼 건에게 안녕, 이라는 짧은 인사를 하고서 책상 앞에 마주 앉았다. 이따금씩 오늘은 기적이 일어나지 않겠나, 하는 일말의 기대감으로 곁눈질로 흘끔흘끔 건을 훔쳐보기도 하면서 눈앞에 놓인 사과를 우적우적 베어 먹었다.

'뻔뻔한 거짓말쟁이에 악덕 사기꾼 같으니.'

마치 자신의 집인 것처럼 스스럼없이 굴며 책상 앞에 놓인 과일들을 넙죽넙죽 잘도 집어 삼키는 그녀의 모양새를 보노라니 건은 심술이 났다.

그러고 보니 지난 일주일 동안 그녀는 참으로 팔자 편하게 지내왔던 것 같았다. 외려 자신만 손해 본다는 느낌이 점점 강렬하게 와 닿자, 건은 자리에서 벌떡 일어서더니 그녀에게로 성큼성큼 다가왔다. 그리고 다시금 사과 조각을 집으려는 그녀의 손을 탁 하고 때리며 과일이 담긴 접시를 낚아채듯 빼앗았다.

"그만 처먹어!"

장난감을 빼앗긴 아이처럼 잠시 허탈한 듯 멍한 표정을 짓던 윤주는 곧 생글생글 웃으며 애원하듯 말했다.

"사과만 줘! 사과 많이 먹으면 예뻐진다던데."

"내 거야!"

못 박듯 단호하게 말하는 건을 향해 간절한 시선을 보내던 윤주가 입술을 삐죽였다.

"에이, 남자가 쪼잔하다!"

"그래, 맞아. 나 쪼잔해! 그러니까, 그만 처먹어!"

잔뜩 심술기가 묻어 있는 건의 표정을 물끄러미 바라보던 윤주는 나오는 웃음을 애써 삼키곤 조용히 타이르듯 말했다.

"그럼 사과 먹고 공부 좀 할래?"

웃기지 말라는 듯 건이 바람 빠지는 헛웃음을 짓자, 윤주는 짐짓 안타깝다는 투로 넌지시 말을 던졌다.

"음, 요사이 너도 되게 억울했겠다."

이건 또 무슨 하품하다가 파리 집어삼키는 소리인지, 건은 그녀의 꿍꿍이를 알 수 없어서 눈에 힘을 잔뜩 주고 윤주를 노려봤다.

"사람들은 공짜를 엄청 좋아하잖아. 나 역시 마찬가지야. 너도 알다시피 일주일 동안 내가 하는 일은 거의 없었잖아. 그렇지?"

오호, 이제야 양심에 좀 가책을 느꼈니? 그래서 오늘까지 하고 그만두겠다? 그 소리를 하려는 걸까? 그런 생각들을 하면서 건은 내심 그녀의 뒷말을 애타게 기다리고 있었다.

"그런데 말이다. 음, 사람마다 공짜를 가지면서도 양심의 가책을 느끼는 사람은 사실 얼마 없거든. 나도 그중의 한 명에 속하고. 야, 세상에 공짜 싫어하는 사람 어디 있니? 실은 내가 좀 뻔뻔하거든. 게다가 난 돈이 아주 많이 필요해. 난 너처럼 부자가 아니라서 말야."

듣기 좋은 말이 아니었기에 건은 애써 불평을 참고 있는 듯 심하게 미간을 찌푸렸다. 그런 그를 보면서도 윤주는 말을 멈추지 않았다.

"근데 우리가 지난 일주일처럼 계속 무의미하게 보낸다면……이렇게 한 달, 두 달, 그동안 너는 아무것도 배운 게 없고, 나는 대신 피 빨아먹는 거머리처럼 너희 부모님이 뼈 빠지게 벌어 놓은 돈을 야금야금 빼 가잖아. 좀 불공평하다는 생각이 들지 않니?"

'그걸 이제야 알았냐? 그걸 잘 알면 당장 입 닥치고 꺼져!'

그러나 건은 조금 더 참았다. 아직 윤주의 말이 채 끝나지 않은 것 같아서 그는 그녀의 눈을 빤히 응시하며 뒷말을 재촉했다.

"음…… 내가 만약 너라면, 다른 방법으로 괴롭힐 것 같은데……. 이를테면, 나보다 더 잘해서 내 코를 납작하게 만들어 주는 것이라든지?"

그녀의 말이 다 끝나자, 건은 갑자기 김이 빠져 버리면서 어깨를 축 늘어뜨렸다. 그는 더 이상 대화할 가치조차 없다는 듯 그녀에게서 빼앗은 접시를 갖고 터덜터덜 침대로 걸어갔다. 나름 열심히 설득했으나 결국은 또다시 원점으로 돌아가 버렸다. 하지만 윤주는 얘기를 멈추지 않고 계속했다.

"실은 말야. 나도 그랬어. 학교 가도 공부, 학원에서도 공부, 집에 와도 공부. 공부, 공부, 공부, 밤낮으로 공부, 일 년 내내 공부. 야, 그래도 우리도 사람인데 어떻게 만날 공부만 하겠니? 안 그래? 우리에게도 꿈이란 게 있고, 하고 싶은 게 있는데 공부에만 파묻혀야 하는 시간들이 얼마나 안타깝고 허망한데. 솔직히 얘기해서 딱히 공부를 많이 했다고 해서 출세하는 것도 아니고."

그걸 알아서 천만다행이야. 건은 그렇게 한마디 쏘아붙이고 싶었으나 미처 입을 열기도 전에 그녀가 다시 말을 속사포처럼 쏟아냈다.

"그런데 있지. 우리가 조금만 어른들의 입장을 이해해 주면 안 될까? 과거에 부모님들은 살기가 너무 막막하고 어려워서, 뼈 빠지게 일하면서 갖은 고생을 다 해 봤잖아. 어쩌면 부모님들은 당신들과 똑같이 힘들고 막막하고 어려운 삶을 살게 하지 않기 위해서 우리를 엄하게 다루는 건 아닐까? 우리로 하여금 좀 더 나은 삶을 살게 하려고 그러는 건 아닐까? 이것 역시 부모님들이 표현하는 사랑의 방식이 아닐까 그렇게 말야."

때마침 2층으로 잠깐 올라왔던 심 여사는 그만 호기심에 못 이겨 무심코 윤주의 말을 엿듣고 말았다. 처음부터 작정하고 의도적으로 들으려고 했던 건 아니었지만, 실은 궁금했던 그녀였다. 다른 과외 선생들과는 달리, 대체 이 아이는 어떤 방식으로 어떻게 건을 가르칠까 하고 내심 알고 싶어 했었다. 그런데 너무도 조리가 정연한 윤주의 말에 그녀는 한순간 가슴이 뭉클해짐을 느끼면서 오랫동안 그곳에 우두커니 서 있다가 몸을 돌렸다.

"헉! 깜짝이야!"

말을 다 끝낸 윤주가 책상만 뚫어질 듯 내려다보는데 어느새 기척도 없이 다가온 건이 바로 코앞에 서 있자 그녀는 화들짝 놀라는 표정을 지었다. 하지만, 아무런 분노나 미움이 느껴지지 않는 건의 얼굴에 내심 안도감을 느끼면서 잔뜩 기대에 부푼 마음으로 그의 입술을 빤히 쳐다봤다. 그러나 설레는 마음과는 달리 건은 툭, 하고 돌을 던지듯이 심한 말을 내뱉었다.

"시끄러워 죽겠으니까, 입 닥치고 조용해!"

밥 먹듯 생각 없이 거친 말을 툭툭 내뱉는 건이 때문에 윤주는 무척이나 속이 상했지만 애써 환하게 웃으며 입을 열었다.

"으, 내가 좀 수다스럽지? 미안…… 담부턴 적당하게 말할게."

그걸 알아서 천만다행이라는 듯 건의 입가에 비웃음이 걸려 있었다. 상당히 재수 없어 보이는 그의 표정을 슬쩍 피해 윤주는 얼른 고개를 숙이고 한숨을 깊이 삼켰다.

'참는다! 누나라서 참는다! 선생이라서 참는다! 내 인내심이 마지막 바닥을 드러낼 무렵까지 참는다! 참는 자에게 복이 올 것이다!'

주먹을 꽉 움켜쥐고 어깨에 힘을 잔뜩 주는 그녀의 모습에는 비장한 결심과 굳은 의지가 실려 있었다.

그러다가 문득 삐거덕거리는 소리가 들리자, 윤주는 의아한 듯 힐끗 시선을 들어 올렸다. 짜증이 뚝뚝 묻어나는 표정으로 의자에 거칠게 주저앉는 건의 모습에 윤주의 눈이 일순 못 볼 것이라도 본 듯 휘둥그레졌다. 그런 그녀에게 건이 정나미가 팍팍 떨어지는 목소리로 뇌까렸다.

"착각하지 마! 공부하려고 하는 게 아니니까!"

그리고 그녀의 얼굴을 빤히 응시하더니 사악한 미소를 띠고 덧붙였다.

"널 두고두고 괴롭힐 거니까! 단단히 각오하는 게 좋을 거야! 뭐, 그게 싫다면 지금에라도 당장 꺼져 주든가!"

제법 위엄이 서려 있는 그의 표정에도 윤주는 방긋 미소를 띠며 크게 고개를 끄덕거렸다.

"그래! 좋아, 마음대로 괴롭혀 봐!"

기가 차다는 듯 고개를 좌우로 흔드는 건을 향해 윤주가 짓궂게 덧붙였다.

"열심히 공부해서! 그래도 뭘 좀 알아야 날 많이 괴롭힐 수 있을 거잖아? 그렇지?"

"시끄러우니까, 조용해!"

'짜아식! 그래도 공부할 마음은 조금 있었나 보네? 아니면 내가 했던 말에 뭔가 느끼는 거라도 있었나?

인상을 팍팍 쓰면서 신경질적으로 가방에서 책을 꺼내 책상 위에 올려놓는 건을 물끄러미 바라보는 윤주의 얼굴에 알 듯 말 듯 한 미소가 피어올랐다. 그러다 무심결에 살짝 고개를 돌린 건과 눈이 마주치자 윤주는 예쁘게 웃어 주었다. '보긴 뭘 봐? 얼른 눈 내리깔지 못해?'라는 그의 표정에도 그녀는 짐짓 천연덕스럽게 응수했다.

"너, 진짜 잘생겼다! 화보에 나와도 손색이 없을 정도로 너무 완벽해!"

"꼴에 여자라고 그래도 멋진 건 알아 가지곤!"

어이없어하며 콧방귀를 날리는 그의 얼굴로 화가 나서 손이 올라가려는 걸 꾹 참은 윤주는 속으로 욕을 짓씹었다.

'으, 싸가지를 밥 말아 먹은 나쁜 자식!'

만약 친동생이었다면 진즉 한바탕 패 주었을 텐데 부글부글 끓어오르는 속을 억지로 참자니 윤주는 몸살이 날 지경이었다. 그러나 건은 아예 그녀를 약 올리려고 작정이라도 한 듯 일부러 윤주의 화를 잔뜩 돋우어 놓았다.

건은 그냥 책상 앞에만 앉아 있었을 뿐, 연필을 손가락 사이에 끼우고 휙휙 돌리거나, 땅이 꺼질 듯 한숨을 길게 내쉬거나, 고개를 좌우로 틀며 그녀의 얼굴을 노골적으로 쳐다보다가 휘파람을 불거나 하면서 별의별 쇼를 다 했다. 뺨이라도 한 대 올려붙이고 싶었지만, 윤주는 크게 심호흡을 한 뒤 차분하게 입을 뗐다.

"음, 내가 그동안 네 성적표를 대충 훑어봤는데 말야. 넌 머리가 둔한 게 아니었어."

그걸 말이라고 하느냐는 듯, 건이 기분 나쁘다는 표정으로 윤주를 째려봤다.

"근데, 꽤 이상한 점을 발견했는데 넌 유독 수학에만 굉장한 거부감을 갖고 있더라. 왜 그런 건지 물어봐도 돼?"

"그걸 알아서 뭐하게?"

뜬금없는 질문이 그의 가장 예민한 아킬레스건을 건드렸는지 건은 당장이라도 윤주를 집어삼킬 듯한 표정으로 으르렁거렸다. 하지만 그렇다고 순순히 물러설 그녀가 아니었다. 무서운 빛이 떠오르는 그의 표정 따위는 아예 개의치 않는 듯 윤주는 부드럽게 물었다.

"선생님이 별로 맘에 안 들었구나? 그렇지?"

"당장 그 주둥이 닥쳐!"

건이 낮게 깔린 음성으로 무섭게 경고했지만, 윤주는 말을 멈추지 않았다.

"실은, 나 그런 네 마음을 이해할 수 있거든. 음…… 그런 선생님들이 가끔씩 계시더라. 이상하게 쪽을 나누는 것 말이야. 착한 학생과 품질 나쁜 학생, 모범생과 문제아. 그런데 좀 웃기지 않니? 사실은 우리 모두 똑같잖아. 똑같은 밥을 먹고, 똑같은 학교에 다니고, 똑같게 수업을 받고. 누구는 처음부터 불량 학생이 되고 싶었니? 선생님의 영향이 단 1%도 없다고는 말할 수 없잖아."

건에게서는 아무런 말이 없었다. 화를 참는 듯 입을 꾹 다문 모습이 오히려 더 무서워 보였지만 윤주는 말을 멈추지 않았다.

"그런데 난 말이야…… 만약 내가 너라면 오기가 나서라도 더 열심히 할 거야. 머리 싸매고 피 터지게 공부해서 보여 줄 거야. 선생님, 봐 봐요. 나도 할 수 있다고요. 그러니, 너무 쪽을 나누시지 말라고요. 그것이 자신에게 반감을 품고 자신을 얕잡아 보는 사람들에 대한 가장 상쾌한 복수가 아닐까?"

순간 건의 얼굴에 복잡한 빛이 스쳐 가더니 그의 동공이 세차게 흔들렸다. 엄청나게 화가 난 듯 건이 몸을 부르르 떨고 있었지만, 윤주는 더욱 강하게 밀고 나갔다.

"토머스 에디슨이 이런 말을 했거든. 천재는 1%의 영감과 99%의 노력에서 나온다. 그런데 내가 보기에는 최건, 너한테는 1%의 영감이 아니라, 5%의 영감이 있어. 이제 95%만 더 노력해서 너를 지켜보고, 벼르고 있는 모든 사람들한테 보여 주면 안 될까? 물론 거기엔 나도 포함해서 말야."

건이 말을 끝낸 윤주를 당장 한 대 때릴 기세로 꽉 움켜쥔 주먹을 들어 올렸지만, 결국은 제풀에 지쳐서 그만 맥없이 손을 내리고 말았다.

조금도 꿀리거나 두려워하는 기색이라곤 없이 눈을 깜빡거리며 활짝 웃고 있는 윤주를 보고 그는 도저히 손을 댈 수가 없었다. 게다가 상대는 여자가 아닌가? 그가 아무리 싸가지가 없어도 여자에게 함부로 손을 대는 졸렬한 놈은 아니었다. 그래서 확 돌아 버릴 것 같은 극심한 분노를 느꼈다.

솔직히 그녀의 말에 틀린 점은 단 한 군데도 없었다. 그 때문에 더 화가 났던 것이다. 그에게 반감을 보이는 선생님이 자신을 무시하면 할수록 건은 시원하게 본때를 보여 주고 싶었다.

물론, 그녀가 말했던 것처럼 열심히 공부해서 좋은 성적을 올려야겠다는 생각을 전혀 안 해 봤던 것은 아니었다. 결국 그녀는 그의 생각이 맞는다는 걸 조목조목 맞는 말로써 한 번 더 확인 사살을 해 준 셈이었던 것이다. 그것도 얼굴 하나 찡그리지 않고 방긋방긋 웃으면서 말이다.

얼뜨기 같은 여자가 도대체 어떻게 자신의 그런 치명적인 약점을 알아낸 것일까? 그건 어머니도, 심지어 건과 제일 친한 친구마저도 전혀 모르는 사실이었다.

"아아악!"

감정이 북받쳐 올라서 아랫입술을 이로 짓이기던 건의 입에서 마침내 짐승의 울부짖음 같은 괴성이 터져 나왔다.

그날부터 건이 보여 준 공부에 대한 열정은 정말 상상을 초월할 정도로 대단했다. 두툼한 참고서가 가득 쌓여 있는 책상 앞을 떠나지 않았고 죽기 살기로 공부에 매달렸다.

밤새도록 그의 방에는 불이 꺼지지 않았고, 쿵쾅쿵쾅 진동이 느껴질 정도로 방을 쩌렁쩌렁 울리던 시끄러운 음악 소리는 순식간에 자취를 감추어 버렸으며 컴퓨터를 실행하면 플래시게임이 나오는 대신 기분을 상쾌하게 하는 바탕화면이 나왔다.

그런 건의 변화를 두고 모두들 적잖이 놀라 했다. 그중에서도 심 여사가 더더욱 그러했다. 물론 건이 왜 갑자기 저렇게 학구열에 불타고 있는지, 그 정확한 이유는 알지 못했지만. 그저 짧은 시간 동안 건을 사람답게 만들어 준 윤주에게 심 여사는 깊은 고마움을 느꼈다.

✻

평소와 같은 시간에 건의 집을 찾아온 윤주는 그가 보이지 않자, 고개를 갸웃하며 툴툴거렸다.

"이 자식은 진짜 어쩌면 단 하루라도 조용한 날 없이 사람 속을 북북 긁고 난리야!"

길게 한숨을 내쉬던 윤주는 몸을 돌려 서둘러 1층으로 내려갔다. 건의 집에서 오랫동안 가정부로 일해 온 김 씨 아주머니에게 윤주가 예의 바른 태도로 물었다.

"아줌마, 혹시 건이 못 봤어요?"

"아직 안 온 것 같은데."

"네?"

눈을 둥그렇게 뜨고 되묻는 윤주에게 김 씨가 부드러운 미소를 띠며 그녀를 달래 주었다.

"좀만 더 기다려 봐. 곧 올 텐데."

누가 싸가지 없는 놈 아니라고 할까 봐? 요즘은 녀석이 조금 고분고분해졌다고 생각했는데, 역시나 착각이었다고 씁쓸한 웃음을 지은 윤주는 무거운 다리를 지척지척 옮겼다.

"어디 하나 마음에 드는 구석이란 게 없어!"

싸가지를 밥 말아 먹었는지 버럭버럭 고함을 치지 않나, 이마에 피도 안 마른 녀석이 누나뻘 되는 여자한테 버르장머리 없이 반말을 찍찍 하질 않나. 그래도 따뜻하고 아주머니의 푸근한 미소를 봐서라도 참아야지.

"주윤주, 너도 참 박복한 인생이구나!"

혼잣말로 중얼거리던 그녀는 길고 깊은 한숨을 내쉬며 스케치북을 꺼내 놓고 무언가를 끼적거렸다. 하지만 반 시간이 지나고 나서도 여전히 건이 돌아오지 않자, 그녀는 비로소 초조해지기 시작했다. 더는 가만히 앉아 있지 못하고 윤주는 몸을 일으켜 부랴부랴 건의 방을 나섰다.

그때 건은 성북동에서 약 800미터 떨어진 인적이 드문 으슥한 곳에서 딱 보기에도 엄청난 오라를 풍겨 내는 한 무리의 불량스런 녀석들에게 둘러싸여 있었다.

"비참하게 까지고 싶지 않다면 얼른 길을 비켜 주시든가? 난 엄청 바쁜 놈이야."

표정 없는 얼굴로 싸늘하게 말하는 건에게 녀석들 중 한 명이 대표로 나서서 다짜고짜 추궁에 들어갔다.

"그래, 네가 지난번 악어의 코를 부러뜨렸냐?"

"그래!"

건이 한쪽 입꼬리만 올리고 비딱하게 웃음을 흘리며 대답하자, 그가 차갑게 입술을 비틀었다.

"그럼, 나는 네놈의 어딜 망가뜨려야 하나?"

"근데 어떡하지? 난 오늘은 별로 싸우고 싶은 마음이 없는데."

"뭐, 뭐어라고?"

실실 웃으며 그들을 골려 주는 건의 거만한 태도에 그의 표정이 험악하게 일그러졌다. 그는 서슬 퍼런 눈빛과 살벌한 표정으로 건을 쏘아보며 그에 대한 증오심을 표현했다. 그런 그를 피식 비웃어 주며 건이 이기죽거렸다.

"오늘, 컨디션이 별로거든. 그러니까, 얼른 꺼져!"

악에 받친 그가 뚜두둑 관절 소리를 내며 주먹을 움켜쥐자, 건이 입가에 냉소적인 웃음을 담고 또다시 비아냥거렸다.

"안 그래도 후회 좀 했지. 그날 이빨도 마저 뽑아 놔야 하는 건데. 내가 사정을 좀 봐줬거든."

"이 새끼가!"

덩치 큰 녀석이 몸을 부르르 떨며 섬뜩한 살기가 가득 찬 눈빛으로 건을 직시했다.

"담도 작은 것들이 왜 하필이면 이런 거지 같은 짓거리를 하고 다니지? 적어도 힘 없는 학생들 용돈은 빼앗지 말아야지. 아닌가? 난, 그래서 그냥 혼을 좀 내 줬을 뿐이야. 뭐가 불만이야?"

"이 자식이, 진짜!"

이미 머리끝까지 화가 치솟은 그는 인정사정없이 건의 멱살을 꽉 움켜잡고 흔들었다. 그러나 건은 당장 그의 손을 떨쳐 내지 않았다. 오히려 그의 약을 바싹바싹 올리듯 이를 드러내고 씩 웃어 주는데 별안간 어딘가에서 고막을 자극하는 여자의 앙칼진 목소리가 날아왔다.

"뭐하는 짓이야? 당장 건에게서 그 더러운 손을 못 떼겠니?"

'뭐야, 저 얼뜨기 같은 여자는?'

최건만 놀란 게 아니었다. 그들을 빙 둘러싸고 있던 녀석들 모두 놀란 듯 휘둥그레진 눈으로 의아하게 그녀를 쳐다봤다.

그중 아직도 건의 멱살을 잡고 있는 녀석은 신기한 구경거리를 만난 듯 눈을 게슴츠레 뜨고 어느새 가까이 다가온 그녀를 아래위로 쓱 훑어보았다. 그의 노골적인 시선에 불쾌한 듯 그녀의 고운 미간이 구겨졌다. 코와 귀에 피어싱을 줄줄이 한 괴기한 모양새가 한눈에도 껄렁거리는 양아치라는 걸 알 수 있게 했다.

시간이 지나도 도저히 건이 모습을 드러내지 않자, 몹시 걱정되었던 윤주는 한 걸음 한 걸음 걸었다. 그러다가 멀리서 하나같이 덩치가 크고 시커멓게 생긴 녀석들한테 빙 둘러싸인 건을 보고 그녀는 일순 불안에 휩싸여 숨이 헐떡거릴 정도로 부리나케 이곳까지 뛰어온 참이었다.

"너!"

유달리 덩치 크고 눈빛이 살기로 가득한 놈을 향해 윤주가 손가락질하며 대차게 쏘아 주었다.

"당장 그 더러운 손 놓고 꺼져!"

씨익, 하고 건의 입가가 말려 올라갔다. 귀엽기도 하지, 평소에 그가 늘 버릇처럼 씹던 걸 토씨 하나 틀리지 않고 그대로 써먹다니.

청순하고 맑게 생긴 그녀와 건을 번갈아 보던 덩치 큰 녀석이 노골적인 웃음을 띠고 말을 내뱉었다.

"깔이야?"

깔? 처음 듣는 생소한 말에 윤주가 의문스러운 표정을 짓고는 떨떠름하게 물었다.

"깔이 뭐니? 어쨌든 그게 뭔지 상관없고, 얌전하게 공부하는 학생 건드리지 마라! 좋은 말 할 때 얼른 양아치 굴로 꺼져!"

하아! 기가 막힌다는 듯 덩치 큰 녀석의 입이 조금 벌어졌다. 하지만 그는 이내 정신을 차리곤 음흉스러운 눈빛으로 그녀를 스캔하듯 훑어보며 씹어 댔다.

"깔 몰라? 너 그 짓 잘해? 몇 번이나 해 봤어? 오늘 이 오빠한테 엉덩이짝 한 번 대 주면 내가 되게 만족하게 해 줄 텐데."

민망하고 추접스럽기 그지없는 그의 말에 잔뜩 열이 뻗쳐오른 그녀의 얼굴이 시뻘겋게 달아올랐다. 그런 그녀를 재미있다는 듯이 흘끔거리며 그는 더욱 상스럽게 굴었다.

"반반하게 생긴 게 꽤 잘할 것 같은데. 흐흐……."

그때였다. 소름이 끼치는 웃음소리가 들리는 동시에 갑자기 덩치 큰 녀석의 얼굴이 옆으로 홱 돌아갔다. 그의 뺨을 사정없이 올려붙인 윤주가 더 놀랐는지, 아니면 가만히 보고 있던 건이 더 놀랐는지, 순식간에 여자에게 뺨을 얻어맞은 그놈이 더 놀랐는지 그건 정확히 알 수 없었다. 그때까지 건은 마치 구경꾼처럼 잠자코 상황을 지켜보고 있을 뿐이었다.

"저질 같은 새끼들!"

노기등등한 얼굴로 쏘아보는 윤주를 향해 덩치 큰 놈이 얼굴을 돌리며 싸늘하게 웃었다. 그러고는 조금 전 그녀에게 맞은 뺨을 엄지손가락으로 한번 쓸더니 빠르게 몸을 움직여 그녀의 복부를 한껏 걷어찼다.

눈 깜짝할 사이 벌어진 일이었으므로 건이 미처 손을 쓸 겨를이 없었고, 완벽하게 무방비 상태에 있었던 윤주는 뒤로 벌렁 자빠지면서 고통스러운 신음을 흘리고 말았다.

"크헉……!"

일순간 건의 눈이 섬뜩한 빛을 발했다. 아픈 배를 움켜잡고 고통스러운 듯 얼굴을 잔뜩 일그러뜨리는 그녀를 내려다보는 덩치 큰 녀석의 입가에 싸늘한 조소가 걸려 있었다. 건의 주먹이 부르르 떨리더니 곧 그의 얼굴을 냅다 강타했다.

"오늘은 그냥 조용하게 돌아가겠다고 했지! 그런데, 생각이 바뀌었다. 오늘은 네놈들을 철저하게 짓밟아 놓을 거다."

퍽퍽! 팍팍! 뚜두둑!

별의별 이상한 소리가 밤의 적막을 뚫고 윤주의 귓가를 스쳐 갔다. 번쩍번쩍 번개처럼 날아다니는 건의 모습을 흐릿하게 쳐다보며 윤주는 연방 감탄을 금치 못했다.

배가 끊어질 듯이 아프지만 않다면 박수라도 짝짝 쳐 주고 싶었다. 숨이 막힐 듯한 고통스러움이 조금만 잦아든다면 목청껏 응원이라도 해 주고 싶었다. 그러나 눈물이 찔끔 나올 정도로 아파서 그녀는 가냘프게 숨을 몰아쉬어야만 했다. 쓰러지지 않기 위해서 그저 안간힘으로 이를 악물고 버텨 낼 수밖에 없었다.

"으읏……."

이윽고 귀를 찢는 불쾌한 소리가 잠깐 멈추는가 싶더니 건이 그녀의 복부를 걷어찬 녀석을 질질 끌고서 윤주에게로 다가왔다.

"당장 무릎 꿇고 이 여자한테 사과해!"

그의 몰골은 말이 아니었다. 얼마나 얻어맞았나 싶을 정도로 입술이 찢어졌고, 눈두덩이 시퍼렇게 멍들었고, 문신을 새긴 팔에서도 피가 뚝뚝 흘러내렸다.

"자, 잘못……."

"내 귀에는 하나도 들리지 않거든! 사과하려면 똑바로 해!"

건이 날카로운 목소리로 고함을 꽥 지르자, 덩치 큰 녀석이 몸을 움찔거렸다.

"누님, 잘못했습니다."

고개를 깊이 조아리며 연방 사과하는 그와 윤주를 잠시 엇갈아 쳐다보던 건이 그녀에게 단호한 어투로 말했다.

"이제는 네 차례야. 이 녀석을 죽이든지, 실컷 때리든지 맘대로 해!"

괜찮다는 듯 고개를 잘게 흔드는 그녀를 본 건이 한심하다는 듯이 한숨을 푹 내쉬더니 덩치 큰 녀석을 죽일 듯이 노려보며 잇새로 내뱉었다.

"경고한다! 다시 한 번 학교에 드나들면서 학생들 돈만 빼앗아 봐. 내 눈에 걸리는 날엔 네 모가지를 확 비틀어 줄 거다. 그럴 담이 있으면 은행이나 털어! 당장 눈앞에서 꺼져!"

건의 말이 떨어지기 바쁘게 놈은 건의 얼굴도 마주 보지 못하고 꼬리 빠지게 줄행랑을 놓았다. 놈의 모습이 사라지고 나서야 건은 살며시 고개를 돌려 윤주에게 물었다.

"너, 너…… 괜, 괜찮아?"

역시나 누군가를 걱정해 주는 행동은 그에겐 한없이 어설픈 모양이었던지 그는 저도 모르게 말을 더듬거렸다.

"지금, 내 걱정 해 주는 거니?"

빙긋이 웃는 얼굴로 묻는 윤주를 건이 인상을 팍 쓰며 노려봤다.

"웃기지 마! 그리고 너 바보야? 때리든 죽이든 맘대로 하라고 했잖아."

"네가 이미 실컷 때려 주었잖아. 몰골 보니 불쌍하더라고."

측은하다는 듯 애잔한 미소를 띤 그녀를 보던 건이 가슴이 답답한지 고개를 모로 꼬며 시선을 돌려 버리더니 곧 걸음을 옮겼다. 그러나 한참이 지나도 그녀가 좀처럼 따라올 기미가 보이지 않았기에 그는 하는 수 없이 오던 길을 되돌아가야 했다.

아직도 무척 괴로운 듯 잔뜩 찡그린 얼굴로 몸을 일으키려 하는 윤주에게 그가 조금의 망설임도 없이 앉아 등을 내밀며 무뚝뚝하게 말했다.

"업혀!"

업히라고? 순간 윤주는 잘못 들었나, 귀를 의심했지만 사실인 듯했다. 그래도 너무 쉽게 등을 내어 주는 건의 행동이 도저히 믿어지지 않아서 윤주는 저도 모르게 말을 더듬거렸다.

"나, 나…… 꽤 무거운데."

선뜻 그의 등에 업히지 못하고 주춤거리는 윤주에게 짜증이 난 건이 고개를 휙 돌려 재촉했다.

"잔말 말고 얼른 업혀!"

아무리 그래도 그렇지, 어떻게 자신보다 3살이나 어린 꼬마한테 업힌단 말인가?

건이 그녀보다 3살 어린 건 사실이지만, 늠름하고 키가 훨씬 컸기에 그녀와 함께 나가면 오히려 건이 오빠로 보일 정도였다. 하지만 그녀의 눈에는 건이 마냥 어려 보였는지 윤주는 여전히 망설이고 있었다. 그러나 그녀의 망설임은 오래가지 못했다. 기다리다 못한 건이 인상을 팍 쓰더니 다짜고짜 그녀를 등에 둘러업었기 때문이다.

"꺄아악!"

순간적으로 벌어진 일에 너무도 당황스러웠던 윤주는 소스라치게 소리를 지르며 본능적으로 건의 목에 두 팔을 둘렀다. 하지만 너무 힘을 준 탓에 건은 그녀의 손길에 목이 졸려 캑캑거렸다.

"너, 사람 목 졸라 죽일 일 있냐?"

건의 나무람에 윤주는 비로소 힘을 살며시 풀고는 배시시 웃으며 사과했다.

"미안, 너무 놀라서. 헤헤."

문득 건은 걸음을 멈추었다. 그녀가 슬쩍 힘을 풀어서인지 그의 목에 와 닿는 손길이 부드럽기 그지없었기 때문이다. 그뿐만이 아니었다. 코끝에 느껴지는 그녀의 은은한 체취 때문에 건은 몸이 강한 전기에 감전된 것처럼 찌릿해졌다. 만약 걸음을 멈추지 않고 곧장 앞으로 걸어갔다면, 아마도 그녀를 땅바닥에 떨어뜨리는 불상사가 일어날 뻔했을 것이다.

그 느낌이 몹시 불쾌하다는 듯 건은 콧잔등을 찡그리며 한참이나 숨을 고르다가 다시 걸음을 옮겼다. 그런 건의 마음을 전혀 알 턱이 없는 윤주는 종알종알 참새처럼 정신없이 떠들어 댔다.

"음, 나 있지. 너한테 뭐 하나 고백해도 될까?"

고백? 건은 그녀가 말하려는 의도와는 다르게 이해했는지 갑자기 얼굴이 붉어졌다. 게다가 윤주가 말할 때마다 뜨거운 숨결이 그의 목덜미와 귀를 간질였기에 그 아찔하고 야릇한 느낌에 건은 수십 차례나 부르르 몸을 떨어야 했다.

'이런 젠장! 이 얼뜨기 같은 여자야, 제발 그 입 좀 닥치고 있을래?'

만약 평소 같으면 이런 험한 말을 진즉 내뱉고도 남았을 것이다. 하지만 오늘은 마치 입이 얼어붙은 듯 건은 가만히 듣고만 있었다. 만약 아까 조금이라도 주의했더라면 그녀는 그렇게 허망하게 얻어맞지 않았을 거라는 자책감에 마음이 약간 괴로웠던 것이다.

"음, 나 실은 네가 영 미웠거든. 너도 알지? 네가 되게 싸가지가 없다는 거? 어디 그것뿐이야? 그래도 내가 너보다 3살이나 많거든. 어디 누나뻘 되는, 그것도 선생님한테 반말이나 찍찍 하고. 인마, 너처럼 망아지 같은 애는 내가 또 처음 본다. 쿡쿡!"

그녀는 쿡쿡 웃음을 터뜨리는데, 아무리 기분이 거슬려도 묵묵히 듣고만 있던 건은 얼굴을 잔뜩 찌푸렸다.

"근데 있지, 최건! 너 오늘 되게 멋졌다! 박수 쳐 주고, 목이 터지게 응원해 주고 싶었는데 그렇게 못 해서 미안해. 그 나쁜 놈들, 양아치들 맞지? 딱 보니까 알겠더라고. 음, 뭐랄까? 다른 사람들 눈에는 네가 반항기가 심한 문제아일지는 모르겠지만, 이제 내 눈에 너는 착하고 정의가 있는 멋진 동생이야!"

고작 3살밖에 차이가 나지 않는데도, 어른인 척하면서 자신을 어린아이 취급하는 윤주에게 그만 심통이 솟구친 건이 볼멘소리로 고함쳤다.

"귀 아파 죽겠거든! 얼른 입 다물어!"

윤주가 씩 웃더니 그의 목에 두른 팔에 힘을 주어 더욱 꽉 끌어안고 다시금 종알거렸다.

"네가 화내지 않고 성질 쓰지 않으면 되게 착할 것 같은데. 음, 난 알아. 화내고 성질 쓰는 건 네 본심이 아니라는 것. 맞지?"

'이씨! 빌어먹을!'

"건아, 너 배고프지 않아? 난 배고픈데. 오늘 우리 같이 밥 먹을까? 사제 지간이란 깊은 뜻도 있고, 뭐, 그래서. 어때?"

'너나 많이 처먹어! 난 관심 없으니까! 사제 지간은 개뿔.'

만약 다른 날이라면, 진즉에 그렇게 쏘아붙였을 것이다. 그런데 오늘은 왜 그런 생각들이 입 밖으로 나오지 않는 건지 건은 그런 자신이 몹시 마뜩잖아 얼굴을 세게 짜부라뜨렸다.

"말해! 아는 데 있어?"

"어?"

언뜻 건의 말을 이해하지 못했는지 윤주가 어벙한 표정을 지으며 떨떠름하게 되물었다.

"밥 먹는 데 말야. 어디 좋은 데 있느냐고. 그러니까, 뭘 좋아하느냐고."

건이 신경질적으로 툭 하고 내뱉었지만, 윤주는 그래도 거절하지 않는 그가 그렇게 고마울 수가 없었다. 빙긋이 웃으면서 윤주가 맑은 음성으로 물었다.

"난 떡볶이 좋아하는데, 넌 뭐 좋아해?"

대답은 건너오지 않았지만, 그것을 승낙의 뜻으로 받아들인 윤주의 얼굴에 환한 미소가 걸렸다.

"이제 그만 나 내려 줘도 되는데. 무겁지 않아?"

무척 힘들어 보였음에도 반응 없는 건에게 더욱 미안해진 윤주가 짤막하게 덧붙였다.

"여기서 가깝거든. 금방 도착해!"

건은 잠깐 망설이는가 싶더니 천천히 그녀를 내려 주었다.

"고마워!"

건의 어깨를 툭툭 치곤 윤주가 예쁘게 웃어 보이며 감사의 뜻을 표했지만, 건은 별 시답잖다는 듯 고개를 홱 돌려 버렸다.

'쯧, 자식! 좋게 나오면 얼마나 좋아?'

앞으로 성큼성큼 걸어가는 건을 빠르게 쫓아간 윤주가 그의 손을 살며시 잡았다. '또 뭐야?' 하는 표정으로 휙 째려보는 건을 향해 방긋방긋 웃으며 그녀가 부드럽게 말했다.

"같이 가자고! 설마 여자와 손잡고 걷는 걸 부끄러워하는 건 아니겠지?"

그녀의 따뜻한 체온이 몸 안의 모든 세포들을 일으켜 세우는 느낌에 소름이 끼쳤지만, 건은 윤주의 손을 뿌리치지 못했다. 그래서 더욱 화가 난 건은 속으로 욕을 마구 퍼부었다.

'빌어먹을! 젠장!'

잠시 후 두 사람은 성북동에서 조금 떨어진 떡볶이집을 찾아 들어가 사각 테이블을 사이에 두고 마주 앉았다. 이 기회를 통해 건과의 관계를 한층 돈독하게 할 수 있겠다는 생각에 활짝 웃음을 짓는 윤주와는 대조적으로 건의 얼굴에는 귀찮음과 심술딱지가 덕지덕지 묻어 있었다.

"최건, 너도 떡볶이 좋아해?"

"너나 많이 처먹어. 난 안 먹어!"

건의 퉁명스러운 말투에도 그녀는 입가에 빙긋 미소를 담고서 아쉽다는 듯 고개를 좌우로 흔들었다.

"얼마나 맛있는데. 그럼 넌 그냥 보고만 있을 거야? 음, 뭐. 그렇다면 할 수 없고. 그럼 나 혼자 먹는다. 기왕이면 누님 맛나게 드세요. 하면 얼마나 좋아? 근데, 어……?"

그때껏 혼자 북 치고 장구 치고 한창 떠들다가 무의식중에 그의 얼굴을 빤히 쳐다보던 윤주가 이마에 긁힌 상처를 발견하곤 손가락으로 그의 이마를 가리켰다.

"웃, 너, 이마에 피 나!"

"죽지 않으니까, 그렇게 호들갑 떨 것 없어."

그를 걱정해 주는데도 쌀쌀한 반응을 보이는 건의 태도에 윤주는 미간을 좁히면서 자리에서 일어섰다.

"잠깐만 기다려 줄래?"

"가긴 어딜 가?"

인상을 와락 구긴 건이 묻자, 윤주가 손가락 세 개를 펴 보이며 대답했다.

"재깍 갔다 올게. 삼 분! 내가 올 때까지 여기서 기다려! 알았지?"

말을 끝내자마자 곧바로 몸을 돌려 나가는 그녀의 뒷모습을 비딱하게 노려보며 건이 투덜거렸다.

"씨! 뭐든 제멋대로야! 정말 마음에 안 들어!"

기다리라는 아리송한 한마디만 남겨 둔 채 바깥으로 나간 윤주는 정확히 5분 후에야 건의 앞에 나타났고 손에는 무언가가 들려 있었다.

"얼굴 가까이 대 봐!"

"뭐야?"

윤주의 말에 잠깐 이상한 생각을 했던 걸까? 건이 새빨갛게 물든 얼굴로 당혹스러움을 감추며 소리를 꽥 질렀다.

"아, 진짜! 말도 안 듣네. 인마! 잔말 말고 얼른 얼굴 가까이 대 봐."

평소 건이 하던 몸짓과 말투 그대로 흉내 내어 윤주가 비딱하게 쏘아붙이자 건이 어이없다는 듯 실소를 지었다.

"헤헤! 너도 기분 엄청 나쁘지? 말이란 게 그래. 무심코 던진 돌에 개구리가 죽을 수도 있다고, 네가 아무렇지 않게 툭툭 내던지는 말들이 다른 사람에겐 극심한 상처가 될 수 있거든!"

콕 집어서 윤주가 그의 잘못을 지적해 주자, 아니나 다를까 건의 표정이 딱딱하게 굳어져 갔다. 잠시 그의 얼굴을 살피던 윤주는 살짝 몸을 그에게로 기울이더니 빠르게 밴드를 꺼내 건의 이마에 붙여 주곤 혀를 차며 농담처럼 읊조렸다.

"쯧. 멋지게 생긴 얼굴이 조금 안타깝다. 그래도 뭐, 며칠 지나면 금방 나을 거니까 너무 속상해하지 마."

'그것도 위로라고, 참!'

농담 반 걱정 반으로 말하는 그녀를 흘낏 째려보며 건이 낮게 씹어 댔다.

"하여튼 멍청하게 생긴 것들이 멋진 남자들을 엄청 밝히더라니까."

그때 마침 주문을 받으러 아주머니가 가까이 다가오자, 윤주는 그녀에게 슬며시 말을 걸었다.

"저기요, 아줌마. 뭐 하나 좀 물어보고 싶은데."

"어?"

청순하고 해맑은 모습이 고등학생쯤으로 짐작되는 낯선 여자의 뜬금없는 질문에 아주머니의 표정이 어리둥절하게 변했다.

"그래, 얼른 물어봐. 학생."

아주머니의 친절한 태도에 윤주는 미소를 띠더니 두 손으로 자신의 얼굴을 감싸며 진지하게 물었다.

"아줌마 보기에도 제가 영 멍청하게 생겼어요?"

맞은편에서 가만히 듣고 있던 건의 얼굴이 뜨악하게 변했고, 아주머니는 당황한 듯 잠시 할 말을 잃었다. 그러다 잠시 후 아주머니는 다급히 손사래를 치며 말했다.

"어머, 누가 그런 정신 나간 소리를 하고 그래? 학생만큼 예쁜 얼굴이라면 연예인 해도 되겠다. 나한테도 학생만큼 예쁜 딸 하나 있으면 좋겠다."

"정말이세요? 고맙습니다, 아줌마. 호호."

예쁘다고 거듭 칭찬해 주는 아주머니의 말에 윤주는 대뜸 기분이 좋아져 연방 호호, 하하 웃음을 금치 못했다.

"맛있는 떡볶이로 일 인분만 주세요."

"그런데 누가 그런 헛소리를 한 거야?"

아주머니의 말에 건에게 조금 심술이 난 윤주가 턱짓으로 건을 가리키며 대답했다.

"쟤요!"

잘생긴 얼굴임에도 불구하고 왠지 입을 다부지게 다물고 있는 표정 때문에 무뚝뚝하고 차가워 보이는 건과 아직도 얼굴에 함빡 미소를 달고 있는 윤주를 번갈아 쳐다보던 아주머니가 건을 흘겨보더니 곧 입을 열었다.

"에이, 오빠가 여동생한테 그런 소리를 하면 어디 쓰나? 그런데 학생, 오빠들은 다 그래. 아니, 남자들이 다 그렇더라니까. 속마음과는 늘 다른 말을 해서 여자들한테 상처 주더라고."

순간 윤주의 얼굴에서 미소가 조금씩 사라져 갔고, 건은 그녀를 비웃듯이 어깨를 으쓱하며 의기양양한 표정을 지었다.

"아줌마!"

윤주의 갑작스런 부름에 화들짝 놀란 아주머니의 눈가가 미세하게 움찔거렸다.

"내가 누나라고요! 쟤가 동생이고!"

억울하다는 듯 목에 핏대를 세워 가며 윤주는 아주머니에게 그녀가 누나라는 사실을 똑똑하게 인지시켜 주었다. 그런 그녀를 보고 건은 기막혀하며 헛기침을 뱉어 냈고, 아주머니는 잠시 얼떨떨한 표정을 짓더니 이내 호기롭게 웃는 얼굴로 말했다.

"에이, 그만큼 학생이 동안처럼 보인다는 말이 아니겠어? 나이보다 퍽 어려 보이면 안 좋아?"

"아…… 그게 또 그런가요? 호호, 그렇게 말씀해 주시니 고맙습니다. 아줌마, 복 받으실 거예요. 호호."

저게 입에 꿀을 발랐나? 사탕발림을 하는 윤주의 모습에 건은 그저 어이가 없을 뿐이었다.

"그만 좀 웃지? 입에 파리 들어가겠네."

"그 파리 내 입에 들어가기 전에 네가 좀 잡아 주면 안 돼?"

웃는 얼굴에 침을 뱉지 못한다고, 능청스럽게 받아넘기는 윤주에게 잔뜩 열이 올랐음에도 건은 뭐라 반박하지 못했다. '그저 웃고 말지요.' 그런 표정으로 피식 입꼬리를 올리더니 그만 작게 웃어 버렸다.

"오, 웃었다! 너 금방 웃은 거 맞지! 와! 신기해! 너도 웃을 줄 아나 보다?"

손뼉까지 짝짝 치며 좋아서 어쩔 줄을 몰라 하는 윤주의 웃음 가득한 모습에 건은 얼른 고개를 돌려 버렸다.

'잉, 자식! 괜히 멋진 척은!'

윤주에 대한 인상이 좋았는지 아주머니의 특별한 배려로 인해 그녀가 주문한 음식은 빠르게 나왔다.

그런데 그때였다. 예쁜 그릇에 담긴 맛깔스러워 보이는 떡볶이가 윤주 앞에 놓이는 순간 건은 왠지 심술이 났다. 아니, 솔직히 자신이 먹지 않겠다고 말하긴 했지만, 그가 아는 윤주라면 당연히 이 인분을 주문할 줄 알았는데 정말로 일 인분밖에 나오지 않은 탓이었다. 건은 잽싸게 손을 뻗어 그릇을 낚아챘다.

"어?"

놀란 듯 눈을 둥그렇게 뜨고 쳐다보는 윤주에게 건이 퉁명스럽게 쏘아붙였다.

"나, 생각 바뀌었어."

"하여간 고약한 성질머리하곤! 결국은 먹을 거면서! 쯧쯧……."

어이없어 혀를 끌끌 차는 윤주를 건이 눈을 가늘게 좁혀 뜨고 노려보았다.

'왜? 이견 있어?'

굳이 듣지 않아도 뻔했다. 심술궂은 눈빛과 못마땅함이 잔뜩 묻어 있는 건의 표정이 그런 뜻을 역력하게 드러내고 있었다.

'누가 싸가지 아니랄까 봐.'

하지만 그런 생각과는 달리 그녀는 얼굴에 환한 미소를 담고서 능글맞게 받아넘겼다.

"많이 드십시오. 최건 군!"

그러고서 새침하게 입꼬리를 쭉 끌어 올리며 따갑게 쏘아보는 건의 시선을 피해 고개를 돌려 버렸다.

3.
나쁜 자식,
평생 너를 저주할 거야

"누구?"

건의 방을 서성거리는 남자를 보자 윤주가 의아한 표정으로 짧게 물었다. 하지만 윤주 못지않게 놀란 남자는 작고 예쁘게 생긴 윤주의 모습에서 시선을 떼지 못한 채 멍하니 서 있었다.

"오, 혹시 건이 친구니? 난, 건이 과외 선생인데. 주윤주야. 반갑다."

윤주가 반갑게 인사를 건네며 손을 내밀었으나 남자는 부끄러운 듯 붉어진 얼굴로 수줍게 입을 열었다.

"나, 난…… 태명진이라고 해요. 누, 누나 정말 예쁘시네요."

"호호, 그렇게 말해 주니 고맙다. 넌 참 착하구나."

"넌 왜 왔어?"

문득 화기애애한 분위기를 뚫고 건이 정이 팍팍 떨어지는 목소리로 물었다.

"쯧, 자식! 누가 싸가지 아니랄까 봐. 지난번에 네가 빌려 간 참고서 돌려받으러 왔지."

"그딴 것 누가 안 준대? 쪼잔하긴!"

명진을 향해 활짝 웃고 있는 윤주를 보노라니 건은 심기가 상당히 불편했다. 저 반갑지 않은 자식은 왜 하필이면 이때 와서는. 탐탁지 않은 듯 건이 이마를 심하게 어그러뜨리며 얼른 꺼지라는 눈빛을 마구 보냈다.

"누나, 저 자식이 좀 그래요. 실은 착한 녀석인데 가끔 말하는 것 보면 정나미가 팍팍 떨어지거든요."

"나도 알아."

하아! 알긴 뭘 알아? 게다가 둘이 방금 처음 본 사이인 주제에 누나, 누나하고 애교 섞인 목소리로 따라붙는 명진이와 눈을 찡긋 감으면서 예쁘게 웃어 보이는 윤주를 보노라니 건은 화가 잔뜩 나서 머리에서 김이 풀풀 나는 것 같았다. 책상에 아무렇게나 쌓여 있는 참고서를 툭 집어 든 건이 명진을 향해 거칠게 던졌다.

"얼른 꺼져!"

"저, 저 자식이 말하는 것하고는."

"징그럽다. 얼른 못 꺼져?"

얼굴을 잔뜩 일그러뜨린 건이 명진의 등을 떠밀어 방에서 쫓아낸 후 냉큼 문을 잠가 버렸다.

"누나 또 봐요!"

"보긴 뭘 또 봐! 정신 나간 새끼!"

성난 황소처럼 거친 숨을 씩씩거리며 다가오는 건을 물끄러미 보던 윤주는 참지 못하고 키득거렸다.

"너 그러다 혈압이 쫙 올라가서 쓰러지면 어떡하니?"

안 그래도 신경이 거슬려 죽겠는데, 윤주의 썰렁한 농담이 도리어 그를 자극했는지 건이 그녀에게로 몸을 쓱 기울였다. 불현듯 입술이 닿을락 말락 한 지점까지 그의 얼굴이 가까이 다가오자, 흠칫 놀란 윤주는 살짝 몸을 뒤로 뺐다. 건이 그녀의 어깨를 꽉 잡고서 경고하듯 낮게 깔린 음성으로 말했다.

"너, 다른 사람 앞에서 함부로 웃지 마."

건이 녀석 성질머리 고약한 건 알았지만, 이제는 하다못해 웃는다고 뭐라 하며 투덜거리자 윤주는 어이가 없는 걸 넘어 살짝 분노가 치밀었다. 그럼에도 불구하고 그녀는 애써 웃는 얼굴로 넌지시 물었다.

"그건 왜?"

"딱 이빨 빠진 할망구 같아 보여."

바로 튀어나온 건의 대답에 윤주의 얼굴이 절로 찡그려졌다. 뭐? 이빨 빠진 할망구? 이 녀석 보자 보자 하니 이젠 별소릴 다 하는구나. 화가 치밀어 오르는 걸 겨우 참으며 윤주는 입술을 꾹 깨물었다.

"정 웃고 싶으면 내 앞에서만 웃어."

이건 또 무슨 귀신 기절하는 소리라니? 그렇게 말하는 건의 얼굴에는 씩 음흉한 미소가 감돌았고, 윤주는 의아한 표정을 띠며 눈을 깜빡거렸다. 그때 그녀의 궁금증을 풀어 주려는 듯 건이 나직하게 덧붙였다.

"난, 늙은 할망구는 좋아하거든."

할망구를 좋아해? 하아, 정말이지 완전 어처구니가 없었다. 처음에는 못 들을 걸 들었다는 듯 어벙한 표정을 짓던 윤주는 마침내 참지 못했는지 쿡쿡거리며 손을 뻗어 건의 볼을 꽉 꼬집었다.

"으이그, 너 취향 참 특이하다! 할망구를 좋아한다고? 호호, 그냥 내가 예뻐서 좋다고 그렇게 말해 주면 안 되니?"

이 여자가 미쳤나? 감히 어디에 손을 대? 건의 얼굴이 점점 더 심각하게 일그러지고 있었지만, 아직 그걸 눈치채지 못한 윤주는 연방 웃음을 금치 못했다. 건이 마치 벌레를 떼어 내듯 거칠게 그녀의 손을 탁 쳐 내고 나서야 윤주는 정신이 번쩍 들었다.

"호오, 미, 미안……."

어색하게 웃으며 다급히 사과하는 그녀를 쌍그렇게 쏘아보던 건이 찬바람이 쌩쌩 날리도록 몸을 돌렸다. 차갑기 그지없는 그의 뒷모습을 바라보며 윤주가 가느다란 한숨을 내쉬는데, 건은 다시금 성큼성큼 다가오더니 그녀 앞에 바짝 얼굴을 들이밀었다. 깜짝 놀란 그녀의 눈이 동그랗게 떠졌고, 고개가 뒤로 젖혀졌다.

"너, 앞으로 다신 나 귀찮게 하지 마! 알았어?"

밑도 끝도 없는 건의 말에 윤주가 얼떨떨한 표정으로 되물었다.

"응?"

"사람 말귀를 못 알아듣나? 내가 아무리 늦게 와도 날 찾으러 오지 말고, 집에서 얌전하게 기다리고 있으라고. 난 귀찮은 건 딱 질색이거든!"

건의 단호한 말투에 윤주는 열심히 고개를 끄덕여 주었지만 사실 마음은 그 반대였다. 진지하기 이를 데 없는 건의 표정을 보고 윤주가 입매를 살짝 끌어 올려 미소를 그리며 능청스럽게 물었다.

"내가 걱정되어 그런 말을 해 주는 거 맞지? 그지?"

"뭐어?"

건의 눈꼬리가 살짝 위로 올라가면서 어림없는 소리 하지 말라는 오라를 마구 뿜어내고 있었다. 그런데도 윤주는 한술 더 떠서 생글생글 웃으며 말했다.

"귀여운 놈!"

건의 반응은 즉시 튀어나왔다. 짜증스레 머리를 거칠게 쓸어 올리던 건이 윤주의 어깨를 사정없이 잡아 흔들며 잇새로 차갑게 내뱉었다.

"너, 한 번만 더 나를 어린아이 취급해 봐! 그 입을 확 꿰매 버릴 거야!"

"크흑, 무, 무섭다……."

정말 그렇게 될까 봐 걱정되었는지 윤주는 재빨리 손으로 입을 가리곤 일부러 겁에 질린 장난스런 표정을 만들며 터져 나오는 웃음을 참아 냈다.

"이씨! 빌어먹을!"

뭐랄까? 얄밉고 심술궂고, 싸가지가 없는 것은 맞지만, 도저히 미워할 수 없는 녀석이다. 재밌고 엉뚱한 데다 가끔은 황당하기도 하지 않은가?

과외를 하는 내내 마뜩잖아 인상을 팍팍 쓰는 건의 모습에 윤주는 자꾸만 입술을 비집고 새어 나오는 웃음을 참느라 아주 죽을 지경이었다. 그래서 그녀는 예쁜 접시에 담긴 사과를 열심히 먹어 주었다. 아삭아삭, 우적우적. 오늘따라 그 소리가 유난히 신경에 거슬렸던 건은 눈을 치뜨고 그녀를 노려보다가 단숨에 접시를 빼앗아 갔다.

"야!"

간절한 표정으로 접시를 쳐다보던 윤주가 건을 향해 애원의 눈길을 보냈지만 그는 흥, 하고 코웃음을 날리더니 시니컬한 목소리로 말했다.

"넌 먹으러 왔냐? 여자가 어떻게 다이어트도 안 하냐?"

"너 내가 바보 같고 할망구 같다면서?"

"그런데?"

"사과 많이 먹어 주면 예뻐진대."

"그래서?"

"내가 먹을 것 제대로 못 먹고 미워져서 나중에 시집 못 가면 네가 책임질래?"

사과를 못 먹어 미워진다고? 그래서 시집을 못 간다고? 들을수록 기가 차고 황당무계해서 건은 콧방귀가 절로 나왔다. 하여튼 멍청해서는. 쯧, 하고 혀를 차던 건이 슬슬 비웃듯 깐죽거렸다.

"그저 웃어 주지요."

"다행이다! 울지 않아서. 울까 봐 걱정했는데."

"이씨! 너는……!"

아우, 저 입술을 확 먹어 치울까 보다. 언제나처럼 한마디도 지지 않고 옹골차고 아무지게 대꾸하는 윤주 때문에 짜증이 와락 솟구쳐 오른 건은 머리꼭지가 확 돌아 버릴 것 같았다.

그 와중에도 사과가 담긴 접시에 미련을 못 버리는 그녀의 모습에 건은 심술이 덕적덕적 붙어 있는 얼굴로 손을 뻗어 사과를 집어 먹었다. 일부러 보란 듯이 맛나고 탐스럽게 냠냠 먹어 댔다. 그런 건의 모습에 몹시 불만스러운 듯 윤주의 눈이 부릅떠졌고 입이 함지박만큼 벌어졌다.

"치사한 놈!"

"그래, 맞아. 나 치사해."

"인정머리 없는 놈!"

"그딴 거 있어서 뭐하게? 그리고 내가 치사하든, 인정머리 없든, 네가 뭐 보태 준 거 있어?"

아오, 저거 정말! 만약 친동생이었다면 잘못했습니다, 하고 두 손 모아 싹싹 빌 때까지 한바탕 패 주었을 텐데! 욱, 하고 열이 뻗쳐오름에도 속수무책으로 가만있어야 하는 자신의 신세가 한없이 가여워 윤주는 씁쓸한 웃음으로 그 마음을 대신했다.

'아이고! 가련한 내 팔자야!'

"그래, 많이많이 먹고, 공부 잘해라! 나 간다!"

몸을 일으킨 윤주가 건을 향해 안녕을 고하자, 건이 반듯한 미간을 좁히고 물었다.

"어딜 가?"

"어머, 얘 좀 봐. 시간 다 됐잖아. 간다!"

'싸가지 없는 자식!'

속으로 욕을 연발하던 윤주가 별안간 고개를 돌려 건을 향해 짤막하게 덧붙였다.

"맞다! 내 꿈도 꾸고. 빠이빠이!"

"하여튼 멍청하고 뻔뻔한 건 알아줘야 한다니까."

속삭이듯 중얼거렸지만, 그 말이 이미 윤주의 귀에 박혔는지 그녀는 눈을 찡긋 감으며 짓궂게 대응해 주었다.

"나 뻔뻔한 건 맞는데. 멍청하진 않거든!"

말을 끝내자마자 바로 몸을 돌려 나가는 윤주의 뒷모습을 바라보던 건의 입매가 곡선을 그리며 휘어져 올라가더니 미묘한 웃음을 지었다.

"어?"

윤주가 나간 문에만 박혀 있던 시선을 돌린 건이 문득 책상 위에 놓여 있는 스케치북을 발견하곤 의아한 표정을 지었다.

"뭐야 이건?"

스케치북에는 별의별 다양한 그림들이 많이 그려져 있었다. 나비, 꽃, 풀, 나무, 새, 그리고 미완성된 소년의 초상화와 청순하고 러블리한 느낌을 주는 의상 디자인들로 수두룩했다.

"멍청한데 그림은 잘 그리네. 디자인학과도 아니면서."

혼잣말로 중얼거리던 건은 다시금 스케치북을 한 장 한 장 넘기며 자기도 모르게 감탄을 했다. 그러다가 그의 시선이 어느 한 곳에 머물렀다. 그것은 미완성된 소년의 초상화였다.

「도저히 기억이 나지 않는다. 웃음도, 미소도, 아무것도…… ㅠㅠ」

누군지도 모르는 초상화를 보는 순간 속이 씁쓸해지고 불쾌한 것 같은 이 느낌은 도대체 뭔지? 건은 그런 자신이 마음에 들지 않아 짜증을 내며 얼른 고개를 틀었다.

"주윤주, 진짜 마음에 안 들어! 빌어먹을!"

신경질이 난다는 듯 건은 머리카락을 마구 헝클어뜨리며 책상에 스케치북을 거칠게 내던졌다. 그리고 무언가 깊은 생각에 잠긴 듯 팔짱을 끼고 어지럽게 방 안을 서성거렸다.

"정말 신경 쓰인단 말이야."

화가 난 마음을 애써 진정하려는 듯 건은 천천히 코로 숨을 들이마시고, 입으로 내쉬면서 또다시 스케치북을 집어 들고 한 장 한 장 넘기기 시작했다.

"이건 또 뭐야?"

그건 건이 얄밉고 괘씸하고 싸가지 없게 굴 때마다 윤주가 그려 놓은 건의 이미지를 모티브로 만든 우스꽝스럽기 그지없는 만화 캐릭터였다.

꺼벙한 눈, 닷 발이나 튀어나온 입, 퉁퉁 부은 볼, 심술딱지가 더덕더덕 엉겨 붙은 얼굴. 보면 볼수록 절로 폭소를 자아내서 저도 모르게 건은 배꼽을 잡고 하하, 웃기 시작했다. 그것이 자신인 것조차도 모르는 채.

그렇게 한참을 정신없이 웃어 대던 건은 스케치북을 조심스럽게 덮어 두 손에 들고 천천히 걸음을 옮겼다.

건의 방을 빠져나와 1층으로 내려오던 윤주는 심 여사가 불러 세워 잠깐 걸음을 멈추었다.

"선생님, 얘기 좀 나눌까 하는데. 괜찮겠어요?"

심 여사의 따뜻한 음성에 윤주는 싱긋 미소 짓는 얼굴로 고개를 끄덕거렸다. 윤주가 자리에 앉기 무섭게 심 여사는 무언가를 건네주었다.

"이건?"

두툼한 두께와 모양으로 보아 돈 봉투라는 걸 대뜸 감지한 윤주가 얼굴에 의아한 빛을 띠며 심 여사를 쳐다봤다.

"선생님한테 참 고마웠어요. 그 누구도 우리 건이를 어쩌지 못했는데……. 심지어 엄마인 나조차도 말이지요."

아직 한 달이 채 되지 않았는데 벌써 돈을 건네주며 인사하는 심 여사의 행동에 윤주는 의아함을 감추지 못하고 입을 열었다.

"아직 한 달이 채 되지 않았는데."

"내가 선생님한테 드리는 작은 성의예요."

"네?"

"고마움을 달리 표현할 수가 없었어요. 물론 돈이 만능인 것은 아닌데, 나로서는 고마움을 이렇게밖에 표현할 수 없어서 미안하네요."

"그렇지만, 저는 아직도 이해를 잘……."

부적절하게 끊어지는 윤주의 목소리에는 당혹스러운 빛이 역력했다.

"우리 건이를 사람답게 만들어 준 선생님이 고마워서요. 엄마로서 아무것도 해 주지 못하면 편하게 잠을 잘 수 없을 것 같았어요. 받아 주세요."

"그렇지만, 저는……."

윤주가 난처한 기색으로 다시금 돈 봉투를 심 여사 앞으로 내밀자, 그녀가 섭섭하다는 투로 말했다.

"어른이 주는 건 그냥 모르는 척 받아 두는 게 예의예요."

윤주는 정말 난감했다. 심 여사의 표정은 진지했고, 말투는 단호했다. 더 이상 거절했다간 도리어 심 여사의 마음을 상하게 할 것 같다는 생각이 든 윤주는 잠깐 호흡을 고르더니 곧 침착하게 입을 열었다.

"음, 그럼 딱 절반만 받겠습니다."

거절하지 않는 건 다행이었지만, 그래도 심 여사는 안타까운 마음을 감추지 못한 얼굴로 윤주를 쳐다봤다.

"그 절반은 제가 어머님한테 드리는 선물이에요. 건이를 만나고, 따뜻한 어머님을 만나게 된 소중한 인연에 대한 보답이에요."

"참, 착해라!"

심 여사의 칭찬에 쑥스러운 듯 윤주가 살짝 얼굴을 붉히며 말했다.

"생각 같아서는 옷을 만들어 드리고 싶은데, 어머님한테 어울리는 옷은 아직 만들어 내지 못할 것 같아서요."

"오, 옷을 만들어요?"

그 말에 놀란 듯 부인이 눈을 동그랗게 뜨고 되물었다.

"실은 의상디자인학과에 가고 싶었는데 엄마가 너무 반대를 해서요. 음, 제가 고생하는 것이 싫다나, 뭐라나. 호호, 제가 세상에서 가장 사랑하는 엄마니까, 엄마 말 들어서 지금 학과를 선택한 거예요."

"호오, 참 착해라!"

그것 말고는 다른 말이 나오지 않았던 심 여사는 감탄 섞인 눈으로 윤주를 오랫동안 바라보다가 갑자기 생각난 듯 입을 열었다.

"내가, 내일부터 약 한 달 동안 해외에 나가 있을 거예요. 그동안 우리 건이 잘 부탁할게요. 참, 괜찮다면 내 옷도 한 벌 만들어 줘요."

전혀 예기치 못한 말에 놀란 듯 윤주의 까만 눈동자가 멈칫하더니 눈이 커다래졌다. 그런 그녀를 향해 심 여사가 따뜻하게 웃어 보이며 말을 이어 갔다.

"선생님이 만든 옷, 나도 한번 입어 보고 싶네요. 그럼, 부탁할게요."

후, 괜히 말했나? 디자이너들의 옷만 입을 것 같은 심 여사가 자신이 만든 옷을 입어 보고 만족해 준다면 그것보다 더 큰 영광은 없을 것이다. 그런데 아마추어인 자신이 과연 그녀의 마음에 쏙 드는 옷을 만들어 낼 수 있을까? 그러나 그런 속마음은 내비치지 않은 채 윤주는 씩씩하게 그렇게 하겠다고 대답한 후 성북동을 나왔다.

"아, 좋아라! 이걸로 뭘 할까? 우리 예쁜 마마님께 옷이나 사 드려야지."

코끝에 느껴지는 돈 냄새가 정말 좋았다. 이루 말할 수 없을 정도로 가슴이 벅차올랐고 기분이 둥둥 하늘을 나는 것 같았다. 함박

웃음을 머금은 얼굴로 깡충깡충 뛰다시피 걷던 윤주는 그만 돌부리에 걸려 넘어지고 말았다.

"아홋……."

대번에 무릎이 까져 욱신거렸지만, 아픈 것조차도 느끼지 못하고 툭툭 털고 일어난 윤주는 돈 봉투에 마구 키스를 날렸다.

"넘어져도 좋아! 돈이 생겨서! 딱 공짜 같잖아!"

히죽히죽 웃으며 그녀는 돈 봉투를 품에 꼭 끌어안았다. 때마침 그녀에게 스케치북을 건네주려고 막 쫓아 나왔던 건이 그런 그녀의 모습을 보고 혀를 끌끌 차며 뇌까렸다.

"저거, 진짜 바보 아냐? 넘어지고도 대체 뭐가 좋다고 저렇게 정신이 나간 것처럼 웃어?"

⁂

초인종을 여러 차례 눌렀지만 여전히 아무런 응답이 없자 윤주는 고개를 갸웃했다. 그러다가 문득 오늘은 가정부 아주머니도 쉬는 날이고, 건의 부모님은 해외 출장 간 지 벌써 여러 날이 지났다는 걸 기억해 냈다. 하는 수 없이 윤주는 비밀번호를 입력한 후 문을 열고 들어갔다.

"건아…… 최건?"

평소와는 달리 사람이 없는 집은 휑뎅그렁한 것이 무척이나 썰렁해 보였다. 건의 방문을 여니 방 안은 온통 캄캄한 어둠에 싸여 있었고, 고요한 적막을 뚫고 어디선가 괴로운 신음 소리가 흘러나오고 있었다.

"최건!"

눈이 차차 어둠에 익숙해지자, 윤주는 다급히 손으로 벽을 더듬어 불을 켰다. 침대에 누워 미간을 잔뜩 찌푸리고 있는 건이 보였다.

"최건, 너 어디 아파?"

같은 말을 몇 번이나 물어도 침대에 누운 채 꼼짝도 안 하는 건이 이상했기에 윤주는 재빨리 그에게로 다가갔다. 그녀는 바짝 몸을 낮추고 건의 앞머리 밑으로 손을 넣어 이마를 만져 보았다.

"헉!"

소스라치게 놀란 윤주는 불에 덴 듯 황망히 손을 떼어 냈다. 그의 이마가 펄펄 끓을 정도로 몹시 뜨거웠던 것이다.

"너, 바보야? 아프면 나한테 연락을 해야지, 어?"

"끄응……."

열이 많이 나서인지 건은 얼굴도 발갛게 달아올랐고, 입술도 바짝 말라 있었다. 그런 건을 안타까운 심경으로 내려다본 윤주가 다짜고짜 말했다.

"건아, 병원 가자!"

그녀의 말을 알아들었는지 건이 눈을 반쯤 뜨더니 귀찮다는 듯 손을 내저었다.

"가자! 이러다 죽어!"

"귀찮으니까, 조용히 해."

열이 나서 몸이 매우 괴로울 텐데도 녀석은 고집스레 버티고 있었다.

"아, 그 녀석! 진짜 똥고집은!"

"시끄러워!"

그렇게 거칠게 소리치고 나서 건은 그녀에게 등을 보이고 몸을 틀어 돌아누웠다. 단단하고 고집스러워 보이는 그의 등을 잠시 한 숨 섞인 표정으로 바라보던 윤주는 발딱 자리에서 일어섰다. 그리고 번개처럼 몸을 움직여 재빨리 얼음물과 수건, 따뜻한 물 한 컵과 해열제를 준비해 왔다.

"건아, 병원 가기 싫으면 약 먹자. 어서 일어나, 응?"

"난 그런 거 안 먹어. 귀찮으니까, 제발 좀 조용히 있어 줄래?"

건은 여전히 그녀에게 등을 보인 채로 신경질적으로 말했다. 그가 도저히 말을 들으려고 하지 않자, 애가 탄 윤주는 그의 등짝을 짝 하고 때리며 소리쳤다.

"너, 자꾸 말 안 듣고, 사람 속 뒤집을래? 좋게 말할 때 얼른 일어나 약 먹어라! 쪼그만 녀석이 그동안 너무 오냐오냐해 줬더니, 어디서 까불고 있어."

그때껏 반응 없던 건이 그녀를 향해 몸을 돌리더니 어이없다는 듯 눈썹을 꿈틀 움직였다.

"누나가 좋게 말할 때 얼른 들어라. 응."

건은 정말이지 어이가 없었다. 평소에는 제법 얌전하게 굴던 여자가 그가 아픈 이 절호의 기회를 놓치지 않고 복수를 제대로 하는 것처럼 느껴졌던 것이다. 그것도 짐짓 근엄하고 엄숙한 표정을 지어 보이면서 말이다.

뭐? 누나? 누나는 개뿔! 그의 눈을 빤히 응시하면서 싱긋이 미소 짓는 그녀의 모습이 마치 사악한 마녀처럼 보였다. 건이 그녀를 향해 가소롭다는 듯 코웃음을 치며 뇌까렸다.

"왜? 내가 아프니까 우스워 보이냐?"

"이그, 자식! 그렇게 말하는 것 보니, 당장 죽을 사람은 같지 않아서 한시름 놔도 되겠다."

"뭐?"

어이없어하며 되묻는 건에게 윤주는 코가 닿을락 말락 할 지점까지 자신의 얼굴을 바짝 들이밀곤 약 올리듯 빈정거렸다.

"솔직히 말해 줄까? 맞아, 네가 아프니까, 굉장히 우스워 보인다. 그러니까, 얼른 약 먹고 나아라. 응."

아오, 저걸 정말! 가뜩이나 열이 펄펄 끓어 갈증이 나서 죽겠는데, 아기처럼 오물거리는 그녀의 입술을 보자, 건은 한순간 저 입술을 삼키면 갈증이 풀릴 것 같다는 끔찍한 생각이 들었다. 게다가 앙큼하게 웃기까지 하는 그녀의 모습에 건은 저도 모르게 혀로 바짝 마른 입술을 축였다.

"자! 얼른 먹어. 빨리 나아야 상큼하게 나한테 복수를 할 수 있잖아. 그렇지?"

정말 미치겠다! 화가 나고 가슴이 터질 듯 답답해서 건은 머리가 확 돌아 버릴 것만 같았다. 왠지 건이 주저하는 것 같아 보여 윤주는 입가에 부드러운 곡선을 그리며 장난스럽게 물었다.

"왜? 내가 먹여 줄까?"

"이씨! 정말!"

건은 신경질적으로 머리를 한 번 쓸어 올리더니 마지못해 그녀의 손바닥에 놓인 약을 입에 털어 넣고는 물과 함께 삼켰다. 그 모습에 윤주가 씩 웃더니 얼음물에 적신 찬 수건을 그의 이마에 얹어 준 뒤 자리에서 일어섰다.

일어선 그녀가 곧 사라질 것만 같은 두려움에 건이 다급히 윤주의 손을 붙잡았다. 놀란 듯 둥그렇게 눈을 뜨고 왜, 라는 표정으로 내려다보는 윤주에게 건이 띄엄띄엄 물었다.

"어, 어디 가?"

"응?"

"가지 마! 여기 있어!"

용기를 짜내서 겨우겨우 내뱉은 건의 말에 윤주의 반듯한 입매가 장난기를 담아 부드럽게 휘어졌다.

"누나 말 잘 듣겠다고 약속하면 있어 줄게."

"뭐야?"

"너 아직 아무것도 안 먹었지?"

건이 열심히 고개를 끄덕이자, 윤주가 어린아이 달래듯 부드럽게 말했다.

"죽 끓여 올게. 그러니까 잠시만 얌전하게 혼자 있어. 응."

"난 그딴 것 안 먹으니까, 하지 마! 여기 그냥 있어."

"아, 진짜 사람 말을 안 듣네. 너, 나한테 한번 혼나 볼래?"

눈을 부라리면서 짐짓 무서운 표정으로 말하는 윤주가 그저 황당했던 건은 그냥 어이가 없어서 웃어 버리고 말았다.

잠시 후 윤주가 죽 그릇을 들고 건의 방에 들어왔을 때 그는 잠이 들었는지 규칙적인 숨소리만 낼 뿐 미동도 하지 않았다. 잠이 든 듯한 건을 깨울까 말까 잠시 고민하던 윤주는 가볍게 그의 어깨를 툭툭 두들기며 불렀다.

"건아, 일어나서 죽 먹고 자."

처음에는 신경질을 팍팍 내던 건이었지만, 도저히 그녀의 고집을 꺾을 수 없다는 걸 알았는지 눈살을 와락 찌푸리며 억지로 몸을 일으켰다.

"너, 사람 귀찮게 하는 재주가 있더라."

퉁퉁 부어 불만 가득한 얼굴로 투덜거리는 건의 이마를 윤주가 손가락으로 콕 찍어 눌렀다.

"자식이, 누나한테 까불고 있다! 속으론 무지 좋으면서."

"내가 그냥 말을 말지!"

"그래 주면 되게 고맙지요."

꼬박꼬박 대꾸하는 그녀 때문에 건은 얼굴이 확 달아오르고 욱하는 성미가 치밀어 올라오는 것 같았지만 그저 답답한 마음을 한숨으로 대신했다.

솔직히 밥맛이라곤 없었지만, 눈을 크게 치뜨고 감시하는 그녀 때문에 억지로 삼켜야 했다. 아니, 그것보다 그녀가 그를 어린아이 취급하는 건 짜증이 났지만 말 안 들으면 간다고 재차 으름장을 놓는 게 싫었고 아무도 없는 큰 집에 혼자 남아야 하는 게 싫었던 것이다.

지금껏 단 한 번도 느껴 보지 못했던 미묘한 감정이 가슴 밑바닥에서 솟구쳐 올라, 건은 마음이 흐리고 어지러워졌다. 죽을 몇 술 뜨다 말고 얼른 자리에 누워 시트를 끌어당겨 머리 위까지 덮어썼다.

"왜, 더 먹지?"

"됐어."

"야, 너 숨 안 막히니?"

그러나 어지럽고 복잡한 건의 마음을 전혀 알 리가 없는 윤주는 그런 건을 보고 또 웬 놀부 심보래, 하는 표정으로 혀를 끌끌 차면서 조용히 방을 나갔다.

그리고 얼마나 시간이 흘렀을까. 창밖은 아직도 어둠에 잠긴 것이 채 동이 트지 않은 새벽인 것 같았다.

밤새껏 윤주가 온갖 지극 정성으로 건을 간호해 준 덕분이었는지 그는 이미 열이 다 내린 상태였다. 내내 멍했던 머리와 무겁던

몸이 한결 가벼워진 것 같았다.

　무심코 팔을 쭉 뻗어 기지개를 켜던 그의 눈에 불현듯 침대 옆에 엎드린 채 잠이 든 윤주의 모습이 보이자 건의 눈이 휘둥그레졌다. 아마도 그의 몸 상태를 계속 지켜보다 깜빡 잠이 든 모양이었다.

　건은 자신도 모르게 코끝이 찡해 오고 가슴이 뭉클해졌다. 어젯밤의 일들이 주마등처럼 뇌리를 스쳐 갔다. 어린아이 어르듯 부드럽게 웃어 보이며 약을 건네주고 이마에 찬 수건을 얹어 주던 따뜻한 모습이, 짐짓 무서운 표정을 지어 보이며 죽을 먹여 주던 온화한 모습이, 활짝 웃는 얼굴로 자신이 누나라고 어른 행세를 하던 그녀의 짓궂은 모습이…….

　"주윤주, 진짜 마음에 안 든다. 이씨!"

　하지만 못마땅한 불평과는 달리 침대에서 내려와 그녀를 안아 들고 침대에 눕히는 건의 동작 하나하나는 조심스럽기 그지없었다.

　"으음……."

　순간, 팔로 그의 목을 감아 오는 윤주 때문에 건은 몸이 뻣뻣하게 경직되었다. 게다가 코끝에 느껴지는 그녀의 은은한 체취에 몽롱하게 취할 것만 같아서 숨을 바로 내쉴 수조차 없었다.

　이성은 얼른 도망가라 머릿속에 경고 사이렌을 삐뽀삐뽀 정신없이 울리고 있었지만, 그는 그녀의 작고 예쁜 얼굴에서 도저히 눈을 뗄 수가 없었다.

　원래 이렇게 예뻤었나? 반달 모양을 그린 새까만 눈썹, 인형과도 같은 길고 풍성한 속눈썹, 빨갛고 한 번쯤 맛보고 싶은 탐스러운 입술.

"윽……."

고개를 세차게 틀던 건이 신음을 삼키는데 윤주가 또다시 으으, 하는 잠꼬대 같은 소리를 내자 그의 얼굴이 화끈화끈 달아오르면서 아랫배 아래쪽이 단단해지는 것을 느꼈다.

그는 자신도 모르게 그녀의 하얗고 반듯한 이마에 살짝 입을 가져다 대었다. 그런데 인간의 욕심은 끝이 없다고 했던가, 이번에는 평소에 늘 야무지고 대차게 대꾸하던 그녀의 핑크빛 입술을 살짝 맛보고 싶어졌다.

쿵쿵! 마치 나쁜 짓을 하는 사람처럼 건의 심장이 쿵쾅거렸다. 당장에라도 심장이 갈비뼈를 뚫고 튀어나오는 건 아닐까 하는 착각이 들 정도로.

건이 윤주의 입술에 조심스럽게 자신의 입술을 가까이 가져가자, 그녀의 팔이 더 거세게 그의 목을 휘감아 왔다.

"훗……."

삐뽀삐뽀! 경고 사이렌은 아까보다 더 위험하게 울리고 있었지만, 건은 도저히 가슴속에서 뜨겁게 달구어져 타오르는 욕망을 멈출 수가 없었다. 일시적인 충동일까? 아니면 본능적인 욕망일까? 그것도 저것도 아니면 그녀에 대한 궁금증과 호기심 때문일까? 알 수 없었다. 그저 그녀를 소유하고 싶은 욕심밖에는…….

서로의 입술이 겹쳐지자 그때서야 뭔가 이상한 느낌을 눈치챘는지 윤주의 눈이 번쩍 떠졌다. 가까이 다가온 건의 얼굴과 이글이글 불타오르는 듯한 그의 눈빛에 깜짝 놀란 듯 그녀의 눈이 충격과 경악으로 물들어 갔다.

"너…… 최건, 너……."

그러나 그녀의 뒷말은 그의 기습적 입맞춤에 사라져 버렸다. 마구 반항하는 그녀를 건이 힘으로 가볍게 눌러 제압하면서 그녀의 아랫입술을 꾹 깨물었다.

"훗……."

아픈 듯 그녀의 입이 벌어진 그 틈을 놓치지 않은 그의 축축한 혀가 그녀의 입안으로 미끄러져 들어갔다. 그는 신음을 무시한 채 그녀의 입천장을 훑고 치아 사이를 마음껏 누비고 다녔다. 그러고도 성에 차지 않았는지 그의 혀가 치열을 훑고 입천장을 두드리고 요리조리 숨어 다니며 겉돌고 있는 그녀의 혀를 잡아채고 빨아들였다.

"으읏……."

어떻게 이럴 수가? 바로 이것을 두고 마른하늘에 날벼락이라고 했던가? 최건, 이 나쁜 자식이 어떻게 나한테 이럴 수가 있어? 평소에 얄밉고 심술궂고 버르장머리 없는 고약한 놈인 건 맞지만, 그래도 심성은 착하다고 생각했는데.

더욱이 아픈 그가 불쌍해서 밤새껏 간호를 해 주지 않았던가? 망할 자식! 나쁜 개자식! 너무 분하고 억울해서 배신감과 분노를 동시에 느낀 윤주는 몸을 부르르 떨면서 있는 힘껏 몸부림쳤다.

"으읍……."

이미 그녀의 입안 구석구석을 샅샅이 훑고 맛보았음에도 불구하고 건의 욕망은 좀체 사그라지지 않았다. 어느덧 그의 단단하고 우악스런 손길에 의해 그녀의 블라우스 단추가 하나하나 끌러지기 시작했다. 하나, 두 개…… 마지막 단추에 손이 닿을 때였다.

"하지 마! 건아! 흐흑……."

불길한 두려움과 끔찍한 위험이 점점 가까이 다가오는 느낌에 그녀가 어깨를 들썩거리며 애원하듯 울부짖었다.

"흐흑……."

그녀가 울고 있었다. 두려움에 질려 눈물범벅이 된 채 새빨간 피가 나도록 입술을 으득으득 깨무는 윤주의 모습에 건은 심장이 날카로운 칼에 베인 듯 시큰거렸다. 그제야 실이 끊기듯 툭툭 끊겨 나갔던 정신이 조금씩 돌아오면서 건은 가까스로 평정심을 되찾았다.

'내가 대체 무슨 짓을 한 거지?'

마구 헝클어 놓은 듯한 머리카락, 찢어진 입술, 눈물범벅이 된 얼굴, 반쯤 벗겨진 블라우스. 윤주의 모습에 건은 속이 뒤집어질 것만 같았다. 그녀를 그렇게 만들어 놓은 자신이 한없이 저주스러워 미칠 것만 같았다.

'어떻게 내가 이런 짐승 같은 짓을?'

일 년 내내 사업을 핑계로 잦은 출장을 가시는 부모님 때문에 그는 늘 외로웠었다. 아파도, 슬퍼도, 외로워도, 분해도, 그는 언제나 혼자였었다. 그럼에도 그 누구도 그를 안아 주거나 손잡아 주거나 따뜻한 말 한마디 건네주지 않기에 그는 마음의 문을 너무나 굳게 닫아 버리고 말았다.

얼음처럼 차갑게 꽁꽁 얼어붙었던 그의 마음을 바로 눈앞의 이 여자가 따뜻하게 녹여 주면서 천천히 다가왔는데……. 늘 얼뜨기 같은 멍청한 계집이라 툴툴거리면서도 그는 어느덧 그녀가 편해졌고, 자신도 모르는 사이 그녀를 마음속에 담아 두기 시작했다.

그는 빌어야 했다. 잘못했다고. 미안하다고! 두 손 두 발 모아 싹싹 빌면서 진심으로 그녀에게 용서를 구해야 했다. 그런데…….

"당장 꺼져!"

전혀 마음에도 없는 다른 말을 내뱉으면서 그는 기어코 그녀에게 상처를 주고야 말았다.

"뭐, 뭐……라고?"

어이없다는 듯한 쓴웃음이 윤주의 입가에 걸렸다. 대체 누가 할 소리를? 윤주는 당장 찢어발겨 죽이고 싶을 정도로 그가 증오스러워 앙칼지게 악을 쓰며 소리를 질렀다.

"개 같은 나쁜 자식, 천하의 몹쓸 자식, 네가 어떻게 나한테 이럴 수 있어?"

지금껏 그 어떤 불만이 있어도 속으로 삭이고 웬만해선 화를 내지 않고 잘 참던 그녀였지만, 자신이 당한 일이 하도 억울하고 분통이 터져 그녀는 두서없이 욕설을 내뱉었다. 윤주의 입술이 열릴 때마다 심장에 비수가 꽂히는 아픔을 느껴야 했지만, 건은 아무렇지 않은 듯 태연을 가장한 얼굴로 비틀린 조소를 지으며 더 잔인하게 굴었다.

"너도 잘한 건 없지! 먼저 틈을 보인 건 너였으니까!"

"뭐, 뭐……?"

그녀는 너무나 기가 막힌 나머지 말을 더 잇지 못했다. 그래, 잠깐 깜빡한 게 있었다. 그는 세상에서 가장 밥맛 떨어질 정도로 재수 없고 싸가지가 없는 놈이라는 걸. 적대감이 가득한 눈빛을 보내는 그녀의 어깨를 거칠게 움켜잡은 그가 사납게 소리를 질렀다.

"왜? 억울해? 그럼 한번 끝까지 가 볼까?"

그의 말이 끝나자, 공기를 찢는 불쾌한 마찰음과 동시에 그의 고개가 옆으로 홱 돌아갔다. 분개한 나머지 부들부들 떨며 또다시 자신의 뺨을 때리려고 하는 그녀의 손을 단번에 낚아챈 그가 입술 끝을 잔인하게 말아 올렸다.

"날 더 이상 자극하지 마! 얼른 꺼져! 꺼지라고!"

미친 듯이 발광하는 그의 모습이 그녀에게는 너무 낯설었다. 아니, 그는 미친 게 틀림없었다. 순간 걷잡을 수 없는 두려움이 전율처럼 전신을 타고 흐르는 느낌에 그녀는 몸을 잔뜩 움츠렸다. 얼른 이곳을 벗어나고 싶은 생각에 그녀는 후들거리는 손으로 가까스로 침대 모서리를 움켜잡고 몸을 일으켰다.

"다시는 내 앞에 나타나지 마!"

'내게 그 어떤 틈을 주지 말았어야 했어! 내 마음을 열지 말았어야 했다고! 내가 죽든 살든 가차 없이, 차갑게 싸늘하게 거들떠도 보지 말았어야 했다고!'

건의 마음이 울고 있었다. 그녀에게 상처를 준 심장이 아프다고 당장 파열해 버릴 것만 같다고 고통스럽게 울부짖고 있었다. 날카로운 비수에 찔린 듯 피가 철철 흘러내려 그의 온몸을 빨갛게 물들여 가고 있었다.

"날 더 이상 자극하지 마! 얼른 꺼져! 꺼지라고!"

윤주의 마음이 울고 있었다. 심술궂지만 그래도 착한 동생으로 여겨 왔던 녀석한테 모욕을 당한 수치심과 배신감에 치를 떨며 울고 있었다. 그를 향한 그녀의 순수한 마음을 모독한 그에 대한 경멸로 그녀의 심장과 눈에서 피가 철철 흘러내리고 있었다.

"나쁜 자식! 평생 널 저주할 거야! 밤마다 악몽에 시달리라고 아낌없이 저주를 퍼부어 줄 거야! 영원히 용서하지 않을 거야."

고통에 찬 슬픈 울부짖음에 건은 고개를 돌려 방을 뛰쳐나가는 그녀를 보지 못하고 외면해 버렸다. 아니, 잘못했다고 말하면서 잡고 싶었다. 빌고 싶었다.

그러나 그는 그러지 못했다. 목석처럼 굳은 듯 그 자리에서 꼼짝도 않은 채 가만히 서 있기만 했다. 잠시 뒤 그녀의 뒤를 쫓아 바깥으로 나갔을 때는 윤주는 이미 완전히 모습을 감추어 버린 후였다. 그녀의 저주를 받아 하늘이 뚫렸는지 무섭게 퍼붓는 빗속에서 건은 마치 영혼을 잃어버린 사람처럼 우두커니 서 있었다. 아주 오랫동안······.

4.

우린 모르는 사이야

십 년 만에 나타난 건을 보고 몹시 놀란 듯 윤주가 몸을 크게 휘청거리자 그가 다급히 그녀의 팔을 잡아 주며 조심스럽게 물었다.

"괜찮아요?"

윤주는 재빨리 그의 손을 떨쳐 내며 고개를 끄덕였다. 긴장한 걸까? 아니면 놀란 걸까? 좀처럼 표정을 풀지 않은 채 잔뜩 경계하는 눈빛을 보내는 그녀를 향해 건이 정중하게 명함을 건네며 인사했다.

"처음 뵙겠습니다. 대현 아일랜드 최건입니다."

윤주의 입술 끝이 살짝 올라갔다. 처음이라고? 하아, 능청스러운 놈! 너 나 몰라? 벌써 잊었어? 나쁜 자식!

마음 같아서는 얼른 이곳에서 벗어나고 싶었지만 어째서인지 윤주는 생각대로 하지 못했다. 공중에서 보이지 않는 무언가가 그녀를 끌어당기는 마법을 부리는 것처럼. 윤주는 썩 내키지 않은 표정으로 명함을 받아 들며 자신을 짤막하게 소개하고서 신경질적으로 자리에 앉았다.

"저한테 무슨 볼일이라도 있습니까?"

윤주의 차가운 태도에도 건은 시종일관 공손하게 대응하며 결론부터 얘기했다.

"오늘 제가 여기까지 걸음 한 건 주윤주 씨의 능력을 사기 위해서입니다."

건의 말을 제대로 이해하지 못한 듯 윤주는 잠시 어리둥절하더니 곧 표정을 딱딱하게 굳히면서 그를 빤히 응시했다. 뭘 사? 능력을? 밑도 끝도 없이 이 무슨 터무니없는 소리인지? 넌 아직도 내가 그렇게 우스워 보이니?

그런 불만스러운 생각들로 가득 찬 그녀의 머릿속을 훤히 들여다보았음에도 불구하고 건은 일부러 얼굴을 바싹 들이밀고 능청스럽게 물었다.

"내 얼굴에 뭐가 묻었습니까?"

어처구니가 없어서 허헛 하고 헛웃음을 흘리는 윤주에게 건이 빠르게 설명을 덧붙였다.

"YJ홈쇼핑에 대한 소문을 듣고 찾아왔습니다. 저랑 같이 일해보지 않겠습니까?"

"제가 왜요? 싫습니다."

윤주가 더 생각해 볼 것도 없다는 듯 딱 잘라 대답하자, 건은 이해가 안 된다는 표정으로 되물었다.

"대현 아일랜드에 대해서는 알고 있습니까?"

설마 이 여자도 국내 최고 패션기업인 대현 아일랜드를 모르고 있는 건 아닐까 하는 생각에 건은 조금 서운한 생각이 들었다. 그래서 자신의 패션제국을 자랑하듯 자신감에 찬 어조로 말했다.

"이건 주윤주 씨에게 좋은 기회이지 않습니까? 긍정적으로 생각해 보시기 바랍니다."

그래, 잘 안다. 무작정 싫다고 하는 이유가 뭣 때문인지. 그런데 이건 좀 아니지 않나. 대현 아일랜드가 어디 평범한 기업인가? 지금 얼마나 많은 청년들이 우리 회사에 들어오기 위해 재수, 삼수를 하는데.

"어쩌면 주윤주 씨가 갖고 있는 능력과 창의성을 한껏 발휘할 수 있는 무대가 바로 우리 대현이 아닐까 생각합니다만. 또 보세 옷을 만드는 것보다 최고 브랜드 제품을 만드는 것이 더 의미가 있지 않을까요?"

건의 차분한 설명에 그제야 윤주는 손에 든 명함을 다시 뚫어져라 노려보았다.

『대현 아일랜드 대표이사 최건』

그러고 보니 그에 관한 소문을 들었던 것도 같았다. 그 기업에 대해 잘 알고 있는 주변의 사람들이 뭐라고 했던가? 2년 연속 톱 1위에 오른 패션제국의 젊은 황제. 또 이런 말도 했었지. 일에 파묻힌 그의 모습은 섹시하고 카리스마가 넘쳐 수많은 젊은 처자들이 정신을 차리지 못한다고 말이다. 또 자신의 이상형이니 뭐니 하면서 그에 대해 가슴앓이를 하는 여자들도 있다고.

그런데 지금껏 윤주는 그런 소문을 귓전으로 흘려들으며 참 웃기기도 하지, 하고 코웃음 쳤는데 그가 바로 십 년 전 자신이 과외를 해 줬던 싸가지 없고 고삐 풀린 망아지 같은 제자라는 걸 꿈에도 생각하지 못했었다. 전혀 예상하지 못한 꿈같은 만남에 윤주는 머리가 어지러워 한순간 대꾸할 말을 찾지 못했다.

뭔가 퍽퍽해진 분위기를 띄우고자 건은 살짝 화제를 돌렸다.

"근데 찾아온 손님한테 커피도 안 주실 겁니까?"

윤주 앞에 다 마신 커피잔을 놓으며 건은 능청스럽게 말했다. 그녀의 입가와 눈가가 미세하게 떨렸다. 화가 단단히 났다는 뜻. 그래, 당연히 많이 놀라면서도 적잖이 화도 났을 것이다.

십 년 만의 재회! 몹시 반가워하는 자신과는 다르게 그녀는 아마도 이 만남이 죽도록 싫었을 것이다. 지금껏 자신은 단 한 번도 제대로 된 사과조차 하지 않았기 때문에.

진짜 마음 같아서는 그때의 일에 대해 진지하게 사과를 하고 용서를 빌고, 그동안 그녀가 어떻게 지내 왔는지 묻고 싶었지만, 왠지 그렇게 하면 그녀가 금방 먼지처럼 사라질 것만 같았다. 그래서 일부러 모르는 척 처음 만나는 사이인 양 건은 낯설게 굴면서 능청스럽게 그녀를 대하고 있었던 것이다.

"커피 한 잔 주기도 아까운가 봅니다? 영 싫다는 내색이……. 아무리 내가 마땅치 않아도 그렇지, 그래도 찾아온 손님 아닙니까?"

너무도 뻔뻔스럽게 나오는 건의 태도에 윤주는 그만 어이가 없어서 하아, 하는 소리만 연발하더니 고개를 홱 돌려 버렸다.

민정과 막내는 언제 사무실을 빠져나갔는지 그림자조차 보이지 않았다. 그러니까 지금 사무실에는 건과 그녀 오직 두 사람뿐이란 말이다.

그런데 이 자식, 대체 무슨 꿍꿍이를 품은 거지? 그녀를 못 알아봤을 리는 없을 텐데. 오히려 그녀가 십 년 전보다 훨씬 더 멋지고 성숙하게 변한 그를 알아보지 못했다면 말이 되는데 예전이나 지금이나 별 차이 없는 그녀를 몰라봤다면 새빨간 거짓말일 터였다.

생각할수록 머리가 지끈거려 윤주는 머릿속에 있는 복잡한 생각들을 훌훌 털어내려는 듯 싫은 티를 팍팍 내면서 자리에서 일어섰다.

그가 알은체를 안 하면 자신도 똑같게 대하면 되는 거지 뭐. 오히려 잘된 일 아닌가? 그렇게 스스로를 위로하면서 윤주는 커피를 타기 시작했다.

건은 팔짱을 낀 자세로 앉아 입술 끝에 웃음을 매달고 그런 윤주의 모습을 재미있다는 듯 지켜보고 있었다. 십 년 전 청순하고 생기발랄했던 모습과는 다르게 여인의 향기를 물씬 풍기는 성숙한 그녀의 색다른 모습에 건은 가슴이 두근거리면서 뜨거워졌다.

"되게 싫었을 텐데, 맛있게 커피 타 주셔서 고마워요. 잘 마실게요."

윤주가 건네는 커피를 받아 들면서 건이 예의 있게 말했다. 하지만 듣고 나면 그 뒷맛이 영 비딱하게 느껴지는 그런 말투였다.

"하아……."

어이없는 한숨이 섞인 긴 탄식이 그녀의 입술 끝에 부유했다. '그냥 가만히 있지요.' 하는 눈빛을 내보이며 벙찐 표정을 짓는 윤주에게 건이 설득조로 말했다.

"우리 대현 아일랜드에 대해 다시 한 번 생각해 보심이 어떻습니까? 저는 주윤주 씨와 같이 일하고 싶거든요."

"감사합니다만, 거절하겠습니다."

이번에도 똑같은 대답이 되돌아왔다. 당신 바보 아냐? 라는 말이 새어 나오는 걸 가까스로 참고서 건은 억지로 입가에 미소를 띠며 조심스럽게 물었다.

"대현 아일랜드에서 일하게 되면 주윤주 씨에겐 굉장히 좋은 기회라고 생각하는데 단번에 거절하신 그 이유에 대해 좀 물어봐도 될까요?"

"굳이 대기업에서 일하지 않고도 사는 데 아무런 지장이 없습니다. 보다시피 전 지금 편하게 잘 살고 있습니다."

거기에 대해 더 이상의 대화는 하지 않겠다는 분명한 의사 표현이었다. 이런 상황에서 얘기를 더 해 봤자 그녀의 심기만 어지럽힐 뿐 전혀 도움이 안 될 것 같았기에 건은 시간을 갖고 그녀에 대해 천천히 알아 가자고 자신을 다독이며 자리에서 일어섰다.

"아이구, 이런 빌어먹을 날씨, 열대가 따로 없어. 정말 사람 다 잡겠어!"

그때 민정이 불평을 잔뜩 쏟아 내며 사무실에 들어섰다. 그녀를 확인하자 갑자기 건의 얼굴이 환해졌다.

"은민정 사장님, 저녁에 시간이 괜찮다면 함께 식사를 했으면 하는데요? 주윤주 씨랑 함께요."

정말 잘된 일이라고 건은 생각했다. 안 그래도 이렇게 헤어지는 게 아쉬웠는데 때마침 저 수다스러운 아줌마가 나타났던 것이었다. 일이 잘 풀려 가자 그는 지금 춤이라도 덩실덩실 추고 싶었다.

갑작스런 건의 말에 윤주는 뜨악한 표정을 지었고, 민정은 입가에 싱글벙글 웃음을 걸고 좋아서 어쩔 줄을 몰라 했다.

"어머머! 좋지요! 멋지게 생긴 남자가 식사를 대접하겠다고 하는데, 제가 굳이 마다할 이유가 있겠습니까? 그걸 거절하면 바보지요. 호호. 근데 뭐 사 줄 건데요? 저는 꽤 많이 먹는 편인데. 호호호."

'언니 제발!' 이라는 소리가 절로 나올 정도로 윤주는 황당해서 어쩔 바를 몰라 했다. 창피하고 민망해서 얼굴이 화끈거렸다.

"가장 잊지 못할 저녁을 대접하겠습니다."

"호호. 이런, 농담인데, 그냥 깨끗한 한정식으로 하면 됩니다."

처음에 느꼈던 무뚝뚝하고 차가운 인상과는 반대로 능청스럽게 받아넘기는 건의 태도에 민정은 몹시 기분이 좋은지 얼굴 가득 미소를 지었다.

"네, 그럼 저녁에 다시 뵙죠. 꼭 같이 나와요."

두 여자를 향해 허리 굽혀 깍듯하게 인사를 한 후 건이 사무실을 나가자, 윤주는 머리끝까지 오른 열을 식히려는 듯 연방 손부채질을 해 댔고, 민정은 건의 뒷모습을 오랫동안 바라보다가 감탄하듯 말했다.

"호오…… 대체 저 남자는 뭘 먹고 저렇게 멋지게 컸다니?"

"언니, 얼른 침이나 닦아! 주책이야."

쯧, 하고 혀를 차며 핀잔하는 윤주를 민정이 아니꼬운 듯 흘겨보더니 입술을 삐죽거렸다.

"너는 대체 그동안 어떻게 살아왔기에 그 예쁜 얼굴에 저렇게 멋진 놈 하나 낚아채지 못하고 말야. 쯧…… 참, 인생 헛살았다."

"그러는 언니는, 어떻게 살아왔기에 여태껏 노처녀 신세에서 못 벗어나는데?"

"너는, 참…… 왜 나한테서 못난 것만 배우냐?"

대답 대신 한숨을 길게 내쉬는 윤주를 이상하다는 듯 쳐다보던 민정이 조심스럽게 물었다.

"그래, 저 멋진 총각은 무슨 일로 널 찾아왔다 하던?"

"아, 아무것도 묻지 마! 몰라, 몰라!"

윤주가 괴로워하며 얼굴을 심하게 찌푸리는데도 민정은 쉽게 물러나지 않았다. 오히려 더 집요하게 캐고 들었다.

"모르긴 뭘 몰라? 식사를 대접하겠다고 나오는 거 보면 오늘 아주 즐거웠단 말 아니야?"

복잡한 고민과 걱정거리를 한가득 담은 기나긴 한숨이 또다시 그녀의 입에서 새어 나왔다. 어느덧 십 년이 흘렀다. 코흘리개 고삐리에서 어느새 완벽한 남자로 변한 건의 모습에 윤주는 왠지 기분이 이상하면서도 낯설고 묘했다.

아니, 왜 나타난 걸까? 그가 갑자기 나타남으로써 여태껏 조용하던 자신의 생활에 곧 세찬 파문이 일어날 것만 같은 두려움에 그녀는 흠칫 몸을 떨었다.

"대현 아일랜드가 그렇게 대단한 회사라면서요?"

아담하면서 깨끗하고 조용한 한정식집, 오붓하고 작은 단독 룸에서 최건과 마주 앉자마자 민정이 꺼낸 첫마디였다. 건이 은민정이란 여자에 대해 느꼈던 첫인상이라면 그녀는 너무 주책없게 횡설수설 떠들어서 시끄럽다는 것이다. 그래서 짜증도 없지 않았지만, 건은 예의 바른 태도로 대응했다.

"그래서 주윤주 씨에게 스카우트 제의를 했는데 아쉽게도 거절당했네요. 주윤주 씨에게도 참 좋은 기회라고 생각되는데 말입니다."

"호오…… 스카우트 제의라. 역시나 대기업 사장님도 별다를 바 없군요. 간사하십니다, 최 사장님."

그렇게 말하는 민정의 입가에 의미를 알 수 없는 음흉한 미소가 걸렸다. 대체 뭘 말하고 싶은 걸까? 어렴풋이 짐작 가는 데는 있었지만, 건은 일부러 내색하지 않은 채 넌지시 되물었다.

"무슨 말씀이신지?"

"호호…… 겉보기에는 어쩌면 윤주에게 좋은 기회이기도 하지요. 그런데 그런 조건을 제안한 사람의 속에는 간사한 꿍꿍이가 숨어 있지요. 결국은 그쪽도 적잖은 이익을 챙기기 위해 움직이니까요. 그만큼 윤주의 능력은 무시할 수 없잖습니까? 옷 찍어 내면 바로바로 대박 나면서 십 대, 이십 대 젊은이들의 열광을 받고 있으니까요. 실은 뭐 윤주에게 스카우트 제의가 들어온 게 이번이 처음은 아니지만요."

묘하게 비릿한 말투. 칭찬하는 척 배배 꼬며 늘어놓는 민정의 말에는 그를 향한 경멸과 비아냥거림이 없지 않았다. 듣기에 몹시 거북했음에도 건은 기분 좋게 웃으며 가볍게 받아넘겼다.

"저는 자선사업가가 아닙니다. 그건 은민정 사장님도 마찬가지라고 생각하는데요. 우리 모두 장사를 하는 사람들 아닙니까? 세상에 바보가 아닌 이상 눈앞에 훤히 보이는 이익을 마다할 사람이 있을까요? 맞아요. 듣기 싫게 말하면 난 교활한 장사꾼입니다. 근데 저는 다른 사람들과는 달리 대가도 후하게 드릴 겁니다."

오호, 하며 얼굴 가득 흥미로운 빛을 띠고 있는 민정을 똑바로 바라본 건이 느릿느릿 말을 이었다.

"근데…… 주윤주 씨에게 모든 것을 맡기고 있는 은민정 사장님께서도 별반 다르지 않다고 생각하는데요. 어쩌면 저보다 더 교활하신 분이 아닐까 생각합니다만……."

민정은 그저 웃고 말았다. 대단한 상대를 만났다는 듯 흡족한 웃음을 입가에 잔뜩 걸고서.

"자, 교활한 장사꾼끼리 건배나 할까요?"

"좋아요. 자, 건배!"

민정이 먼저 잔을 들자, 건도 환한 표정을 짓고서 잔을 들었다. 그러다가 문득 민정의 옆에 얌전한 색시처럼 잠자코 있는 윤주의 존재를 그제야 인식했는지 빈정거리듯 말을 꺼냈다.

"그런데 주윤주 씨는 원래 말이 없는 겁니까? 아니면 내숭을 떠는 건지? 내숭이랑은 별로 안 어울려 보이는데."

네? 하면서 민정이 윤주에게로 시선을 옮기면서 이상하다는 투로 물었다.

"너 정말 내숭 떠니? 어머, 이제는 정말 시집가고 싶나 봐? 아니면 오늘 맞선에서 너무 충격받았나?"

아, 당장 혀를 깨물고 죽고 싶을 정도로 창피하고 억울해서 윤주는 속으로 욕을 곱씹었다.

당장 민정의 입을 막고 밖으로 끌고 나가고 싶을 정도로 그녀가 야속하고 원망스러웠다. 처음으로 그녀가 미워지려고 했다. 여태껏 솔직담백하고 털털하고 시원시원한 성격의 소유자인 민정은 윤주에게 있어서 친언니와도 같았고 어머니와도 같았고 친구와도 같아서 마음을 터놓을 수 있는 좋은 지기였다.

그녀는 또한 편한 동업자이기도 했다. 워낙 감 놔라, 배 놔라, 대추 놔라 하는 성격이 아니어서 윤주의 의견에는 전적으로 동의를 하고 좋은 건의나 따뜻한 충고를 하는 편이어서 일하기에도 좋았다.

그런데 그런 민정에게 흠이 하나 있다면 그것은 바로 할 말 못 할 말 가리지 않고 생각나는 대로 툭툭 던진다는 것이었다. 바로 지금처럼 말이다. 하지만 윤주와 건의 관계를 전혀 알 턱이 없는 민정은 두 사람의 얼굴을 번갈아 쳐다보다가 엉큼한 미소를 띠었다.

"음…… 최 사장님도 아직 결혼 전이라면 우리 윤주랑 한번 잘 해 보는 건 어떨까요? 두 사람 꽤 잘 어울리는 것 같아서 말이죠. 아, 근데 내가 너무 앞서 가는 건가? 호호."

그 말에 윤주는 다급히 눈을 질끈 감았고, 건은 입매를 부드럽게 휘며 속으로 중얼거렸다.

'은 사장님 정말 고맙습니다.'

바닥에 닿을 것처럼 깊이 고개를 숙인 윤주와 마냥 기대하고 있는 듯 그의 입술만 뚫어지게 쳐다보는 민정을 잠시 번갈아 바라보던 건이 가볍게 한 번 웃더니 진짜 속마음과는 다르게 말했다.

"전 일부러 내숭 떠는 여자는 별로인데요."

하아, 저 자식 지금 뭐라고 나불거리는 거야? 진짜 열불 나! 노골적으로 비아냥거림을 담은 건의 어조에 윤주는 고개를 돌려 한순간 자신을 우스운 꼴로 만들어 버린 민정을 째려보다가 다시 시선을 옮겨 건의 새까만 눈동자를 똑바로 직시하며 한껏 비웃어 주었다.

"거참 다행이군요. 저도 능청스럽고 뻔뻔스러운 남자는 별로거든요."

그 말에 건의 반듯한 입매가 위로 살짝 올라갔고 한쪽 눈썹이 꿈틀 움직였다.

이거, 분위기가 갑자기 왜 이래? 분명 웃고 있는데 서로를 바라보는 시선만큼은 팽팽하기 그지없었다. 그런 두 사람을 눈알을 데구루루 굴려 흘끔흘끔 살펴보던 민정이 고개를 갸우뚱거렸다. 이럴 땐 슬쩍 빠져 주는 게 상책이고 또 그게 옳은 일이라고 대뜸 판단한 민정이 갑자기 무언가 생각났다는 듯 심각한 얼굴로 두 사람을 향해 입을 열었다.

"호호, 나이가 드니 자꾸만 정신이 깜빡깜빡하네요. 하마터면 또 잊을 뻔했잖아. 생각 같아서는 더 앉아 있고 싶은데, 이만 일이 있어서 먼저 나가야겠어요. 젊은 두 사람이서 재미있는 얘기 많이 나눠요. 난 이만 빠질 테니까. 호호."

나쁜 언니! 실컷 불은 질러 놓고 먼저 도망을 가? 속이 부글부글 끓어올라 가슴이 터지기 일보 직전인 윤주가 낮게 깔린 음성으로 민정을 부르면서 몸을 일으켰다.

"언니!"

"넌 왜? 손님 접대가 아직 안 끝났는데."

불만 가득한 표정을 짓는 윤주의 귀에 입술을 바짝 댄 민정이 낮게 속삭였다.

"넌 무슨 애가 그렇게 재미가 없냐? 이참에 이 남자나 낚아 봐. 만날, 맞선 보러 다니느라 괜히 스트레스 받지 말고. 하필이면 내게서 제일 못난 걸 배워서, 쯧…… 난 시집가는 기회를 놓쳤다고 하지만, 넌 다르잖아."

"언니!"

성이 난 윤주가 어금니가 으스러지도록 턱을 앙다물고 으르렁거렸지만, 민정은 사람 좋은 웃음을 호호, 흘리며 윤주의 어깨를 툭툭 두들겼다.

"간다! 잘하고 와!"

열만 돋우는 민정의 태도에 윤주는 코에서 뜨거운 콧바람이 풀풀 나는 것만 같았다. 아까부터 티격태격하면서 엄청난 기 싸움을 벌이고 있는 두 여자를 물끄러미 지켜보던 건의 얼굴에는 재미있어하는 기색이 가득했다.

'대체 뭘 잘하라는 거야?'

자신을 순식간에 곤경에 빠트려 놓은 민정에 대한 못마땅함으로 윤주는 신경질을 팍팍 부리며 마지못해 자리에 앉았다. 그리고 건을 빤히 쳐다보며 차가운 눈빛으로 단호하게 말했다.

"우리도 이만 일어날까요? 난 더 할 얘기가 없는데."

내가 그리도 싫은가? 이 여자는 아직도 날 미워하고 증오하는 걸까? 그래도 한때나마 사제 지간이었는데. 건은 솔직히 조금 서운했다. 그래서 저도 모르게 알 수 없는 심술이 나면서 서둘러 일어서려는 윤주의 팔을 꽉 잡고 말았다. 그녀의 고운 미간이 사정없이 찡그려졌다.

"나는 아직 할 얘기가 있는데요."

울컥하는 감정을 억누르려고 윤주는 심호흡을 크게 내쉬고 나서 다시금 엉덩이를 바닥에 내려놓았다. 귀찮다는 티가 팍팍 느껴지는 그녀의 얼굴을 물끄러미 보며 건이 입을 열었다.

"대기업 사장과 친해져 두면 그다지 나쁜 점은 없다고 생각하는데요. 안 그래요, 주윤주 씨?"

건의 말에 어이없다는 듯 싸늘한 비웃음이 반듯한 윤주의 입매를 물들였다.

"뭔가 착각을 하시는 것 같은데, 전 아무하고나 가깝게 지내지 않거든요."

그녀를 소중하게 생각하는 자신과는 달리 그녀에게 그는 아무것도 아니라는 생각에 건은 몹시 섭섭한 마음이 들었다. 근데 생각해 보면 이 모든 것이 자신이 자초한 일 아닌가. 안타까운 일이지만 과거에서 얽힌 실타래는 시간을 갖고 천천히 풀 수밖에 없다고 생각하며 건은 슬쩍 화제를 돌렸다.

"이 일을 하신 지 오래되셨습니까?"

별걸 다 궁금해한다고 속으로 투덜대면서도 윤주는 마지못해 예의상 대답해 주었다.

"꽤 됐습니다."

그때 종업원이 그들이 추가로 주문한 음식을 가볍게 내려놓고 룸을 나가자 건이 윤주의 잔에 술을 따라 주었다. 윤주가 차를 가지고 왔기에 술을 마시지 못한다고 말하자 건은 더 이상 권하지 않았고 혼자서 술잔을 들이켰다. 그러고 나서 그녀에게 시선을 둔채 생각에 잠긴 표정으로 묻지도 않은 말을 꺼내 놓았다.

"제가 이 일을 시작했던 것은 제가 좋아하는 여자들에게 가장 잘 어울리는 아름다운 옷을 만들어 주기 위해서입니다."

'그래, 너 아주 잘났다. 너를 아이돌보다 더 동경하고 흠모하는 처자들이 많아서.'

마치 그런 윤주의 생각을 읽기라도 한 듯 건은 잠시 틈을 두고 다시 말을 이었다.

"뭐 제가 좋아하는 여자들은 많지요. 할머니, 어머니, 여동생……."

처음엔 무심하게 그 말을 듣던 윤주의 눈에 갑자기 큰 동요가 일어났다. 그녀로부터 자신이 원했던 반응을 끌어내자 건의 입가가 부드러운 미소로 휘어졌다.

"아주 오래전에 마음이 따뜻하면서도 천사 같았던 여자가 있었습니다. 오늘의 저를 있게 해 주신 은혜로운 분이시기도 했고 저의 마지막 과외샘이었지요. 근데 그때는 철이 없었기에 착한 그녀에게 참 못되게 굴었습니다. 정말 언젠가 다시 만난다면 그녀에게 가장 어울릴 만한 예쁜 옷을 만들어 드리고 싶습니다."

정확히 그녀가 누구인지 밝히지 않았지만 윤주는 알 수 있었다. 그래서 그 말을 듣는 순간 윤주는 가슴속 깊은 곳에서 뜨거운 무언가가 용솟음쳐 올라옴을 느꼈다. 또 그의 목소리에서 진심이 느껴졌으므로 오랫동안 억눌러 왔던 분노를 터뜨리지도 못했다.

무언가 말할 듯 말 듯 벌어졌다 다물어지는 그녀의 입술이 애를 태웠지만 건은 조용히 대답을 기다렸다.

"시간이 많이 늦었습니다."

그러나 기대와는 다른 의외의 대답이 돌아오자 건은 실망감을 감출 수가 없었다. 하지만 굳이 그녀를 만류하지 않았다. 자리에서 일어서는 그녀를 따라 건도 몸을 일으키며 예의 바르게 손을 내밀었다.

"오늘 만나서 반가웠습니다. 또 보죠."

어쩐지 그 손을 잡으면 그와 엮일 것 같다는 불길한 느낌에 윤주는 솔직히 그가 내미는 손을 잡고 싶지 않았다. 그래서 어찌할 바를 모르고 망설이는데 마치 그녀의 속셈을 눈치채기라도 한 듯 건이 그녀의 손을 덥석 잡고 흔들었다.

"이렇게 얼굴을 맞대고 이야기할 수 있었던 것도 인연이라고 생각합니다만, 윤주 씨도 그렇게 생각해 주셨으면 좋겠습니다. 그럼 저는 이만."

십 년 전과는 판이하게 다른 건의 신사다운 모습에 윤주는 쉽사리 적응이 되지 않은 듯 그의 자그마한 행동에도 자꾸만 흠칫흠칫 놀라곤 했다. 그러면서도 한편으론 새삼스러운 기분이 들면서 저도 모르게 시선이 자꾸 그에게 가는 걸 막을 수가 없었다.

윤주는 룸을 빠져나오기 무섭게 마치 무언가에 쫓기듯 차가 있는 곳으로 걸음을 옮겼다.

그 뒤에는 그녀를 그렇게 돌려보내는 것이 못내 마음에 들지 않는 듯 건이 몹시 아쉬워하는 표정을 감추지 못하고 있었다. 그러나 잠시뿐, 그는 이내 두 눈을 반짝 빛내며 알 수 없는 미소를 얼굴 가득 그렸다. 오늘만 날이 아니다. 다음이 있지 않은가 말이다. 그녀와 꼭 다시 만날 거라고 확신하며 그는 희미한 웃음을 터뜨렸다.

❋

"언니! 은민정!"

민정과 함께 사는 한옥에 들어서기 바쁘게 윤주가 버럭버럭 고함을 지르자 민정은 놀란 듯 두 눈을 동그랗게 치뜨고 야단쳤다.

"너 미쳤어? 뭘 잘못 먹고 왔다니? 이 한밤중에 소릴 질러 동네 사람 깨울 일 있어?"

화가 나서 죽겠다는 듯 윤주는 바닥에 앉자마자 연방 손부채질을 하며 공격적으로 내쏘았다.

"언니, 다른 사람 앞에서 그게 뭐야? 내가 정말 창피해서 못 살겠다! 체통을 좀 지키시지!"

"호호. 어머, 얘. 어디 하루 이틀 나를 알고 지낸 것도 아니고, 다 알면서 뭘 그래?"

"그래도 상대는 대기업 대현 아일랜드 사장이잖아. 할 말 못 할 말 좀 가려서 해야지. 그게 뭐니?"

화가 나서인지 빨갛게 달아오른 윤주의 얼굴을 음흉스러운 눈빛으로 바라보던 민정이 몸을 쓱 기울여 얄밉게 깐죽거렸다.

"왜? 최 사장은 뭔가 좀 다르디?"

"뭐, 뭐야?"

"너무 잘생겨서 가슴이 막 두근거리던?"

"언니!"

꽥 하고 윤주가 거친 쇳소리를 내자 민정이 깜짝 놀란 듯 몸을 움츠렸다. 하지만 이내 호호 웃더니 그녀는 손가락으로 귀를 후벼 파며 굉장히 과장스러운 어투로 말했다.

"계집애 소리는? 귀청 떨어질 뻔했잖아!"

생각할수록 악에 받친다는 듯 윤주는 손으로 제 머리칼을 마구 쥐어뜯으며 민정을 향해 서슴없이 악담을 퍼부었다.

"이제는 알겠어. 언니가 왜 시집 못 가는지. 너무 푼수라서 따르는 남자가 없으니까 여태껏 노처녀로 늙어 가고 있는 거야."

몹시 아픔을 찌르는 말인데도 민정은 여전히 입가에 빙그레 미소를 지을 뿐이었다.

"애, 입은 비뚤어져도 말은 바로 하자. 난 못 가는 게 아니라, 안 가는 거야. 지금도 이 은민정이 살 좀 빼고 잘 차려입고 바깥에 나가 봐. 따르는 남자들 수두룩할걸! 그리고 내가 시집 못 가는데 네가 뭐 보태 준 것 있어?"

"그래, 말을 말자! 으이그, 다들 미워! 으아악!"

이상한 괴음을 내지르면서 윤주가 펄쩍펄쩍 날뛰자 민정이 탐색하는 듯한 눈초리로 그녀의 얼굴을 찬찬히 살펴보더니 고개를 갸우뚱거렸다.

"너 오늘 이상하다? 왜 그리 과민반응이야? 진짜 최 사장과 아무 일 없었어?"

이제는 말도 하기 힘든 듯 윤주는 기운 없는 얼굴로 자리에서 일어서더니 고개를 세차게 털며 터덜터덜 방으로 걸어갔다.

"쟤가 갑자기 웬 히스테리라니? 갱년기는 아닐 테고, 생리할 때가 되었나? 그것도 아니면 노처녀 히스테리인가?"

윤주가 왜 저렇게 발끈 화를 내고 펄쩍펄쩍 미쳐 날뛰는지 그 이유를 전혀 알 리가 없는 민정은 이상하다는 듯 고개를 가로저으며 낮게 중얼거렸다.

"아니면 내가 나서면 안 되는 거였나?"

5.

실 연 은   아 프 다

　오픈한 지 이제 겨우 5개월밖에 되지 않았음에도 불구하고 프랑
스 레스토랑 '르꼬데다'는 미식가들 사이에서 최고의 맛과 서비스
로 인정받는 정통 프렌치 레스토랑 중 하나로 인기를 누리고 있었
다.

　마치 파리 뒷골목에 있는 레스토랑을 그대로 옮겨다 놓은 듯한
인테리어로 꾸며 놓은 것도 인기 있는 이유 중 하나였지만 그 무
엇보다 이 레스토랑에서는 유기농 밀가루를 비롯해 프랑스에서
100% 직수입한 재료를 사용한다는 것이 가장 큰 이유였다.

　본토에서 공수한 신선한 재료로 만든 플루트, 팡 콩플레 등 수
십여 종류의 빵과 프랑스 정통 샐러드, 샌드위치, 크레페 등의 식
사 메뉴를 맛볼 수 있기 때문에 평일에는 모임을 갖는 엄마들을
비롯해서 주말에는 커플과 아이를 동반한 가족들이 많이 찾아온다
고 했다.

또 한 가지 덧붙이자면 다른 프렌치 레스토랑과는 달리 '르꼬데 다'에서는 직접 프랑스 일류 요리사 몇 명을 스카우트해 왔다고 했다. 몇몇 단골들은 사장이 혹시 프랑스인이 아닐까 짐작하기도 했지만 이 레스토랑 사장이 누구인지를 아는 사람은 얼마 되지 않았다.

오늘은 주말이라 그런지 아직 점심시간이 다가오지 않았는데도 레스토랑에는 거의 빈 테이블이 없을 정도로 손님들로 꽉 차 있었다. 누구를 만나러 온 것인지 현관에 들어서서 주위를 두리번거리는 여자에게 지배인이 다급히 다가와 예의 바르게 인사를 건넸다.

"오랜만입니다. 아가씨."

"안녕하세요, 아저씨. 정말 오래간만이네요. 그동안 잘 지내셨어요?"

주고받는 말이 친숙하게 느껴졌다. 살가운 대화는 두 사람이 처음 보는 낯선 사이가 아니라는 걸 설명했고, 그녀를 대하는 지배인의 공손한 태도를 보면 여자는 결코 무시할 수 없는 꽤 큰 영향력을 가진 인물이라는 걸 알 수 있었다.

"사장님 불러 드릴까요?"

잠시 뒤 여자가 창가 쪽 테이블에 자리를 잡고 앉자 지배인이 그렇게 물었다. 굳이 말로 표현하지 않아도 역시 내 마음을 제일 잘 아는 사람이라는 생각을 하며 여자는 생긋 웃는 얼굴로 고마움을 표시했다.

지배인이 물러가자 여자는 손으로 턱을 괴고 창밖을 내다봤다. 그때껏 그녀와 조금 떨어진 곳에서 여자의 움직임을 부지런히 눈으로 좇던 한 남자가 있었다.

"건이 오빠, 뭘 그렇게 보고 있는 거야?"

수영이 어서 식사하라고 몇 번이나 불렀는데도 건의 흔들리는 눈은 여전히 여자를 향해 있었다.

저 여자가 여긴 웬일이지? 그것도 동행도 없이 혼자서 말이다. 반가움 반, 놀라움 반의 표정으로 건이 막 일어서려는데 웬 남자가 여자의 맞은편에 떡하니 앉았다.

같은 남자가 봐도 그의 얼굴은 정말 잘생겼다. 살짝 그을린 피부에 짙은 눈썹, 깊은 눈매, 우뚝 선 코에 도톰한 입술까지. 전체적으로 봤을 때 남자의 모습에는 절망과 희망을 몸소 체득한 이의 강인함과 성숙함 그리고 견고함이 엿보였다.

젠장, 요즘따라 되는 일이 없군. 짜증이 나면 늘 하던 버릇대로 건은 미간을 심하게 찌푸렸다. 그러자 수영이 걱정된다는 표정으로 손으로 그의 미간을 펴 주었다.

"오빠, 왜 그래? 또 뭐가 마음에 안 드는데?"

수영의 말은 듣는 둥 마는 둥 하며 건의 머리는 이미 다른 곳으로 여행을 떠나고 있었다. 저 여자를 아무에게도 내줄 수 없다. 저 여자는 내 것이다! 두 사람이 마주 앉은 테이블을 노려보는 건의 눈이 그녀를 향한 지독한 소유욕으로 이글이글 타오르기 시작했다.

누군가 자신의 뒤통수를 찌릿하게 노려보는 것도 모르는 채 윤주는 애틋하고 아련한 눈빛으로 남자를 바라보고 또 바라봤다. 보면 볼수록 가슴을 아련하게 만드는 사람이다. 이 남자 한태준은.

윤주는 눈앞의 이 남자를 마주할 때마다 지켜 주고 싶고 보듬어 주고 싶고 아껴 주고 싶었다. 어머니에게 오빠 한태준은 가슴에 박힌 못이요, 윤주에게 그는 그 무엇과도 바꿀 수 없는 소중한 사람이었다.

잘생긴 외모나 잘빠진 몸매, 그리고 언제나처럼 한 치의 흐트러짐 없는 정장 차림과 자신감 넘치는 말투……. 외형적인 모습만 본다면 그는 별다른 굴곡 없이 순탄한 인생을 살아온 사람처럼 보였으나 사실 그의 삶은 마치 롤러코스터를 타듯 극과 극을 오가는 그야말로 파란만장, 우여곡절 그 자체였다.

3살. 지금은 기억도 남아 있지 않을 그 나이에 양친을 잃고 천애고아가 되어 버린 태준은 자신의 어머니의 절친한 친구였던 윤주의 어머니 박미순의 손에 의해 키워졌다.

하지만 운명은 그에게 너무도 가혹했다. 윤주의 나이 12살, 태준의 나이 15살에 윤주 아버지는 자신의 사업이 파산에 이르자 결국 엄청난 충격을 이겨 내지 못하고 뇌졸중으로 쓰러지더니 의식을 회복하지 못하고 그대로 세상을 떠나고 말았다. 그 때문에 윤주네 집안은 졸지에 빚더미에 앉게 되었고 태준은 하는 수 없이 입양을 가야 하는 처지에 놓이게 되었다. 어린 나이임에도 불구하고 태준이 오히려 좀처럼 마음의 결정을 내리지 못해 몹시 괴로워하는 미순을 따뜻하게 위로했다.

그렇게 한국을 떠나 미국으로 간 지 20년에 가까운 세월이 흐른 뒤에야 그는 겨우 한국으로 돌아올 수 있었다. 그래서 이 순간도 윤주는 그와 마주 앉아 이야기를 나누는 것이 마치 꿈처럼 느껴져 그의 얼굴만 뚫어져라 쳐다봤다. 그 집요한 시선에 태준이 머쓱한 듯 머리를 긁적거리다가 그녀의 눈앞에 대고 손을 흔들었다.

"자자! 얼굴 뚫어지겠다. 그만 쳐다보고 얼른 메뉴나 보라고. 뭐 특별하게 먹고 싶은 것 있으면 얘기하고."

태준이 나무라듯 말했지만 생각이 딴 곳에 있던 윤주의 시선은 여전히 그의 얼굴에 집중되어 있었다. 마치 그의 얼굴을 잊지 않으려는 듯.

눈앞의 이 남자를 가만히 보고 있으면 가슴이 아련해 오지만 그러면서도 이유 없이 기분이 설레고 들뜬다. 보면 볼수록 더 보고 싶은 사람, 그래서 더 갖고 싶은 마음에 이유 없이 눈물이 나는 걸까? 내가 만약 이 자리에서 오빠를 많이 좋아한다고 고백해 버린다면 우린 어떻게 될까? 전혀 뜻밖의 말에 그는 아마도 몹시 놀라겠지? 비록 피 한 방울 섞이지 않았지만 둘은 어렸을 적부터 같이 자라 온 친 남매나 다름없는 사이니까.

이참에 확 고백해 버릴까? 오빠에게 사귀는 여자가 있는지 없는지는 모르겠으나 어쨌든 결혼은 하지 않았다. 한국에 들어오자마자 맨 처음 윤주 어머니 박 여사를 찾아왔던 그날, 마치 남북 이산가족의 상봉을 방불케 하는 감격스런 해후를 했다. 그리고 왜 이 나이 되도록 아직도 홀몸이냐고 묻는 박 여사에게 태준은 그저 싱긋 미소를 짓는 것으로 답을 대신했던 것이다.

그럼 사귀는 사람이 있느냐고 묻는 윤주에게도 태준은 명확하게 대답해 주지 않았다. 그에 태준의 속내를 도저히 알 수 없었던 윤주는 저도 모르게 길게 한숨을 내쉬었다. 그런 그녀의 모습을 보고 태준은 조금 다르게 생각한 모양인지 걱정 가득한 얼굴로 물었다.

"녀석이 웬 한숨? 왜? 하는 일이 잘 안 되나?"

한번 슬쩍 말을 꺼내 볼까? 하는 생각으로 윤주가 뭔가 말을 하려고 물기를 머금은 듯 촉촉한 입술을 열 때였다.

"괜찮다면 같이 합석해도 될까요?"

윤주는 귓가에 들리는 익숙한 목소리에 잠시 움찔했으나 곧 자신만의 착각이겠지 하며 천천히 고개를 돌렸다. 그러나 다음 순간 그녀는 돌이 되어 버린 듯 몸이 굳어 버렸다.

"우리 윤주랑 아는 사이인가요?"

전혀 예기치 못한 만남에 놀라서 눈만 끔뻑거리는 윤주와 잘생겼지만 차가워 보이는 남자와 그리고 그 옆에 바싹 붙어 있는 자그마한 여자를 번갈아 바라보던 태준이 남자에게 물었다. 그러자 건은 놀라서 당황해하는 윤주를 한 번 힐끗 쳐다보고 나서 태연하게 대답했다.

"얼굴 몇 번 본 적 있다면 아는 사이라고 말할 수 있지 않겠습니까?"

그 말에 수영의 눈이 일순 경계의 빛을 띠면서 윤주를 쳐다봤다. 아, 남자가 아닌 저 여자랑 아는 사이였구나.

아까부터 식사는 하는 둥 마는 둥 한곳만 뚫어지게 쳐다보던 건이 어느 한 곳을 가리키며 저 사람들이랑 같이 합석하는 게 어때? 하고 몸을 일으키자 수영도 하는 수 없이 자리에서 일어서야 했다.

오빠랑 아는 사이야? 뭐 하는 사람들인데? 그렇게 물으려고 했는데 미처 그럴 겨를도 주지 않은 채 건은 이미 그쪽으로 가고 있었다. 이씨, 나쁜 놈 같으니! 속으로 투덜거리면서도 수영은 또 어쩔 수 없이 몸을 움직여야 했다. 그리고 건의 걸음이 멈추어지고, 테이블을 사이에 두고 마주 앉은 남녀를 확인할 때까지도 수영은 그다지 심각하게 생각하지 않았던 것이다.

그냥 남자랑 아는 사이겠지? 그것도 아니면 업무 관계로 얽힌 거래처 사람 중 한 명이겠지? 그리 생각했었다. 그러나 그녀의 생각을 비웃기라도 하듯 건이 여자랑 아는 사이라고 말하자 수영은 비로소 후회가 밀물처럼 밀려왔다.

눈앞의 그녀는 같은 여자가 봐도 작고 갸름한 얼굴에 고운 피부를 가진 예쁘고 아름다운 여인이었다. 수영이 혼자만의 생각에 빠져 있는 사이에 건은 어느덧 스스럼없이 형식적인 자기소개와 인사를 하고 있었다.

낯선 남자에게서 인사까지 받자 태준은 다소 떨떠름했으나 의례적인 인사를 건넬 수밖에 없었다. 도대체 뭐가 뭔지 모르겠지만 어쨌든 윤주와 아는 사이라고 말하는데 예의상 어쩔 수 없지 않은가.

"한태준입니다. 앉으시죠."

"처음 뵙겠습니다. 강수영이라고 합니다."

"주윤주입니다."

그렇게 형식적인 말 몇 마디를 주고받은 다음 그들은 자리를 잡고 앉았다. 그런데 어떻게 앉다 보니 건은 태준 옆에, 수영은 윤주 옆에 앉게 되었다. 실은 태준이 윤주 곁으로 자리를 옮기려고 했는데 이를 눈치챈 건이 그냥 이렇게 앉지요, 하며 빠르게 태준의 옆에 앉았던 것이다. 그러다 보니 원래 건의 옆에 앉으려고 했던 수영도 하는 수 없이 윤주 옆에 앉아야 했다.

"어떤 걸로 드시겠습니까?"

자신이 마치 그들을 초대한 주인인 양 건은 메뉴판을 집어 들고 정중한 말투로 물었다.

윤주는 그런 건이 얄밉기 그지없었다. 대체 저 자식은 자신과 무슨 철천지원수를 졌다고 가는 곳마다 이렇게 그녀를 괴롭히나 하는 못마땅한 생각이 들었다.

그것도 오랫동안 감추어 왔던 자신의 마음을 태준에게 고백하고자 막 결심을 내렸을 때 말이다. 게다가 동행도 있으면서 저 자식은 예전이나 지금이나 왜 저렇게 제멋대로인지 모르겠다며 윤주는 속으로 불평을 삭이고 있었다.

평소답지 않게 아까부터 말이 없는 윤주와 그런 그녀의 얼굴에서 눈을 떼지 못하는 남자 때문에 태준은 시종일관 의아함을 감추지 못했다. 다시 생각해 보니 아는 사이라는 남자의 말에 그녀는 그 어떤 긍정도 부정도 하지 않았다는 걸 뒤늦게야 깨달았던 것이다.

어떻게 아는 사이일까? 내가 모르는 사이에 저 녀석에게 남자친구라도 생긴 걸까? 그래서 태준은 남자의 얼굴을 가만히 훑어보았다. 처음 봤을 때도 느낀 거였지만, 남자는 완벽한 얼굴에 차갑고 냉정한 인상이었다. 또 여자로 하여금 그에게 홀딱 빠져들게 만드는 위험한, 그러나 거부할 수 없는 매력을 겸비하고 있었다.

저 고집스런 녀석에게 마침내 임자가 생긴 걸까? 태준은 한편으론 기쁘면서도 다른 한편으론 약간 섭섭하기도 했다.

메뉴판을 들고 이것저것 물어보는 건을 제외한 모두가 침묵하고 있었기 때문에 분위기는 어색하기 짝이 없었다.

수영은 자신의 옆에 앉은 여자가 무척 신경 쓰이지 않을 수가 없었다. 특히 건이 강렬하면서도 그윽한 눈빛으로 여자를 바라볼 때면 저도 모르게 가슴 저 밑바닥에서 괜한 분노가 치밀어 오르는 것이 느껴졌다. 솔직히 기분은 썩 내키지 않았지만, 수영은 쓸데없는 생각 하지 말자고 다짐하듯 머리를 흔들며 어색한 분위기를 전환시키고자 무던히 애썼다.

"와, 아저씨. 진짜 잘생겼어요. 하마터면 이병헌으로 착각할 뻔했다구요."

수영이 농담처럼 던진 그 한마디에 즉각 반응이 나타났다. 그때껏 뾰로통하게 앉아 있던 윤주의 입가에 처음으로 미소가 떠올랐고, 태준은 머쓱해하며 손가락으로 턱 끝을 문질렀다.

"멋지게 봐 주셔서 고마워요. 수영 씨도 미인입니다."

태준의 칭찬에 수영은 기분이 좋은 듯 말갛게 웃었고, 윤주도 동조하며 고개를 끄덕였다.

자신의 사랑스런 오빠라서 멋지게 보이는 것이 아니라, 태준은 어렸을 적부터 모든 소녀들의 흠모의 대상이었다. 공부도 잘해, 노래도 잘해, 운동도 잘해, 외모 또한 출중해서 주위에 이성친구가 끊이지 않았던 것으로 기억된다. 때문에 이 자그마한 여자의 말이 정말 맞는다고 생각하며 윤주는 또다시 생긋 웃었다.

그런 그녀의 모습을 놓치지 않고 주시하던 건이 약간 뒤틀린 웃음을 지었다. 물론 남자가 잘생겼다는 데에는 이견이 없다. 하지만 늘 자신을 딱딱하고 차갑게 대하던 것과는 달리 저 남자를 향해 말갛게 웃어 주는 윤주의 얼굴과 부드러운 눈빛에 괜한 심술이 났던 것이다.

여자의 얼굴에서 시종일관 눈을 떼지 못하는 건 때문에 속이 뒤틀리고 기분이 언짢기는 수영도 마찬가지였지만, 그런 감정을 얼굴에 드러낼 수는 없었다.

아마 유황불이 이글거리는 지옥으로 빨려드는 느낌이 이러할까. 그 무엇보다 여자는 아예 건에게 눈길도 주지 않고 관심조차 없어 보이는 데에 화가 났다. 그런데 저 바보 같은 남자는 대체 뭐가 부족하다고 여자의 모습에서 내내 눈빛을 떼지 못하나, 하는 생각이 들면서 몹시도 속이 상하고 억울했던 것이다.

그래서 눈앞에 있는 자신을 봐 주지 않는 건에게 화풀이라도 하듯 수영은 레스토랑에서 나와 차에 올라타자마자 그에게 빨리 정신 차리라는 듯 크게 말했다.

"오빠, 저 아저씨랑 언니, 진짜 잘 어울리지 않아?"

그런데 수영의 그 한마디가 큰 화근이 되었다.

안 그래도 레스토랑에 앉아 있는 내내 남자에게서 눈을 떼지 못하는 윤주 때문에 가뜩이나 짜증이 나고 괴로워 죽을 뻔한 건이었다. 그런데 헤어질 때마저도 뭐가 그리도 아쉬운 건지 아직도 생글생글 웃으며 재미있게 이야기를 주고받는 두 사람을 유리창 너머로 바라보노라니 건은 피가 거꾸로 솟는 느낌이 들었다.

그러니 수영의 그 말은 그야말로 불난 데 부채질을 한 셈이 되고 말았던 것이다. 아니나 다를까 수영의 말이 끝나기 바쁘게 건이 홱 고개를 돌리며 무섭게 소리를 질렀다.

"강수영, 경고하는데 아무것도 모르면 함부로 나불거리지 마!"

이것이 정녕 내가 오랜 시간 좋아해 왔던 건이 오빠의 입에서 나온 소리가 맞는 걸까? 차갑고 매정하고 냉정한 사람인 건 맞지만, 지금껏 자신을 자상하게 챙겨 주던 오빠였다.

가끔씩 뭐라 나무라고 꾸중을 한 적은 있지만, 지금 같은 저질스런 말은 하지 않았었다. 또 이렇게 두 눈을 부릅뜨고 무시무시하게 소리를 지르지도 않았었다.

오빠, 나한테 대체 왜 그래? 오빠, 나한테 이러면 안 되잖아, 하고 수영은 속으로만 소리쳤다. 입술을 움직여 소리를 내고 싶은데 무섭게 화를 내는 건이 낯설어 수영은 몸이 얼어붙은 듯 굳어 버렸고, 어느새 두 눈에 눈물이 차오르기 시작했다.

하지만 그런 그녀의 모습은 안중에도 없다는 듯 건은 신경질적으로 머리카락을 쓸어 넘기더니 정신이 반쯤 나간 사람처럼 그녀에게 명령하듯 소리쳤다.

"내려! 택시 타고 가."

잘못 들었나 제 귀를 의심하며 수영이 꼼짝도 하지 않자, 건은 재빠른 몸놀림으로 운전석에서 내렸다. 그러고는 조수석에 앉아 있는 수영을 강제로 밖으로 끌어내고는 빠른 걸음으로 윤주를 쫓아갔다.

국회의원 아버지와 대학 교수인 어머니 사이에서 외동딸로 태어나 곱게 자라 온 수영은 부족하다는 게 무엇인지 알지 못했기 때문에 무언가를 특별히 욕심내어 본 적이 없었다.

그러다 한창 이성에 관심을 가지게 되는 나이인 사춘기 때 그녀는 건을 처음 보고 첫눈에 반해 그를 짝사랑하기 시작했다.

그렇게 지난 세월 동안 최건 때문에 가슴이 설레고 두근거려 잠 못 이루었던 밤이 얼마였던가. 근데 그런 그녀의 마음도 몰라주고 자신을 늘 어린아이처럼 취급하는 그의 태도 때문에 속이 상해서 슬프게 울었던 날이 얼마였는지 모른다.

그럼에도 불구하고 수영은 그를 자신의 남자로 만들기 위해 눈물겨운 노력을 해 왔고, 그가 몹시 바쁘다는 걸 알면서도 일부러 오늘처럼 시간을 만들어 열심히 그의 마음을 얻기 위해 애를 썼다. 그런데 혹 떼러 갔다가 혹 붙여 온 것도 아니고 이 무슨 마른하늘에 날벼락인지.

'오빠, 대체 왜 이러는데? 슬프게 우는 내가 안 보여? 내가 울 때마다 언제나 달래고 위로해 주었던 오빠였잖아⋯⋯.'

너무 큰 모욕감과 비참함에 눈물이 나오려고 하는 것을 꾹 참으려는 듯 그녀는 피가 나도록 입술을 깨물었다. 정신없이 윤주에게로 뛰어가는 건을 묵묵히 지켜보면서도 수영은 그 어떤 행동도 할 수가 없었다. 그저 분하고 화가 나서 울음을 삼키는 것밖에는.

태준과 헤어지고 난 윤주는 나오는 길에 건이 타고 있는 차를 발견했다. 혹시라도 건이 바싹 뒤쫓아올까 봐 한동안 정신없이 걷던 그녀는 갑자기 몸을 크게 휘청거리나 싶더니 상체가 앞으로 푹 꺾였다. 그런 그녀의 뒷모습을 바라보던 건의 눈동자가 불안하게 흔들렸다.

"주윤주!"

그의 걸음이 빨라지더니 마침내 그녀를 따라잡은 건이 당장이라도 기절할 것 같은 윤주를 다급히 부축하며 물었다.

"왜 그래?"

발목이 삐끗한 것 같았다. 글쎄 발목만 그냥 삐끗해도 괜찮을 텐데 아랫배까지 따끔따끔 아파 왔다. 엎친 데 덮친 격으로 아마도 생리통까지 오려는 모양이다. 그녀는 생리통을 좀 심하게 앓는 편이라 발목이 살짝 삐끗한 것보다 이게 더 골치 아픈 일이었다. 아무래도 오늘은 재수 옴 붙은 날인가 보다.

'이런 제기랄!'

극악의 몸 상태에 윤주는 욕설이 튀어나올 뻔했다.

"어디 아파?"

"홋……."

대답 대신 인상을 찌푸리며 배를 움켜잡은 채 신음을 토해 내는 그녀를 보고 건이 눈살을 한껏 찌푸렸다.

"어디 아프냐고?"

"사, 상관 말고 얼른 가!"

"정말 말 안 듣는군."

아파 보이는데도 고집을 부리는 그녀의 모습에 건은 짜증이 난 듯 인상을 확 구기며 다짜고짜 그녀를 번쩍 안아 올렸다.

"까아악!"

깜짝 놀란 그녀가 외마디 비명을 질렀지만, 건은 가볍게 무시하곤 빠르게 차가 세워져 있는 곳으로 다가가서 그녀를 조수석에 태웠다.

"나, 나 괜찮으니까……."

"뭐가 괜찮아? 왜? 죽고 싶어 환장했나? 그렇게 죽고 싶으면 아예 한강에 빠져 죽든가?"

하아, 나쁜 새끼. 아픈 사람한테 그걸 말이라고 하니? 아프지만 않다면 당장 너 죽고 나 살자는 식으로 덤벼들겠는데 얼굴이 창백하게 질린 윤주는 이미 기운이 싹 빠진 상태였다.

몹시 고통스러운 듯 이마에 식은땀이 송골송골 맺혀 있는 그녀의 모습에 건은 또다시 이성이 뚝뚝 끊어지기 시작했다.

이럴수록 어린아이 달래듯 살살 그리고 부드럽게 그녀의 마음을 다독여 주어야 하는데 왠지 생각대로 되지 않았다. 이게 다 말을 해도 듣질 않는 이 여자 때문이다. 아프면서도 상관 말고 가라고 하는 주윤주 때문이다.

자신을 매몰차게 밀어내는 그녀의 행동이 더더욱 건의 화를 돋우었는지 그는 또다시 짜증을 벌컥 내고 말았다.

"말 들어라! 죽기 전에 병원 가자."

곧 출발하려는 듯 핸들을 잡는 건의 어깨에 다급하게 손을 올린 윤주가 낮게 웅얼거렸다.

"그, 그냥 약만…… 사다 줘."

"무슨 미친 소릴 하는 거야?"

아, 왜 하필이면 이 나쁜 자식 앞에서 이런 창피를 당해야 하는 건지. 그래도 병원에 가기는 싫었기에 윤주는 가까스로 웅얼거리듯 말했다.

"새, 생리통이라서 그래."

"뭐, 뭐라고?"

잘 알아듣지 못했는지 건이 귀를 바싹 가져갔다.

"생리통이라고!"

너무도 창피했던 윤주는 말을 끝내자마자 얼굴을 붉히며 고개를 푹 숙이고 말았다.

얼핏 보면 싸우는 것 같기도 하고 또 어찌 보면 사랑싸움을 하는 것 같은 두 남녀를 처음부터 끝까지 지켜보는 남자가 있었다. 그는 다름 아닌 한태준이었다. 윤주를 바래다주러 레스토랑 문 앞까지 나왔다가 우연히 이 광경을 보게 되었던 것이다.

"저 녀석에게 진짜 남자가 생겼나? 뭐하는 남자지? 최건이라 했던가?"

깔끔한 모습이지만 어딘지 모르게 차갑고 냉정해 보이는 남자의 얼굴이 다시 눈앞을 스쳐 가자 그때껏 한 치 흔들림 없던 태준의 눈빛이 일순 날카로운 빛을 띠기 시작했다.

이미 성인이 되었음에도 태준에게 윤주는 아직도 너무너무 작고 어리고 불면 날아갈까, 만지면 부서질까 두려워 품에 꼭 안고 보호해 주고 싶은 그런 아이였다. 그러므로 아무에게 저 아이를 함부로 내어 줄 수는 없는 것이다. 최건이란 남자에 대해 좀 자세히 알아봐야겠다고 생각하며 태준은 천천히 몸을 돌렸다.

＊

다른 때 같으면 미싱 돌아가는 소리가 경쾌하게 들렸을 텐데 오늘은 어째서인지 귀찮게만 느껴진다. 태준 오빠의 생일이 다가오기 전에 얼른 작업을 마무리해야 할 텐데 하고 생각하면서도 요즘 윤주는 마음이 산란하여 일이 손에 잡히지 않았다.

정확히 말하면 건을 만나고 나서부터였다. 며칠 전 뜬금없이 나타나 자신의 결심을 망쳐 놓고는 생리통에 시달리던 그녀를 집까지 바래다주고 걱정스럽게 쳐다봐 주었던 최건의 모습이 계속 아른거려 윤주는 벌써 몇 번째인지 모를 한숨만 뱉어 냈다.

얼른 정신 차리자, 하고 입속으로 조그맣게 중얼거린 그녀는 시원한 냉수라도 마셔 기운을 차리려고 몸에 힘을 주며 일어났다.

그때 그녀가 몸을 일으킴과 동시에 기다렸다는 듯 초인종이 울렸다. 한 번, 두 번, 세 번 그리고 꾸준히……. 아무리 성질이 급해도 그렇지 무슨 인간이 이렇게 인내심이 없는지 모르겠다고 투덜거리며 윤주는 빠른 걸음으로 방을 나섰다.

이제 손님은 기다림을 더는 참을 수 없다는 듯 쾅쾅 하고 대문을 부서져라 두드렸다. 정말이지 참을성이 토끼 똥만큼도 없다. 도대체 어떻게 생겨 먹은 인간인지 낯짝이라도 보면 단단히 쏘아붙일 심산으로 윤주는 거칠게 대문을 열며 노골적으로 불평을 터뜨렸다.

"무슨 사람이 그렇게 성질이 급하세요? 그러다 대문이라도 망가지면 당신 책임……."

하도 키가 컸기에 상대의 얼굴도 확인하지 않고 사정없이 쏘아붙였다. 그런데 갑자기 상대가 허리를 살짝 굽혀 '내가 책임지지.' 하고 말하는 바람에 깜짝 놀란 윤주는 말을 채 끝맺지 못하고 뒤로 몇 걸음 물러섰다.

그녀가 물러선 거리만큼 건이 바싹 다가왔다. 너무 가깝게 느껴지는 그의 체취에 윤주는 아찔한 현기증을 느꼈지만 이내 표정을 바로 하고는 쌀쌀맞게 물었다.

"여기까진 어쩐 일이시죠?"

묻고 나서야 그가 어떻게 여기까지 찾아왔을까 하는 생각이 뒤늦게 들면서 윤주는 경계 어린 눈빛으로 그를 쏘아봤다. 이 자식, 대체 뭐하자는 거야? 안 그래도 가뜩이나 혼란스러운데 그의 갑작스런 등장은 그녀에게 불길함만 더해 줄 뿐이었다.

그런 그녀의 마음을 아는지 모르는지 건은 짐짓 서운하다는 듯 대꾸하며 그녀에게 한약이 들었음직한 상자를 내밀었다.

"몸은 괜찮은지 걱정되어 찾아왔건만 이렇게 문전박대를 하나?"

그게 무슨 뜻인지 모를 리가 없었기에 윤주는 얼굴이 붉게 달아올랐다. 부끄러운 듯 아랫입술을 꼭 깨무는 그녀에게 건이 다시 상자를 내밀었다.

"팔 떨어지겠네. 어서 받으시죠."

그게 고작 몇 킬로나 나간다고. 그의 과장된 어투와 몸짓에 윤주는 기가 막혀 퉁명스럽게 쏘아붙였다.

"뭔가 착각하시는 거 같은데 저, 벌써 약을 먹어야 살 수 있을 만큼 몸이 그리 부실하지 않거든요. 저 건강해요."

자신의 몸 상태가 아주 건강하다는 걸 증명이라도 하듯 윤주는 스트레칭으로 팔다리를 쭉쭉 펴 주는 동작까지 해 보였다. 그런 그녀가 귀여워 보여 건은 터져 나오는 웃음을 막으며 몇 번 헛기침을 하다 그녀의 귀에 작은 소리로 중얼거렸다.

"생리통, 그거 심하면 진짜 고생이라던데. 고집도 적당히 부려야지."

또다시 그녀의 얼굴이 붉게 물들었다. 창피도 이런 창피가 없을 것이다. 다시 돌이킬 수만 있다면 그날 아무리 태준 오빠가 보고 싶었어도 참았을 것이다. 화가 나서 얼굴이 빨갛게 상기된 채 숨을 씩씩거리는 윤주를 뒤로하고 건은 마치 제집인 양 집 안으로 걸음을 옮겼다. 윤주가 정신을 차렸을 때는 건은 이미 그림자도 보이지 않았다.

"저, 저…… 싸가지 없는 자식!"

황당하고 기가 막히고 어이가 없었지만 그렇다고 달리 방도가 생각나는 것도 아닌지라 윤주는 엄청나게 신경질을 부리며 현관으로 들어갔다.

"커피 있습니까?"

문을 열고 들어서기 바쁘게 건이 그렇게 묻자 그의 능청스러움에 윤주는 속으로 혀를 내둘렀다.

"조금 기다리시죠."

정말 싫어 죽겠는데 마지못해 하는 소리라는 걸 모를 리가 없었지만 건은 짐짓 모르는 척 가만히 앉아 있었다. 그러더니 마치 누구를 약 올리는 듯 한마디 더 했다.

"맛있게 타 주세요."

괘씸하고 얄미워서 그를 잔뜩 흘겨보는 윤주와는 대조적으로 건은 그 모습을 지켜보는 게 즐거운 듯 입가를 씰룩거리며 웃음을 애써 참고 있었다.

윤주가 부엌으로 들어가자, 거실에 홀로 남은 건은 그녀가 사는 공간을 휙 둘러보았다. 아무래도 혼자 사는 것 같지 않아 보였다. 누구랑 사는 걸까? 혹 지난번 한 번 만난 적 있던 그 남자랑 사는 걸까? 언뜻 그런 생각이 머리를 스치자 건은 예리한 칼에 심장이 찔린 듯 격통을 느꼈다.

아예 아무것도 모르고 있을 때는 몰랐지만 십 년 후 다시 그녀를 만나고 나서는 이미 자신의 눈 안에, 심장에 들어온 그녀를 두 번 다시 놓고 싶지 않았다. 그래서 그녀가 다른 남자랑 같이 사는 모습은 단지 상상하는 것만으로도 견딜 수가 없고 참을 수가 없었다.

생각 같아서는 지금 당장 그녀를 붙잡고 묻고 싶었지만 그녀가 겁을 집어먹고 도망가지는 않을까 두려워 건은 잠시 참을 수밖에 없었다.

"이런 제기랄."

어리석은 착각일지도 모르는데 그런 생각을 하는 자체가 마뜩잖아 건은 낮게 욕설을 내뱉었다. 아니, 설사 남자랑 같이 산다고 해도 상관없다. 반드시 그녀를 빼앗아 오고야 말겠다는 끔찍한 생각까지 하고 있었다.

"커피 드세요."

윤주의 목소리가 들려오자 건의 눈이 가늘어졌다. 미처 갈무리하지 못한 분노가 그의 눈에 드러났다. 그러나 그걸 아직 눈치채지 못한 듯 윤주는 붉은 타일이 깔린 응접실 테이블 위에 찻잔을 내려놓고 그의 앞에 앉았다.

"누구랑 같이 살지?"

마치 상사가 부하 직원에게 물어보는 듯한 말투. 목소리에서는 약간의 살기마저 느껴졌다. 그런데도 아직 그 심각성을 못 느낀 윤주는 참 별걸 다 물어본다고 생각하며 어처구니없다는 듯 되물었다.

"제가 말씀드려야 할 이유라도 있나요?"

"그래."

단호한 대답. 반드시 알아야겠다는 굳은 의지를 명확히 밝히며 건은 그녀의 맞은편에 앉아 그녀를 날카롭게 노려보았다.

뭐 이런 황당한 자식이 다 있나, 생각하면서도 윤주는 자신을 잡아 죽일 듯이 쳐다보는 그의 시선 앞에서 덫에 걸린 짐승이 된 느낌이 들었다. 아니, 소름 끼치는 그 눈빛에 전율해야만 했다. 그래서 '왜? 남자랑 같이 산다. 그러니까 빨리 나가 줄래?' 하고 빈정거리듯 말하고 싶은 생각이 굴뚝같았다. 그러나 결국 그 생각과는 다른 말을 내뱉고 말았다.

"민정 언니랑."

"민, 민정? 지난번 그 은민정 사장님 말인가?"

따지듯 꼬치꼬치 캐어묻자 더 어이가 없었던 윤주는 황당하다는 듯 그를 빤히 쳐다봤다.

"왜요? 뭘 더 알고 싶은 거죠?"

조금 전까지만 해도 얼굴 가득 살기를 띠고 있던 건은 잔뜩 못마땅해하는 윤주의 말투에도 아랑곳없이 입매를 부드럽게 풀었다.

모처럼 둘만 있는데 이참에 십 년 전 일에 대해 제대로 반성하면서 그녀의 마음을 풀어 주어야겠다고 생각하면서도 어째서인지 건은 선뜻 입이 떨어지지 않았다. 악마의 감미로운 속삭임이 마음속 어딘가에서 불쑥불쑥 솟아오르고 있었다. 주윤주, 너를 아무에게나 못 보내. 넌 내 거야! 십 년 전부터 내 거였어, 하고 말이다.

그래서 그녀를 다시 마주하는 순간부터 지금까지 건은 당장이라도 그녀를 쓰러뜨리고 싶은 짐승 같은 그 충동을 힘겹게 자제하며 마음속의 악마와 치열하게 싸우고 있던 참이었다. 그런 자신의 마음을 그녀에게 들키지 않으려고 건은 커피를 한 모금 홀짝였다.

"읏…… 뜨거워."

일부러 골탕 먹이려고 작정한 거 아니냐는 듯 건이 그녀를 홱 쏘아봤다. 따끔따끔한 시선이 느껴졌지만, 윤주는 일부러 모르는 척 고개를 들지 않고서 놀리듯이 말했다.

"누가 뺏을 사람도 없는데 성격이 엄청 급하신가 봅니다, 최 사장님."

말끝마다 최 사장님. 정말 마음에 들지 않는 호칭에 건은 속이 불편했다. 게다가 그 남자를 대할 때랑은 완전 판이한 태도다. 활활 타오르는 질투심에 건은 주먹을 꽉 움켜쥐고 천천히 숨을 골랐다.

"이제 용건을 말씀해 보시죠. 오늘은 어쩐 일이시죠, 최 사장님?"

'제기랄!'

최 사장, 최 사장…… 오늘따라 '사장'이란 그 호칭이 그렇게 역겨울 수가 없었다. 그러나 그런 불편한 마음과는 달리 건은 정중한 태도로 상냥하게 물었다.

"아직도 생각이 바뀌지 않았습니까?"

바보가 아닌 이상 그 뜻을 못 알아들을 리가 없었지만 윤주는 시치미를 떼고 반문했다.

"뭘 말이죠?"

속으로 욕을 퍼부으며 건은 억지로 입가에 웃음을 띠고 설명을 덧붙였다.

"아직도 저랑 같이 일해 보고 싶은 생각이 없는 건지, 그걸 묻고 싶은 겁니다."

"네."

칼로 무 자르는 듯한 냉정한 대답. 건은 미칠 듯이 답답해서 화가 났다. 천천히 시간을 갖자고 그렇게 제 자신을 다독였는데도 마음은 조급해서 견딜 수가 없었던 것이다. 행여나 그녀가 눈앞에서 사라질까 두려웠다. 그런 불안한 마음을 다스리는 데에는 엄청난 인내가 필요했다.

"그래도 사람 일은 모르는 법이라고 했으니 혹시라도 생각이 바뀌면 연락 주십시오."

건은 그 말만 남기고 굳은 얼굴로 자리에서 일어났다. 뚫어 버릴 듯한 눈으로 한동안 윤주를 응시하던 그는 인사도 없이 집을 나섰다. 그 뒷모습을 보며 윤주는 속으로 굳게 다짐했다.

'아니, 절대 그런 일은 없을 거야!'

그래. 그 순간까지는 그렇게 생각했다. 그의 스카우트 제의를 받아들이는 일은 절대 없을 거라고. 이젠 두 번 다시 만나지 않을 거라고. 그래서 그의 명함을 서슴없이 찢었는데……. 역시 운명이라는 것은 한 치 앞도 예측할 수 없는 법인가 보다.

✳

"어, 윤주 네가 여기까진 어쩐 일로?"

연락도 없이 불쑥 자신의 레스토랑을 찾아온 윤주에게서 시선을 떼지 못한 채 태준은 조금 놀란 목소리로 물으며 그녀의 아래위를 빠르게 훑어보았다. 그러던 그의 고개가 갸웃거려졌다.

오늘이 무슨 날이던가? 그도 그럴 것이 그녀의 왼손에는 케이크가 들려 있었고 오른손에는 선물인 듯한 곱게 포장한 상자가 들려 있었기 때문이다.

그뿐만이 아니었다. 오늘의 윤주는 하늘에서 금방 내려온 듯한 선녀의 모습을 방불케 했다. 연두색 원피스를 입어 예쁜 선을 그리는 다리가 여실히 드러난 그녀의 모습은 예쁘고 상큼해 보여 정신을 차릴 수 없게 만들었다. 원래도 예뻤지만 말이다.

"언제까지 날 여기에 벌 세워 놓을 거야?"

아직도 자신에게서 시선을 떼지 못하는 태준에게 윤주는 웃으며 농담처럼 물었다.

"어, 미안. 너무 갑작스러워서."

빠르게 표정을 갈무리하며 태준은 그녀를 눈에 띄지 않은 구석으로 안내했다. 윤주와 마주 앉는 태준의 고개가 또다시 갸웃거려졌다.

"오늘 무슨 날이니? 무슨 특별한 행사라도 있는 건가?"

엄마의 말이 맞았다. 워낙 바쁘게 사는 사람이라 자신의 생일을 기억하지 못할 수도 있으니 태준의 생일을 꼭 챙겨 주라고 윤주에게 몇 번이고 당부했던 것이다. 또 이런 말도 덧붙였다. '누가 뭐래도 태준은 네 오빠고 내 아들이다.' 라고 말이다.

한태준은 이런 사람이었다. 엄마랑 윤주의 생일은 잊지 않고 꼬박꼬박 챙겨 주면서도 정작 자신의 생일은 기억하지도 못하는 바보 같은 사람. 윤주의 눈시울이 뜨거워졌다. 금방이라도 터져 나올 것 같은 울음을 꾹 삼키며 윤주는 애써 웃음 띤 얼굴로 입을 열었다.

"오빠 바보."

"으응?"

어리둥절해하는 태준의 앞에서 윤주는 조심스럽게 케이크 포장을 열었다.

"오늘 오빠 생일이잖아."

"어, 오늘 내 생일이었어?"

그게 뭐 대수냐는 듯한 표정이다. 그는 케이크에 초를 꽂는 그녀를 바라보며 쑥스러운 듯 머리를 긁적였다.

"애도 아닌데 뭘 이렇게까지."

그런 말이 어디 있느냐고 윤주는 눈을 부릅뜨고 태준을 툭 쏘아봤다.

지금 이 순간이 오빠에겐 하나도 중요하지 않을 수 있겠지만, 나에겐 뜻 깊은 날이 될 거야. 벌써부터 두근거리는 가슴을 부여잡으며 윤주는 어서 소원을 빌라는 듯 태준에게 눈짓했다.

이 녀석이 대체 왜 이러는 거야? 아이들처럼 유치하게 케이크에 초를 꽂고 소원 빌고……. 이러한 것들이 익숙하지 않은 듯 태준은 선뜻 움직이지 못하고 있었다. 하지만 유치하다고 생각하면서도 기대감으로 꽉 찬 윤주 앞에서 그 말에 따르지 않을 수도 없었다.

뭘 그렇게 망설이는지 움직이지도 않는 그를 지켜보던 윤주가 답답해서 다시 한 번 태준을 재촉했다.

"오빠!"

어, 어, 하면서 태준은 마지못해 다소곳이 눈을 감고 두 손을 모은 채 소원을 비는 척 시늉이라도 해야 했다. 그러다 한 가지 떠오르는 것이 있어 진심으로 소원을 빌었다.

'사랑하는 어머니와 내 여동생을 지켜 주세요.'

15살, 어머니와 여동생을 이곳에 두고 떠나면서 태준은 혼자 얼마나 울었는지 모른다. 다른 아이들 같았으면 왜 자신을 버리느냐고 단 한 번쯤은 원망이라도 했을 텐데 태준은 한 번도 미순을 원망한 적도 미워한 적도 없었다.

'윤주 엄마, 대체 이게 무슨 일이래요? 왜 착한 사람에게는 나쁜 일만 일어난대요? 어떻게 그 어린것을 두고. 에그…….'

윤주 아버지가 갑작스럽게 죽고 나자 미순을 아는 사람들은 그녀의 가련한 처지를 동정하고 눈물을 흘리며 슬픔과 비통을 표시했다. 슬프고 두렵고 괴로운 건 어린 태준도 마찬가지였다. 정신없이 배회하던 와중에 그는 동네 아주머니들이 흘리는 말을 무심코 듣고 말았다.

'그래도 자네가 먼저 살고 봐야지. 어떻게 두 아이나 키울 수 있겠어? 윤주 아버지가 살아 계신다면 몰라도. 참…… 하늘도 무심하지. 어떻게 그렇게 착한 사람을…… 에그.'

'무슨 말입니까? 그래도 내 아이인데 내 손으로 키워야지요.'

'윤주 엄마, 키울 수 있다고 해서 다 되는 것이 아니요. 이 험한 세상을 몰라서 하는 말인가? 빚 갚기도 빠듯할 텐데 대체 무슨 수로 애를 키운다고. 그래도 12년이나 키웠으면 자네도 할 만큼 다한 거 아니겠어?'

'아니, 아주머니…… 어떻게 그런 말씀을 하세요?'

비록 어린 나이였지만 태준은 그게 무슨 뜻인지 모르지 않았다. 화가 난 듯한 미순의 목소리가 들려오나 싶더니 이내 울음소리가 귓가를 아프게 스쳤다.

'자네, 아직도 잘 모르겠는가? 어떤 것이 진정 아이를 위한 일인지? 못 먹고 못 입고 이렇게 가난하게 살 바엔 그래도 좀 더 좋은 곳에 아이를 보내는 것도 나쁘지는 않잖아? 안 그런가?'

'그래도 그 어린것을 어떻게…… 흑…….'

'더 좋은 곳에 보낸다고 생각하면 되지. 이렇게 눈 빤히 뜨고 셋다 굶어 죽을 수는 없잖은가?'

동네 아주머니들의 말이 전혀 도리가 없는 것은 아니었다. 그럼에도 어머니는 쉽사리 마음의 결정을 내리지 못하고 있었다. 그를 키워 온 12년은 결코 짧은 시간이 아니었으므로.

장례식 이후 어머니는 줄곧 자신의 시선을 피하고 있었다. 그런 그녀의 마음을 모를 리가 없었던 태준은 오히려 미순을 따뜻하게 위로했고, 망설이는 그녀를 대신해 큰 결정을 내렸다.

'어머니, 저는 괜찮습니다. 아프지 마세요. 슬퍼하지 마세요. 저는 꼭 어머니 곁으로 돌아올 겁니다.'

그때는 죽을 만큼 힘들었는데 이제는 먼 옛날의 일이 되어 버렸다. 이제 자신은 더 이상 15살의 한태준이 아니다. 두 번 다시 사랑하는 어머니와 동생과 헤어지는 일은 없을 것이다. 이제는 자신이 그들을 든든하게 지켜 줄 것이다.

태준은 살짝 눈을 떠 아직도 타고 있는 촛불을 보며 속으로 한마디 더 덧붙였다.

'우리 윤주 좋은 사람 만나게 해 주세요.'

오빠는 어떤 소원을 빌었을지 궁금했다. 혹시 오빠를 남자로 느끼는 자신의 생각이랑 비슷한 그런 소원은 아닐까? 소원을 비는 태준의 모습을 묵묵히 지켜보며 윤주는 떨리는 가슴을 진정하고자 느릿하게 호흡을 골랐다. 그러다 눈이 마주치자 윤주는 멋쩍은 듯 웃으며 느릿느릿 입술을 열었다.

"오빠, 나 고백할 거 있는데."

그녀의 목소리가 살짝 떨리는 듯했다. 술을 마신 것도 아닌데 태준은 얼굴에 열기가 끼쳐 옴을 느꼈다. 뭔가 펑 터질 것 같은 이 분위기는 대체 뭐고, 갑자기 왜 이리 답답하고 가슴이 터질 것 같은지 모르겠다. 생각 같아서는 다시 입을 열려고 하는 그녀를 제지하고 싶은데 미처 그럴 겨를도 없이 윤주는 마음속에 담아 둔 말을 정신없이 쏟아 내기 시작했다.

"12살, 오빠를 그렇게 떠나보내면서 계속 오빠만 생각했어. 그때 우리가 약속했었잖아. 다시 만나면 내가 원하는 건 뭐든 다 들어줄 거라고. 오빠와 했던 그 약속 지키려고 노력하고 애썼어."

그래, 그런 약속을 한 적이 있었다. 작은 새처럼 여리고 작은 그녀와 어머니를 두고 가는 게 마음에 걸리고 눈에 밟혀서 다시 만날 수만 있다면 그녀를 위해서라면 뭐든지 다 해 줄 수 있을 것 같다고 생각했었다. 심지어 자신의 목숨까지도 내놓을 수 있을 정도로 태준에게 윤주는 정말 소중한 존재였던 것이다.

"힘들 때마다 슬플 때마다 무너지고 싶을 때마다, 늘 오빠 생각을 했고 그 약속을 떠올렸지. 그랬기에 모든 걸 이겨 내고 견뎌 낼 수 있었던 것 같아. 내 눈에 한태준이라는 남자는 세상에 단 하나밖에 없는 오빠인 동시에 또 백마 탄 왕자였거든. 그래서 12살 그때 결심했어. 오빠를 떠나보내던 날 다짐했어. 다시 오빠를 만난다면 꼭 고백할 거라고. 나, 오빠를 좋아한다고. 오빠는 내 남자라고 말이야. 오빠한테 주는 선물이야. 오빠도 나랑 같은 마음이라면 이걸 받아 줘."

잠시 말을 멈춘 윤주는 태준의 눈치를 살피다가 갖고 온 상자를 내밀었다. 상자에는 결혼식 날 신랑이 입는 턱시도가 들어 있었다. 그걸 만드는 데 꼬박 3개월이 걸렸다. 다 만들고도 마음에 들지 않아 세 번이나 다시 작업한 꽤 많은 정성이 깃들어 있는 그녀의 소중한 작품이었다.

그러나 그는 아무 말이 없었고 그 어떤 표정 변화조차 없었다. 아니, 그녀가 정성 들여 작업한 소중한 작품이 안에 있는데 그는 눈길조차 주지 않고, 그저 침묵만 지킬 뿐이었다. 일 초, 일 분, 오 분……

"오, 오빠……."

길어지는 침묵을 견디지 못한 윤주가 먼저 입을 열었다. 그리고 그 순간 태준의 눈동자가 깊게 일렁거리는 걸 본 것도 같았다. 그건 동요일까? 아니면 당황스러움일까?

"윤주야."

단지 착각인 걸까? 늘 그렇게 불러 왔듯이 따뜻한 목소리였다. 그런데 그런 목소리와는 달리 그의 표정은 심각하기 이를 데 없었고, 평소와는 다르게 엄숙한 얼굴이었다. 마치 엄마 몰래 잘못을 저지른 아이처럼 윤주의 심장이 쿵쾅거렸다.

"윤주야. 15살, 내가 이 삭막한 곳에 어머니와 윤주, 너를 두고 떠나면서 무슨 생각을 했는지 아니?"

잇새로 새어 나오는 목소리가 음울했다.

무슨 생각을 했을까? 오빠는. 아마도 12년 넘게 키운 아들을 어쩔 수 없이 입양 보내야 했던 우리 엄마를 많이 원망했겠지? 미안해, 오빠. 내가 엄마 대신 사과할게. 미안해, 정말 미안해. 나 역시 엄마를 많이 미워하고 원망했으니까.

그러나 태준은 그런 윤주의 생각과는 전혀 다른 충격의 말을 꺼내 놓았다.

"난 여기가 아팠다."

태준은 손으로 심장을 가리키며 여기가 많이 아팠다고 한 번 더 똑같은 말을 반복했다.

"아무것도 할 수 없었던 내가 미웠고, 15살밖에 안 된 내가 안타까웠고, 어머니의 눈물이 마음에 걸렸고, 가지 말라고 나를 붙잡는 너의 앞에서 꼭 돌아오마, 하고 그 말밖에 해 줄 수 없어서 죽을 것만 같았다."

기어코 윤주의 사슴 같은 커다란 눈망울에서 참았던 눈물이 터져 나오기 시작했다.

"오, 오빠……."

황급히 그녀의 말을 막으며 태준이 다시 입을 열었다.

"네가 처음 세상에 태어났을 때, 나는 하늘에서 천사가 떨어지지 않았나, 그런 생각이 들었다."

'준아, 이 아이 예쁘지 않니? 네 여동생이란다.'

유리구슬처럼 투명한 빛깔로 예쁘게 빛나던 큰 눈망울, 솜털이 보송보송한 피부, 앙증맞은 입술. 아이가 너무 예쁘고 귀여워서 한눈파는 사이 행여나 나쁜 사람이 이 아이를 붙잡아 가지 않을까 두려워 어린 태준은 오줌이 마려운 것도 참아 가며 동생의 옆을 지켰었다. 그리고 결심했다. 여동생이라는 이름의 이 아기를 끝까지 지켜 줄 거라고 말이다.

"3살의 나이에 천애고아가 된 나를 네 부모님께서 키워 주셨다. 내게는 또 다른 의미인 아버지와 어머니가 되어 주셨고, 또 여동생도 만들어 주셨다. 윤주야, 너는 내게 너무도 순수하고 깨끗한 영혼이고 또 세상에서 유일한 소중한 동생이야."

어떻게 말하면 그녀가 너무 아프지 않고 상처를 가장 적게 받을까? 태준은 또다시 심장이 짜릿하게 아파 왔다. 20년 전 그때처럼, 순수하고 깨끗한 영혼을 가진 주윤주. 그녀는 꼭 자신보다 더 좋은 사람을 만나야 한다. 그녀를 여자로 바라봐서도 안 되고 마음에 품어서도 안 된다. 가슴속 깊이 도사린 악마의 유혹을 떨쳐 내며 태준은 자신을 일깨우듯 차분하게 말을 이었다.

"윤주야, 난 너한테 좋은 오빠로, 그리고 든든한 오빠로, 어머니한테는 훌륭한 아들로 남고 싶다. 그래서 네 선물을 받을 수 없어."

윤주는 결국 둑이 터지듯 눈물이 펑 하고 쏟아지고 말았다. 이런 말은 대놓고 난 네가 싫다, 하고 말하는 것보다 더 서러웠고, 여자로 보이지 않는다는 식의 말보다 더 잔인하기 그지없었기에.

주윤주에게 한태준은 좋은 남자이지만 엄마 박미순에게 한태준은 훌륭한 아들이기에, 윤주는 그를 파렴치한 놈으로 만들 수 없었다.

"미안해, 오빠. 못 들은 걸로 해."

윤주는 이 말밖에 할 수 없었다.

자리에서 일어서서 자신의 옆을 스쳐 지나가는 윤주의 모습이 위태로워 보였지만 태준은 눈 하나 깜짝하지 않았고 마음 한 자락 내어 주지 않았다.

'미안하다, 윤주야. 너와 어머니를 잃고 싶지 않은 나의 이기심을 용서해라.'

곧 쓰러질 것 같은 그녀의 가녀린 뒷모습을 바라보는 태준의 눈동자 위로 물기가 차오르기 시작했다.

'한태준, 당신은 왜 이리도 잔인한 거야? 나는 가슴이 쑤시고 심장이 아파서 견딜 수 없는데. 곧 쓰러질 것만 같은 나의 위태로운 모습이 당신의 눈에도 똑똑히 보였을 텐데도 한태준, 당신은 끄떡하지 않잖아!'

소리 없는 울분을 쏟아 내며 윤주는 어디로 가는지조차 모르는 채 비틀거리는 몸으로 정처 없이 걸었다.

걷고 또 걸었다. 처음부터 목적지 따위는 없었다. 그냥 생각 없이 걸었을 뿐이다. 그러던 그녀의 걸음이 어느 한 곳에서 뚝 멈추어 섰다. 길거리의 한 포장마차였다. 주황색의 천막 사이로 난 문을 통해 들어가 빈자리에 털썩 앉았다.

"아가씨, 괜찮은가?"

울어서 눈이 퉁퉁 부은 그녀를 보고 포장마차 여주인이 걱정스러운 듯 물었다. 애써 희미한 웃음을 지으며 윤주는 의자에 털썩 주저앉았다.

"소주 주세요."

"소주만? 그러다 속 버려."

여주인이 가볍게 나무라며 그녀 앞으로 소주와 안주를 밀어 주었다. 속 버린다는 여주인의 말은 무시한 채 윤주는 정신없이 소주만 마셨다. 한 잔, 두 잔……. 그러다가 성이 차지 않는지 그녀는 아예 병째 들고 마시기 시작했다.

"에구…… 쯧쯧……."

이러다가 무슨 심상치 않은 일이라도 벌어질까 봐 여주인은 발을 동동 구르며 그녀를 말리려 했지만, 한꺼번에 몰려오는 손님 때문에 그녀의 옆을 뜰 수밖에 없었다.

"한태준, 당신 너무한 거 아냐? 사람이, 이러는 거 아니야."

잔뜩 취기가 오른 목소리. 지금 자신이 무슨 말을 하고 있는지조차 모르는 채 윤주는 끝없이 주절거렸다.

"한태준, 난 왜 오빠 동생인 거냐고? 날 여자로 봐 주면 안 돼? 어……."

그렇게 말하며 정말 서럽다는 듯 윤주는 엉엉 소리 내어 울기 시작했다.

"나쁜 자식! 남자들은 다 똑같아. 그 싸가지나."

싸가지. 그래, 그녀의 인명사전에 싸가지란 이름 석 자를 가진 나쁜 놈이 또 하나 있었지.

갑자기 십 년 전 나쁜 놈의 얼굴이 머릿속을 스쳐 가자 급격히 기분이 나빠진 윤주는 이를 부드득 갈았다. 취기 때문인지는 몰라도 갑자기 그런 얼토당토않은 생각이 들었다. 오늘, 한태준에게 보기 좋게 차인 이유가 그 나쁜 자식 때문이 아닐까 하는 그런 황당한 생각 말이다.

어째서인지는 모르지만, 이 모든 게 그 나쁜 자식 때문인 것 같았다. 만약 평소의 윤주라면 꿈도 못 꿀 일이지만, 술기운도 있는데다 기분까지 더러워 분풀이 대상이 필요했던 그녀는 누군가의 전화번호를 정신없이 찾기 시작했다.

이것인가? 설마 삭제한 건 아니겠지? 휴대폰을 들여다보며 혼잣말처럼 중얼거리던 그녀의 얼굴이 갑자기 환해지나 싶더니 통화 버튼을 힘껏 눌렀다. 신호음을 유심히 듣던 그녀는 이내 따지는 듯한 목소리로 수화기 너머 상대에게 정신없이 쏘아붙이기 시작했다. 화가 잔뜩 난 듯 인상까지 써 가면서.

"왜? 너, 너…… 나 몰라? 너 나 알지? 이거 왜 이래? 배은망덕도 유분수지, 이 나쁜 자식아. 선생님한테 이래도 되는 거냐? 어? 너 당장 나와! 알았어?"

아주 듣기 싫도록 꽥꽥 지르는 목소리. 이미 통화가 끊어진 휴대폰을 빤히 들여다보는 건의 얼굴에 황당하다는 기색이 만연했다. 이게 정녕 내가 아는 주윤주, 그녀가 맞단 말인가? 도무지 믿어지지 않는다는 듯 건이 고개를 절레절레 흔들었다.

윤주에게서 전화가 온 건 아주 반가운 일이다. 하지만 이런 식으로 전화가 오길 바랐던 건 아니었다. 갑자기 왜 그런 걸까? 그러고 보니 목소리도 약간 이상한 듯했다. 술 취한 듯 혀 꼬인 목소리 같았다. 술을 마시다니? 시계를 보니 벌써 10시가 넘어가고 있었다.

"이런 제기랄!"

분명히 무슨 일이 벌어진 게 틀림없다고 생각하며 건은 다급히 겉옷과 지갑을 챙겨 들고 서둘러 방을 나섰다.

*

"혹시 저 아가씨를 찾으시는 거 아니신지?"

누군가를 찾는 듯 사방을 두리번거리는 건의 앞으로 여주인이 허둥지둥 뛰어오더니 긴가민가하며 물었다. 여주인이 가리키는 방향으로 다급히 다가가서 다짜고짜 얼굴을 확인해 보니 윤주가 맞았다. 건이 힘없이 고개를 끄덕이자 그제야 여주인의 얼굴에 안도의 빛이 스쳐 갔다.

이젠 제발 그만 마시라는 만류에도 불구하고 세상을 다 잃은 듯한 표정으로 대책 없이 소주만 들이켜던 여자를 보고 여주인은 발만 동동 구르며 '에구, 이를 어쩌나, 이를 어째.' 라는 말만 연발했었다. 조금만 있으면 문 닫을 시간인데 여자는 잠들어 일어날 생각도 안 하고 있으니 어찌해야 하나 초조해지고 있었던 것이다.

"에구, 무슨 속상한 일이 있는 건지 술만 정신없이 퍼마시더라구요. 에구……."

그러나 건의 귀에는 그런 우려들이 전혀 들어오지 않았고 그의 눈은 확 망가진 윤주의 모습에서 떨어지지 않고 있었다.

"주윤주."

나 오늘 술 많이 마셨소, 하고 자랑이라도 하듯 테이블 위에 나란히 줄 서 있는 소주병과 테이블에 얼굴을 박고 있는 윤주를 바라보는 건의 얼굴 위로 황당하다는 빛이 스쳐 갔다.

"주윤주."

기가 막혀서 건이 다시 한 번 그녀를 크게 부르자, 그제서야 알아들었는지 윤주가 고개를 들었다. 깜빡깜빡, 그녀가 빨갛게 충혈된 눈을 세차게 깜빡였다.

"너, 넌…… 누구니?"

마치 기억상실증에 걸린 사람처럼 윤주는 건을 뚫어지게 쳐다보며 기억을 해내려 애쓰는 듯 보였다. 그러던 그녀가 갑자기 테이블을 탁 하고 치더니 비틀거리며 자리에서 일어섰다.

"아, 아…… 맞다. 너지. 그 싸가지…… 십 년 전 그 싸가지."

어느새 건의 앞으로 바싹 다가온 윤주가 아예 손으로 건의 볼을 쭉쭉 잡아당겼다.

"기가 막히는군."

그 말 말고는 달리 할 말이 없었던 건은 그저 묵묵히 서 있을 뿐이었다. 그러자 가만히 서 있기만 하는 건이 마음에 들지 않는 듯 윤주가 명령조로 말했다.

"야, 이노무시키, 여기 앉아."

"너 많이 취했다. 우리 집 가자."

"하아, 야! 인마! 넌 아직도 내가 그렇게 우스워 보이니?"

뿔난 황소처럼 윤주는 폭발할 것 같은 얼굴로 씩씩거렸다.

"볼만하네."

대체 무슨 속상한 일이 있었기에 이 여자가 이다지도 평정심을 잃었던 걸까? 윤주의 아래위를 살펴보는 건의 눈이 점점 싸늘하게 변해 갔다.

마구 헝클어진 머리, 어서 와서 날 잡아잡수, 하고 유혹하듯 훤히 드러난 가슴골과 허벅지까지. 이 여자가 대체 정신이 있는 건지 없는 건지. 요즘 세상이 얼마나 무섭고 험한데 이런 곳에서 혼자 술을 마셨을까.

쓸데없이 드는 끔찍한 생각에 건은 온몸에 전율이 돌았다. 그런 건의 생각을 아는지 모르는지 윤주는 다시 한 번 명령하듯 소리쳤다.

"여기 앉아! 넌 귀가 먹었니?"

생각 같아서는 지금 당장 그녀를 끌고 나가고 싶었지만 건은 꾹 참으며 그녀 옆에 앉았다. 단언컨대 당장이라도 사람을 한 대 칠 것 같은 그녀의 모습이 무서워서가 아니다. 대체 뭣 때문에 이렇게 속상해하는지, 얘기나 들어 보자는 심산이었다.

"나 오늘 큰맘 먹고 고백했거든."

쿵, 하고 심장이 떨어지는 소리. 처음에 건은 끝을 알 수 없는 낭떠러지로 추락하는 기분이 들었다. 그런데…….

"근데 있지. 보기 좋게 차였다. 하아……."

거의 울음에 가까운 목소리를 내며 윤주가 슬프게 웃었다. 윤주는 울고 있는데 건은 그녀의 말에 다행이라고 안도해야 할지, 슬퍼해야 할지 몰랐다.

그녀가 큰맘 먹고 누군가에게 고백했다는 그 말을 들었을 때 건은 가슴속에서 활활 타오르는 질투심에 사로잡혀 화가 나서 견딜 수가 없었다. 그런데 그녀가 차였단다.

대체 어떤 정신 나간 놈일까? 아니, 이건 분명히 좋은 일인데. 자신은 그 정신 나간 놈한테 윤주한테 흑심을 품지 않아 줘서 정말 고맙소, 하고 굽실거려야 하는 건데 어째서인지 그는 기분이 썩 좋지 않았다.

"이게 다 너 때문이야!"

갑자기 그녀가 테이블을 팡, 하고 내려치더니 건의 멱살을 잡고 흔들기 시작했다.

"휴우……."

생사람 잡지 말라고, 억울하다고 소리치고 싶었지만 건은 꾹꾹 눌러 참고 그녀가 하는 대로 가만히 내버려 두었다.

"세상에 맙소사! 총각, 괜찮아?"

보다 못한 여주인이 걱정이 되었는지 그 상황을 보고 혀를 쯧쯧 차며 근심조로 물었지만 건은 괜찮으니 물러가라고 손을 저었다. 여주인은 고개를 절레절레 흔들면서 원래의 자리로 돌아갔다. 저 잘생긴 얼굴에 괜히 생채기라도 내면 얼마나 안타까울까, 그런 부질없는 생각까지 하면서 말이다.

윤주는 그 뒤로도 이 나쁜 자식, 다 너 때문이야, 하는 말만 여러 번 반복하고 나서야 자신을 덮치는 졸음을 느끼며 기절하듯 쓰러져 잠이 들어 버렸다. 황당하기 그지없다는 건을 남겨 둔 채 말이다.

건은 희미한 스탠드 불빛에 드러난 윤주의 잠든 얼굴을 물끄러미 내려다봤다. 왠지 이 순간이 익숙해서 건은 온몸에 전율이 스쳐 지나가는 묘한 느낌이 들었다.

어젯밤 내내 술주정을 부리던 그녀의 모습이 눈앞을 스쳐 가자 건은 쿡쿡 웃음이 새어 나왔다. 어젯밤에는 지금껏 자신이 잘 모르고 있었던 윤주의 추한 모습에 당황스럽기 그지없었는데 다시 돌이켜 보니 그녀에게 이런 모습도 있었나 하는 새삼스러운 생각이 들면서 건은 재미있다는 듯 키득거렸다.

그러다 바스락거리는 소리가 들리자, 건은 잔뜩 긴장한 듯 몸을 미세하게 떨었다.

지끈거리는 머리가 쪼개질 듯 아파 왔고, 속이 울렁이는 게 이만저만한 고역이 아니었다. 게다가 눈은 퉁퉁 부어 잘 떠지지 않았다.

왜 이리 힘든 걸까? 어제 무슨 일이 있었던 거지? 기억을 더듬고자 잘 떠지지 않는 눈을 힘을 주어 뜨는 순간 어느새 코앞까지 다가온 건과 시선이 딱 마주쳐 윤주는 화들짝 놀라면서 황급히 몸을 일으켰다.

겁에 질린 그녀의 눈빛이 건을 향해 추궁하고 있었다. 대체 어떻게 된 거냐고? 어서 자세히 설명해 보라고 말이다.

어젯밤 내내 그렇게 자신을 괴롭혀 놓고, 정작 본인은 기억조차 못 하고 있다니? 진짜 피해자는 자신인데 오히려 그녀가 피해자인 것처럼 두려움에 질린 얼굴을 하고 있으니 억울하기 그지없었지만 건은 최대한의 인내심을 발휘하며 차분하게 말했다.

"아무 일 없었으니까 그런 눈으로 날 보지 마."

그런데 이게 아무 일 없었다고 그냥 넘어갈 문제인가? 여기는 어디이고 지금 자신은 왜 저 녀석이랑 같이 있는가 말이다.

여전히 그를 철저히 경계하는 그녀의 행동에 화가 났던 건은 이제는 인내에 한계를 느꼈는지 속에서부터 분노가 피어오르기 시작했다. 그러다 보니 목소리 또한 차갑고 퉁명스러워졌다.

"어제 일을 전혀 기억 못 하나 보지?"

무슨 일 있었어? 하는 어리둥절한 표정. 그런 윤주에게 기억을 상기시켜 주려는 듯 건이 소리 높여 힘주어 또박또박 말했다.

"너 어제 취했어."

취했다니? 내가? 마치 퍼즐을 맞추듯 잃어버린 기억의 조각을 하나하나 찾고 있는데 또다시 건의 목소리가 그녀의 귓가를 울렸다.

"술주정, 아주 가관이더군. 덕분에 재미있는 구경 했어."

명백한 비웃음이라는 걸 알고 있었지만 윤주는 고개를 쳐들고 욕을 할 수가 없었다. 일시에 기억이 밀물처럼 한꺼번에 몰려왔기 때문에.

건은 생각 같아서는 어젯밤 그녀에게 괴롭힘을 당한 것도 있고 해서 더 놀려 주고 싶었지만 이쯤 해 두자 싶어 표정을 풀며 말했다.

"어서 나와. 밤새 퍼마셨으면 해장해야지."

"나, 집에 갈래."

이것 봐라. 남은 밤새 술을 마신 그녀를 배려해 아침 일찍 일어나 기껏 해장국을 끓였더니 고맙다는 말은 둘째 치더라도 뻔뻔하게 집에 갈래, 라는 말을 하며 인정머리 없게 군다. 또다시 건의 얼굴에 화가 꽃처럼 피어올랐다. 한참 후에야 건은 겨우 마음을 차분하게 가라앉히곤 퉁명스럽게 내뱉었다.

"누가 널 잡아먹기라도 한대? 나와서 밥 먹고 가. 내가 무슨 짓을 할지 모르니까 그 전에 얼른 나와라!"

쾅 소리와 함께 문이 닫혔다. 십 년이 지나도 역시나 싸가지였던 것이다. 처음에 신사답다고 생각한 것은 순간의 착각에 불과했을 뿐.

어이없는 듯한 헛웃음이 윤주의 입가에 맴돌았다. 내가 미쳤지. 하필이면 저 싸가지 앞에서 추태를 부리고 망신을 당했으니 말이다. 할 수만 있다면 어제의 기억을 죄다 지우고 싶었다. 밀물처럼 밀려오는 부끄러움과 창피함에 윤주는 신경질적으로 머리칼을 마구 쥐어뜯으며 몸을 일으켜 방을 나섰다.

천천히 한 걸음씩 걷던 그녀의 머리가 순간 갸웃거려졌다. 처음엔 건의 얼굴을 보고 몹시 당황해서 여기가 어디인지 궁금증을 가질 겨를조차 없어서 잘 몰랐는데 분명 건의 집일 텐데도 처음 보는 곳이었기 때문이다. 그녀가 기억하고 있는 본가가 아닌 것만은 확실했다. 그렇다면 이 녀석이 따로 나와 사는 건가? 그러다가 그녀는 별걸 다 궁금해하는 자신이 어이없어져 픽 하고 자조적으로 웃어 버렸다.

신기한 생물체를 구경하듯 식탁에 놓인 음식과 건을 번갈아 살펴보는 윤주 앞으로 건이 국과 밥사발을 내밀며 명령하듯 말했다.

"얼른 먹어."

금방이라도 토가 나올 듯 속이 울렁거리고 메스꺼워서 윤주는 쉽사리 숟가락을 들지 못했다. 지금 이 판국에 밥이 목구멍으로 넘어가겠는가 말이다. 그의 앞에서 큰 망신을 당한 자신이 못나 보여 쥐구멍이라도 있으면 숨고 싶은 심정이었다.

"독 안 탔으니까 안심하고 먹어도 돼."

가만있으면 어디가 덧나는지 안 그래도 부끄러워서 어쩔 바를 몰라 하는데 건이 짓궂게 놀리자 윤주는 속으로 욕을 퍼부었다.

'나쁜 자식!'

그러나 몹시 불편하고 마뜩잖아 하는 윤주와는 달리 건은 이 상황이 즐거우면서도 가슴이 뭉클했다. 이렇게 윤주랑 마주 앉아 본 지가 언제였던가? 건이 무언가를 말하려는 듯 몇 번 입술을 달싹이다가 마침내 입을 열었다.

"미안하다!"

밑도 끝도 없이 불쑥 내던지는 건의 말에 윤주는 고개를 들고 그를 빤히 쳐다봤다. 갑자기 무슨 소리란 말인가? 난해하다는 빛이 그녀의 얼굴에 역력히 떠올랐다.

"십 년 전 일에 대해 정식으로 사과할게. 미안하다!"

순간 그녀의 손에 쥐어져 있던 숟가락이 바닥에 굴러떨어졌다.

그녀의 표정도 눈빛도 멍해지고 쿵쾅쿵쾅 심장이 격렬하게 펌프질을 하기 시작했다.

사과를 받았음에도 불구하고 왠지 기분이 이상했다. 상실감과 허탈함? 그것도 아니면 두근거림? 웃기는 소리, 어떻게 두근거릴 수가 있어. 그럴 리는 없잖아. 초대하지 않은 손님처럼 찾아오는 낯선 감정에 윤주가 혼자 당황하고 있는데 건의 말이 이어졌다.

"하지만, 진심이었다. 한순간의 충동이 아니란 말이야. 그러니까 내 말은……."

몹시 곤혹스러운 듯 건의 미간이 심하게 일그러졌다. 아마도 이렇게 진심을 터놓는 건 난생처음이었을 것이다. 아직도 건에게는 그 누군가에게 속마음을 터놓고 사과를 하는 일은 그다지 익숙하지 않았다. 잠시 말을 끊고 한참 생각에 잠겨 있던 건이 마침내 다짐한 듯 입매를 굳혔다가 단호한 어조로 입을 열었다.

"그래, 난 주윤주 네가 편하고 좋아. 예전에도, 지금도."

그녀의 얼굴 전체에 당혹스러움이 열꽃처럼 피어올랐다. 네가 편하고 좋다는 이 말을 윤주는 어떻게 해석해야 하는지 전혀 알 수가 없었다. 뭐라 대꾸를 해야 하는데 입술은 얼어붙은 듯 움직여지지 않았고 몸은 뻣뻣하게 경직되었다.

"저기……."

겨우 입을 열어 운을 뗐지만 몹시 혼란스러웠던 그녀는 뒷말을 이을 수가 없었다. 마음은 답답하기 그지없었지만 건은 인내성 있게 그녀의 다음 말을 기다렸다. 잠시 틈을 두고 윤주가 다시 입을 열었다. 대단한 결심이라도 내린 듯 그녀의 얼굴 표정이 비장해 보였다.

"저, 지난번 최 사장님의 제안을 받아들이겠습니다."

전혀 뜻밖이었는지 처음에 건은 그녀의 말을 냉큼 이해하지 못했다. 그 말을 완전히 알아듣는 데에는 조금 시간이 걸렸다.

제안을 받아들인다는 말은 곧 앞으로 자주 얼굴을 볼 수 있다는 걸 의미하니까. 그래서 건은 더 이상 토를 달지 않고 상냥한 웃음을 띠며 고마움을 표시했다.

"잘 생각하셨습니다. 주윤주 씨. 우리 잘해 봅시다."

잘한 선택일까? 한순간의 충동은 아닌지? 하지만 이유야 어찌 되었든 당분간은 아무 생각도 하지 않을 것이다. 대기업인 것만큼 일도 만만치 않을 것이다. 일에만 파묻혀 살다 보면 자신의 복잡한 생각과 감정을 어느 정도 정리할 수 있지 않을까? 자신이 정리를 하면 태준 오빠와 옛날처럼 친근한 남매 사이로 돌아갈 수 있지 않을까. 그렇게 자신을 애써 다독이며 윤주는 복잡한 표정으로 그가 내미는 손을 살며시 잡았다.

"그럼 잘 부탁드리겠습니다. 최 사장님."

❊

오늘은 윤주가 대현 아일랜드로 출근하는 첫날이다. 평소보다 반 시간이나 일찍 도착한 건은 벌써부터 흥분으로 온몸이 떨릴 지경이었다. 언제면 그녀가 얼굴을 내밀까? 그는 좀처럼 손목에 찬 시계에서 시선을 떼지 못하고 있었다.

그때 또각또각 높은 힐 소리와 함께 누가 오는 기척이 들리자 건은 긴장한 듯 자리에서 일어섰다. 아직은 이른 시간인데 벌써 온 건가? 하는 생각에 그의 얼굴에 환한 웃음이 번졌다.

"오빠. 굿모닝."

그러나 윤주가 아닌 수영이 들어와 인사를 건네자 건은 실망을 금치 못했다. 얼굴에 만개하던 웃음꽃은 사라진 지 오래였고, 지금은 사막같이 건조한 표정만이 남아 있었다.

"이른 시간에 여기까진 무슨 일이지?"

몹시 짜증나는 말투. 귀찮게 하지 말고 얼른 용건 끝내고 나가라는 뉘앙스에 수영은 서운함을 애써 감추며 억지로 웃음을 짓고서 능청스럽게 둘러댔다.

"으응? 오빠, 섭섭하게 왜 그래? 내가 오빠를 무슨 일 있어야 보나?"

언제나처럼 밝고 상큼한 미소를 짓는 수영의 앞에서 건은 더 이상 짜증을 낼 수 없었다. 그는 안 나오는 웃음을 억지로 지으며 사무적인 말투로 말했다.

"여긴 회사잖아."

그 말뜻을 이해할 수 없다는 수영의 표정에 건이 나직하게 말했다.

"일 안 할 거야?"

그의 정색한 표정 앞에서도 수영은 또 엉뚱한 말만 늘어놓고 있었다.

"오빠, 나 예쁘지?"

건의 얼굴에 어이없다는 듯 기분 언짢아하는 기색이 역력했지만 수영은 더 바짝 얼굴을 들이대고 물었다.

"오빠 내 얼굴 자세히 봐 봐. 나 귀엽지 않아? 으응?"

수영은 코맹이 소리까지 내가며 귀염을 떨고 있었다. 그러자 건의 얼굴에 한마디로 말할 수 없는 미묘한 표정이 떠올랐다. 어찌 보면 화가 난 것 같기도 했고, 또 어찌 보면 몹시 황당해하는 것 같기도 했다.

건의 얼굴에 여러 가지 표정이 스쳐 가는 걸 놓치지 않고 지켜보면서도 수영은 한 걸음도 물러서지 않았다. 쫓겨나면 어쩔까? 하는 두려움도 없지 않았지만 말이다. 그러나 생각과는 달리 건은 그녀에게 눈길조차 주지 않은 채 껄렁하게 대답했다.

"응. 귀여워."

다행히 쫓겨나지 않았다는 안도감에 좀 더 대담해진 수영은 이번엔 그의 팔을 꼭 붙들고 선언하듯 큰 소리로 말했다.

"오빠, 우리 결혼하자!"

뭐? 결혼? 못 들을 걸 들었다는 표정으로 그가 그녀를 향해 돌아섰다. 깊이를 알 수 없는 눈빛으로 수영을 한참 동안 쳐다보던 그가 갑자기 풋 하고 웃어 버렸다. 안 그래도 폭탄선언 같은 말을 뱉어 놓고 나서 그가 화라도 내면 어쩔까, 하며 은근히 불안하던 참이었는데 뜻밖에도 건이 몹시 재미있어하자 수영은 그 틈을 놓치지 않고 재빨리 덧붙였다.

"오빠, 오빠는 우리가 참 잘 어울리는 한 쌍이라고 생각하지 않아? 서로 조건도 얼추 맞고. 그리고 나 결혼하면 내조도 잘할 수 있을 것 같은데. 그러니까 우리 서로 시간 낭비하지 말고 결혼하자. 응? 아버님 어머님도 은근히 그렇게 되길 바라시는 것 같던데."

수영은 나름 진지한데 건은 농담으로 여겼는지 작게 한숨을 내쉬더니 손가락으로 그녀의 이마를 툭 퉁겼다. 앗, 아파, 하고 대번에 얼굴을 찡그리는 그녀에게 건이 한숨처럼 말했다.

"농담도 진짜 가지가지 하는군! 근데 강수영, 이번에는 조금 심한 것 같다."

그러고서 그는 다시 책상 위의 서류로 눈길을 돌렸다. 잠시 멍한 표정으로 서 있던 수영은 얄밉다는 듯 그를 한참 노려보다가 그의 팔을 꽉 붙들었다. 갖은 설득과 협박을 해서라도 오늘은 기어코 대답을 얻어 내고야 말겠다는 굳은 의지 같은 것이 그녀의 얼굴에 서렸다.

"오빠, 난 진심이란 말이야."

이젠 그만하라는 듯 건이 손을 들어 그녀의 말을 막았다. 표정은 차갑고 딱딱하기 그지없었지만, 어째서인지 목소리만은 따뜻하게 느껴졌다.

"강수영, 난 자상하지도 다정하지도 않아. 싸가지 없고, 차갑고, 못돼 먹은 나쁜 남자야. 그래서 나랑 살게 되면 너는 늘 별것 아닌 일에도 자주 울고 외로워하고 서운해하고 슬퍼하게 될 거야."

무슨 안 좋은 기억이라도 돌이켰는지 건의 얼굴 위로 괴로운 표정이 스쳐 갔다. 뜻밖의 말에 수영은 자기도 모르게 뺨을 타고 흘러내리는 눈물을 쓱쓱 닦으며 반박하듯이 소리쳤다.

"누가 그래? 오빠가 나쁘고 싸가지 없다고? 그런 헛소리 듣지 마! 오빠는 좋은 사람이야."

"그래, 좋은 놈으로 봐줘서 고맙다. 그럼 이젠 그만 나가서 일하는 게 어떨까?"

뭐라 더 말하려고 했지만 수영은 생각을 고쳐먹고 조용히 그의 사무실을 나갔다. 어떤 이유인지는 모르지만 그 말을 할 때 그의 표정이 몹시 슬퍼 보였기 때문에. 그때 마침 건의 집무실을 찾아온 명진이 당장 울음을 터뜨릴 것처럼 슬픈 얼굴로 뛰쳐나가는 수영의 뒷모습을 안쓰럽다는 듯 바라보더니 집무실로 들어와 건에게 조용히 물었다.

"참 안됐다. 둘이 싸웠냐?"

뭔 헛소리를 하느냐는 듯 건이 눈을 크게 치뜨자 명진이 능청스럽게 물었다.

"너희들, 사귀는 거 아니었나?"

"제발 멍청한 소리 좀 그만하지?"

"쟤가 널 따른 지 몇 년이야? 고등학교는 둘째 치고 의상학과 나온 것도 다 너 때문이었잖아? 그런데 전혀 관심 없어? 저렇게 예쁘게 생긴 여자를 앞에 두고도? 너 혹시 무슨 병이라도 있는 것 아냐?"

혀까지 쯧쯧 차며 묻는 태명진을 어이없다는 듯 쳐다보던 건이 고개를 가로저었다. 그러자 명진이 오히려 영문을 알 수 없다는 표정을 띠고서 건을 뚫어져라 쳐다봤다.

십 년 전, 천방지축 말썽꾸러기였던 녀석이 순식간에 이상하게 변해 버렸다. 늘 수석이었던 명진을 제치고 건이 전교 1등을 하는 불가사의한 일이 일어났으니 말이다.

책과는 아예 거리도 멀고, 세상에서 공부를 가장 싫어했던 천하의 문제아, 선생님들의 골칫덩어리였던 녀석이 갑자기 지독한 공부벌레로 변해 버렸다. 그런 건의 변화는 그야말로 기적과도 다름없었다.

물론 그때는 공부 때문에 바빠서 여자에 관심을 두지 않았다고 하지만, 명진이 쭉 지켜본 바에 의하면 지금까지 건은 아예 여자에게 흥미를 가진 적이 없었다.

건과는 집안끼리 왕래가 있어 어릴 때부터 알아 온 사이였던 수영이 그를 많이 좋아하고 있음에도 불구하고 건은 그녀에게 시선조차 주지 않았을 뿐만 아니라 마음 한 자락도 내어 주지 않았다.

정말 냉정하고 차갑기 그지없는 녀석이었다. 대체 무엇 때문인지 알 수 없어 의문은 오랫동안 명진의 머릿속에 풀 수 없는 미지의 수수께끼로만 남아 있었다.

"너 진짜 한 번도 여자랑 자 본 적 없냐?"

왜 그런 엉뚱한 말이 입에서 나왔는지 모른다. 내뱉고 나서 후회했지만, 그렇다고 꺼냈던 말을 도로 삼킬 수는 없었기에 명진은 짐짓 태연한 표정을 띤 얼굴로 건을 쳐다봤다.

"알고 싶냐?"

두말하면 잔소리 아닌가? 당연하다는 듯 열심히 고개를 끄덕이는 명진을 향해 건이 귀를 가까이 대라는 시늉을 했다. 그러고는 천천히 노래하는 투로 읊조렸다.

"엿 먹어."

건의 상스러운 욕질에 명진은 어처구니없어 하며 헛, 하고 괴이한 소리를 내더니 항변이라도 하듯 구시렁거렸다.

"이런, 싸가지 없는 짜식! 너는 어쩌면 예전이나 지금이나 하나도 달라진 것이 없냐?"

"먼저 멍청한 소리를 꺼낸 게 누군데?"

내가 뭘, 하는 눈빛으로 명진은 건을 향해 억울함을 마구 호소했다.

"그럼 그런 의심을 받지 않도록 여자라도 좀 사귀든가?"

남이야 어찌 되든 말든 별걸 다 걱정한다고 건이 나무라듯 쳐다보자 명진은 그의 의중을 떠보듯 다시 한 번 물었다.

"정말 강수영에게 조금이라도 관심 없어?"

그런 걸 왜 묻느냐고 건이 시답잖게 쳐다보자 명진은 일부러 느릿느릿 다음 말을 꺼내 놓았다.

"그렇다면 내가 강수영에게 작업을 걸어도 되겠어?"

그러자 그때껏 뚱한 표정을 짓던 건의 얼굴에 처음으로 감정이 나타났다. 그건 놀라움이었고 분노였다. 분노? 강수영에게 조금도 관심이 없다고 말했으면서도 저 녀석은 왜 저런 표정을 짓는 걸까? 명진은 조소 섞인 비웃음을 흘리며 지나가는 투로 말했다.

"왜? 자기가 갖긴 싫고 남 주긴 아깝다, 그 뜻인가?"

"미친놈!"

건의 잇새로 낮은 으르렁 소리가 흘러나왔다. 어느새 건은 명진의 앞까지 바싹 다가왔다. 그가 너무 위협적으로 다가오는 바람에 명진은 저도 모르게 몇 걸음 뒤로 물러서야 했다. 이 녀석이 미친 거 아냐? 하고 어이없게 쳐다보는 명진에게 건이 경고하듯 으르렁대며 말했다.

"강수영 다치게 하지 마라. 강수영은 동생 같은 아이야. 네 녀석이 그냥 갖고 놀다 버리는 그런 여자 아니란 말이야!"

정말 하늘에 맹세컨대 태명진은 절대 못돼 먹은 나쁜 남자가 아니었고 함부로 여자를 갖고 놀다 버리는 망나니도 아니었다.

솔직히 말하자면 건에게 강수영은 그저 한낱 동생일지는 모르지만, 자신에게 그녀는 그렇게 간단하게 말할 수 있는 사이가 아니었다. 수영에 대한 자신의 감정이 정확히 어떤 것인지는 알 수 없지만 그녀가 어느 순간부터 눈에 들어오기 시작했다. 그래서 건이 정말 그녀에 대해 관심이 없는지 그의 마음을 떠보기 위해서 던진 말이었다. 그런데 이렇게 사람을 나쁘게 만들다니? 명진은 황당함을 넘어 기가 차서 말문이 막혀 버렸다.

그때 또각또각, 청명한 하이힐 소리가 조금 살벌해진 분위기를 단번에 바꾸어 놓았다.

"제가 조금 늦었네요, 최 사장님."

자로 잰 듯 완벽하게 떨어지는 헤어스타일과 깔끔한 정장 차림, 게다가 자분자분하지만 똑 부러지는 목소리까지. 한 치의 흐트러짐 없는 여자의 모습에서 명진은 내내 눈길을 돌리지 못하고 있었다.

뭐 하는 여자일까 하는 궁금증이 증폭되면서 명진은 대답을 요구하듯 건에게로 시선을 옮겼다. 그러나 명진의 존재 따위는 이미 까맣게 잊은 듯 눈조차 마주치지 않으려고 하는 건이 때문에 명진은 다시 윤주에게로 시선을 돌리고 말았다.

분명 처음 보는 얼굴인데 낯이 익어 보여 명진은 샅샅이 스캔하듯이 여자를 쳐다보다가 놀란 듯이 말을 더듬거렸다.

"혹시 주, 주윤주…… 누, 누나……?"

건이 아닌 다른 남자의 목소리에 윤주는 약간 의아해하며 소리가 들린 쪽으로 고개를 돌렸다.

"어머, 너 태명진이니?"

얼굴은 딱 한 번밖에 보지 못했는데 그녀가 자신을 기억해 주자 명진은 마냥 기분이 좋아져서 웃음을 금치 못했다.

"호오, 너무 예뻐지셨습니다, 누님."

그 말에 약간 수줍은 듯 그녀의 볼이 발그레 물들면서 어설프게 명진의 인사를 받았다.

"호호, 넌 여전히 착하구나. 근데 조금은 능글맞게 변한 것 같다."

"천만에요. 사실을 말하는 것뿐인데요? 누님 정말 여전히 예쁘십니다."

하아, 기가 막히기도 하지! 저것들이 언제부터 저렇게 친해졌다고. 연방 호호, 하하 하면서. 좋은 분위기로 대화하는 두 사람의 모습을 보고 건은 괜스레 심통이 부글부글 끓어올랐다.

"태명진 실장, 여기는 회사입니다. 지금 뭐하시는 겁니까?"

짐짓 근엄한 표정으로 질책하는 건의 모습에 명진은 어이가 없는 듯 입을 조금 벌렸다.

"아직 할 얘기 남았습니까? 안 나갑니까?"

하아, 저 미친 새끼! 지랄 떨고 자빠졌다! 몹시 못마땅했지만, 명진은 그저 코웃음을 가볍게 치고는 몸을 돌려세웠다. 그러나 그냥 나가기는 아쉬웠는지 살짝 고개를 돌려 윤주를 향해 '저 자식 싸가지 없음!' 이라는 입 모양을 만들어 냈다.

"누나 조금 이따 다시 봐요."

보긴 뭘 또 봐? 찡긋 윙크를 해 보이며 나가는 명진의 뒷모습에 건은 올라오는 화를 가까스로 억누르고 있었지만, 윤주는 재미있는지 낄낄 웃음을 참고 있었다.

"딴마음 먹지 않고 와 주셔서 감사합니다. 우리 잘해 봅시다, 주윤주 씨."

어느덧 표정을 말끔히 정리한 건이 악수하자며 손을 내밀자, 그녀는 군더더기 없는 동작으로 그의 손을 잡고서 경쾌하게 말했다.

"그래요. 잘 부탁드립니다. 최 사장님."

"그러니까 YJ홈쇼핑의 디자이너가 누나였단 말이죠? 정말 뜻밖인데요, 누나. 이렇게 만나니 너무 반가워요, 누나."

말끝마다 누나라고 부르면서 명진은 몹시 반가워했다. 한 번밖에 보지는 못했지만 이상하게 좋은 기억으로 남아 있던 명진이 이렇게나 반가워해 주니, 윤주도 오랜만에 만난 그가 반가워졌다. 그래서 두 사람은 회사 근처의 레스토랑에서 조금 늦은 점심을 먹으며 그동안의 이야기보따리를 하나씩 풀고 있던 참이었다.

"근데 누나, 뭐 좀 물어봐도 돼요?"

포크로 면을 집어 입가로 가져가려던 윤주가 눈을 들어 그렇게 묻는 명진을 빤히 쳐다봤다.

"혹시 십 년 전에 건이랑 무슨 일 있었어요?"

뜬금없는 질문에 윤주는 잠깐 표정이 어두워졌지만 곧 아무렇지 않은 척 싱긋이 미소를 지으며 대답했다.

"호호, 그 싸가지 없는 녀석이랑 일은 무슨? 없어, 그런 것."

웃는 표정과는 달리 왠지 대답이 영 시원치 않아 보였다. 그것을 명진이 모를 리가 없었다. 더더군다나 분명 예전부터 알아왔던 사이임에도 불구하고 일부러 서로 공적으로만 대하려 애쓰는 두 사람의 모습이 몹시 낯설면서도 수상쩍어 보였던 것이다.

그의 눈길을 피해 슬쩍 시선을 다른 곳으로 옮기는 그녀의 옆모습을 흘끗 훔쳐보던 명진의 뇌리에 언뜻 십 년 전의 짤막한 기억이 스쳐 갔다.

우연히 그녀의 얼굴을 딱 한 번 보았음에도 미소 짓던 그 예쁜 모습을 도저히 머릿속에 지울 수 없었던 명진은 참고서를 핑계로 다시금 건의 집에 들렀었다. 그러고는 그녀와 건 사이에 벌어졌던 불쾌한 일을 전혀 알 턱이 없는 명진이 넌지시 그녀에 대해 묻자 건은 냅다 주먹부터 날렸다.

그때 발광하며 길길이 날뛰던 건의 모습은 마치 상처 입은 야수를 연상케 했다. 미쳤느냐고, 악을 쓰며 바락바락 대들던 명진에게 건은 또다시 주먹을 휘둘렀고 발작하듯 성난 짐승처럼 울부짖고 괴로워했다.

'다시는 그 여자 이름 석 자도 꺼내지 마! 한 번만 더 꺼냈다간 내 손에 죽을 줄 알아!'

그때 녀석의 온몸에서 뿜어져 나오는 검은 살기에 명진은 저도 모르게 몸이 심하게 움츠러들면서 등골에 소름이 오싹 끼쳤다. 자 첫 입 한 번 잘못 벙긋했다간 으르렁거리며 죽자고 덤벼드는 녀석에게 목이 졸려 죽임을 당할 것 같은 끔찍한 두려움을 느꼈기 때문에.

그때부터 주윤주는 건에게 금기된 이름이나 다름없었다. 그런데 그런 녀석이 주윤주를 스카우트했다? 물론 주윤주가 YJ홈쇼핑의 디자이너라는 이유 때문이기도 했지만 결코 그렇게 간단해 보이지 않았다. 아무래도 뭔가 이상했던 것이다. 내내 윤주에게 못 박힌 듯 떨어지지 않던 녀석의 집요한 눈빛하며 그러면서도 감추지 못하고 실실 웃음을 흘리기도 하던 표정하며.

녀석의 이상한 점을 하나하나 떠올리던 명진의 고개가 절로 갸웃거려졌다. 여러 가지 의구심은 많았지만, 왠지 윤주가 대답을 회피하는 것만 같아서 명진은 히죽히죽 웃으며 실없이 떠들어 댔다.

"이제야 와서 하는 말이지만, 솔직히 싸가지 없는 건을 사람답게 키운 8할은 누님이죠."

응? 하고 의아해하며 쳐다보는 윤주에게 명진이 문득 얼굴을 바싹 들이대더니 무언가 대단한 비밀을 얘기하듯 목소리를 낮추었다.

"녀석이 수학을 제일 못했는데, 언제부터인가 계속 만점을 받아 왔거든요 신기하죠? 이런 말 하기는 좀 창피하지만 나를 제치고 수석의 영광까지 차지했으니."

녀석에게 진 게 분하다는 듯 명진이 어금니를 지그시 깨물었다.

명진을 가만히 바라보던 윤주가 자잘하게 웃었다.

"그때도 참 의아했는데, 넌 건이랑 너무 성격이 다르더라. 그런데도 친한 친구가 될 수 있으니 난 조금 신기하더라고. 근데 지금도 같이 일하네."

"아이고, 안 그래도 분해 죽겠어요. 대체 건이 그놈이랑은 무슨 껌딱지가 붙었는지 징그럽게 늘 함께 있게 된다니까요. 진짜 열불 나요! 그러니까 지금도 예쁜 아가씨 하나 옆에 꿰차지 못하고 있잖아요."

복 없는 계집 팔자 타령하듯 명진이 한참 윤주에게 푸념을 늘어놓고 있는데 마치 그 말을 알아듣기라도 한 것처럼 건이 귀신같이 나타났다. 명진을 집요하게 쳐다보는 건의 눈길은 이렇게 묻고 있었다.

'새꺄, 내 흉 봤냐?'

"으응? 명진이 오빠도 있었네?"

자신을 쏘아보는 눈총이 하도 따가워서 별로 눈여겨보지 않았는데 상큼한 목소리가 들려오자 명진은 살짝 고개를 들었다. 그러자 수영의 웃는 얼굴이 보였고 그 옆에는 건이 몹시 언짢은 표정을 짓고 있었다.

"우리 또 보네요. 아까는 너무 경황이 없어서 얘기도 제대로 못 했는데. 우리 친하게 지내봐요."

스스럼없이 먼저 인사를 건넨 수영이 자신의 자리라고 생각했던 윤주의 옆자리에 앉자 건은 썩 내키지 않는다는 표정으로 명진의 곁에 털썩 앉았다. 자신과는 분명하게 선을 긋고 거리를 두면서도 눈앞의 명진이랑은 하하 호호 웃고 떠드는 윤주를 보고 그는 속이 뒤틀려서 미칠 것 같았다.

"근데 명진이 오빠랑 잘 아는 사이였나 보네요?"

대체 주윤주란 이 여자의 정체는 뭐지? 명진과 윤주를 번갈아 쳐다보던 수영이 몹시 의아해하며 물었다.

"음. 잘 아는 사이였지. 십 년 전부터."

명진이 망설이는 윤주 대신 대답했다. 일 년도 아니고 이 년도 아니고 십 년 전부터 아는 사이였다는 명진의 말에 수영은 몹시 놀라워하며 다시 한 번 윤주를 쳐다봤다.

윤주는 어째서인지 첫 만남부터 여자의 시선이 불편하게 느껴졌다. 대놓고 자신을 싫어한다고 내색한 것도 아닌데 그녀에게 붙박여 있는 여자의 날카로운 눈길 때문에 마치 자신이 큰 잘못을 저지른 것처럼 속이 뜨끔해졌다.

그때 마침 자지러지게 울려 대는 자신의 휴대폰 소리 때문에 윤주는 잠시나마 숨을 돌릴 수 있었다. 그러나 그것도 잠시, 무슨 큰 경사라도 난 듯이 엄마가 신이 나서 이야기를 계속하자 윤주의 표정이 점점 더 어두워지기 시작했다.

"그게 정말이야? 정말 오빠가 그렇게 말했어?"

지금 자신의 옆에 다른 사람들이 있다는 것도 모르는 채 윤주는 소리를 지르며 엄마와 통화하느라 정신이 없었다.

처음 느꼈던 차분한 이미지와는 달리 누군가와 통화를 하는 그녀의 살벌한 모습에 수영은 물론이고 명진과 건마저도 놀라운 기색을 감추지 못했다. 그러나 수화기 너머 엄마는 아직 딸의 이상한 낌새를 느끼지 못했는지 싱글벙글 웃으며 말을 계속하고 있었다.

— 그래. 잘된 거지 뭐. 안 그래도 고것이 혼기가 꽉 찼는데도 애인 하나 없다는 게 늘 마음에 걸렸는데 말야.

통화의 내용인즉슨 윤주의 어머니 박미순 여사가 가슴으로 낳은 아들 한태준이 결혼할 신부를 데리고 어머님께 인사하러 온다는 것이었다.

윤주는 그저 자신의 여동생일 뿐 그 이상도 그 이하도 아니라고 태준이 그 말을 꺼낸 것이 이제 겨우 일주일밖에 지나지 않았다. 그런데 갑자기 결혼할 여자라니? 불과 일주일 전까지만 해도 그런 말이 없었는데 말이다.

그렇다면 혹시 자신의 마음을 접게 하기 위해서 그가 일부러 꾸민 일은 아닐까 하는 생각이 잠시 들었지만 윤주가 아는 한태준은 경솔하거나 비겁한 남자가 아니었다. 어쩌면 그 말이 사실일지도 모른다는 불안감에 윤주는 마음이 조급해져 벌떡 자리에서 일어섰다.

"누나!"

그녀의 모습이 몹시 불안해 보여 명진이 윤주의 팔을 꽉 붙들었다. 그제야 자신이 지금 어디에 있는지는 인식했는지 윤주는 겨우 정신을 수습하고 안 나오는 목소리를 애써 쥐어짜 내 말했다.

"나…… 급한 일이 있어 먼저 일어날게. 식사 즐겁게 하세요."

"누나!"

명진이 걱정스러운 얼굴로 불렀지만 그녀는 무언가에 쫓기는 사람처럼 허둥지둥 뛰어갔다. 그 뒤를 그때껏 초조하게 지켜보고 있던 건이 곧바로 일어나 그녀를 쫓아갔다.

"오빠!"

수영이 기가 막힌 얼굴로 다급하게 건을 불렀지만 그는 아예 듣지 못한 듯 고개도 돌리지 않았다.

"명진이 오빠. 나도 이만……."

수영이 어떤 말을 할지 미리 짐작이라도 한 듯 명진이 그녀의 말을 도중에 가로챘다.

"우리 같이 먹자. 나 혼자 먹기엔 양도 너무 많고 또 심심하니까."

그를 혼자 두고 가자니 괜히 미안해져 수영이 어쩔 줄 몰라 하자 명진이 가볍게 웃으며 덧붙였다.

"지금 건을 쫓아가 봐야 소용없어."

명진의 저 한마디가 지금까지 혼란스럽게 만들던 주윤주와 건의 사이를 설명하는 것 같았다. 설마가 사람 잡는다고 혹시나 하는 생각에 수영은 갑자기 숨이 콱 막히는 듯해서 손으로 가슴을 부여잡고 고통스러운 표정을 지었다.

외로운 사랑을 하고 있는 그녀의 모습이 안타깝기 그지없었으나 딱히 도울 수 있는 것도 아니었기에 명진은 아무것도 모르는 척 고개를 숙이고 수저만 부지런히 움직였다.

'최건, 지금껏 주윤주란 여자를 기다려 왔던 거니?'

이제야 알겠다는 듯 명진은 나직하게 고개를 끄덕였다. 십 년 전 건이 했던 행동들을 순식간에 이해할 만하다는 듯.

"주윤주!"

무슨 일이냐고 따지는 듯한 목소리, 그녀의 모든 걸 꿰뚫어 보는 듯한 눈빛. 그러나 정신이 딴 곳에 가 있는 윤주에게는 건의 심각한 모습 따윈 하나도 눈에 들어오지 않았다.

아무것도 담지 않은 공허한 눈빛, 금방이라도 울음을 터뜨릴 것 같은 아슬아슬한 그 표정 앞에서 건은 욱 하고 뭔가가 가슴속에서 치밀어 올라 주먹을 꽉 움켜쥐었다.

"무슨 일이십니까? 주윤주 씨."

건은 분노의 감정을 최대한 자제하는 목소리로 물었다. 그가 입술을 움직이며 무언가를 말하는 것 같은데 윤주의 귀에는 아무것도 들리지 않았다. 그녀는 거기에 응대할 시간조차 아깝다는 듯 다시금 몸을 돌렸지만, 건이 가만 내버려 두지 않았다.

"주윤주, 정신 차려! 무슨 일이냐고 묻잖아."

건이 그녀의 어깨를 잡고 몇 번 흔들자 윤주는 비로소 정신이 돌아온 듯 그와 시선을 마주했다.

"놓아주세요, 최 사장님. 제가 지금 급히 가 볼 데가 있어서요. 부탁합니다."

몸에 기운이 다 빠진 듯한 목소리였다. 도대체 무엇이 그토록 그녀를 힘들게 만들었을까? 한편으론 화가 났지만 그 모습이 안타까워 건은 더 이상 다그치지 못하고 그녀의 어깨에서 손을 뗐다.

"죄송합니다. 금방 다녀올게요."

깍듯하게 인사하고 뒤돌아서는 그녀를 보면서도 건은 윤주를 붙잡지도 못했고, 불러 세우지도 못했다. 서글프고 안타까운 얼굴로 마치 목석처럼 가만히 서 있을 뿐이었다.

무슨 큰 경사라도 난 듯이 문을 닫은 가게의 출입문에는 휴가라는 팻말이 붙어 있었다.

어지간해선 가게 문을 잘 닫지 않는 엄마였는데 태준이 신붓감을 데리고 인사드리러 오는 것이 무슨 굉장한 일이라도 되는 것처럼 박 여사는 주방을 들락날락거리면서 분주히 돌아치고 있었다.

어디 그뿐인가? 엄마의 주름진 얼굴에서는 웃음꽃이 떠나가지 않았고, 요즘은 통 얼굴 보기 힘든 은민정마저 여기까지 걸음 했으니 윤주는 참으로 어이가 없다고 쓰디쓴 웃음을 머금었다.

그러나 그런 윤주에게 숨 돌릴 틈도 주지 않은 채 태준은 민정을 가리키며 황당하기 그지없는 말을 툭하니 내던졌다.

"윤주, 인사해라. 나랑 결혼할 여자야."

'너한텐 새언니가 될 사람.' 태준은 잊지 않고 그 한마디도 덧붙였다. 안 그래도 태준의 신부가 될 여자는 왜 여태껏 나타나지 않나, 여자의 얼굴이라도 보려고 이리저리 찾고 있었는데 그렇게 궁금해했던 여자가 그 누구도 아닌 바로 은민정이라는 사실에 윤주는 도저히 믿을 수 없다며 경악을 금치 못했다. 그러나 딸이 몹시 충격받았다는 걸 전혀 알 리가 없는 엄마는 싱글벙글 웃음을 지우지 못하며 호들갑을 떨었다.

"윤주, 너도 전혀 모르고 있었니? 호호, 요것들이 감쪽같이 나를 속였지 뭐니? 안 그래도 우리 준이가 언제면 예쁜 색시를 데려오나 이 어미는 눈이 빠지게 기다렸는데 말이야. 잘된 일이지."

미순은 얘기를 하다 말고 갑자기 감정이 북받쳐 오르는지 급히 눈물을 닦았다. 비록 배 아파 낳은 자식은 아니지만 가슴으로 낳은 아들 태준이 늘 마음에 걸렸던 미순이었다.

윤주 아버지가 돌아가시고 살길이 막막해져 어쩔 수 없이 태준을 외국으로 입양 보내고 나서도 미순은 살아도 사는 것 같지 않았다. 자책감과 후회로 이 지옥을 견디게 해 달라고 하나님께 피눈물을 흘리며 기도했었다.

12년 넘게 태준을 친아들처럼 키워 온 시간은 결코 짧은 시간이 아니어서 무기력하고 나약한 자신을 얼마든지 원망할 수 있었을 텐데도 헤어질 때도 그렇고 다시 만날 때도 태준은 그 어떤 원망도, 비난의 기색도 없었다.

다시 만날 때 꺼냈던 첫마디가 뭐였던가? '어머니, 보고 싶었습니다. 너무 늦게 돌아와서 죄송합니다.' 그 한마디에 미순은 심장이 찢어질 듯한 고통으로 태준을 끌어안고 대성통곡을 했었다.

근데 지금껏 자신에게는 늘 더 아픈 손가락이었던 아들이 저렇게 참하고 조신하고 착한 여자를 데려왔다. 은민정이 어디 남인가? 거기다가 능력 있겠다, 성격도 좋겠다, 마음 또한 착하지 않은가?

굳이 흠을 잡으라면 생김새가 좀 곱지 못하고 약간 푼수끼가 있는 정도라고 할까? 그러나 옥에도 티가 있다고 완벽한 사람이 어디 있나. 또 한평생 살면서 잘난 인물 뜯어먹고 사는 것도 아닌데 여자가 성격 좋고 마음 씀씀이가 착하면 좋은 거지.

그런 생각이 들자 미순은 금방이라도 두 사람을 결혼시키고 싶어 마음이 들떴다. 옆에는 윤주가 기가 막힌다는 얼굴로 자신을 노려보고 있다는 것도 모르는 채 말이다.

"언니, 조금 너무했다. 이건 명백한 배신이야."

목소리가 가늘게 떨리며 나왔다. 울지 않기 위해서는 두 주먹을 꽉 움켜쥐어야 했고, 떨리는 입술을 피가 나도록 꽉 깨물어야 했다. 그래도 윤주는 잘 참고 있었다. 그 모습에 태준은 가슴이 미어질 듯 아팠지만 윤주의 시선을 피하지 않았다.

'미안하다, 윤주야.'

태준의 심장이 아프다고 미친 듯이 부르짖고 있었다. 그래도 태준은 일부러 민정의 어깨에 손을 올리며 몹시 다정하게 굴고 있었다. 민정은 습관이 되지 않는다는 듯 얼굴을 붉히며 태준의 손을 살며시 뿌리쳤다. 그 닭살스런 애정행각에 윤주는 마치 심장을 칼로 도려내는 듯 아파 왔다.

'잔인해! 한태준, 당신은 정말 잔인한 사람이야!'

그 자리에 더 있다간 어떤 일을 저지를지 몰라서 윤주는 밥 먹고 가라는 엄마의 말도 무시한 채 도망치다시피 밖으로 나와 버렸다. 그녀의 뒷모습이 지지대 하나 없이 세워진 기다란 막대처럼 금방이라도 푹 고꾸라질 것 같았으나 태준은 눈 하나 깜짝하지 않았다. 아니, 아무렇지 않은 척 이를 악물고 태연을 가장한 것이다.

태준은 벌써 몇 번째나 미안하단 말을 속으로 중얼거리며 윤주가 사라진 방향을 오래도록 바라봤다.

"흑흑…… 흑흑……."

태준의 시야에서 벗어나자 윤주는 목까지 차올랐던 눈물이 한꺼번에 쏟아 내기 시작했다.

아까 태준과 민정을 마주했을 때 윤주는 어떻게 나한테 이럴 수 있느냐고 따져 묻고 싶은 걸 겨우 참았다. 내가 안 되는 건 그렇다 치더라도 왜 하필이면 민정 언니냐고, 진심으로 그렇게 묻고 싶었다.

그런데 태준 못지않게 민정도 자신에게 너무나 특별하고 소중한 사람이었기에 이번에도 윤주는 나쁜 여자가 될 수 없었던 것이다. 두 사람의 다정한 모습을 보고 좋아서 어쩔 줄을 몰라 하던 엄마처럼 자신도 참 잘된 일이라고 축하해 줘야 하는데 그럴 수가 없어서 윤주는 속이 상하고 마음이 아파 왔다.

그런 자신의 속마음을 그 누구에게도 터놓을 수가 없어서 그녀는 핸들에 얼굴을 파묻고 슬프게 울기 시작했다. 어서 전화를 받으라는 듯 휴대폰 소리가 끝없이 울렸지만 그녀는 듣지 못하고 돌부처럼 꿈쩍도 하지 않았다. 윤주는 그 뒤로도 휴대폰 소리가 몇 번을 더 울리고 나서야 마지못해 전화를 받았다.

— 주윤주 씨, 언제 돌아오실 겁니까?

전화를 받긴 받았는데 그렇게 묻는 건의 질문에 윤주는 뭐라 답해야 할지 몰라서 조용히 침묵만 지키고 있었다. 질식할 듯 답답한 침묵에 수화기 너머의 상대는 벌써 조급한 티를 팍팍 내면서 존댓말과 반말을 섞어 말했다.

— 주윤주 씨. 듣고 계신가요? 주윤주, 듣고 있나?

그래도 아무 대답도 듣지 못하자 건은 버럭 외치며 꼬치꼬치 캐어묻기 시작했다. 거기가 어디냐고, 지금 뭐하는 거냐고, 아무 일도 없는 거냐고. 듣는 사람이 지루해할 정도로 건은 말을 쉴 새 없이 반복했다.

"최건, 지금 나를 데리러 와 줄 수 있겠어?"

침묵, 또 침묵이 이어졌다. 전혀 뜻밖의 말이었는지 건은 한참 뒤에야 물었다.

— 거기 어디야?

"헉!"

건은 급하게 숨을 들이켜며 일순 눈을 어디에 두어야 할지 몰라 했다.

아까 점심때 누군가와 심각하게 통화를 하다가 갑자기 어디론가 뛰쳐나가는 그녀의 모습이 마음에 걸려 걱정되어 전화를 해 봤는데 아니나 다를까 그녀의 상태는 썩 좋지 못했다.

통화를 끝내자마자 바로 그녀가 알려 준 장소로 직행했다. 도착하고 보니 그녀는 생각했던 것보다 훨씬 위태로워 보였다.

만약 평소의 그녀라면 자신이 '주윤주!' 라고 성난 듯이 부르면 꼭 손톱을 세우고 대들거나 뭐라고 따졌을 텐데 오늘은 그를 보자마자 울음부터 터뜨리는 것이다. 그러면서 헛소리인지 진심인지 모를 소리를 한가득 늘어놓았다.

잘된 일이라고 축하해 줘야 하는 건데 자신은 그러지 못했다고, 천하의 나쁜 년이라고 가슴을 치며 통곡을 했다. 또 한태준은 너무나도 잔인한 놈이라고, 언니는 그렇게 하는 게 아니라고 이건 명백한 배신이라고 말이다.

이게 대체 무슨 소리인지, 건은 제대로 알아들을 수 있는 말이 하나도 없었다. 그저 그녀가 진정할 때까지 묵묵히 기다려 주는 것 말고는 다른 그 어떤 일도 할 수 없었다.

떼쓰는 아이처럼 발버둥을 치며 우는 그녀를 겨우 달래어서 필요할 때만 가끔 쓰는 오피스텔로 데리고 와서 가까스로 침대에 눕혔다.

그런데 이건 또 무슨 시추에이션인지 건은 금방이라도 미치고 팔짝 뛸 것만 같았다.

십 년 후 다시 재회하는 그 순간부터 지금껏 모르는 사이인 척 지내 오던 그녀가 침대에서 벌떡 몸을 일으키더니 건이 지켜보는 앞에서 옷을 하나하나 벗고 있었던 것이다. 처음엔 더워서 겉옷만 벗는 줄 알았는데 그녀는 망설임 없이 블라우스 단추를 하나하나 풀고 있었다.

머릿속에서는 위험신호를 보내고 있었지만 아름다운 여체의 유혹 앞에서 건은 얼음처럼 굳어 버렸다. 관심도 없는 것처럼 건이 가만히 서 있기만 하자 윤주는 블라우스를 벗어 그의 앞에 던지며 싸늘한 목소리로 말했다.

"날 가져."

그녀의 우윳빛 뽀얀 가슴이 눈앞에 있었다. 마음속의 악마가 어서 그녀를 가지라고 간사하게 속삭이고 있었지만 건은 얼어붙은 듯 미동도 하지 못했다.

"제기랄……."

십 년 전 그녀에게 돌이킬 수 없는 상처를 준 것에 대한 대가일까? 만약 그것에 대한 벌이라면 달갑게 받을 것이다. 그래도 이건 너무 가혹하다! 건은 주먹을 꽉 움켜쥐고 원망이 듬뿍 밴 눈초리로 윤주를 지그시 노려봤다.

"왜? 내가 여자로서 매력이 없는 거니? 나를 가지고 싶었던 것 아니었어?"

"젠장!"

그녀가 비웃듯이 말하자 건은 욕설을 씹어뱉었다. 그런데도 건이 눈썹 하나 까딱하지 않자 윤주는 조소 섞인 말투로 말했다.

"왜? 십 년 전에 했던 대로 해 봐."

잔혹하기 그지없는 그 한마디에 건의 인상이 확 찌그러졌다. 분노로 차오른 마음을 다스리는 데에는 조금 시간이 걸렸다. 우두커니 서 있기만 하던 건이 갑자기 성큼 다가오자 윤주는 놀란 듯 몸을 떨며 눈을 크게 떴다. 그녀의 코앞까지 다가온 건이 윤주의 하얀 어깨를 꽉 붙잡고서 진지하게 물었다.

"그래, 난 주윤주, 너를 갖고 싶어. 너도 똑같은 마음이야? 진심으로 날 원해?"

분명히 자신이 먼저 꺼내 놓은 말인데 그녀는 두려워하며 건의 시선을 피했다. 그런 그녀의 얼굴을 잡아 자신에게로 확 돌리며 건이 소리 지르듯 말했다.

"날 피하지 마. 내 눈 똑바로 쳐다보고 말해! 진심인 거냐고? 나한테 안기고 싶을 만큼 날 사랑해?"

그녀의 큰 눈망울이 파르르 떨고 있었다. 대답은 못하고 그저 사시나무처럼 몸만 떨고 있는 그녀를 보고 건은 입가를 비스듬하게 끌어 올렸다.

잠시 조용한 정적이 흐르고 건은 그녀의 블라우스를 집어 들어 어깨에 걸쳐 주고서 단추까지 잠가 주었다. 그의 뜻밖의 행동에 윤주는 당황스러우면서도 기분이 이상해졌다.

"네가 여자로서 매력이 없냐고 물었었지?"

눈이 마주치자 그녀는 이제야 부끄러움을 느꼈는지 얼른 시선을 돌려 버렸다. 몹시 슬퍼 보이는 그녀의 옆얼굴이 가슴 아파서 건은 무거운 음성으로 말을 이었다.

"내가 아는 주윤주는 언제나 밝고 명랑한 소녀와도 같은 여자였어. 또 내가 아는 주윤주는 아무리 슬픈 일이 있어도 금방 털어 내고 다시 금방 웃을 수 있는 그런 씩씩한 여자였어. 난 그런 주윤주가 좋았다."

그에게서 벗어나 다른 곳을 향했던 그녀의 시선이 건의 그 한마디에 천천히 그에게로 돌아갔다. 조금 놀란 듯 그녀의 입술에 파르르 경련이 일었다.

"그래서 십 년 전 그날, 실수라고 하기에는 돌이킬 수 없는 큰 잘못을 저지르고도 난 뻔뻔하게 늘 그 여자 생각만 하고 있었지. 언젠가 다시 만난다면 정말 미안하다, 한 번만 용서해 달라고 제대로 사과하고 싶었어. 정말 염치없고 뻔뻔하겠지만 그 여자에게 이때껏 품어 왔던 감정 솔직하게 터놓고 고백하고 싶었다."

갑작스럽고 충격적인 고백 앞에서 윤주는 마음이 무척 혼란스러웠다. 그런데도 그의 복잡한 심경을 고스란히 담은 목소리는 계속 이어졌다.

"맞아, 나 너 좋아해."

당황스러웠을까? 아니면 뜻밖의 고백 앞에서 그녀의 마음이 흔들렸던 걸까? 윤주의 눈에서 눈물이 비 오듯 쏟아져 내렸다. 그런 그녀를 자상하게 끌어안아 주며 건이 따듯한 음성으로 말했다.

"후회는 아무리 빨라도 늦는 거더라. 난 네가 후회할 만한 일은 하지 않았으면 좋겠다. 십 년 전 나처럼. 정말 최건이란 남자가 네 눈에 들어올 때까지 기다릴게. ……늦었는데 여기서 자고 가. 한잠 푹 자고 나면 기분도 좀 나아질 거야."

그는 그 말을 끝으로 그녀에게 이불을 덮어 주고 조용히 방을 나왔다. 그 뒤에는 윤주가 자신에 대한 자책과 울분, 회의, 자괴감으로 꾹꾹 흐느끼고 있었다.

❋

건의 오피스텔에서 그와 마주 앉아 식사를 하는 일이 이번이 처음이 아닌데도 윤주는 상당히 부자연스러운 모습이었다. 하긴 마음이 편할 리가 없었다. 어제 그녀는 술 한 방울도 마시지 않은 상태였다. 그러다 보니 사소한 것 하나 놓칠세라 어제의 기억이 머리에 생생하게 남아 있었다.

아, 창피해! 난 왜 이 녀석 앞에서만 별의별 창피를 다 당하는 걸까? 부끄럽고 창피해서 고개를 들 수가 없어서 윤주는 밥을 먹는 둥 마는 둥 했다.

"거참, 독 안 탔다니까."

지켜보던 건이 답답한 듯 신경질적으로 말하자, 윤주는 들리지 않게 한숨을 내쉬었다. 눈이 잘못된 것인지 답답해하는 그녀의 모습조차 귀엽게 느껴져 건은 입가를 올려 싱긋 웃었다. 그리고 윤주의 눈치를 힐끔 살피다가 지금이 기회다 싶어 그는 조심조심 말을 꺼내 놓았다.

"주윤주, 어제 내가 했던 말, 난 진심이었다. 난 오래전부터 네가 좋았어. 우리, 연애하자."

미리 생각해 둔 것도 아닌데 말은 의외로 잘 나왔다. 그러나 그 말을 해 놓고서 건은 사춘기 소녀처럼 얼마나 가슴이 저릿저릿했는지 모른다. 행여나 그녀에게 차일까 봐 걱정되어서 말이다. 아니나 다를까 윤주의 눈은 물론이고 입까지 커다래졌다.

윤주가 놀란 가슴을 진정시키는 데에는 꽤 오랜 시간이 걸렸다. 슬픈 듯하면서도 자조 섞인 웃음을 지으면서 윤주가 천천히 입을 열었다.

"최 사장님. 어제는 정말 죄송했……."

그러나 윤주는 말을 채 끝맺지 못했다. 어제와는 달리 또 상사를 대하듯 깍듯하게 말하면서 낯설게 행동하는 그녀 때문에 화가 난 건이 버럭 소리를 질렀기 때문이다.

"최 사장! 최 사장! 그놈의 최 사장! 이제 우리 연기는 그만하는 게 어때? 넌 지긋지긋하지도 않아?"

화들짝 놀라서 그녀는 급하게 숨을 들이켰다. 팽팽하게 긴장된 신경을 편하게 하기 위해 윤주는 호흡을 가다듬은 뒤 약간의 사이를 두고 말을 꺼냈다.

"건아…… 나……."

그러나 그녀의 말은 이번에도 끝까지 이어지지 못했다. 건이 손을 홱 저으며 윤주의 말을 잘랐던 것이다.

"알아. 지금 네 기분이 매우 혼란스럽다는 걸. 잘 아니까 아무 말도 하지 말고 내 말을 듣기만 해. 아직 한 번도 나에 대해 생각해 본 적이 없다면 지금부터 천천히 생각해 봐. 나에 대해서 전혀 아는 게 없다면 지금부터 천천히 알아 가. 그래도 다가오는 게 두렵고 힘들다면 넌 그냥 거기에 있어. 내가 갈 테니까. 하지만, 시작도 안 해 보고 미리부터 도망칠 생각이라면 그건 꿈도 꾸지 않는 게 좋을 거야. 당장이라도 거절할 생각이라면 그것 역시 그만두는 게 좋을 거야."

자신이 한 말이 거짓말이 아니라는 걸 증명하려는 듯 건이 약간 몸을 일으켜 그녀에게 얼굴을 가까이 가져갔다. 그 갑작스런 행동에 흠칫 놀란 윤주가 다급히 몸을 뒤로 뺐지만 건은 물러서지 않았고 한층 더 진지한 표정으로 말을 이었다.

"알지? 나 싸가지 없고 건방지다는 것. 더러운 내 성격 잘 안다면 혼란스럽고 당황스럽더라도 그냥 입 다물고 가만히 있어."

아니, 이건 엄연히 말해서 협박이 아닌가? 아, 내가 미치지 않고서야 하필이면 이 싸가지 앞에서 어떻게 그런 행동을 할 수 있었는지 모르겠다. 당장 혀 깨물고 죽고 싶은 괴로운 심정이 바로 이것을 두고 하는 말일까?

충격에서 헤어 나올 수 없어서 윤주는 얼굴이 끼익끼익 소리를 내며 돌아가는 것처럼 느껴졌고, 눈앞의 모든 것이 빙글빙글 돌아가는 듯한 어지럼증이 느껴졌다.

"얼른 밥이나 먹어!"

혼란스럽기 그지없는 말을 한가득 뱉어 놓고서 정작 당사자는 아무 일도 없는 듯 태연하게 앉아 밥을 먹기 시작했다. 기가 막혀서 빤히 쳐다보기만 하는 그녀의 모습을 흘끔거리던 건이 입술을 살짝 치켜 올리며 물었다.

"먹여 줘?"

"뭐, 뭐라고……?"

"기운이 없어서 못 먹는 거라면 네 남자로서 그 정도는 해 줄 수 있는데. 난 내 여자가 힘들어하는 건 보기 싫거든."

하아, 어이가 없어서, 내가 미친 거지! 기나긴 한숨이 윤주의 입에서 쏟아져 나왔다.

"기분은 좀 어때?"

너라면 기분 좋겠니? 괜히 대꾸해 봤자 본전도 못 찾을 게 뻔했기에 윤주는 고개를 푹 수그리고 밥을 먹는 척했다. 피식, 그 모습에 건의 입꼬리가 씩 올라갔다.

7.
미친 짓도 사랑이라면
우리도 한번 해 봐!

'요즘 뭐에 씐 게 아닐까?'

한 발 앞서 걸어가는 건의 바위처럼 단단한 뒷모습을 빤히 노려보며 윤주는 그런 얼토당토않은 생각이 들었다.

어제 건이 했던 말은 조금도 틀린 데가 없었다. 주윤주, 그녀는 웬만한 일에는 잘 울지 않았고 언제나 긍정적으로 생각하는 밝은 성격을 가진 여자였는데 어째서인지 요즘따라 눈물도 좀 많아진 것 같고, 끝없는 낭떠러지로 추락하는 듯한 기분을 자주 느끼곤 했다.

아무튼 한마디로 정의하자면 요즘 자신은 지극히 정상이 아니라는 것이다. 내가 왜 이러는 걸까? 그 이유를 알면서도 절대 인정하고 싶지 않아서 윤주는 길게 한숨을 뱉어 냈다. 앞장서서 걷던 건은 윤주가 도망이라도 칠까 걱정되어 자주 뒤를 돌아보며 약간 찌푸린 얼굴로 재촉했다.

회사가 눈앞인데 소문이 무섭지도 않은 건지 다정한 연인처럼 구는 그의 행동에 윤주는 자꾸만 신경이 쓰여 주위를 힐끔거렸다.

윤주는 조심하려고 애썼으나 건은 그런 그녀를 개의치 않았다. 마침 출근 시간이었고, 게다가 회사 근처이니 사람들의 눈에 띄는 것은 당연지사. 때마침 명진과 나란히 걸어오던 수영이 다정해 보이는 두 사람의 모습을 보고 황당하다는 듯 입술을 꾹 깨물었다.

"명진이 오빠. 혹시 내 눈이 잘못된 거야? 저 남자…… 우리 건이 오빠가 맞아?"

제발 잘못 본 거였으면 좋겠다는 생각에 그렇게 물었지만 명진이 대답하지 않고 망설이자 수영은 사실을 인정하고 싶지 않아 고개를 마구 흔들었다.

"오, 오빠…… 얼른 아니라고 대답해 줘. 내가 잘못 본 거라고 말해 달란 말이야. 명진이 오빠."

금세라도 울음을 터뜨릴 것 같은 그녀의 슬픈 표정 앞에서 명진은 숨이 턱하니 막혀 왔다. 이럴 때 아무것도 해 줄 수 없는 자신의 무력함에 명진은 작게 욕설을 내뱉었다.

수영이 건이 오빠, 하고 부르며 막 뛰어가려 하자 명진은 다급하게 그녀의 손목을 낚아챘다. 그에게 꽉 붙잡힌 손목 때문에 아파서 그녀가 얼굴을 찡그리자 명진은 짐짓 비장한 얼굴을 하고 한참을 망설이다가 입을 열었다.

"강수영, 네가 건이 많이 좋아한다는 것 알아. 근데, 짝사랑은 많이 아플 거다."

그녀의 까만 눈동자가 세차게 일렁거리기 시작했다.

"넌 건의 마음을 잡지 못할 거다. 왜냐하면……."

웃기는 소리 하지 말라고 외치며 수영이 날카롭게 쏘아보자 명진은 현실을 일깨워 주려는 듯 충격적인 사실을 알려 주었다.

"수영아, 네가 알아야 할 게 있다. 건이와 윤주 누나, 두 사람 십 년 전부터 알고 있던 사이야."

"뭐, 뭐……?"

어지간히 놀랐는지 그녀의 안색이 더욱 창백하게 변했다.

"십 년 전 윤주 누나가 건의 과외 샘이었거든. 너 건이 수학 엄청 못했던 거 기억해?"

명진이 꽤 심각하게 말했던 탓인지 그녀는 충격을 받은 듯 좀처럼 굳은 표정을 풀지 못했다.

"근데 그렇게 못 했던 과목인 수학을 만점 맞는다는 게 기적이잖아. 근데 저 녀석 윤주 누나 만나고 그걸 해냈어. 녀석이 죽기 살기로 공부하고 엄청 열심히……."

"명진 오빠, 지금 내 걱정해 주는 거니? 으응? 그런 거야?"

그의 말을 자른 수영이 애써 웃으며 묻자, 명진은 한순간 입을 다물어 버렸다.

"난, 괜찮아. 어쨌든 고마워, 오빠. 내 걱정도 해 주고."

"강수영. 최건보다 더 좋은 놈 네 눈앞에도 있어. 그러니까 너 혼자서 힘들어하지 말고 나한테 와라."

갑작스러운 폭탄과도 같은 발언에 수영이 큰 충격을 받은 듯 멍하니 서 있자 명진은 또다시 제기랄, 하고 욕지거리를 내뱉었다. 그러나 이미 내뱉은 말을 도로 주워 삼킬 수가 없었던 명진은 적극적으로 밀어붙여 보기로 했다.

"난 그 녀석보다 그렇게 멋지지는 않아. 또 그 녀석처럼 대기업을 이끄는 대단한 사람도 아니야. 그러나 한 가지만은 확실히 약속해 줄 수 있어. 널 힘들게 하거나 울리지 않을게."

"오빠, 나…… 먼저 들어갈게."

안타깝게 바라보는 명진을 뒤로하고 가차 없이 몸을 돌리는 그녀의 얼굴은 어느덧 싸늘하게 변해 있었다.

'주윤주, 네깟 게 뭔데 날 이렇게 비참하게 만들어!'

그녀는 윤주의 모습만이 아른거려 명진의 갑작스런 고백은 금방 잊어버리고 말았다. 신경질적으로 입술을 짓씹은 수영은 단호하고 그리고 잔인하게 속으로 씹어 댔다.

점심시간, 아무 예고도 없이 수영이 불쑥 윤주가 있는 사무실로 찾아왔다. 윤주는 조금 당황했지만 그렇다고 밥을 같이 먹자는 그녀의 요구를 차마 거절할 수는 없었기에 마지못해 수영을 따라나섰다. 그러나 그것이 잘못된 선택이었다는 걸 깨닫는 데에는 그다지 오랜 시간이 걸리지 않았다.

"언니, 김유지라고 들어 봤어요?"

처음엔 언니, 언니 하면서 뜬금없는 얘기를 꺼내 놓더니 밑도 끝도 없이 불쑥 한 사람의 이름을 말하면서 김유지를 아느냐고 묻는 것이다. 모른다고 고개를 흔들자 수영은 희미하게 웃으며 얘기를 계속했다. 그 웃음이 무엇을 의미하는지까지는 알 수 없었지만.

"가히 대기업인 대현의 운명을 뒤흔들 정도로 대단한 디자이너였어요. 여기 사람들은 모두 그분을 천재 디자이너라고 불렀어요."

김유지. 그러고 보니 어디서 들어 본 이름 같았다. 천재 디자이너라…… 근데 눈앞의 여자는 무슨 말을 하고 싶은 걸까? 의아해하는 윤주에게 수영은 잠시 사이를 두고 말을 이었다.

"그때 건이 오빠에게 뜨거운 관심을 받고 있는 유지 언니가 부러웠어요. 질투도 났구요. 근데 참을 수 있었어요. 왜냐하면 그 언니는 이미 임자가 있는 유부녀였기 때문에요."

잘못한 것도 없는데 그 말을 듣고 윤주는 괜히 속이 뜨끔해져 손을 모아서 깍지를 끼었다. 윤주의 속마음을 꿰뚫어 보려는 듯 수영은 그녀에게서 시선을 떼지 않은 채 진지하게 말했다.

"나 건이 오빠 좋아해요. 사춘기 시절부터 많이 좋아했어요. 또 건이 오빠랑 같이 일하기 위해 취미조차 없는 의상학과를 나왔구요."

그래서? 네가 그 남자를 좋아하는데 나더러 뭘 어쩌란 말인가? 왜 자신에게 이런 이야기를 하는지 알 수 없었던 윤주는 몹시 속이 불편한 걸 애써 참고 있는 중이었다.

"비록 언니를 알게 된 시간은 며칠밖에 되지 않았지만 난 그런 생각이 들었어요. 언니는 꼭 김유지를 뛰어넘을 거라고. 왜 그런 생각이 드는지는 모르겠는데요. 아무튼 느낌이 그래요. 난 옷 잘 만들어 내는 분들 참 부러워요. 난 할 수 없으니까요. 나 두 번째 김유지가 될 만한 멋진 언니랑 원수가 되고 싶지 않아요."

그래서 결론이 뭐니? 빙빙 돌려 말하는 수영이 답답하고 짜증이 났던 윤주는 부르르 치받쳐 올라오는 화를 삭이느라 입술을 지그시 깨물었다. 화가 몹시 났다는 기색을 눈치챘는지 수영은 그제야 요점을 얘기할 결심을 내린 듯 잠깐 숨을 고르다가 신중하게 입을 열었다.

"건이 오빠는 나, 강수영이 점찍은 남자예요. 그 남자에게 그 어떤 작업도 걸지 마세요. 어떤 식으로도 그 남자의 마음을 흔들지 말아 달란 뜻이에요."

그 순간 윤주는 얼마나 기가 막혔는지 모른다. 이건 무지막지한 강요가 아닌가? 내 남자이니 너 따위는 건드리지 마라, 감히 그 남자의 마음을 흔들었다간 큰일이 날 수도 있다는 뉘앙스를 팍팍 풍기는 수영을 보고 윤주는 피식 하고 헛웃음을 지었다.

꿀리기는커녕 오히려 여유 있게 나오는 윤주의 모습에 수영은 조금 뜻밖이어서 일순 표정 관리가 되지 않았다. 평범하지 않은 여자라는 것은 알았지만, 이렇게 당당하게 나올 줄은 생각지도 못했던 것이다.

"내가 왜 강수영 씨 말을 들어줘야 하는데요?"

"그거야……."

윤주 앞에서 자신의 목소리가 가늘게 떨렸다는 걸 수영은 조금 늦게 알아 차렸다.

"최건은 강수영 씨 거다. 그렇게 점찍어 놓은 증명이라도 있나요? 아니면 사람도 글이나 작품처럼 저작권이란 게 있나요? 사람이 사람을 좋아하는 마음은 자유가 아닌가요? 내가 왜 강수영 씨한테 이런 말을 들어야 하는지 모르겠어요. 그래서 기분이 좀 나쁘네요."

안 그래도 어제부터 혼란스러운 마음 때문에 분풀이할 대상이 필요했는데 마침 눈앞의 여자가 자신의 성질을 건드렸다. 그러자 윤주의 입에서 팽창해 있던 둑이 터지듯 참았던 분노의 말들이 한꺼번에 쏟아져 나왔다.

"강수영 씨의 속마음을 직접 건이한테 말하지 그래요? 나한테 괜히 이런 얘기를 해 봤자 전혀 도움이 알 될 텐데요. 그리고 강수영 씨, 아까 옷 잘 만들어 내는 사람들이 부럽다고 했어요? 부러워할 것 없어요. 세상에 신이 내린 천재 따위 없어요. 천재는 1퍼센트의 영감과 99퍼센트의 노력이 만들어 낸다고 유명한 발명가인 에디슨이 말했어요."

이야기 본론과는 상관없는 말까지 하고 나서 윤주는 '먼저 일어날게요.' 하는 인사를 한 뒤 그곳을 빠져나왔다.

점심시간이 끝나는 시간에 딱 맞춰 자신의 작업실로 돌아온 윤주는 그 뒤 쭉 일만 했다. 그러면서 그 일 때문에 불편하고 복잡한 마음을 겨우 다스리고 있었는데 이번엔 퇴근 시간에 맞춰 건이 그녀를 찾아왔다. 이유는 간단했다. 가을 컬렉션을 준비하는 일 때문에 의논할 것이 있다고 말했다.

일 때문에 어쩔 수 없어서 얼굴을 맞대고 앉았았다. 어영부영 별로 중요하지도 않은 것 같은 일을 대충 마무리하고 자리에서 일어나는데 이번엔 저녁 식사를 같이 하자고 요구해 왔다. 그러나 연속 며칠 잇따른 충격 때문에 마음이 지치고 힘들어서 조금 쉬고 싶었던 윤주는 딱 잘라 거절했다.

"최 사장님."

"그렇게 부르지 말라고 했잖아!"

'사장'이란 호칭에 건이 화가 나서 소리를 지르자 윤주는 하는 수 없이 호칭을 정정해야 했다.

"최건, 어제 일은 미안해."

대체 뭐가 미안하다는 건지 건은 인상을 잔뜩 쓰며 윤주를 노려봤다. 그런 그를 향해 윤주는 딱딱한 얼굴로 띄엄띄엄 내뱉었다.

"나, 실은…… 좋아하는 사람이 따로 있어. 그러니까 나한테 신경 쓰지 마."

어제 그 사람한테 차였다고 슬프게 울지 않았나? 생각 같아서는 그렇게 비웃어 주고 싶었지만 건은 곧 무덤덤한 표정으로 바꾸며 대수롭지 않다는 듯 단도직입적으로 물었다.

"결혼했어?"

"으, 응? 그게 무슨……?"

결혼? 누가? 내가? 아니면 태준 오빠? 앞뒤가 맞지 않게 묻는 건에게 윤주는 이해되지 않는다는 눈빛을 보냈다.

"좋아하는 사람이 따로 있다 해도 뭐, 아직 결혼한 건 아니잖아?"

"그거야……."

결혼은 둘째 치더라도 창피하게 고백 후 즉시 차였는데 말이다. 말없이 서글픈 표정을 짓는 윤주를 향해 건이 질문 세례를 퍼부었다.

"같이 잤어? 고백은 했어? 얼마나 오래 연애했지?"

아니, 이 자식 미친 거 아냐? 무슨 정신 나간 소리를? 고백한 즉시 차였다는데 무슨 잠을 같이 자? 어이없다는 듯 건을 바라보며 한숨만 연방 내쉬는 윤주에게 건이 명령에 가까운 어조로 말했다.

"설사 같이 잤다고 해도 상관없어. 어차피 나도 처음은 아니니까. 32살 되도록 연애 한 번 못 해 보고 남자랑 한 번도 같이 자 본 적 없다는 건 말이 안 되니까."

이, 이 자식 제정신이 아니야. 아무리 그래도 그렇지. 이런 낯 뜨거운 말을 아무렇지 않게 하다니! 민망하기 그지없는 말에 윤주는 얼굴이 화끈화끈 달아오르는데 건은 그저 덤덤할 뿐이었다.

"지워!"

"응? 뭐, 뭐라고?"

바로 알아듣지 못하는 윤주가 답답한지 건이 짙은 눈썹을 한껏 구기며 신경질적으로 소리쳤다.

"네 머릿속에 있는 놈, 깡그리 잊으라고!"

여전히 어리둥절한 듯 윤주가 고개를 갸우뚱거리자, 건이 한 발 앞으로 다가서며 덧붙였다.

"과거에 네가 누구를 만났고, 누구랑 연애를 했든, 그건 내가 알 바가 아니야. 상관없어. 내가 모르는 과거 따윈 중요하지 않으니까. 너와 내가 공유하는 기억, 그리고 앞으로 함께할 시간들이 중요한 거니까. 그러니까, 그게 어떤 놈이든 무조건 잊어!"

아니, 대체 뭐라는 거야? 이런 막무가내를 봤나? 윤주는 조금 전보다 더 어이없는 표정으로 건을 바라봤다. 그녀는 잠시 크게 심호흡을 하더니 신중하게 입을 열었다.

"건아, 넌 나한테 그냥 동생이고 상사일 뿐이야."

그녀의 입술 사이로 짧고 단호한 말이 흘러나왔다. 그를 단념시키려고 작정한 윤주의 냉랭한 태도에 건은 화가 났지만 꾹 눌러 참고서 그녀를 향해 한 걸음씩 다가갔다. 그에 따라 그녀도 점점 뒷걸음질 쳤다.

"거, 건아……."

이글이글 타오르는 건의 강렬한 눈빛을 마주한 순간 그녀는 알 수 없는 두려움에 휩싸였다. 그러나 이제는 더 이상 뒷걸음질 칠 수가 없었다. 어느덧 건이 벽을 짚고 서서 그녀의 몸을 그와 벽 사이에 가두어 버렸던 것이다.

"거, 건아…… 으흣……."

건은 더 들을 필요가 없다는 듯 그녀의 말을 끊어 내며 그녀의 입술에 자신의 입술을 갖다 대었다. 쉽사리 입술을 열지 않는 그녀의 아랫입술을 짓궂게 깨물어 그녀의 입안으로 빠르게 혀를 집어 넣었다.

그의 혀가 그녀의 입안에서 배회하며 이리저리 맴돌더니 저 안

쪽에 웅크리고 있던 그녀의 혀를 살짝 건드렸다. 윤주는 순간 움찔하며 그의 손에 잡혀 있지 않은 다른 손으로 주먹을 쥐어 그의 어깨를 몇 번이고 때렸지만 그는 바위처럼 꿈쩍도 하지 않았다.

건은 이제는 더욱더 깊숙이 파고 들어가려고 하는지 그녀의 손목을 잡고 있던 손을 놓고는 재빨리 그녀의 어깨를 감싸 자신의 가슴으로 더욱더 밀착시켜 끌어안았다. 그러고는 잘도 도망가는 그녀의 혀를 재빠르게 찾아내 잡아 옭아매었다.

그가 끊임없이 전해 주는 미칠 것 같은 황홀함에 다리에 힘을 잃은 그녀의 작은 손이 그의 팔을 꽉 움켜쥐었다. 이성은 그에게서 떨어져라 경고하는데 어째서인지 그녀는 다가오는 그의 유혹을 뿌리치지 못했다.

이제야 겨우 밀어내기를 멈춘 그녀의 입술 감촉을 눈을 감고 마음껏 느낀 건은 흐뭇한 미소를 지으면서 살며시 그녀의 입술에서 떨어졌다.

겨우 떨어져 숨을 쉴 수 있게 되자 윤주는 산소를 들이마시려 거칠게 숨을 몰아쉬었다. 붉게 물든 윤주의 얼굴을 본 건은 한 손을 뻗어 그녀의 부드러운 뺨을 감싸며 물었다.

"이래도 내가 동생으로만 보이나?"

웃고 있는 얼굴과는 달리 차가운 목소리였다. 윤주는 선뜻 답을 할 수가 없었다. 아니, 그의 눈빛을 마주칠 수조차 없었다. 강력한 힘으로 무엇이든 빨아들이는 블랙홀에 빠져들 듯 좀처럼 헤어 나올 수 없었기 때문이다.

그는 더 이상 십 년 전 젖내 나는 고등학생이 아니었고, 거칠지언정 순진한 마음과 눈을 가진 18살의 최건이 아니었고, 그녀를 늘 곤란하게 만들던 철부지 녀석이 아니었다.

이글이글 타오르는 듯 강하고 지적인 눈빛, 모든 여자의 마음을 설레게 하는 완벽한 균형을 갖춘 몸과 상큼한 조각 같은 얼굴이 합쳐진 미남자. 게다가 큰 성공을 거둔 젊은사업가이기도 했다.

하지만 그의 고백은 윤주에게 있어서 너무도 급작스러우면서도 꿈처럼 느껴졌기에 그녀는 마음이 흔들려 혼란스러웠다. 당혹스러운 그녀의 심중을 읽은 건이 그녀의 머리 위에서 소리쳤다.

"내 눈 피하지 말고 날 똑바로 봐!"

윤주가 고개를 들려 하지 않자 건의 입매가 심술궂게 꼬이면서 하얗게 드러난 그녀의 목덜미에 입술을 묻었다.

"으흣……."

"왜 그렇게 사람 말 안 들어? 한 번 말할 때 재깍 알아들어야지."

"흣…… 넌 진짜 나쁜 놈이야……."

뭐라 웅얼거리듯 윤주가 입꼬리를 씰룩거리는 것 같았지만, 건은 가볍게 무시하며 반쯤 풀린 듯한 그녀의 몽롱한 눈동자를 깊이 응시하더니 곧 쐐기를 단단히 박았다.

"내가 얘기했지? 시작도 안 해 보고 미리부터 도망칠 생각이거나 당장이라도 거절할 생각이라면 아예 꿈도 꾸지 말라고. 지금부터 네 머릿속에 있는 쓸데없는 인간들과 아무짝에도 쓸모없는 생각들 싹 비워. 알았어?"

일방적인 그의 태도에 화가 났음에도 불구하고 윤주는 뭐라 대꾸하지 못했다. 머릿속이 백지가 된 듯 텅텅 비어 버려 정신이 혼미해지기까지 했다. 키스 한 번에 완전히 혼이 나가 버린 자신의 꼴이 한심하게 느껴졌다.

홀렸다. 저 싸가지 없는 녀석한테 모든 감각, 모든 감성, 모든 이성이 제대로 흘려 버렸다. 수시로 표정이 바뀌는 윤주를 물끄러미 지켜보는 건의 눈매가 휘어지더니 곧장 그녀의 책상으로 다가가 가방을 챙겼다.

"가자! 집까지 데려다 줄게."

그래도 바닥에 붙박인 듯 윤주가 자리에 가만히 서 있기만 하자 건이 입술 끝을 끌어 올리며 짓궂게 물었다.

"업고 갈까? 남의 눈을 즐겁게 해 줄 생각이야?"

자신도 모르게 그를 향해 눈을 흘겼다는 걸 윤주는 미처 알지 못했다. 정말 그가 그렇게 할까 봐 덜컥 겁이 났는지 윤주는 거짓말처럼 빠르게 걸음을 떼기 시작했다. 저 멀리 앞서 걸어가는 그녀의 뒷모습을 바라보는 건의 입가에 미소가 머금어졌다.

윤주는 그의 고급 세단 앞에 다가가고 나서도 선뜻 조수석 문을 열지 못한 채 머뭇거리며 속으론 '미치겠다'를 연발했다. 그의 리드에 순순히 따라가는 자신의 행동이 몹시 마뜩잖았던 윤주는 이맛살을 심하게 구겼다.

"안아서 태워 줘?"

어쩌다 내가 저 녀석이랑 이렇게 된 건지. 그녀를 쳐다보는 그의 강항한 눈빛에 윤주는 바보 같은 심장의 두근거림을 애써 억누르며 잽싸게 조수석 문을 열고 신경질적으로 올라탔다.

무언가를 골똘히 생각하는 듯 입을 꾹 다물고 있는 그녀의 옆모습을 흘끗 훔쳐보던 건은 웃음이 터져 나오려는 걸 가까스로 참았다.

좋아하는 사람이 따로 있다고? 웃기지 마라! 차였다고 울고불고 할 땐 언제고 거짓말은 왜 그리 잘한대? 딱 봐도 자신을 밀어내지 못해 지어낸 뻔한 거짓말인데 말이다. 왠지 그런 그녀가 얄밉게 느껴져 건은 시동을 걸기 전 지나가는 투로 은근슬쩍 말을 던졌다.

"주윤주, 다음엔 내가 키스하는 방법을 제대로 가르쳐 줄게."

"뭐, 뭐라고……?"

뭘 가르쳐 줘? 그 말을 제대로 이해하지 못했는지 멀뚱멀뚱 건을 바라보던 윤주가 의문의 눈빛을 보냈지만, 건은 입꼬리를 짓궂게 올리며 차를 출발시켰다. 그리고 그녀의 집 앞에 도착할 때까지 그는 계속 입술을 비집고 나오려는 웃음을 간신히 속으로 내리눌렀다.

"내, 내릴게."

더듬거리는 윤주의 모습에 건은 피식 웃음이 나왔다. 건은 대꾸도 하지 않고 차를 출발시켰다. 어지간히 긴장한 모양인지 윤주는 더 입을 열지 않았다.

윤주의 집 앞에 도착해 차가 멈춰 설 때까지 입을 꾹 다문 채 몸을 경직시키고 꼼짝도 하지 않고 있던 윤주의 모습이 재미있어서 놀려 주려고 하는데 똑똑, 누군가가 차 창문을 두드렸다. 창문을 내리자 환하게 웃고 있는 민정의 얼굴이 나타났다.

"어머, 이게 누구십니까? 최 사장님 아닙니까?"

쾌활한 그녀의 목소리에 건은 속으로 혀를 찼다. 피할 수 없다는 걸 직감하고 어쩔 수 없이 차에서 내려 인사했다.

"오랜만입니다. 은민정 사장님."

호호 웃으며 건의 인사를 받던 민정은 조금은 의아하다는 듯 건과 뒤따라 차에서 내리는 윤주를 번갈아 쳐다봤다. 처음엔 놀란 듯 눈을 크게 뜨던 그녀가 이내 웃음기를 머금은 얼굴로 바짝 다가와 은밀한 목소리로 물어 왔다.

"어머, 벌써 둘의 관계가……?"

짓궂은 웃음을 듬뿍 담은 그녀의 모습에 건은 왠지 느낌이 썩 좋지 않다고 생각하고 있는데, 아니나 다를까 민정은 기절초풍할 말을 툭 내던졌다.

"혹시 두 사람, 벌써 애 만들고 막 돌아오는 건 아니겠지요?"

"언니!"

화가 잔뜩 난 목소리로 윤주가 소리를 지르며 민정의 옷자락을 잡아채 거의 끌고 가다시피 그곳을 벗어났다.

민정의 황당한 발언에 처음에 건은 어이가 없었으나 두 여자가 티격태격하면서 멀어져 가는 뒷모습을 바라보노라니 실실 웃음이 나왔다.

"배신자 같으니!"

현관에 들어서며 윤주가 내뱉은 첫마디였다. 그게 무슨 뜻인지 알면서도 민정은 짐짓 모르는 척 내가 뭐? 하는 표정을 지었다. 윤주는 잠깐 울컥했지만, 태준과 자신의 일에 대해 잘 알지 못하는 민정에게 그 화를 풀고 싶지는 않았다. 단지 노처녀였던 그녀가 자기 모르게 연애 중이었다는 것에 서운해하며 섭섭한 목소리를 냈다.

"언니, 그러는 거 아니야. 왜 나한테 말 안했어? 우리가 남이야?"

뭔가를 말할 듯 말 듯 하면서도 민정은 쉽사리 입을 열지 않았다. 그저 웃음만 실실 흘릴 뿐이었다.

"태준 오빠랑 연애하니까 그렇게 좋은 거야? 그럼 진즉에 연애를 하지 그랬어."

저도 모르게 뾰로통한 목소리가 나왔다. 몹시 행복해하는 민정을 보면서도 축하한다는 말은 쉽사리 나오지 않아서 윤주는 '언니는 배신자야!' 하는 말만 하고서 방으로 휙 들어가 버렸다.

뒤에 남은 민정은 그런 윤주의 뒷모습을 보면서 잠깐 쓴웃음을 지었다. 서운해하는 윤주가 자꾸 눈앞에 아른거렸지만 꼭 자신의 말을 들어 달라고 하던 태준의 부탁도 무시할 수 없어서 민정은 복잡한 상념을 털어내듯 고개를 거칠게 흔들며 혼잣말처럼 중얼거렸다.

"이거이거, 대체 어떻게 돌아가는지 모르겠다."

✳

연애 전문가가 말하는 연애란? 연인 관계인 두 사람이 서로 그리워하고 사랑함을 말하며 또 설렘이나 두근거림도 느껴 보고, 같이 놀기도 하고 술도 마시고, 손도 잡고 뽀뽀도 하고, 진한 키스와 애무도 나누는 거라고 했다.

그런데 뽀뽀는커녕 요즘은 얼굴을 마주칠 시간마저 그리 많지 않았다. 재회한 윤주와 첫 키스를 나눈 뒤 그녀가 일부러 그를 피해 다니고 있다는 걸 건이 모르지 않았다. 그럼에도 잠자코 가만히 있는 건 그녀에게 혼자 고민할 시간을 주기 위해서였다. 근데 이건 좀 너무하지 않나? 이러한 시간이 벌써 한 달이 넘어가고 있으니 말이다.

게다가 며칠 전부터는 회사에 출근도 하고 있지 않는 것 같았다. 명진에게서 윤주가 출근하지 않았다는 소식을 며칠 동안 들어서 그의 걱정이 심화되고 있었다.

아까부터 밥은 먹는 둥 마는 둥 하며 생각에 골몰해 있자 걱정스럽게 아들을 지켜보던 심 여사가 조심스럽게 물었다.

"아들, 무슨 걱정거리라도 있는 거니?"

어머니의 음성에 그제야 정신을 차린 건은 아무것도 아니라고 씨익 웃어 보였다. 그런데도 심 여사는 은근히 걱정이 되었는지 연방 곁눈질로 아들의 눈치를 살피고 있었다.

그러고 보니 요사이 아들이 조금 이상한 것도 같았다. 자주 한숨을 내쉬는가 하면 뭐가 잘 풀리지 않는지 담배도 줄기차게 피워 댔으니 말이다. 수심에 잠겨 있는 아들과 그런 아들을 안쓰럽게 쳐다보기만 하는 부인을 가만히 지켜보던 건의 아버지 최 회장은 갑자기 뭔가 생각났는지 날카로운 눈빛을 감추고 지나가는 투로 물었다.

"너 요즘 연애하냐? 어떤 아가씨냐?"

'제기랄!'

역시 아버지의 눈을 속이기 어렵다고 생각하며 건은 속으로 욕을 퍼부었다.

아니, 연애라니? 여자를 돌보듯 하던 아들이 연애를 한다고? 적잖이 놀란 듯 심 여사가 반신반의하며 재차 물었다.

"어머나, 아들. 정말 연애라도 하는 거니?"

궁금해하는 눈길이 자신에게 쏠리자 건은 난감한 듯 자리에서 일어섰다. 생각 같아서는 그녀를 인사시키러 데려오겠다고 말하고 싶었지만 아직 윤주에게서 그 어떤 확답도 듣지 못했기에 잠시 말을 아낄 수밖에 없었다.

"나중에 말씀드리겠습니다."

그때 최 회장이 아들의 의중을 떠보듯 슬쩍 말을 던졌다.

"나중이고 뭐고 없다. 결혼은 서로 잘 맞는 사람끼리 해야지.

내가 인정하는 며느리는 오직 강수영 하나밖에 없다."

그때껏 덤덤하게 있던 건이 대번에 얼굴을 찌그러뜨리며 아버지의 말을 바로 받아쳤다.

"아버지, 결혼은 흥정이나 거래가 아닙니다. 아버지 아들 최건은 절대 여자를 돈으로 사지 않을 겁니다. 내 여자는 내 가슴으로 품습니다."

"뭐, 뭐야……? 이 녀석이 지금 뭐라고 하는 거야?"

전혀 예기치 못했는지 아니면 너무도 의외였는지 최 회장은 조금 놀란 표정을 지었다.

"전 이제 철부지 꼬마가 아닙니다. 제 여자는 제가 찾습니다. 또 제가 지킬 겁니다."

"우리 아들 멋지다!"

가만히 지켜보고 있던 심 여사의 입에서 저도 모르게 감탄이 새어 나왔다. 그런 그녀에게 최 회장이 못마땅한 시선을 주더니 크게 헛기침을 뱉어 냈다.

"그래, 네 가슴에 품고 있는 여자가 어떤 여자냐?"

"예쁘고 똑똑하고 훌륭하고 멋진 여성이고 세상에 단 하나밖에 없는 그런 여자입니다."

건은 그 말을 끝으로 도망치듯 그 자리를 벗어났다.

"저, 저 녀석이……."

내심 못마땅해하는 기색이 일그러진 그의 얼굴에 가득했다.

며칠 전 늘 자신의 며느리라고 인정해 왔던 강수영이 아무 연락도 없이 그를 찾아왔었다. 평소의 밝은 표정과는 달리 세상이 다 무너진 듯한 절망스런 얼굴로 말이다. 그래서 아가, 무슨 일이니? 하고 물었더니 울음부터 터뜨리는 것이 아닌가.

슬프게 우는 아이를 달래느라 그때 최 회장은 식은땀을 흘려야 했었다. 속으론 인정머리 없는 아들에게 욕을 퍼부으면서 말이다.

자초지종을 들어 보니 아들에게 여자가 생겼다는 것이다. 최 회장이 아는 한 자신의 아들은 여자에 대해 그다지 관심이 없어 보였다. 그런데 그런 아들의 마음을 움직인 여자가 나타났다니 대형 뉴스가 따로 없었다.

대체 어떤 여자인지 못내 궁금해져 꼬치꼬치 캐어물어 몇 가지를 알아내었다. 대현 아일랜드에 입사한 지 얼마 되지 않은 디자이너이고 또 건의 과외 선생님이었다는 것. 디자이너라는 말에는 별로 관심이 없었지만, 과외 선생이었다는 그 말에는 유난히 신경이 쓰였던 최 회장이었다.

"그 여자에 대해 당신은 혹 아시는 거라도 있나요?"

2층으로 올라가는 아들의 뒷모습을 물끄러미 바라보던 심 여사가 불쑥 묻자 그제야 최 회장은 상념에서 깨어났다.

"몰라."

최 회장이 모른다고 딱 잡아떼자 심 여사는 어이없어하며 짧게 혀를 차다 몸을 일으켰다. 궁금해서 도저히 앉아 있을 수가 없었기 때문이다.

"아니, 밥은 먹다 말고 뭐하는 건가?"

내심 마뜩잖아 하는 목소리가 들려왔지만, 심 여사의 발걸음은 이미 건의 방으로 향하고 있었다. 가볍게 노크를 하고 문을 여니 어느덧 말쑥한 정장을 차려입은 아들의 모습이 눈에 비쳤다. 왠지 평소보다 부쩍 신경을 쓴 듯한 차림이어서 심 여사는 의아한 표정을 지으며 물었다.

"어디 가니?"

"네."

건이 짧게 대꾸했다. 뭐가 그리 좋은지 실실 웃음까지 짓는 그의 모습을 보고 심 여사는 더더욱 의문을 감출 수가 없었다.

"그런데 어떤 아가씨야? 엄마 궁금한 거 있음 잠 못 자는 거 알잖아, 응?"

호기심 가득한 어머니의 눈을 똑바로 마주 보며 건이 진지하게 물었다.

"혹시 어머니도 경제력이나 학벌, 집안 분위기 이런 걸 따지세요?"

그 말에 심 여사는 뭔가 생각에 잠긴 듯 잠시 표정이 진지해지나 싶더니 곧 다시 밝아졌다.

"음…… 뭐랄까? 오래 살아 보니까, 그렇더라. 돈은 너무 없어서도 안 되지만, 전부는 아니야. 또 돈으로는 사람의 마음을 살 수도 없고, 내 머리가 좋아지지도 않아. 돈보다 더 무서운 게 사람이고, 돈보다 더 중요한 게 역시 사람이더라고. 어디 그뿐이니? 그것 말고도 돈으로 살 수 없는 게 너무 많아. 웃음, 행복, 사랑, 평화……."

세월의 흐름을 비껴가지 못하고 피부가 살짝 늘어지고 얼굴에 주름이 잡힌 어머니의 모습에 건은 한순간 가슴이 싸해짐을 느꼈다.

"그러니까, 아들. 넌 꼭 사랑하는 여자와 결혼해라. 인생이 별거니. 그냥 행복하면 되는 거야."

그렇게 말하는 심 여사의 얼굴에 희미하게 자리 잡고 있던 미소가 짙어졌다. 그런 어머니를 향해 건이 갑자기 큰 소리로 외쳤다.

"어머니!"

불쑥 내지른 목소리에 화들짝 놀란 듯 어머니의 어깨가 흠칫 떨렸다.

"어머니, 사랑합니다! 그리고 완전 존경합니다."

"으응? 뭐, 뭐라고……?"

한평생 보여 준 적 없었던 아들의 애교 부리는 모습이 영 낯설었던 심 여사는 그저 어벙한 표정을 지을 뿐이었다. 미처 얼떨떨한 정신을 채 수습하지도 못했는데 어느새 그녀의 곁으로 다가간 건이 어머니를 꽉 끌어안아 주었다.

"어머니, 사랑해요! 앞으로도 제가 잘할게요."

건은 뭐가 그리도 급한지 꽉 껴안고 있던 어머니를 놓아준 뒤 나갔다 오겠다는 말만 남겨 두고 부랴부랴 나갔다.

그런 건의 뒷모습을 바라보던 심 여사는 얘가 오늘 뭘 잘못 먹었나? 하고 혼자 의아해하다 다시금 아래층으로 내려왔다.

계단 끝에는 마침 그녀를 기다렸다는 듯 가정부 김 씨가 서 있었다. 그녀는 무슨 할 말이라도 있는 것처럼 요리조리 눈치를 살피며 망설이고 있었다.

"아줌마, 무슨 할 얘기라도 있으세요?"

언제나 배려심이 깊고 따뜻한 심성을 지닌 심 여사였기에 김 씨는 더더욱 미안함을 느끼며 주춤거렸다. 그녀의 망설임을 눈치챈 심 여사는 다시금 온화한 음성으로 물었다.

"괜찮으니까 주저하지 마시고 얘기해 보세요."

마음에 평안을 주는 심 여사의 따뜻하고 온화한 미소에 조금은 용기를 얻은 김 씨는 겨우 입을 열었다.

"아무래도 다음 달부터 일을 그만두어야 할 것 같아서요."

여기서 일하게 된 지 한 달도 아니요, 일 년도 아니요, 이미 10년은 족히 넘었기에 심 여사는 김 씨의 한마디에 놀라지 않을 수가 없었다. 오래 지내면 지낼수록 정이 붙는다고 하더니만 어느덧 형제보다 더 가깝고 허물없이 지내는 사이가 되어 버렸다.

그렇게 생각하기는 김 씨도 마찬가지였다. 여기서 일하는 게 무엇보다 마음이 너무 편했다. 최 회장도, 심 여사도 시시콜콜 따지고 드는 예민하고 까다로운 분들이 아니어서 쓸데없는 걱정 때문에 마음고생을 하는 일은 거의 없었기 때문이었다.

"혹시 내가 뭘 섭섭하게 했습니까?"

"아, 아뇨. 아뇨. 절대 아니에요."

절대 아니라고 김 씨는 다급히 손사래를 치며 부정했다. 그래서 더 의아하다는 듯 빤히 쳐다보는 심 여사에게 김 씨가 조용히 입을 열었다.

"실은 우리 며늘아기가 임신 중입니다. 그런데 입덧이 너무 심해서 밥을 전혀 먹지 못하고 있어요. 그래서 제가 챙겨 주려고 해요. 결혼해서 5년 만에 어렵게 가진 아이라 너무 신경이 쓰이네요."

김 씨는 스스로 말해 놓고도 감격스러운지 살짝살짝 눈물을 비쳤다.

"이런, 경사가 따로 없군요. 아, 아줌마는 참 좋겠다. 축하해요, 아줌마. 아이고…… 곧 예쁜 손주를 보게 되니 얼마나 좋은 일입니까? 암, 그래야지요. 나이가 드니까 인생 별것이 없더라구요. 그저 자식들이 일찍 결혼해서 아이 낳고 잘 사는 모습을 보는 게 소원인데……."

단호하게 이어 가던 심 여사의 말이 부자연스럽게 끊겼다. 그녀는 생각에 잠긴 듯 이마에 가는 주름을 잡았다.

'예쁘고 똑똑하고 훌륭하고 멋진 여성이고 세상에 단 하나밖에 없는 그런 여자입니다.'

아들이 했던 애매모호한 말이 불쑥 생각나 버린 것이다. 생각하면 할수록 심 여사는 짜증이 확 올라왔다.

요즘 여기저기서 전화가 많이 걸려 왔다. 아들 결혼이요, 딸이 시집가오, 손주 돌잔치요, 그런 전화를 받을 때마다 심 여사는 속으로 이를 으드득 갈아야 했다.

명색이 친구라 하는 여편네들이 말이지, 일부러 사람 염장 지르는 것도 아니고 얼마나 며느리며 손주 자랑을 하는지 팔불출 같은 그 모습이 눈꼴 시릴 정도였다.

그래, 물론 잘 알고 있다. 자신의 그런 반응이 바로 극심한 질투에서 비롯되었음을. 그래도 과유불급이라고 뭐든 정도껏 해야지, 모임에 가기만 하면 그녀들은 재롱을 피우는 손주 자랑을 하느라 날이 새는 것도 모를 정도였다.

처음엔 그저 재미있기만 했던 모임이 이제는 스트레스가 되어 버렸다. 눈앞에 방싯방싯 웃으며 어서 오라 귀엽게 손짓하는 손주 녀석들의 모습이 보이는 듯하여 자다가도 벌떡벌떡 일어나는 심 여사였다.

지나고 보니 인생 참 별것이 아닌데 젊었을 때는 왜 한 푼이라도 더 벌어야겠다는 욕심밖에 없었는지 모른다. 늘그막에 이렇게 외로움을 탈 줄 알았더라면 아이를 하나 더 낳을 걸 그랬나, 하는 생각에 심 여사는 그만 피식 웃고 말았다.

"아이들이 참 귀엽지요. 하나같이 얼마나 예쁘고 귀엽던지."

김 씨는 다른 곳을 쳐다보며 혼잣말을 하는 심 여사가 다소 의아했지만 이내 동조의 뜻으로 맞장구를 쳐 주었다.

"그럼요. 안 그래도 너무 어렵게 가진 아이라 그런지 매사 모든 게 걱정거리네요."

하지만 이미 심 여사의 귀에는 김 씨의 말이 들리지 않는 듯했다. 갑자기 무언가 생각난 듯 그녀는 대뜸 몸을 돌려 제 방으로 빠른 걸음으로 걸어갔다. 그녀의 급작스런 행동에 가만히 보고 있던 김 씨마저 깜짝 놀란 듯 한참 동안 눈을 깜빡거렸다.

더 이상 눈 빤히 뜨고 마냥 기다릴 수만은 없었다. 얼른 안아 달라고 손짓하는 귀여운 손주 녀석들의 모습이 눈앞에 가물거렸고, 자기 며느리가 될 여자의 얼굴을 하루빨리 확인하고 싶었던 심 여사였다.

그게 이왕이면 자신의 머릿속에 늘 그려 왔던 이상형이었으면 좋겠다고 생각했지만, 꼭 그렇지 않더라도 아들이 좋아하는 여자라면 조건 안 따지고 딸처럼 아껴 주고 사랑해 주어야겠다는 생각을 거듭했다.

'근데 그걸 무슨 수로 확인한담?'

생각해 보니 자신의 이런 행동이 우습지 않을 수가 없었다. 며느리 얼굴이 너무도 궁금해서 급한 일이라도 생긴 것처럼 부랴부랴 방에 뛰어온 자신의 모습이 우스웠다. 방에 며느리를 숨겨 놓은 것도 아닌데 말이다. 방법도 생각나지 않아 막막했다. 그렇다고 여기서 포기할 심 여사가 아니었다.

'내 사전에 포기는 없다.'

그녀의 신조였다. 가만히 눈을 감고 아들과 관련된 사람들을 하나하나 떠올려 보던 심 여사의 눈이 번쩍 빛을 발했다. 휴대폰을 꺼내 빠르게 번호를 입력하는 그녀의 표정에 조급한 기색이 묻어났다.

"명진이니?"

그녀의 온화한 음성에 수화기 너머에서 바로 화답이 돌아왔다.

— 아이고, 어머님. 그동안 안녕하셨습니까?

언제나처럼 익살스럽고 유머 섞인 음성에 심 여사의 입가에 환한 미소가 걸렸다.

"요즘은 많이 바쁜가 보구나. 통 얼굴 보기 힘든 것 같다."

— 아이고 말도 마십시오. 발바닥에 땀나게 뛰고 있습니다. 하도 먹고 살기가 바빠서 그동안 어머님을 찾아뵙지 못해서 죄송하옵니다.

이 녀석은 계집애도 아니면서 어찌나 애교가 찰찰 넘치는지 통화를 하는 와중에도 심 여사는 연방 웃음을 금치 못했다.

— 그런데 어쩐 일로 어머님께서 저를 다 찾으셨는지요?

이제 본론으로 들어가야 할 타이밍이다. 조금 긴장한 듯 심 여사는 숨을 크게 한 번 들이켜고 나서 조심스럽게 물었다.

"건이 말이다. 건이에게 여자가 있다고 들었다만…… 넌 혹시 뭐라도 알고 있니?"

심 여사의 말이 끝나자마자 재미있다는 듯 한참을 꺽꺽대고 웃던 명진이 시를 읊듯 느릿느릿 읊조렸다.

— 어머님, 완전 귀여우십니다.

"으응?"

귀엽다니? 이게 뭔 소리야? 내가 귀엽다니? 처음 듣는 말이라는 듯 심 여사는 어리둥절한 표정을 지었다. 하지만 그 말이 싫지는 않은 듯 그녀는 한 손으로 제 얼굴을 매만졌다.

— 예비 며느리 모습이 궁금하셨습니까?

'이런, 이 녀석이 진짜 알고 있었구나!'

희망이 보이는 듯하여 심 여사는 배꽃처럼 환하게 웃으며 명진을 살살 꼬드기기 시작했다.

"누구인지 나한테 가만히 알려 줄 수 없겠니? 궁금해서 앉아 있을 수가 있어야지. 너도 내 나이가 되어 봐라. 그저 자식이 얼른 결혼해서 아기 낳고 알콩달콩 행복하게 사는 것 보는 게 목표가 될 테니 말이다."

명진이 쿡쿡 웃음을 터뜨리더니 갑자기 정색을 하며 물었다.

— 제가 알려 드리면 천기누설을 하는 것과도 같은데 상은 없습니까? 세상에 공짜는 없는 법이잖습니까?

아니, 요즘 젊은이들은 왜 이렇게 계산이 밝은 거야? 기가 찬다며 낮게 혀를 찼지만, 그래도 마냥 좋은 듯 심 여사는 웃음 띤 얼굴로 말을 받았다.

"내가 예쁜 여자 많이 아는데 우리 명진이한테 소개해 줄까?"

더 이상 참지 못하겠다는 듯 명진이 박장대소를 터뜨렸다. 그 웃음소리에 심 여사가 겸연쩍은 미소를 지으며 말을 이었다.

"오히려 이렇게 말하는 내가 웃기는구나. 내 아들도 아직 장가 못 갔는데 누구에게 여자를……."

— 건이, 곧 장가가게 될 것 같습니다.

"뭐, 뭐라고……?"

명진은 일부러 심 여사의 애를 바싹바싹 태우듯 한참 동안 침묵을 지켰다. 그 짓궂은 모습이 손에 잡힐 듯 생생해서 심 여사가 집요하게 달려들었다.

"내가 우리 명진이를 내 아들처럼 생각하고 있다는 것 잘 알지? 그래서 말인데……."

— 천기를 누설하라고요?

또다시 키득거리는 웃음소리가 들려왔다. 이 무슨 대단한 비밀이라고 이렇게 털고, 흐느적거리고, 배배 꼬는지 참말로 어렵다고 생각하는 심 여사였다.

— 건이 걱정은 하지 않으셔도 됩니다. 어머니. 지금 한창 작업 중인걸요. 그 녀석이 저보다 먼저 장가간다고 생각하니 제가 얼마나 시샘이 나고 부러운지 요즘 잠을 통 잘 수가 없답니다.

장난기가 다분히 섞인 음성이었지만, 심 여사는 그 말을 진지하게 듣고는 천천히 되물었다.

"우리 새애기 될 여자가 누군지 말해 줄 수 없을까? 그럼 우리 명진이 원하는 것 내가 다 해 줄 수가 있는데. 호호."

누가 봐도 어색한 웃음까지 흘리며 꼬드겼지만 마치 그녀의 생각을 훤히 꿰뚫어 본 듯 이 장난기가 가득한 개구쟁이 같은 녀석은 바로 말해 주지 않았다. 대신 약을 올리듯 과장된 음성으로 떠들어 대었다.

— 자칫 천기누설 했다가 건이 녀석한테 맞아 죽으면 어떡하라고요? 어머니, 저 아직 장가도 못 갔습니다. 죽으면 억울하다구요.

'아이고, 이놈아, 그래 잘 안다. 그래서 그만큼의 대가를 주겠다는데 무슨 말이 이렇게 많은 거니, 응?'

하지만 그런 불평스런 생각과는 다르게 심 여사는 아주 딱하다는 듯 짐짓 짓궂게 대응했다.

"이런, 그럼 할 수 없구나. 괜히 내 궁금증을 풀고 내 욕심 채우느라 우리 명진이가 맞아 죽으면 안 되지."

그러고는 웃지도 웃지 못할 만큼 과장스럽게 한마디 덧붙였다.

"우리 명진이 죽으면 이 어머니도 너무 슬프고 가슴이 아파서 마음이 편치 않을 겁니다."

— 하하하.

농담하듯 덩달아 맞장구를 쳐 주는 심 여사가 그저 재미있었는지 명진이 통쾌하게 웃음을 터뜨렸다. 이윽고 마치 대단한 비밀이라도 털어놓듯이 그가 속삭이듯 낮게 말했다.

— 어머님도 아는 사람입니다.

그 말과 함께 전화는 끊어졌다. 내가 아는 여자라? 그러나 머릿속의 인명사전을 아무리 찾아봐도 그녀가 아는 여자라곤 강수영 말고는 다른 사람이 없었다. 그러면 누구지? 명진이 했던 말이 궁금해서 견딜 수가 없었지만 아무리 고민에 고민을 거듭해도 떠오르는 사람이 없었다. 제풀에 지친 심 여사는 시간을 두고 조금 더 기다려 보기로 했다.

❋

"주윤주, 얼른 문 열어!"

윤주의 집 앞에 도착하자마자 건은 조급한 마음에 초인종을 누르며 문에 대고 바락바락 소리를 질렀다. 그러나 뜻밖에도 그 소리를 듣고 나온 사람은 윤주도 민정도 아닌 의외의 사람이었다. 언젠가 얼굴 한 번 본 적 있는 남자였다. 이름이 한태준이라고 했던가? 의아해하는 남자에게 건은 경계의 눈초리로 물었다.

"윤주는 없습니까?"

"네. 나갔습니다만."

건에게서 떨어지지 않는 그의 시선이 넌 뭐하는 녀석이냐고 묻고 있었다. 건은 왠지 이 남자가 거슬리고 불편하게 느껴졌다.

태준 역시 조금은 불편한 기색을 느끼며 건을 보고 있었다. 윤주에게 남자가 생긴 것 같다고 말하던 민정의 말이 거짓말은 아닌 듯했다. 남자는 처음 볼 때부터 느꼈지만 그는 강하고 차가운 느낌을 주는 조금 위험스러운 인상이었다.

"혹, 어디 갔는지는 알고 계십니까?"

건이 조금 주저하며 묻자 태준은 약간 의아해하는 눈빛을 보냈다. 민정의 말만 들었을 때는 연인 관계일 거라고 생각했는데 그건 아닌가, 하는 생각이 들었고 또 한편으론 이 남자에게도 어디 간다는 말조차 없이 사라져 버린 윤주는 대체 무슨 생각인 걸까 하는 의구심이 들었던 것이다.

윤주는 며칠 전부터 연락이 두절된 상태였다. 윤주가 어디 갔는지 태준도 전혀 아는 바가 없기에 잠시 침묵을 지키고 있었더니 이를 조금 다르게 이해한 모양인지 건의 눈빛이 긴장으로 떨렸다. 태준이 알면서도 일부러 알려 주지 않는 거라고 생각했기 때문이다.

"전화 한번 해 보시죠?"

강하고 차가워 보였던 이미지에 어울리지 않게 이 남자도 긴장이라는 걸 하긴 하는구나 하는 생각에 태준은 나오는 웃음을 애써 참으며 일부러 퉁명스럽게 말했다.

제기랄! 전화를 안 받으니까 물어보는 거 아냐, 하는 말이 건의 목구멍까지 올라왔다. 그것이 자신을 놀리는 듯한 비웃음처럼 느껴져 건은 욕이 나오는 걸 겨우 참고서 태연을 가장하며 깍듯하게 인사했다.

"실례가 많았습니다."

기운 빠진 얼굴로 뒤돌아서는 건의 모습이 안되어 보였는지 태준은 잠시 갈등하다 그를 불러 세웠다.

"저기!"

몸만 조금 돌려 눈빛으로 묻는 건의 앞으로 태준이 재빠르게 다가갔다. 그러고는 진지한 표정으로 물었다.

"우리 윤주에 대해 진심입니까?"

우리 윤주라니? 친오빠도 아닌 주제에 남자가 '우리 윤주'라고 말하자 건은 뱃속이 편치 않았다. 그렇다고 괜히 화를 내기엔 자존심이 조금 상해서 건은 진지하게 대답했다.

"물론입니다. 윤주와 결혼까지 생각하고 있다면 답이 되겠습니까?"

그 순간 태준의 얼굴에 수많은 표정이 떠올랐다가 천천히 사라졌다. 그 표정들은 뭘 의미하는 걸까? 실망? 아니면 기쁨? 그것도 아니면 분노? 두 남자의 시선이 팽팽하게 맞부딪쳤지만 누구 하나 먼저 피하지 않았고 입술 또한 돌처럼 다물어졌다. 먼저 입을 연 것은 태준이었다.

"주소를 찍어 드리겠습니다. 물론 확실하진 않지만…… 그곳에 간 게 틀림없을 것 같습니다."

안다는 건지 모른다는 건지 분명치 않은 대답이었지만 건은 이것저것 따질 틈이 없어 태준에게서 주소를 받자마자 바로 그곳으로 출발하기 시작했다.

✳

오늘도 어김없이 건은 수많은 문자 메시지를 보내고 전화를 걸어 왔으나 윤주는 깡그리 무시하고 있었다. 그와 키스를 나눈 뒤부터 윤주는 줄곧 그를 피해 다니고 있었다.

태준에 이어 건까지, 잇따른 충격으로 인해 어지럽고 복잡한 머리를 식히고자 그녀는 며칠 전 이곳을 찾아왔다. 부모에게 버림받은 아이들을 친자식 같은 사랑으로 품고 감싸 안는 곳, '천사네 집'은 윤주에게 아주 의미가 있고 또 민정과의 인연이 시작된 특별한 곳이기도 했다.

깔깔 웃으며 뛰노는 어린아이들의 순진무구한 모습을 보노라면 윤주는 자신도 모르게 영혼이 한없이 맑고 깨끗해지는 느낌이 들곤 했다. 처음부터 그녀가 아이들을 좋아했던 것은 아니었다. 그것이 언제부터인지 기억조차 나지 않지만 어느덧 그녀는 이곳의 귀한 손님이면서도 아이들의 미소 천사가 되어 날개 잃은 어린 새들을 지켜 주고 있었다.

음식 솜씨가 굉장히 좋은 그녀의 어머니 박 여사는 평소에 과자나 떡 같은 간식거리를 많이 만들어 놓곤 했다. 그런데 박 여사가 태준을 그렇게 미국으로 보내고 난 후, 바쁘게 일하는 와중에도 짬을 내어 만들어 놓은 간식거리는 미처 윤주의 입에 들어가기도 전에 감쪽같이 사라져 버렸다. 어느 날 엄마가 열심히 만드는 간식의 행방이 너무 궁금했던 윤주는 몰래 어머니의 뒤를 따라나섰다.

그렇게 발걸음이 멈춘 곳이 바로 '천사네 집'이었다. 아이들에게 떡과 과자를 나누어 주며 인자하게 웃는 어머니의 모습에 윤주는 일순 가슴이 뭉클해짐을 느꼈다. 그때 느꼈던 그 감동은 정말로 이루 표현할 수 없는 그 자체였다. 마치 마더 테레사 수녀님을 보는 것 같은 느낌까지 들었더랬다. 그래서 그때 윤주는 자신도 모르게 어머니에게 다가가 박 여사를 꽉 끌어안아 주었다.

'엄마……'

놀란 듯 흠칫 몸을 굳히며 그녀를 빤히 쳐다보던 어머니의 눈동자를 기억한다. 그런데 이상하게도 어머니는 눈물을 흘리고 계셨다. 왜 울까? 그때는 정말 몰랐다. 의아하게 쳐다보는 윤주에게 어머니는 마침내 그동안 당신의 가슴에만 쌓아 두셨던 기나긴 이야기를 꺼내 놓으셨다.

'저 아이들은 버림을 받았거나 천애고아가 되어 여기로 왔다는구나.'

그렇게 말하는 어머니의 목소리가 너무도 슬프게 느껴졌다. 말을 하는 와중에도 어머니는 끝없이 눈물만 흘리셨다.

'저 아이들의 눈에는 두려움과 원망과 불안함이 담겨 있었어. 딱 마치 우리 준이를 보는 것 같구나.'

그때서야 윤주는 어머니가 전해 주는 이야기를 똑똑히 알아들을 수 있었다.

그랬다. 태준의 나이 15살, 입양을 보내고 나서부터 어머니는 늘 자책하고 괴로워하며 하루하루를 보내곤 했었다. 날이 더우면 '우리 준이 덥겠다.' 그렇게 중얼거렸고, 날이 추우면 '우리 준이 추워하겠다.' 그렇게 걱정했고, 비가 오고 바람이 불면 '미국이란 나라에도 바람이 불까?' 그렇게 웅얼거렸고, 함박눈이 펑펑 쏟아질 때면 '우리 준이는 눈을 참 좋아했는데.' 그렇게 끊임없이 걱정하시곤 했었다.

그것뿐만이 아니었다. 어머니는 아이들을 엄청나게 좋아했고, 굉장히 예뻐해 주었다. 그런데 그제야 그 이유를 알게 된 것이다. 어머니의 눈에 모든 아이들이 모두 어린 태준이처럼 보였음을……

'저 아이들이 나를 빤히 쳐다볼 때면 나는 마치 우리 준이의 눈동자를 보는 것 같더구나. 저 아이들이 넘어져 우는 모습을 보면 마

치 우리 준이가 우는 것 같고. 다 내 잘못이야. 내가 미친년이야. 어떻게 그 어린것한테 못된 짓을⋯⋯.'

어머니의 눈물에는 태준을 향한 그리움과 그 어린것의 가슴에 큰 대못을 박았다는 자신을 향한 자책과 원망이 그득 담겨 있었다.

'난 빚을 갚는 거야. 죄를 씻는 거야. 이렇게라도 하지 않으면 우리 준이한테 지은 죄를 내 자신이 용서하지 못할 것 같구나.'

어린 나이임에도 불구하고 어른 못지않게 성숙한 모습으로 의젓하게 행동하던 태준의 모습이 윤주의 눈앞에 스쳐 갔다.

시간은 흐르고 나이는 먹어 가는데 윤주의 눈에 태준은 여전히 소년에 머물러 있었다. 그래서 어머니의 말씀처럼 '천사네 집' 모든 아이들이 어린 태준처럼 보이기도 했었다.

아이들 중 누군가 아프면 마치 태준이 아파하는 모습을 보는 것 같아서 윤주는 가슴이 찢어질 듯 괴로웠다. 아이들이 두려워하거나 불안해하면 마치 낯선 미국 땅에서 저렇게 몸을 떨고 있는 태준을 보는 것 같아서 윤주는 가슴이 아팠다. 그 때문에 지금껏 그녀는 아파하고 슬퍼하고 불안해하고 두려워하는 아이들을 단 한 번도 외면해 본 적이 없었다.

이런저런 상념에 젖어 있는데 갑자기 어디선가 아이의 울음소리가 들려오자 윤주는 소리가 들리는 쪽으로 전광석화처럼 빠르게 뛰어가기 시작했다.

"이그, 조심해야지. 거봐, 넘어졌잖아. 천천히, 조심조심. 알았지?"

넘어져 아프다고 엉엉 울음을 터뜨리는 아이를 다급히 일으켜 세운 윤주가 격려하듯 말했다.

"우리 꼬마는 용감하니까 얼른 울음을 뚝 그치는 거야? 으응?"

그 말에 꼬마는 얼굴을 씰룩거리며 열심히 고개를 끄덕거렸다.

"우와, 울음 금방 그쳤네? 우리 씩씩한 꼬마한테 어떤 상을 준담? 뭐 갖고 싶은 것 없어?"

금세 기분이 좋아졌는지 꼬마는 윤주를 응시하며 헤벌쭉 웃었다. 그러다가 문득 살짝 고개를 돌리더니 누군가를 손가락으로 가리키면서 의아하게 물었다.

"저 아저씨는 누구야?"

아이의 손길에 따라 시선을 돌리던 윤주의 얼굴에 놀란 기색이 스쳐 갔다.

"최, 최건……?"

그가 어떻게 여기까지 찾아온 걸까? 그가 자신의 앞으로 성큼성큼 걸어오는 걸 보면서도 윤주는 도무지 믿어지지 않아서 한참이나 눈을 깜빡거리며 멍하니 서 있기만 했다. 어느덧 코앞까지 다가온 건이 원망이 가득 찬 눈초리로 노려봤지만 윤주는 마땅한 말이 생각나지 않았다. 그저 알 수 없는 묘한 감정을 느끼며 가슴이 두근거릴 뿐이었다.

윤주는 그 두근거림에 왠지 기분이 좋아졌다. 지금껏 왜 그를 피했었는지 그 이유도 잠시 내려놓을 만큼. 자신을 직시하는 그의 시선을 슬며시 피하며 윤주는 슬며시 입술을 뗐다. 네가 어떻게 여기까지 왔냐고, 여기까진 무슨 일이냐고 묻는 대신 그녀는 건은 생각지도 못할 엉뚱한 말을 꺼내 놓았다.

"최건, 너 내가 그렇게 좋니?"

"뭐, 뭐야?"

얼굴 봐서 반갑다는 말은 바라지도 않았지만 이것도 인사라고 하는 건지. 불만스러운 듯 그녀를 휙 노려보는 건의 눈꼬리가 가늘어졌다.

"아니야? 내가 보고 싶어서 여기까지 찾아온 것 아니었어?"

한껏 눈썹을 일그러뜨리며 그녀를 못마땅하게 째려보는 건을 향해 윤주가 예쁘게 웃어 주었다.

"그렇다고 재깍 인정해라, 뭐! 너, 십 년 전부터 날 좋아했었다며."

길게 숨을 토해 내는 건을 가만히 지켜보는 윤주의 표정이 장난스럽게 변했다.

"나, 둔치 아니거든. 그때 나한테 했던 말 기억나?"

무슨, 하고 의문스러운 눈빛으로 뒷말을 재촉하는 건에게 윤주가 환하게 웃으며 말을 계속했다.

"내가 웃으면 딱 할망구 같다는 소리 말야. 그거 질투였지? 맞지?"

어이없다는 듯 건이 쳇, 하고 콧방귀를 뀌자, 잠시 입술을 삐죽이던 윤주는 어딘가를 바라보며 마음속의 말을 꺼내 놓기 시작했다.

"내게는 나의 어린 시절 12년을 함께해 온 오빠가 있었어."

이건 또 무슨 쥐가 야옹 하는 소리인지? 가끔씩 이럴 때가 있었다. 그녀가 말하고자 하는 정확한 의도를 건이 대뜸 파악할 수 없을 때가 있었는데 지금이 바로 그랬다. 그럼에도 불구하고 건은 '그냥 한번 들어 보지 뭐.' 하는 표정으로 잠자코 귀를 기울였다.

"내가 울면 달래 주고, 내가 웃으면 같이 웃어 주고……. 나의 슬픔과 즐거움, 행복과 기쁨을 같이 나누는 그런 오빠가 있었어. 늠름하고 착하고 의젓하고……. 오빠는 나의 영웅이었고, 내 마음의 지기였고, 나를 지켜 주는 수호천사이기도 했어. 비록 피 한 방울 전혀 섞이지 않았지만 어머니한테 오빠는 친아들이요, 나한테는 세상에 단 하나밖에 없는 친오빠나 다름없었거든."

처음 들어 보는 말에 건은 내심 놀라움을 금치 못했다. 그녀가 오빠라고 부르는 남자의 익숙한 모습이 눈앞을 스쳐 가자 건은 질투심과 복잡한 감정을 동시에 느꼈다.

"그런데 말이야. 아버지의 죽음과 함께 우리 집은 그만 풍비박산이 나고 말았어. 남편의 죽음으로 생계가 막막해지자 어쩔 수 없었던 어머니는 냉정한 선택을 할 수밖에 없었어. 그렇게 오빠를 입양 보냈어."

그렇게 말하는 그녀의 목소리에서 물기가 느껴지는 건 단지 착각일까? 시선을 멀리 둔 채 그 어딘가를 바라보는 그녀의 모습이 너무도 슬퍼 보였다. 금방이라도 다가가서 따뜻하게 안아 주고 싶었지만 건은 잠시 그대로 서 있었다.

"서로 떨어져 지낸 20년이란 시간에도 불구하고 내 눈에 오빠는 영원히 15살에 머물러 있었어. 지금에도 내가 울면 달래 주고, 내가 웃으면 같이 웃어 주고, 나의 슬픔과 행복과 기쁨과 즐거움을 같이 해 줄 거라고 난 그렇게 생각했었나 봐. 그런데 난 참 어리석었어."

잠시 건과 시선이 마주친 그녀의 눈은 아릿한 그리움과 슬픔을 담고 있었다. 비록 그녀의 얘기는 건에게 더할 나위 없는 질투심을 불러일으켰지만 톡 건드리면 금세 눈물을 펑펑 쏟을 것처럼 그녀의 모습이 몹시 서글퍼 보여 건은 아무런 말도 꺼내지 못하고 있었다.

"어느새 오빠의 곁에는 내가 아닌 다른 사람이 서 있더라. 만약 그 여자가 민정 언니만 아니었다면 난 얼마든지 나쁜 년이 될 수도 있었는데⋯⋯. 아니, 만약 오빠가 우리를 든든히 지켜 주는 가족으로 남겠다는 그런 말만 하지 않았더라면 난 파렴치한 년이 될 수도 있었는데⋯⋯."

이건 또 무슨 소리인지? 그저 똑똑히 알아들은 내용이라곤 태준이란 남자와 은민정이란 여자가 연인 사이가 되었다는 사실밖에 없지만 건은 여전히 묵묵히 듣고만 있을 뿐이었다.

"민정 언니도 참 좋은 사람이지."

20살 때 큰 사고를 겪고 구사일생으로 목숨을 건진 뒤 은민정은 지금까지 단 한 번도 자신을 위해 살아 본 적이 없는 여자였다.

'천사네 집'에서 아이를 돌봐 주다가 아프리카에서 봉사활동을 끝내고 돌아온 민정을 알게 되었는데 그때만 해도 윤주는 몹시 수다스럽고 푼수끼가 있는 민정이 민폐라고 생각했더랬다.

그러나 알고 보니 그녀는 오랜 시간 동안 버림받은 아이들을 돌봐 주고 지켜 왔던 수호천사였고, 또 힘들게 일하면서도 매달 해오고 있는 기부를 단 한 번도 빠뜨린 적 없는 천사 같은 사람이었다.

그래서 윤주는 당연히 태준과 민정이 잘되기를 응원하며 축복해 주어야 한다고 생각했다. 그런데 태준에 대한 마음을 완전히 접지 못해서 아직까지 두 사람에게 그 어떤 축복의 말을 전하지 못한 게 마음에 걸려 자괴감이 들었던 것이다.

그런 마음을 가지고 있던 와중에 건의 일까지 겹쳐 도저히 생각이란 걸 할 수 없을 정도로 머릿속이 복잡해져 이곳으로 도망쳐 온 것이다. 여기에서 그녀는 생각하고 또 생각했다. 그리고 자신의 감정을 들여다보았다.

그러나 자신의 감정과 생각이 깨끗이 정리된 지금이라면 두 사람 행복하게 잘 살라고 말을 해 줄 수 있을 것도 같았다. 자신 역시 새로운 사랑을 시작할 수 있을 것도 같아서 윤주는 희미하게 웃으며 다시 입을 열었다.

"늘 그런 생각을 했었어. 십 년 전 날 괴롭히고 날 힘들게 만들고 싸가지 없던 이놈은 어떻게 변했을까? 개망나니가 되었을까? 아니면 크게 출세했을까? 십 년 전 그렇게 떠난 후 난 너를 꽤 미워했었어. 실컷 저주도 퍼붓고 했는데……."

뜬금없이 변한 화제에 건의 눈썹이 위로 올라갔다.

"그런데 말이야. 난 너한테 고마워. 만약 네가 지금의 이 모습이 아니고 사회의 쓰레기로 내 앞에 나타났다면 난 아마도 크게 실망하고 절망했겠지. 괜히 내 지난 세월이 더 아팠을 것도 같아. 그런데 넌 성공했잖아. 그래서 난 이렇게 생각을 바꾸기로 했어. 네가 이렇게 성공한 건, 성공한 네가 이렇게 나한테 온 건, 아픈 세월에 대한 보상이라고 말이야."

강력한 힘으로 무엇이든 빨아들이는 블랙홀처럼 강한 그의 눈빛을 똑바로 바라본 윤주가 숨결 하나 흩뜨리지 않고 말을 이어 갔다.

"난 이젠 그만 아파할래. 네 말처럼 내 머릿속에서 한태준이라는 그 남자를 모조리 지워 버리고 소위 말하는 그 미친 짓…… 그래, 그런 것도 사랑이라면 말이야. 우리도 한 번 해봐! 우리가 언젠가 아주 그냥 못 잡아먹어서 안달하며 미워하는 그런 날이 온다고 해도 후회하지 않을래. 설사 너한테 상처를 주거나 내가 상처를 받더라도 말이야."

뭔가 단호하게 결심하듯 그녀가 크게 말하자, 잠시 얼떨떨한 표정을 짓던 건이 부드럽게 그녀의 목덜미를 당기며 그녀의 눈두덩에 입술을 덮어 왔다. 그리고 나직하게 속삭이듯 말했다.

"약속할게. 너한테 상처 주지 않는다고. 널 울리지 않을 거라고. 너의 마지막이 되어 줄 거라고."

8.
너를 아무에게도
내어 줄 수 없다

　프랑스 레스토랑 '르꼬데다'는 오늘도 어김없이 만석이었다. 그
런데 오늘은 조금 특별한 손님들이 이곳을 찾아왔다.

　육십 줄 정도 되어 보이는 나이에는 어울리지 않는 늠름한 풍채
와 짙고 굵은 눈썹 아래 날카롭게 빛나는 눈과 쭉 뻗은 콧날. 전형
적인 백인의 모습을 한 노인의 움직임은 자신감에 충만해 있었고,
표정 없는 얼굴은 엄숙하면서도 완고해 보였다. 그 맞은편의 남자
역시 그 어떤 감정도 얼굴에 나타내지 않은 채 고집스러운 표정으
로 앉아 있었다.

　테이블을 사이에 두고 그들과 마주하고 있는 태준은 그런 고압
적인 남자들 앞에서도 여유로운 얼굴로 앉아 있었다.

　[무슨 일로 여기까지 어려운 걸음을 하신 겁니까?]

　노인이 왜 여기까지 찾아왔는지 모를 리가 없었지만 태준은 시
치미를 떼고 물었다.

[큰일을 해야 하는 사내놈이 겨우 코딱지만 한 장사나 하자고 여기에 붙어 있는 게냐?]

유럽과 중국을 연결하는 국제무역으로 막대한 부를 쌓아 온 노인은 재클린 베드, 그는 미국 뉴욕 타임스에 여러 번 이름이 오르내리던 유명 인사였고, 성공한 기업가였으며 한태준의 양부였다. 레스토랑 안을 둘러보며 노인은 몹시 못마땅한 표정을 지었다. 노인네의 속셈이 뭔지 모르지 않았지만 태준은 빙그레 웃으며 대꾸했다.

[괘념치 마십시오. 저는 이대로가 좋습니다.]

한태준 말고도 친아들이 둘이나 있음에도 불구하고 노인은 아직도 그에게 미련과 집착을 버리지 못한 듯 어떻게 해서든 설득하려 애쓰고 있었다.

[네가 있을 곳은 여기가 아니야. 큰 물고기는 큰물에서 놀아야 하는 법이고……]

[이미 다 끝난 얘기로 알고 있습니다. 아버지.]

타 경쟁사를 이기고 세계 1위 기업에 독점납품 기업으로 채택된다면 한태준을 한국으로 보내 주겠다고 약속했던 재클린이었다. 힘들고 어려운 과정이었지만 태준은 어머니와 여동생이 있는 이곳에 다시 오기 위해 특유의 집념으로 그 프로젝트를 성공시켰던 것이다. 그런데 이제 와서 그 말을 번복하는 눈앞의 노인네 때문에 태준은 왈칵, 짜증이 솟구쳐 냉랭하게 맞받아쳤다.

[이제껏 키워 준 은혜는 잊지 않겠습니다. K사에는 저보다 더 뛰어나고 창의적인 인재들이 많습니다. 그리고 찰리도 이제는 다 컸습니다. K사를 맡아 이끌어 갈 준비가 충분히 되었다고 생각합니다.]

틀린 말은 아니지만 재클린은 어쩐지 조금 서운했다. 자신과 피한 방울 섞이지 않은 남남임에도 지금껏 그는 눈앞의 이 동양 남자야말로 바로 자신의 가문과 사업체를 이끌어 갈 적임자라고 믿어 의심치 않았던 것이다.

녀석은 어릴 적부터 총명하고 똑똑했다. 눈치도 빨랐으며 쉽사리 포기하지 않는 독종 같은 녀석이었다.

단 하나의 흠이라면 녀석은 너무 욕심이 없다는 것이다. 일부러 그러는 것인지는 몰라도 그룹 내 지배권이나 경영권 문제에 대해서는 아예 관심조차 없어 보였다. 늘 마음을 잡지 못하고 어디론가 떠날 생각만 하는 그를 곁에 두고 싶어서 세계 1위 기업에 독점납품 기업으로 채택될 수 있도록 이번 프로젝트를 성공시킬 수 있으면 원하는 걸 들어주겠다고 했다.

그러나 그가 가진 능력을 총동원해 일을 성공시킨 녀석은 전혀 뜻밖의 말을 꺼내 놓았다. 한국으로 보내 달라고 간절하게 부탁했던 것이다. 그곳에 두고 온 가족이 사무치게 그립다고 말이다. 그 말을 듣고 재클린은 서운함을 금치 못했고, 약간의 질투심마저 느꼈다.

[흠…….]

불편한 심기를 여과 없이 드러내며 재클린은 살짝 고개를 돌려 레스토랑 안을 한 번 휙 둘러보다가 지나가는 투로 물었다.

[그 아이 때문인가?]

아무리 감정을 다스리는 데 능숙한 태준이었지만 그 말에는 눈동자가 크게 흔들렸다. 마침내 무언가를 알아냈다는 듯한 의미심장한 표정. 상대의 심장까지도 꿰뚫어 볼 것만 같은 냉혹한 눈동자로 태준을 쳐다보던 노인은 회심의 미소를 지으며 더 이상 대화할 의사가 없다는 듯 자리에서 일어섰다.

✳

'난 이젠 그만 아파할래. 네 말처럼 내 머릿속에서 한태준이라는 그 남자를 모조리 지워 버리고 소위 말하는 그 미친 짓…… 그래, 그런 것도 사랑이라면 말이야. 우리도 한번 해 봐.'

윤주가 했던 말들을 하나하나 되새겨 보던 건은 지금 벌어지고 있는 일들이 꿈만 같아서 정신이 몽롱해졌다. 내가 드디어 주윤주와 연애를 한다! 생각할수록 흥분되고 기대되어 건은 그 기분 좋은 감정에 실실 웃음을 흘렸다.

그때 마침 그의 집무실에 들어왔던 비서가 그가 소리 내어 웃는 모습을 보고 의아하다는 듯 고개를 갸웃거렸다. 이제껏 일에 파묻혀 미친 듯이 시간을 보내 왔던 패션제국의 황제라는 칭호가 붙은 남자. 일에 대해서만큼은 피도 눈물도 없는 냉혹하기 그지없다는 저 눈앞의 남자가 드물게 소리 내어 웃고 있으니 여간 신기하지 않을 수가 없었던 것이다.

저 남자도 웃을 줄 아는 사람이구나, 새삼 그런 생각이 들었다. 그런데 도대체 무슨 일로 저리 즐거운 걸까? 알 수 없다는 듯 비서는 또다시 고개를 살짝 저으며 그의 앞에 커피 잔을 내려놓고 뒤돌아섰다.

의아하게 생각하는 건 단지 그녀뿐만이 아니었다. 잠깐 의논한 일이 있어 그의 집무실로 찾아온 명진도 건이 미소 짓는 모습을 보고 이상하다는 눈빛을 띠며 건의 얼굴 앞에 자신의 얼굴을 가까이 들이댔다.

"뭐하는 짓이야?"

그 얼굴에 놀란 건이 벌컥 소리를 질렀다. 아주 달콤한 생각에 잠겨 있는데 갑자기 시커먼 게 툭 뛰어나오니 어찌 놀라지 않겠나. 게다가 지금 한창 어떻게 윤주와 데이트를 즐길까, 하고 심각하게 고민하는 중인데 찾지도 않은 이 녀석은 왜 갑자기 나타나서는 방해나 하는지. 괘씸하지 않을 수가 없었다.

"연애사업이 아주 잘되어 가나 보지! 입에 귀에 걸렸다."

농담처럼 던진 말에 건은 인정도 부정도 하지 않았다. 딴청을 부리며 손목에 찬 시계를 내려다보더니 자리에서 일어섰다. 점심 시간이 아직 조금 남았지만 그 몇 분조차도 참을 수 없었던 것이다.

"야, 너 어디 가? 야, 최건!"

명진이 다급히 건을 불렀지만, 그는 나중에 보자고 손을 흔들며 빠르게 걸음을 옮겼다.

뒤에서는 명진의 욕설이 들렸지만, 건은 신경조차 쓰지 않는 듯 했다.

윤주와 맛있는 점심을 먹은 뒤 다정히 손을 잡고 그녀와 잠깐 산책이나 해야겠다는 생각으로 그녀의 작업실로 빠르게 걸어갔다. 그러나 작업실 문을 연 그는 실망스러운 표정을 감출 수가 없었다.

같은 작업실을 쓰는 디자이너가 조금 전에 나갔다고 전해 주는 말에 건은 욱하고 올라오는 감정을 가까스로 추스르며 휴대폰을 꺼냈다. 그런데 그런 그를 놀리기라도 하듯 그녀의 휴대폰은 전원 이 꺼져 있는 상태였다.

'말도 없이 어디로 사라져 버린 거야?'

신경질이 확 솟구쳐 올라서 건은 잇새로 낮게 욕을 내뱉었다.

그때 윤주는 회사에서 약 200미터 떨어진 곳에 위치한 커피숍에서 누군가를 만나고 있었다.

한눈에도 막대한 부를 지닌 부자로 보이는 백인 남자가 불쑥 자신을 찾아왔다. 처음엔 누군가 하고 몹시도 궁금했는데 그가 자신을 한태준의 양부라고 소개하자 그녀는 두말없이 그를 따라나섰다.

눈앞의 남자를 보고 있자 윤주는 만감이 교차하면서 기분이 미묘해졌다. 여태까지 자신이 몰랐던 한태준의 지난 20년에 대해 다 알고 있는 유일한 사람이었으므로.

우리 오빠는 그동안 잘 있었나요? 외롭다고 울지는 않았나요? 한국에 두고 온 여동생이 보고 싶었다는 말은 자주 하던가요? 묻고 싶은 말은 많고도 많은데 윤주는 그저 입술만 달싹거릴 뿐 한마디도 입 밖에 내지 못했다.

[윤주 양, 이렇게 얼굴 보니 반가워요.]

간사한 속셈 같은 것은 감쪽같이 숨긴 채 노인은 상당히 신사다운 얼굴로 그렇게 말하며 운을 뗐다.

[저도 반갑습니다.]

하늘하늘 가느다란 목소리, 다소곳한 몸짓, 하얗고 여린 얼굴의 선. 꽤 예쁘장하게 생긴 동양 여자였다. 음…… 눈앞의 이 아이에게 특별한 감정을 갖고 있었다지. 늘 사진으로만 보아 왔던 아이를 눈으로 직접 보니 이해할 만도 했다. 벌써 원하는 걸 얻은 사람처럼 재클린은 만족스런 미소를 지으며 다시 입을 열었다.

[난 태준을 데리러 왔어요. 여기는 그 아이가 있을 곳이 아니야. 우리 회사에는 그 아이가 필요하거든.]

R 발음이 강하게 나는 미국식 영어였지만 윤주는 똑똑히 알아들었다. 이제 만난 지 얼마나 되었다고 다시 태준 오빠를 데려가려 하다니? 한참 동안 얼굴 보지 못했던 태준과 다시 헤어져야 한다는 충격적인 사실에 윤주는 서글픈 감정이 파도처럼 밀려왔다. 그러나 그런 표정을 얼굴에 나타내지 않으려 애쓰며 그녀는 주먹을 꽉 움켜쥐었다.

[윤주 양에 대한 태준의 감정이 특별하다고 들었어. 하나만은 알고 싶군. 윤주 양 역시 생각이 같은 건지.]

노인의 이 말은 무슨 뜻인 걸까? 뜻이 분명하지 않은 모호한 말에 윤주는 노인을 의아하게 쳐다봤다.

[피 한 방울 섞이지 않은 남남임에도 윤주 양은 태준의 동생이지 않은가? 준은 윤주 양에게 특별한 감정을 가지고 있다 해도 윤주 양과는 함께 자라 온 남매라는 사실 때문에 윤주 양을 받아들이질 못하고 있어요.]

"이게…… 이 무슨……."

도무지 믿을 수 없는 충격적인 사실 앞에서 윤주의 눈이 커다랗게 변해 버렸다. 노인의 말대로 해석한다면 태준도 그녀를 매우 좋아하는데 둘이 함께 커 온 남매이기에 고백을 할 수 없었다는 것으로 해석된다. 믿을 수 없다고, 아니 믿지 못하겠다고 세차게 고개를 흔드는 윤주에게 확인 사살을 해 주듯이 재클린은 단호한 눈빛으로 말했다.

[사실이예요. 준은 오래전부터 윤주 양을 가슴에 품고 살아왔어. 어떻게든 붙들어 보려 미인에 능력도 좋은 여자들을 여럿 소개해 주었지만 다 거절해 버렸어요.]

처음으로 듣는 의외의 말에 윤주는 좀처럼 멍청한 표정을 지울 수가 없었다. 재클린의 얼굴이 좀 더 가까이 다가왔다.

[난 내 아들을 이대로 허무하게 잃을 수가 없어요. 윤주 양만 괜찮다면 난 두 사람의 결혼을 허락해 줄 수도 있단 말이야. 대신 윤주 양이 준을 설득해서 같이 미국으로 와 줬으면 하는 바람야. 그래 줄 수 있겠나?]

부탁이라고, 꼭 들어 달라며 재클린은 그녀에게 간절한 눈빛을 보냈다.

[죄, 죄송합니다…… 저는…….]

이게 다 무슨 소리인지? 눈앞의 노신사가 한 말이 전부 사실인지 얼른 태준을 만나 확인을 해 봐야겠다고 생각하며 윤주는 몸을 일으켰다. 아니, 일단 마음부터 가라앉히자, 그리 생각하며 윤주는 도망치듯 재빨리 그 자리를 벗어났다.

✳

"주윤주!"

그녀의 작업실에서 내내 기다리던 건은 기운이 쭉 빠진 얼굴로 지척지척 걸어오는 그녀에게 다급히 다가가며 성난 목소리로 불렀다.

"어떻게 된 거지? 근데 이 무슨…….."

원래는 한바탕 뭐라고 쏘아붙일 생각이었는데 한없이 혼란스러워하는 그녀의 얼굴을 보자 건은 마음을 바꿀 수밖에 없었다.

"무슨 일이야? 얼굴이 왜 그래?"

꼬치꼬치 캐어묻는 건을 보자 그제야 제정신으로 돌아온 윤주가 별일 아니라는 듯 얼굴을 펴고 억지로 웃음을 띠었다.

"휴대폰은 왜 꺼 놓은 건데? 걱정했잖아!"

미안하다고 연방 말하는 윤주에게 건은 더 이상 뭐라 나무랄 수 없어서 슬며시 화제를 돌렸다.

"보고 싶은 영화 있어? 아니면 뭐 하고 싶은 거라도?"

신이 난 얼굴로 데이트를 신청하는 건의 모습에 윤주는 마음이 무척 혼란스러웠다.

'사실이에요. 준은 오래전부터 윤주 양을 가슴에 품고 살아왔어. 어떻게든 붙들어 보려 미인에 능력도 좋은 여자들을 여럿 소개해 주었지만 다 거절해 버렸어요.'

게다가 시도 때도 없이 귓가를 스치는 재클린의 그 한마디 때문에 윤주는 머리가 터질 것만 같았다.

"저녁에 영화 보러 가지 않을래?"

'나 어떡하면 좋지?'

귀가 윙윙거려 건의 말을 똑바로 알아듣지 못했으면서도 윤주는 무의식적으로 고개를 끄덕거렸다. 거절하지 않은 게 다행이라고 안도의 한숨을 내쉬며 건은 즐거운 얼굴로 그녀의 손을 살며시 잡았다. 그녀가 어떤 생각을 하고 있는지도 모르는 채.

그녀와 단둘만 있을 수 있는 그 행복한 시간을 기다리는 몇 시간이 십 년처럼 지루하게 느껴졌다. 이제나저제나 하고 기다리며 몇 번이나 손목에 찬 시계를 들여다보다가 퇴근시간이 되자마자 빠른 걸음으로 그녀의 작업실에 뛰어오다시피 했는데 이번에도 건은 기가 막힘을 넘어 분노까지 느꼈다.

"뭐, 뭐라구요? 주 팀장이 벌써 퇴근했다구요?"

"네 조금 전에 나갔는데요. 사장님."

이 여자가 대체 무슨 생각을 하는 거지? 윤주의 생각을 도저히 알 수가 없어서 건은 막연한 절망감이 엄습해 왔다. 아까 점심 때 몹시 창백해 보이던 윤주의 모습을 떠올리던 건의 얼굴 위로 서글 픈 빛이 스쳐 갔다. 왠지 불길한 생각이 들어서 건은 휴대폰을 꺼내려다 말고 마치 무언가에 쫓기는 사람처럼 허둥지둥 뛰어가기 시작했다.

※

"헉헉……."

윤주는 가쁜 숨을 연거푸 몰아쉬었다. 오늘 얼마나 뛰다가 걷다 가를 반복했는지 모른다. 퇴근하자마자 태준을 만나려고 레스토랑 에 갔더니 그는 흔적조차 보이지 않았다. 어디 갔느냐고 지배인한 테 재차 물었으나 그 역시 태준의 행방에 대해 알지 못한다고 했 다.

행여나 천사네 집에 간 건 아닐까, 하고 거기도 가 봤지만 그곳 에도 태준은 없었다. 그럼 대체 어디에 갔단 말인가? 휴대폰으로 그에게 전화를 걸어 봤으나 그는 전화조차 받지 않고 있었다.

"나쁜 자식!"

벌써 몇 번째인지 모를 욕을 짓씹으며 윤주는 누가 저를 붙잡기 라도 할세라 빠르게 걸었다. 그러던 그녀의 걸음이 순간 우뚝 멈추 어졌다.

"오……오빠……."

막 윤주의 집, 그러니까 지금은 민정만이 안에 있을 그 집에서 나서고 있는 태준을 보자 윤주는 배신감에 가슴이 욱신거렸다. 그 러나 아직 윤주를 발견하지 못한 듯 태준은 생각에 잠긴 표정으로 고개를 숙이고 터벅터벅 걷고 있었다. 윤주의 옆을 스쳐 지나갈 때도 태준은 그녀의 존재를 감지하지 못했다.

울컥! 서운한 감정이 확 밀려오면서 윤주는 저도 모르게 눈물이 핑 돌았다. 그냥 못 본 척 아무것도 듣지 못한 척 그대로 가 버릴까 하다가 윤주는 느리게 몸을 돌려 섰다. 그리고 한 걸음씩 걸어서 태준의 등 뒤로 다가가 그의 넓고 단단한 등에 얼굴을 파묻었다. 그때서야 태준은 걸음을 멈추었다. 그의 등이 딱딱하게 경직되는 것이 느껴졌다.

"태준 오빠……."

가냘프게 떨려 나오는 목소리. 그녀와 맞닿은 등이 축축하게 젖어 왔지만 태준은 덫에 걸린 짐승처럼 옴짝달싹 못하고 있었다.

"윤주."

"이, 이대로…… 잠시만 있어 줘."

그가 돌아서려고 하자 윤주는 다급하게 말했다. 얼굴을 등에 대고 있던 그녀는 미처 태준의 슬픈 눈빛은 보지 못했다. 그저 냉혹하기 그지없는 목소리만 그녀의 귓가를 때렸을 뿐이다.

"민정이 볼 수도 있다. 윤주야……."

하아, 그게 정말 오빠의 진심 맞아? 정말 나에 대해 아무런 느낌도 어떠한 감정도 없는 거야? 그렇게 묻고 싶었는데 또 서늘한 목소리가 그녀의 귓속을 파고들었다.

"정녕 나를 나쁜 사람으로 만들거니? 윤주야……."

아아, 나는 대체 어째야 한단 말인가? 한태준, 당신의 진심은 대체 뭐야? 당신의 진심을 말해 달라고!

100미터 남짓 떨어진 곳에서 그 모든 광경을 똑똑히 지켜보는 사람이 있다는 걸 그 순간 윤주는 알지 못했다. 아직도 태준에게서 떨어지지 않는 윤주를 바라보는 건의 눈에서 소름 끼치도록 무서운 살기가 뚝뚝 떨어지고 있었다. 본능적으로 핸들을 꽉 움켜쥔 손에는 불끈 힘이 들어갔다.

"제기랄!"

분노를 참는 듯 이빨이 부서지도록 악다문 잇새로 욕설이 흘러나왔다. 건이 고스란히 지켜보고 있다는 것도 모르는 채 윤주는 한참을 더 태준의 등 뒤에 서서 그의 허리를 감고 있다가 그에게서 떨어져 나갔다.

"내가 잠깐 미쳤나 봐, 오빠! 이제 가도 돼! 잠시 오빠 얼굴 보려고 찾아갔는데 안 보여서 걱정했어."

"윤주야."

"나 이젠 괜찮아! 처음엔 불안했는데……."

아니, 처음엔 미련 같은 거 조금 남아 있었는데 냉혹하기 그지없는 당신 때문에 이젠 나도 정신을 차릴 거야. 손으로 눈물을 쓱쓱 닦아 낸 윤주는 억지로 입가에 웃음을 띠며 더듬더듬 말했다.

"오빠, 어서 가 봐! 시간이 많이 늦었다."

작은 새와 같은 그의 작은 여자는 지금 울고 있었다. 그녀가 자신을 인정머리 없는 놈이라고 욕해도 그는 냉정하게 무시해야 했다. 그녀에게 그 어떤 작은 틈도 보여서도 안 되고 자신의 나약하고 불안한 감정을 조금이라도 내보여서는 안 된다. 그래서 태준은 얼른 들어가, 하는 말만 남겨 둔 채 고개 한 번 돌리지 않고, 시선 한 번 주지 않은 채 그대로 멀어져 갔다.

"잔인하구나, 한태준."

낮게 중얼거리고 몸을 돌리는데 그 순간 윤주의 얼굴은 경악으로 완전히 일그러졌다.

"너는 나를 너무 비참하게 만들었어, 주윤주."

"거……건……."

얼음처럼 차가운 목소리에 윤주는 와들와들 떨며, 떨리는 두 손을 들어 입을 가렸다. 목구멍에 솜뭉치를 쑤셔 넣은 듯 그의 이름을 부르는 목소리가 턱 막혔다.

"이런 꼴을 보려고 이 밤에 미친놈처럼 네가 걱정되어 여기까지 찾아온 내가 역시 바보였다."

말도 없이 먼저 훌쩍 가 버린 그녀 때문에 처음에 건은 걱정이 되면서도 화가 났다. 그래도 그녀에게서 자초지종이라도 들어보고자 핸들을 꺾어 여기까지 찾아왔는데 결국 이런 못 볼 꼴을 보아야 한다니. 정말이지 너무도 어처구니가 없고 허무해서 건은 비실비실 헛웃음밖에 나오지 않았다.

"거, 건아……."

윤주는 세차게 도리질을 치며 그에게 다가가려 했지만 너무나 차갑고 냉랭한 그 눈빛에 도로 걸음을 멈추어야 했다. 냉랭한 비웃음을 머금은 그의 입술에서 흘러나오는 한 마디 한 마디가 날카로운 비수가 되어 그녀의 심장을 관통해 갔다.

"애틋한 분위기를 망쳤다면 미안."

소름 끼치는 말투, 독기가 흐르는 듯한 건의 표정에서 그녀는 자신을 향한 경멸과 혐오, 분노와 증오를 느꼈다. 그래서 한 걸음도 다가갈 수 없었고, 한 마디도 입 밖으로 내뱉을 수가 없었다.

자신의 심장을 써늘하게 얼려 놓고, 냉정하게 몸을 돌려 걸어가는 그를 붙잡을 수도 없었다. 사정없이 심장을 후벼 파는 듯한 강렬한 통증이 온몸을 파고드는 느낌에 윤주는 숨조차 바로 쉴 수 없었다. 철퍼덕! 윤주는 두 손으로 얼굴을 가린 채 바닥에 풀썩 주저앉고 말았다.

그때껏 한쪽에 우두커니 선 채로 그녀의 모습을 잠자코 지켜보고만 있던 또 다른 한 사람이 있었다. 그들의 모습을 안쓰럽게 지켜보면서도 민정은 이러지도 저러지도 못하고 발만 동동 구르고 있었다.

"아휴, 이를 어쩌면 좋아?"

그게 그녀가 할 수 있는 말의 전부였다.

✳

아침 식탁에 마주 앉은 지 한참이 지났는데도 밥을 드는 둥 마는 둥 하는 윤주를 걱정스럽게 쳐다보던 민정이 도저히 안 되겠다 싶었는지 무겁게 입을 열었다.

"너 괜찮아?"

"미안해, 언니!"

숟가락을 내려놓고 마치 죄를 지은 사람처럼 윤주가 고개를 푹 숙이자 민정은 의아한 표정을 지었다. 뭐가 미안하다는 건지 알 수 없다는 뜻이다. 솔직히 미안한 거로 따지자면 태준과 짜고 진실을 숨기고 있는 민정 자신이 아닌가 말이다.

"뭐가?"

의아해서 묻는 민정에게 윤주는 사실대로 털어놓을 수가 없어 또 미안해, 하고 말했다. 그런 윤주의 모습에 한참이나 의문스러운 표정을 지우지 못하던 민정이 설마 하는 생각으로 조심스럽게 물었다.

"혹시 어제 일 때문이니?"

민정이 봤던 걸까? 하는 생각에 순간 윤주는 가슴이 철렁 내려 앉았다. 말할까 말까 꽤 오랫동안 망설이던 민정이 다시금 말을 꺼 내 놓았다.

"난 네가 태준 씨를 많이많이 좋아하고 있다는 거 알고 있었다, 윤주야."

"언니."

말을 자르지 말라고 민정은 다급히 손사래를 쳤다.

"어제 나도 봤거든."

뭘 봤다는 건지 자세한 설명은 없었지만 민정의 표정에서 답을 읽을 수 있었다. 그래서 윤주는 또다시 언니, 미안해, 라고 말할 수밖에 없었다.

"아니야. 널 원망하지 않아."

윤주, 네가 힘들어하고 있는 것만큼 태준 씨도 몹시 힘들어해. 그런데 그 마음속 말을 꺼낼 수가 없어서 민정은 가슴이 답답하기 그지없었다. 둘은 대체 왜 이리도 어려운 사랑을 하고 있는 건지 모르겠다. 그런 두 사람을 고스란히 지켜보는 민정으로서는 안타 깝기 그지없었으나 이미 결심하고 태준의 편을 들어 주기로 한 이 상, 윤주가 마음을 정리할 수 있도록 돕는 게 그녀가 할 일이라고 생각하며 조용히 입을 열었다.

"사람이 사람을 좋아하는 건 나쁜 일이 아니야. 그리고 너한테 태준 씨가 어디 남남이니. 12년 넘게 함께 커 왔고, 네가 태준 씨 를 오빠로서 좋아하는 건 당연한 거 아니니?"

윤주는 어째서인지 들을수록 뭔가가 이상하다는 것 느꼈다. 그 러니까 민정은 태준과 윤주가 남매로서 좋아하는 거라고 생각하고 있었다. 자신의 그 생각이 맞는다는 걸 윤주는 민정의 다음 말을 듣고 나서야 확신할 수 있었다.

"그나저나 최 사장이 오해하지 말아야 할 텐데 말이다."

민정을 뚫어질 듯 쳐다보는 윤주에게 그녀가 안쓰러운 표정으로 윤주를 격려하듯 미소를 지으며 말했다.

"내가 아는 주윤주는 오해가 있으면 얼른 풀고, 자신의 잘못은 과감하게 인정하고 침울해도 우울해도 슬퍼도 웬만해선 잘 울지 않는 강한 아가씨였거든. 이번에도 최 사장이랑 잘 풀어 봐. 최 사장이라면 너를 이해해 줄 수 있지 않을까?"

아니, 이해하기는커녕 날 죽이지 못해 이를 갈고 있을걸! 최건은 털털하고 뭐든 대수롭지 않게 무심하게 넘기는 은민정이랑은 완전히 다르니까. 대답 대신 길게 한숨을 내쉬는 윤주에게 민정이 너무 걱정 말라는 듯 미소를 지었다.

"내가 태준 씨를 믿는 것처럼 최 사장도 너를 믿는 거라면 꼭 너를 이해해 줄 수 있을 거야."

"글쎄……."

그다지 자신 없다는 말투였다.

'그나저나 최 사장이 오해하지 말아야 할 텐데 말이다.'

밥을 먹는 내내 민정의 말이 그렇게 신경이 쓰여서 윤주는 머리가 지끈거렸다.

✳

"최 사장님, 좋은 아침입니다."

원래는 건을 만나면 뻔뻔함을 무릅쓰고 아무 일도 없었던 것처럼 윤주는 그렇게 인사하려고 했었다. 그런데 그는 분명히 자신의 옆을 스쳐 지나가면서도 콧방귀 하나 뀌지 않는 것이다.

게다가 얄밉기 그지없는 강수영이 오빠, 오빠 하고 애교 섞인 목소리로 부르며 활짝 웃는 얼굴로 건의 뒤를 졸졸 따라 들어가니 그 모습을 고스란히 지켜보는 윤주는 기가 막히지 않을 수가 없었다.

자신의 어제 행동이 그에게 얼마나 큰 충격이고 상처가 되었는지 물론 잘 알고 있다. 그래도 그렇다. 사내놈이 좀 참으면 안 되나? 꼭 이렇게 치사한 짓을 해야겠나 싶어서 윤주는 어이가 없다는 듯 웃었다.

그때 그녀의 뒤를 따라 걸어오던 명진이 뭔가를 눈치채기라도 한 듯 윤주를 흘끗 한 번 쳐다보더니 건이 사라진 방향을 바라보며 넌지시 물었다.

"누나, 혹시 건이랑 싸웠어요?"

글쎄, 이게 싸운 걸까? 다시 생각해 보면 서로 언성을 높이며 싸운 것도 아니었다. 콕 집어 말할 수 없어서 곤란해하며 윤주는 자기 자신을 위로하듯 말했다.

"싸우기는 뭘?"

잠시 틈을 두고 윤주는 다시 입을 열었다.

"연애하다 보면 가끔씩 싸울 수도 있는 거지 뭐. 들어가자!"

"아…… 아, 그래요. 누나."

오히려 그렇게 물었던 사람이 당사자인 윤주보다 더 난감해하며 어쩔 줄을 몰라 했다. 그래도 은근히 신경이 쓰이는지 명진은 한참이나 말을 고르다가 입을 열었다.

"근데 누나…… 그래도 알고 보면 수영이도 착한 아가씨예요. 그러니까 너무 미워하지 말아요."

그 말이 조금 뜬금없었는지 윤주는 아리송한 표정을 짓다가 애써 어색한 웃음을 지어 보였다.

그래, 명진의 말처럼 강수영을 미워하지는 말아야지. 모두 자신의 불찰이니까 말이다. 그리 생각하자고 마음먹었지만 미운 사람은 미운 짓만 골라 한다고 가뜩이나 기분이 심란한데 강수영이 불청객처럼 그녀의 작업실에 들이닥치자 윤주의 이마가 확 구겨졌다.

"무슨 일이시죠, 강수영 씨?"

초대한 적도 없으니 용건 없으면 나가 달라는 뉘앙스를 풍기며 윤주는 쌀쌀하게 물었다. 그러자 순간적으로 수영의 한쪽 입꼬리가 슬쩍 올라갔다. 그녀는 윤주의 맞은편 의자에 편하게 앉으며 오히려 그렇게 묻는 그녀를 이해할 수 없다는 표정으로 되물었다.

"당연히 중요한 일 있으니까 찾아왔죠. 언니는 내가 그렇게 미우세요?"

뼛속 깊이까지 사무치게 미워하고 증오하는 건 아니지만 그다지 반갑지 않은 것만은 사실이다. 그래서 선뜻 대답하지 못하는 윤주에게 수영이 넌지시 물었다.

"혹 건이 오빠랑 무슨 일 있었어요?"

"내가 건이랑 뭔 일이라도 있으면 좋겠어요?"

"네."

일말의 망설임도 없는 대답이 돌아오자 윤주는 순간 황당함을 금치 못했다. 당연히 그녀가 그렇게 대답할 거라고 미리 예상했지만 막상 실제로 들으니 윤주는 묘한 위기감을 느끼며 기분이 씁쓸해졌다.

"그거야 당연하지 않겠어요? 나 언젠가 얘기했죠? 나 건이 오빠를 정말 좋아하고 있다구요. 그래서 두 사람 언제면 사이가 틀어질까 이제나 저제나 기다리고 있었는데 말이에요."

표정은 웃고 있었지만 말투는 싸늘하기 그지없었다. 조금도 농담으로 들리지 않았기에 윤주는 더 이상 아무렇지 않은 척 작업에 몰두할 수가 없었다.

두 여자의 눈이 대립하듯 허공에서 팽팽하게 마주쳤다. 한 치의 물러섬 없이 서로를 응시하는 두 쌍의 눈동자에서 불이 뿜어져 나올 것 같았다. 언뜻 보면 비웃음 같기도 하고 한숨 같기도 한 소리를 내는 윤주에게 수영이 진지하게 말했다.

"틈이 보이니까 자꾸만 끼어들고 싶잖아요. 그러니까 싸우지 말고 잘 지냈어야죠."

"강수영 씨."

우리가 싸우든 말든 그건 강수영 씨가 상관할 바가 아니잖아. 마치 며느리의 사생활에 사사건건 간섭하는 못된 시어머니처럼 강수영이 남의 일에 끼어들자 윤주는 한순간 말이 제대로 나오지 않아 입술만 삐끔거렸다. 그저 기가 막혀 기괴한 웃음만 흘리던 윤주가 입을 연 것은 그로부터 무려 5분이 지나서였다.

"강수영 씨, 나도 언니로서 충고 하나 해 줄까요? 나 쉬운 여자 아니에요. 남의 것이야 절대 빼앗을 생각 하지 않지만, 내 손에 한 번 들어온 것은 절대 놓치지 않거든요. 나의 전부를 걸고서라도 말이죠. 왜냐하면 그게 무엇이든 내 신체의 일부분과도 같이 생각하니까요."

건에 대한 자신의 감정이 어떤 것인지는 아직 잘 모르지만 윤주는 그가 싫지 않았다. 또 이 여자의 말에 왠지 모를 불쾌감마저 느졌다.

"남자들이 좀 유치하고 철이 들지 못했어요. 그래서 연애하다 보면 가끔씩 삐칠 때도 있다고 하더라구요. 한 번도 싸우지 않는 커플들 봤어요? 왜, 그런 말이 있잖아요. 싸움 끝에 정이 붙는다고. 근데 만약 이런 틈을 노려 강수영 씨가 끼어든다면, 아마도 깊은 상처를 받을지도 몰라요. 그냥 언니로서 충고하는 거예요. 원래 남의 걸 넘보는 대가가 아주 혹독하거든요. 아, 뭐, 강수영 씨는 똑똑하고 총명한 여자니까, 그렇게 하지 않을 거라고 생각해요."

그러곤 할 말 다 했다는 듯 윤주는 말을 끝내고서 냉큼 작업실을 빠져나갔다. 작업실에 홀로 남은 수영은 뭔가를 잃은 듯한 허탈한 표정으로 한참이나 우두커니 앉아 있었다.

이 지경까지 되다 보니 수영과 마치 철천지원수가 된 듯한 느낌이 들어서 윤주는 또다시 길게 한숨을 내쉬며 걸음을 빨리했다. 모르는 척 무시하자니 제 성격상 그게 잘 되지 않았다.

— 주윤주, 너 얼른 나와! 우리 제대로 한판 붙어!

자초지종을 잘 모르는 사람이 들었다면 무슨 굉장한 싸움이라도 하는 줄 알겠다. 밉다 밉다 했더니 진정 미운 짓만 골라 하는 여자가 아닌가 말이다. 생긴 건 참 예쁘게 생겼는데 말이다.

술을 마시자고 얼른 나오라는 강수영의 전화를 받았을 땐 처음엔 정말이지 잘못 걸려 온 전화가 아닌가 싶어서 이 늦은 시간에 무슨 짓이냐며 대뜸 전화를 끊어 버리려고 했던 윤주였다.

그런데 주윤주, 하고 고래고래 소리를 지르며 오늘 밤 나오지 않으면 절대 가만있지 않겠다는 둥, 집에 불을 질러 버리겠다는 둥 하면서 수영이 혀 꼬인 목소리로 어찌나 협박을 해 대는지 윤주는 그저 기가 차서 화도 나지 않았다. 하지만 이 늦은 시간에 혼자 술을 마시고 있을 그녀가 무척이나 신경이 쓰여서 무시하지를 못하고 나온 것이다.

"강수영 씨, 미쳤어요? 이젠 하다하다 별짓을 다 하네요."

테이블 위에 마구 나뒹굴고 있는 빈 맥주병들을 둘러보던 윤주가 한심하다는 표정으로 혀를 쯧쯧 차며 수영의 맞은편에 앉았다.

"야, 너 그렇게 잘났니?"

어지간히 술을 마셨는지 수영의 얼굴이 토마토처럼 빨갛게 익어 있었다. 게다가 반말까지 서슴지 않고 있었다.

"김유지, 그년이 훌쩍 떠나 버려서 내 소, 속이 대다…… 대단히 시원했는데 또 어디서 듣도 보도 못한 게 굴러 와서는……."

천재 디자이너 김유지가 떠나가니 또 다른 유능한 인물이 나타났다.

처음 윤주가 대현 아일랜드에 들어왔을 때 그녀를 쳐다보는 눈빛은 대체적으로 두 가지 종류였다. 남자들은 감탄이 섞인 시선으로 그녀를 바라봤고, 여자들은 노골적으로 경계하는 눈빛을 보냈다.

그런 것쯤은 이미 예상했었기에 그다지 문제가 되지 않았지만, 온갖 추접스런 소문만은 도저히 참아 낼 수가 없었다. 제 딴에는 윤주가 알아듣지 못하도록 소곤소곤 귓속말을 한다고 하였음에도 그런 소문들은 하나도 빠짐없이 고스란히 윤주의 귀에 전달되었다.

'들었어? 최 사장님이 숨겨 놓은 애인이라면서?', '어머, 세상에! 진짜?', '생각해 봐. 아무런 관계도 아니라면 미쳤다고 이름도 없는 아마추어 회사의 디자이너를 여기로 스카우트하겠니?', '그러게.' 등등.

그러나 조금씩 시간이 지날수록 그렇게 소문을 내며 그녀를 비웃는 시선으로 쳐다보던 사람들은 입을 꾹 다물어야 했다. 왜냐하면 그녀가 김유지 못잖은 뛰어난 패션 감각으로 모든 디자이너들이 혀를 내두를 만한 패션 디자인을 선보였기 때문이다.

그러나 그런 호평 속에서도 그녀는 자신의 화려한 디자인보다는 깔끔하고 심플한 느낌을 주는 강수영의 디자인을 높이 평가했다. 그러고는 올해 겨울 시즌은 강수영의 디자인으로 준비했으면 좋겠다는 말을 꺼내 놓아 좌중을 놀라게 했던 것이다.

그 당시 강수영도 적잖이 놀랐고, 그때부터 윤주를 다른 시선으로, 다른 마음으로 바라보기 시작했다. 건이 오빠가 왜 그토록 주윤주를 좋아하는지 그 이유를 어렴풋이 알 것도 같았지만 오랫동안 그를 좋아해 온 수영은 쉽사리 그를 놓아줄 수가 없었다.

윤주가 했던 말처럼 혹시라도 틈을 보인다고 해서 그게 틈이라 생각하고 끼어들었다간 자신이 상처받을 것을 뻔히 알면서도 수영은 건의 마음을 다시 확인하고 싶었다. 그런데 그는 어떻게 행동했던가?

'오빠, 난 오빠가 주윤주라는 여자를 많이 좋아하고 있다는 거 알아. 괜찮아. 난 얼마든지 기다릴 수 있어. 어쩌면 오빠에게 주윤주는 그냥 스쳐 가는 바람일지도 모르잖아. 나 정말 오빠를 많이 좋아해!'

진심을 다해 고백하는 수영에게 그는 참으로 냉정하게 굴었다.

'수영아, 네가 뭔가 착각하는 거 같은데, 난 너한테 내어 줄 마음이 한 자락도 없다.'

그 말을 들었을 때 수영은 심장이 칼에 베인 듯한 극심한 고통을 느껴야 했었다.

"오빠가 뭐랬는지 알아?"

눈물 콧물 범벅이 된 얼굴로 수영이 울먹거리며 가슴을 탕탕 쳤다.

"주윤주란 여자가 오빠의 모든 걸 다 가져갔대. 머리도, 마음도, 심장까지……. 그래서 나한테 내줄 만한 것이 아무것도 없대."

그 말을 듣는 순간 윤주는 가슴에서 쿵, 하고 무언가 떨어지는 느낌을 받았다. '주윤주란 여자가 오빠의 모든 걸 다 가져갔대. 머리도, 마음도, 심장까지…….' 그 말이 메아리처럼 귓가에 웅웅거려 윤주는 고개만 세차게 가로저었다.

"강수영 씨……."

아무것도 말하지 말라는 듯 수영이 손을 들어 윤주의 말을 막았다.

"그때 내 기분이 어땠는지 알아? 흑흑…… 비참해서 죽을 것 같았거든."

'강수영 씨, 술 처마셨으면 곱게 누워서 자요. 이 늦은 시간에 사람을 오라 가라 하지 말고. 왜요? 내가 그렇게 우습게 보였나요?' 라고 말하려고 했다. 여기까지 걸음하는 내내 윤주는 이 말을 얼마나 반복해서 연습했는지 모른다. 그러나 슬픔이 가득 자리 잡은 참혹한 얼굴로 울음을 그치지 못하는 수영에게 윤주는 욕은커녕 위로의 말조차 선뜻 건넬 수가 없었다.

"대체 주윤주, 당신 어디가 그렇게 잘난 거란 말이야?"

수영은 한참을 그렇게 악을 쓰고 울다가 윤주를 향해 욕을 퍼붓더니 그대로 테이블에 고개를 처박고 말았다. 마음속에 맺힌 게 많았는지 수영은 술에 취해 의식이 없는 상태에서도 건을 향해 한가득 원망의 말을 쏟아 냈다. 그런 수영의 모습이 거울에 비친 자신의 모습을 보는 것처럼 느껴져 윤주는 안쓰러우면서도 측은지심이 들었다.

그러나 그랬던 것도 잠시, 도저히 혼자 힘으론 술에 취한 여자를 감당할 수 없었기에 윤주는 무척 골머리를 앓아야 했다. 그래도 별다른 뾰족한 수가 머리에 떠오르지 않자 윤주는 어쩔 수 없다는 듯 길게 한숨을 내쉬며 천천히 누군가의 휴대폰 번호를 누르기 시작했다.

늦은 시간 불쑥 들이닥친 난데없는 불청객을 어이없다는 듯 바라보며 민정은 연방 황당함을 금치 못했다. 꼴이 말이 아니었다. 눈물 콧물로 범벅이 된 얼굴하며 어디서 한바탕 하고 왔는지 마구 헝클어진 머리. 얘는 뭐니? 하는 눈빛으로 수영의 아래위를 쓱 훑어보는 민정의 얼굴에 의문이 가득했다.

아니, 땀을 뻘뻘 흘리는 그녀를 보면서도 강 건너 불구경하는 사람처럼 민정이 두 눈 빤히 뜨고 그냥 그대로 지켜보고만 있자 윤주는 조금은 볼멘소리로 투덜거렸다.

"언제까지 그냥 보고만 있을 거야?"

"얘는 뭐라니?"

몸을 제대로 가누지 못하는 걸 보아하니 아무래도 술에 떡이 된 듯싶었다. 얼굴은 꽤 예쁘장하게 생긴 편인데 대체 무슨 일로 술을 이렇게 많이 마셨을까? 생각하며 민정은 기가 막힌다는 듯 혀를 쯧쯧 찼다. 그래도 윤주가 너무 힘이 들어 보여 얼른 다가가 반대편 팔을 부축했다.

"우리 윤주는 착하네. 이제는 하다못해 술주정뱅이를 집까지 데려오고 말이야. 근데 얘는 무슨 술을 이리도 많이 마셨다니? 뭐하는 애야?"

뭔가 미심쩍다는 듯 민정이 윤주를 바라보며 그렇게 물었다. 그러다가 그녀는 손으로 코를 싸쥐고 투덜거리기 시작했다.

"아휴…… 술 냄새. 대체 얼마나 퍼마신 거라니?"

그런데 정신이 몽롱한 와중에도 민정의 말을 알아들었는지 수영이 눈을 게슴츠레 뜨고 넌 누구니? 하는 표정으로 그녀를 찬찬히 뜯어보았다.

"아줌마. 그, 금방 나……한테 뭐라고 한 거 맞죠?"

혀 꼬인 발음이었지만 '아줌마'라는 말만은 똑똑히 알아들은 민정은 인상을 팍 일그러뜨리더니 수영을 죽일 듯이 쏘아보며 으르렁거리듯 되물었다.

"이봐, 아가씨. 금방 나보고 아줌마라고 했니?"

민정이 부축하고 있던 수영의 팔을 홱 놓자 그녀의 몸은 마치 뼈 없는 연체동물처럼 흐느적거렸다. 쓰러질 것 같은 수영을 다급히 부축하며 윤주가 원망스러운 눈초리로 민정을 흘겨봤다.

"윤주야, 얘가 금방 나를 아줌마라고 부른 거 맞지?"

35살이 넘도록 아직 시집도 안 간 민정에게 있어 아줌마라는 말이 가장 듣기 싫어하는 호칭 1호이고 치명적인 콤플렉스라는 걸 그녀를 익히 아는 사람은 다 알고 있는 사실이었다.

그런데 수영은 오늘 처음으로 민정을 만나 그런 것을 알 리 없었다. 게다가 술까지 퍼마시는 바람에 정신이 어질어질한 상태였다. 더군다나 술에 취한 사람에게 따져 봤자 본전도 못 찾을 게 뻔한데 말이다.

민정이 금방이라도 한 대 칠 것 같은 표정으로 수영을 노려보자 윤주는 그만 한숨밖에 나오지 않았다.

'나쁜 자식, 이럴 때나 좀 도와주지!'

아까 테이블에 고개를 처박은 채 미동도 하지 않는 수영을 보고 윤주는 어찌해야 할지 몰라서 고민에 고민을 거듭하다가 건에게 전화를 했더랬다. 그런데 어찌 된 게 아무리 전화해도 신호음은 가는데 계속 전화를 받지 않는 것이었다.

대체 죽었는지 살았는지 아직까지 그에게서는 전화 한 통 걸려 오지 않았다. 아직도 그녀에게 화가 많이 나서 일부러 전화를 받지 않은 것은 아닐까 하는 생각이 들자 윤주는 순간 욱하고 감정이 격해졌다.

"강수영 씨, 괜찮아요?"

"읍……."

속이 안 좋은지 갑자기 땅바닥에 주저앉아 온몸을 꼬아 가며 정신없이 게워 내는 수영을 보고 윤주가 안쓰러운 표정으로 물었다.

"그러니까 술이라는 건 마셔도 정도껏 퍼마셔야지. 아이구, 일 났네. 일 났어!"

도무지 이해가 안 된다는 표정을 지으며 민정은 시큰둥하게 말하고서 고개를 설설 저었다.

"아이구, 시집 다 갔구만! 쯧쯧……."

"나, 남이야 시집가든 말든! 아, 아줌마가 뭔 상관이에요? 읍……."

"그러니까 술을 곱게 퍼마셔야지. 눈도 잘못 됐나 봐. 이봐, 아가씨. 내가 어딜 봐서 아줌마야? 어?"

"언니, 저, 저…… 꼬질꼬질한 아줌마는 대체 누구예요?"

두 여자가 서로 나은 것도 없으면서 옥신각신 다투자 윤주는 그만 지쳤다는 듯 다시 한숨을 크게 내쉬었다.

"어, 언니. 저 꼬질꼬질한 아줌마랑 같이 놀지 말아요. 아, 재수 없어."

"뭐, 뭐…… 이 아가씨가 진짜 눈에 뵈는 게 없나?"

"언니, 그만해."

"어? 너 지금 애 편 들어? 넌 누구 편이니?"

점점 유치해지는 민정이 이제는 네 편 내 편 따지자 윤주는 신경질이 난다는 듯 투덜거렸다.

"아, 동네 창피해서 못 살겠어."

울리지 않는 야속한 휴대폰을 빤히 노려보는 그녀의 입에서 불평불만이 잔뜩 새어 나왔다.

✻

오늘로 벌써 일주일째였다. 그러나 건에게는 그 일주일이 일 년처럼 지루하게 느껴졌다.

그날 저녁 자신이 너무 심하게 굴지는 않았나, 하는 생각도 없지 않았지만 아직도 다른 남자를 안고 있던 그녀의 모습을 떠올리면 온몸의 피가 거꾸로 솟는 듯 뱃속에서 끓어오르는 뜨거운 통증을 견디기 힘들었다.

지금까지 그녀는 그에게 그 어떤 해명도 변명도 하지 않았다. 게다가 며칠 전 회의에서는 아주 뜬금없게도 그녀는 강수영의 디자인을 높이 평가하면서 올해 겨울 시즌은 강수영의 디자인으로 준비했으면 좋겠다는 말을 꺼내 놓아 좌중을 경악하게 만들었다. 그것이 그의 마음을 불안하게 만들었고 그를 분노시켰다.

'대체 뭐하자는 거지? 주윤주.'

아직 그녀와 엉킨 실타래도 풀지 못했는데 얼마 전에 강수영이 진심 어린 고백을 해 왔다. 그녀에게서 고백을 받은 게 이미 한두 번이 아니어서 별로 새삼스러울 것은 없었지만 어쩐지 이번만큼은 몹시 혼란스러운 마음을 감출 수가 없었다.

수영에게 끌리는 것은 아니다. 강수영은 그에게 있어 그냥 귀여운 동생일 뿐이었다. 그런데 마음 한구석에 자리 잡고 있는 이 찝찝한 감정은 대체 무엇인지 알 수가 없어서 건은 매우 불쾌한 기분이 들었다. 아마도 수영에 대한 자책감과 미안한 마음 때문일 것이다. 그렇게 애써 제 자신을 위로하며 건은 어지러운 머릿속을 정리하고자 잠깐 헬스클럽에 나가기로 했다.

모든 잡념을 비워 내기 위해 극단적으로 몸을 혹사시키고 돌아와 보니 부재중 전화가 열 통도 넘게 들어와 있었다. 거의 대부분이 윤주에게서 걸려 온 전화여서 처음엔 조금 당황했지만 그는 이내 미소를 머금었다.

그러나 그런 것도 잠시 무슨 일일까, 하는 걱정스러운 마음이 들면서 건은 심장이 벌렁거려 그녀의 휴대폰 번호를 누르며 몇 번이나 헛손질을 했다. 두 번의 신호음이 가고 상대방이 전화를 받았지만 수화기 너머에서는 아무 소리도 들리지 않았다. 조급증을 견디지 못한 건이 먼저 입을 열었다.

"무슨 일이지?"

— 부탁이 있어.

무뚝뚝한 물음에 다소 뜬금없는 대답이 돌아왔다. 마치 아무 일도 없었던 것처럼 그녀의 목소리 또한 태연하기 그지없었다. 걱정했던 게 무안할 정도로 말이다. 건의 한쪽 입꼬리가 비릿하게 올라갔다.

― 지금 우리 집으로 와 줄 수 있겠니?

부탁이란 게 이거였단 말인가? 도저히 그녀의 속을 모르겠다고 건은 머리를 작게 흔들다가 비딱하게 반문했다.

"싫다면?"

― 지금 강수영 씨 나랑 함께 있어. 근데 상태가 매우 안 좋아.

"뭐, 뭐라고?"

듣고도 믿을 수 없다는 듯 건이 수화기에 대고 몇 차례나 연거푸 물었지만 더 이상 들려오는 대답은 없었다. 그 말을 끝으로 그녀가 통화를 끝맺었기 때문이다.

"대체 뭐하자는 거야? 주윤주."

불현듯 기분 나쁜 예감이 가슴을 스치자 건은 더 생각할 것도 없다는 듯 빠르게 몸을 일으켜 바깥으로 나갔다.

"어머나, 세상에 최 사장님 이 술꾼 아가씨랑 아는 사이였단 말이에요? 설마 친동생은 아니지요?"

마치 제집인 양 방 한구석에 다리를 쭉 뻗고 드러누워 쿨쿨 코를 골며 자는 수영을 어이없다는 표정으로 내려다본 민정이 잔뜩 궁금한 표정으로 물었다.

"어떻게 된 거지?"

따지는 듯한 말투, 네가 한 짓이냐, 하고 추궁하는 듯한 표정 앞에서 윤주는 황당하기 그지없었지만 건의 날카로운 시선을 담담하게 받아 내며 태연하게 응수했다.

"누구한테 차여서 기분이 개떡 같다고 술 같이 마시자고 해서 나갔더니 이렇게 되어 버렸네."

건의 눈꼬리가 휘익 치켜 올라갔다.

"강수영, 얼른 일어나 봐."

자꾸만 이것저것 물어 오는 민정에게 일일이 대답해 주기도 귀찮고 또 이 자리가 영 불편하게 느껴져 건은 수영을 마구 흔들어 깨웠다. 그러나 그녀는 죽은 듯 꼼짝도 하지 않았다.

"세상에…… 남자에게 차일 만도 하겠네. 저 꼬락서니 보면."

"언니!"

윤주가 몇 번이나 위협적인 눈초리를 보냈지만 워낙 수영을 아니꼽게 생각하고 있던 민정에겐 그런 눈짓 따윈 아예 씨알도 먹혀들지 않았다.

"아이구, 술을 그렇게 퍼마시더니 잠도 곱게 못 자네. 이게 다 뭐람?"

"오늘 밤 실례가 많았습니다. 죄송합니다."

모든 것이 마치 자신의 잘못인 양 건은 민정을 향해 깍듯하게 사과를 하고서 수영을 안아 들었다.

"뭐, 최 사장님의 잘못은 아니죠. 근데……."

민정의 입에서 또 어떤 주책없는 말이 나오지 않을까 염려되었던 윤주는 다급히 민정의 허리를 쿡 찔렀다. 그러고서 건이 나갈 수 있도록 현관문을 열어 주었다.

한 걸음씩 힘겹게 내딛는 건의 뒷모습을 바라보며 윤주는 무언가 할 말을 찾으려는 듯 입술을 잘근잘근 씹었다.

뒤에서 자신의 뒤를 따라오는 인기척이 느껴졌지만 건은 뒤돌아보지 않았고 침묵만 지키고 있었다. 그렇게 서로 아무 말 없이 걸은 지 십 분이 지났을까? 우뚝 걸음을 멈춘 윤주가 먼저 입을 열었다.

"그냥 이렇게 가 버릴 거야? 건!"

물론 싫다! 이렇게 그냥 가 버리면 그녀와 자신 사이에 맺힌 응어리는 영원히 풀 수 없을 것이다. 그렇다고 또 술에 취해 의식이 없는 여자를 차가운 땅바닥에 눕혀 놓을 수는 없어서 건은 잠깐 고민하다가 휴대폰을 꺼내 누군가와 통화를 하기 시작했다. 그렇게 그 자세 그대로 서로를 마주 보며 침묵을 지킨 지 또다시 이십 분이 훌쩍 지나갔다.

아마도 아까의 전화는 명진에게 걸었던 전화인 모양이다. 앞에서 빵, 빵 하는 경적 소리가 들리나 싶더니 차에서 내린 명진이 숨 가쁘게 그들에게로 뛰어왔다. 무슨 일인데? 하고 초조하게 묻는 그에게 건이 눈짓을 하자 명진은 이미 상황 파악을 했다는 듯 건에게서 수영을 안아 들며 재빨리 자리를 피해 주었다.

명진이 돌아가고 다시 둘만 남게 되었지만 두 사람은 누구도 먼저 입을 열지 않았다. 할 말이 많았지만 정작 건을 마주하니 뭐라고 운을 떼야 할지 몰라서 윤주는 고개를 푹 숙인 채 바닥만 내려다봤고, 길어지는 침묵에 답답해진 건은 담배를 꺼내 입에 물었다. 한 대, 두 대…… 또 담배 한 개비를 다 피울 때까지도 윤주가 아무 말도 하지 않자 건은 갑갑한 마음을 억누르려는 듯 구둣발로 담배를 짓이기며 소리치듯 물었다.

"할 말이 있어서 부른 것 아냐?"

어서 말해 보라는 듯 건은 재촉의 눈빛을 보냈다. 몇 번이고 입술을 달싹거리던 윤주가 이윽고 무언가 결심한 듯 말문을 열었다.

"난 어쩌면 너한텐 버거운 여자일지도 몰라."

젠장! 이딴 소리나 듣자고 지금까지 기다렸던 것이 아니다. 몹시 노한 듯 건의 얼굴이 쉴 새 없이 붉으락푸르락 변했지만 윤주는 말을 멈추지 않았다.

"지난 십 년 동안 넌 단 한 번도 날 잊어 본 적이 없다고 말했지만, 난 십 년 전 네 곁을 떠나면서 최건이라는 이름 석 자는 물론이고 너와의 기억과 추억들을 모두 머릿속에서 지워 버렸어. 아니, 너 같은 인간 지옥에나 가라고 매일 저주했었어."

그 말을 듣고 건은 가슴이 아팠다. 비록 그녀가 그와의 기억과 추억을 모두 머릿속에서 지워 버렸다는 그 한마디에는 조금 섭섭했지만 왜 그를 저주하며 살아왔는지 그 이유를 모르지 않았기에 건은 심장이 욱신거렸다.

미안했다. 정말 미안했다. 그녀의 상처가 얼마나 큰지 뼈저리게 알고 있었기에 너무 염치없어서 건은 미안하다는 말조차 꺼내기가 껄끄러웠다.

"태준 오빠는 내게 특별한 사람이었어. 이제는 정말 놓아주어야겠다고 생각하면서도 난 아직도 미련을 갖고 있었나 봐. 20년이라는 공백을 무시하고 나는 늘 오빠를 15살의 한태준으로 기억하고 있었나 봐."

또 그 자식의 얘기군! 그 남자의 얘기 따위는 듣기 싫어서 건은 얼굴을 잔뜩 찌푸렸지만 그녀의 말을 자르지는 않았다.

"난 어쩌면 앞으로도 아주 가끔씩 오빠를 생각하고 있을지도 몰라. 네가 지난 십 년 동안 단 한 번도 나를 잊어 본 적이 없었던 것처럼 나 역시 한태준이라는 남자를 잊지 못할지도 모르지. 그래서 가끔씩 너를 화나게 만들고, 네 기분을 상하게 하고, 너한테 상처를 줄지도 몰라. 그래도 괜찮겠어?"

아니, 전혀 괜찮지 않다. 그녀가 자신이 아닌 다른 남자를 생각하고 있다는 자체만으로도 견디기가 힘들고 지금 이 순간에도 분노와 배신감, 그리고 활활 타오르는 질투심에 한태준인지 뭔지 하는 그놈을 당장이라도 찢어 죽이고 싶은 심정이다. 그래도…….

"참 어이가 없지? 나 같은 별 볼 일 없는 여자가 뭐가 그리 잘 났다고 이리도 설치는지. 그래도 괜찮겠어? 이렇게 부족한 여자랑 연애를 하는 것, 너 억울하지 않겠니?"

아니, 그건 내가 할 소리가 아닌가? 건이 천천히 그녀에게 다가 갔다. 한 손으로 부드럽게 그녀의 어깨를 감싸 쥔 건이 다른 손으 로 그녀의 긴 머리카락을 쓸었다. 물기로 촉촉이 젖은 그녀의 눈동 자를 바라보며 잠시 아무 말도 안 하던 그가 조심스럽게 입을 열 었다.

"그래, 아주 억울해. 네가 내가 아닌 다른 놈을 생각하고 있다 는 걸 상상하는 것만으로도 견딜 수가 없어. 심장이 터지고 분노가 폭발할 것 같은 심정이야. 또 지난 십 년 동안 단 한 번도 내 생각 을 하지 않았다는 것도 서운해. 그래도…….."

잠시 말을 멈춘 그가 그녀의 얼굴을 부드럽게 어루만지며 다시 입을 열었다.

"억울하고 분하지만, 다시 한 번 널 놓치면 난 평생 후회할 것 같아. 너를 아무 데도 보내 줄 수가 없어."

그러고는 지난 일주일 넘게 참아 왔던 갈증을 풀기라도 하려는 듯 그녀의 뺨과 땀이 맺혀 있는 이마와 콧등, 입술에 차례로 입을 맞추기 시작했다.

'주윤주, 넌 내 거야. 아무에게도 내줄 수가 없다. 십 년 전부터 넌 내 거였다.'

지독한 소유욕을 드러내며 건이 그녀의 허리를 더욱더 바싹 끌 어당겨 안고서 그녀의 입술에 인을 새기듯 입술을 내렸다.

✳

　벌써 가을이다. 따사로운 햇살, 푸른 하늘, 선선한 바람이 가을의 시작을 알리고 있었다. 게다가 고개를 들었을 때 보이는 하늘은 푸르고 높아 보이기까지 하여 마치 무언가 간절히 맑고 아름다운 얘기를 하려는 듯했다.

　비 온 뒤에 땅이 굳는다고, 사랑도 마찬가지 아닐까? 건과 이리저리 얽힌 오해가 다 풀리니 요즘 들어 윤주는 자신이 그와 부쩍 가까워진 것 같은 느낌이 들었다.

　비록 다른 연인들처럼 퇴근 후면 같이 외식하고, 쇼핑하고 영화 보고 산책하는 평범한 연애를 하고 있지만 윤주는 행복했다. 또 시간이 지날수록 자신이 그를 더 좋아한다는 사실을 인정하지 않을 수가 없었다.

　그렇다고 머릿속에서 한태준을 완벽하게 지워 버렸다는 것은 아니다. 아직도 한태준을 생각하면 가슴이 아련해 오지만 그것이 일방적인 짝사랑이나 혹은 외사랑 때문이 아니라고 이제는 당당히 말할 수 있었다.

　"아, 기분 좋다."

　산뜻한 주말, 넓은 공원의 초록 잔디 위에 담요를 깔고 누워 한참 동안 하늘을 올려다보던 윤주가 감탄하며 말했다.

　그것은 행복하다는 뜻이었다. 최건, 너와 함께 있어서 행복하다고 그녀는 소리 없이 중얼거렸다. 사실이다. 건과 함께 있어서 윤주는 매일매일 반복되는 일상이 지겹지 않았고, 마치 봄을 기대하는 마음처럼 하루가 즐겁고 행복했다.

　가끔은 투정을 부리는 유치한 초등학생처럼 건이 제멋대로 굴고, 은근슬쩍 잘난 척도 하지만 그는 번번이 그녀에게 양보하고 그녀를 이해하기 위해 애쓰고 있었다.

며칠 전 일이었다. 평소와 다름없이 그녀의 작업실로 찾아온 건이 윤주에게 향기가 진하게 퍼지는 뜨거운 레몬차를 건네주며 잔소리하듯 말했다.

"내가 커피 마시지 말라 했지?"

"진짜, 시어머니가 따로 없다. 너 언제부터 잔소리가 그렇게 많았니?"

다소 핀잔 섞인 윤주의 말에도 건은 어깨를 한 번 으쓱하고는 대수롭지 않다는 듯 가볍게 받아넘겼다.

"반은 시어머니라고 생각해. 근데 한 번씩은 꼭 토를 달아요. 나는 네가 한 번도 네네 하면서 고분고분 따르는 걸 못 봤거든."

그 말에 윤주의 핑크빛 입술에 재미있다는 웃음이 떠올랐다. 가끔은 건방지고 오만하기가 하늘을 찌르듯 무례하게 행동하지만 그런 그의 이면에는 자상함과 따뜻함, 섬세함도 없지 않았다. 바로 지금처럼 커피가 몸에 나쁘다고 레몬차를 건네주는 사소한 일까지 일일이 신경 쓸 때면 녀석이 새삼스럽게 보였다.

"나, 좋은 일 좀 했는데."

"응? 무슨?"

의아하게 묻는 윤주를 향해 쿡쿡 웃던 건은 다소 들뜬 기분으로 말을 꺼내 놓기 시작했다.

"곧 휴가잖아. 그래서 제주도 비행기 티켓 예약했어. 해외로 가기에는 조금 무리일 것 같고 가까운 곳은 아무리 찾아봐도 제주도밖에 없더라고. 3박 4일이야. 어때? 나 잘했지?"

건은 잔뜩 신이 난 표정인데 윤주는 뭔가 마뜩잖은 듯 약간 얼굴을 찡그렸다. 하지만 벌써부터 흥분해서 설렘과 기대로 부풀어 올랐던 건은 아직 그런 그녀의 표정을 눈치채지 못하고 싱글벙글 웃음을 감추지 못했다.

"건아, 나 못 가."

청천벽력이 따로 없다고 딱 자른 그녀의 대답에 순간 건의 얼굴에서 웃음기가 싹 사라졌다. 듣고도 도저히 믿지 못하겠다는 듯 건은 멍한 표정으로 되물었다.

"뭐? 그, 금방 뭐라고 했지?"

"나, 못 간다고."

돌아온 대답은 지극히 실망스러울 정도로 조금 전과 똑같은 한마디였다. 그런 그녀의 말에 건은 불쾌한 정도가 아니라 노골적으로 불만을 드러내며 건조한 목소리로 물었다.

"이유가 뭐야?"

화를 억누른 듯한 그의 음성에도 윤주는 조금도 당황하지 않고 얼굴에 미소를 띠고 차분하게 말했다.

"천사네 집 아이들과 약속한 게 있거든. 휴가 때 꼭 함께 있어 주겠다고. 거기 가야 돼."

끌어다 붙인 이유라는 것이 고작 천사네 집 아이들과의 약속 때문이라고 말하는 그녀를 건은 정말이지 이해할 수가 없었다. 아니, 어처구니가 없었다. 이미 잔뜩 화가 나서 머리가 휙 돌아 버릴 것 같았지만 건은 애써 마음을 진정하려 노력하며 애써 침착한 어조로 말했다.

"취소해! 우리가 함께하는 첫 번째 여행이야!"

이번엔 윤주의 표정이 딱딱하게 굳어졌다. 야속하다는 듯 건을 바라보는 그녀의 눈에 원망이 가득 차올랐다.

"아이들과의 약속이 먼저였거든? 그래서 취소할 수 없어."

너무도 강경한 그녀의 태도에 마침내 화가 폭발한 건이 버럭 소리를 질렀다.

"너 말 다 했어? 어? 주말에도 아이, 심지어 휴가 때도 아이들 때문이라고? 아이를 그렇게 좋아하면 우리도 얼른 애 만들면 될 거 아니야. 지금 당장!"

말이 끝나자 곧바로 무시무시한 기세로 성큼성큼 다가간 건이 그녀의 어깨를 세게 움켜잡았다. 강한 손아귀 힘에 아픔이 느껴졌을 텐데도 윤주는 표정 하나 찡그리지 않은 채 생글생글 눈웃음을 지었다.

"왜 웃어?"

매번 느끼는 거였지만, 이 여자 보통이 넘는 성격이다. 조금만 얼떨떨해 있다간 뒤통수를 호되게 얻어맞는다. 좀처럼 자기 고집을 꺾으려 하지 않았고 바로 지금처럼 눈웃음을 살살 치며 상대를 자신에게 유리한 방향으로 천천히 유도할 때면 답이 없단 말이다.

"애를 만드는 게 어디 말처럼 그리 쉽니? 애가 하늘에서 뚝 떨어지는 것도 아니고 또 자판기처럼 바로 나오는 것도 아니고."

말해 놓고도 뭐가 그렇게 재미있는지 그녀는 참지 못하겠다는 듯 풋 하고 웃음을 터뜨렸다.

"하여튼 남자들은 단순하다니까."

웃는 얼굴에 침을 뱉지 못한다고 건은 울컥울컥 감정이 북받쳐 올랐지만, 웃으며 농을 던지는 그녀에게 성질을 부릴 수가 없었다. 그는 노기를 감추지 않고서 냉기가 띤 얼굴로 그녀를 뚫어질 듯 응시했다.

"굳이 잘잘못을 따지자면 너도 잘한 것 없잖아."

"뭐……?"

"네가 일방적으로 결정한 거잖아. 나랑 언제 한 번 상의해 봤어?"

얼굴빛이 누르락푸르락하게 변하는 건의 모습에도 윤주는 조금도 기죽지 않은 표정으로 단단하게 말을 이었다.

"내가 천사네 집에 가는 건 뭐 하루 이틀 일도 아니고, 너도 잘 알고 있잖아. 지난번에도 내가 살짝 얘기해 준 것 같은데."

"이런 제길……."

한순간 말문이 막혀 버린 건의 입에서 이윽고 욕지기가 튀어나왔다. 천천히 손에서 힘을 뺀 건이 그녀의 어깨를 놓아주었다. 몹시 곤혹스러운 듯 심하게 이맛살을 구기는 건을 잠시 바라보던 윤주는 그의 어깨를 다정하게 툭툭 두들기며 방긋방긋 웃음 띤 얼굴로 말했다.

"우리 자기는 마음이 너그럽잖아. 부디 좋은 결정을 하길 바랄게. 그럼 나 먼저 간다! 화가 다 가라앉으면 그때 다시 얘기해, 응?"

그녀는 살짝 입꼬리를 올려 사악하게 웃고는 몸을 돌려 사무실을 나가 버렸다. 그 뒷모습을 황당하게 바라보는 건의 얼굴이 기묘하게 일그러졌다.

"저, 저……!"

너무도 어이없는 그녀의 태도에 말을 잃고 한참을 넋 놓고 서 있던 건은 그대로 발 빠르게 움직이기 시작했다.

"거기 못 서! 주윤주!"

겨우 그녀를 따라잡아 회사 건물 밖으로 나온 건이 다급하게 윤주의 손목을 꽉 붙잡았다.

"왜? 아직 할 말 남았어? 여긴 회사야."

태평한 그녀의 반응에 치미는 울분을 참으려는 듯 건이 꽉 다문 잇새로 으르렁거렸다.

"시간이 항상 남아도는 것도 아니고. 천사네 집은 다음 주말에도 갈 수 있잖아."

"그렇긴 한데 아이들과의 약속이 먼저였거든. 내가 언제 오나 애타게 기다리고 있는 아이들은 어떡하라고?"

"그래도 취소해!"

"뭐라고?"

막무가내로 나오는 건 때문에 윤주는 슬며시 짜증이 치밀어 올랐지만 애써 마음을 다잡고서 떼쓰는 아이 달래듯 부드럽게 말했다.

"최건, 넌 어른이잖아. 그러니까 이번엔 양보해, 응?"

달래듯 말하며 그에게 잡힌 손을 빼내려 했지만, 건이 훨씬 강한 힘으로 그녀의 손을 꽉 쥐었다.

"최건!"

"대답하기 전에는 절대 못 놔!"

"무슨 그런 억지가 다 있어?"

"맞아, 나 억지야! 그러니까 내 말대로 해!"

"이거 놓고 천천히 얘기해! 사람들 다 보는데 창피하지도 않아?"

"싫어!"

그와 이런 유치한 말다툼을 하고 있는 자체가 이제는 힘겨운 듯 윤주는 길게 한숨을 토해 내며 원망스런 눈빛으로 그를 쳐다봤다.

"난 너와 싸우고 싶지 않아. 우리가 연애한 지 고작 며칠이나 되었다고 벌써부터 싸워야 돼? 둥글게 둥글게 알콩달콩, 달달하게 연애해도 모자랄 판에. 안 그래? 너 날 울리지 않겠다고 했잖아? 속상하게 만들지 않는다면서?"

"뭐, 뭐야……?"

"이건 명백히 약속 위반이라고!"

그 말을 하면서 몹시 실망스러운 표정을 짓는 그녀 앞에서 건은 더 이상 억지를 부릴 수가 없었다. 자신을 조금만 이해해 주면 고맙겠다고 방긋방긋 웃으며 말하는 그녀를 보며 건은 억지로나마 성질을 누그러뜨릴 수밖에 없었다.

"우리 자기 최고!"

자신의 목을 끌어안고 입을 맞춰 오는 윤주 때문에 건은 바보처럼 웃으며 그녀의 요구에 응할 수밖에 없었다. 내가 주윤주라는 여자에게 콩깍지가 단단히 쓰였으니 뭐 별수 있겠나.

그렇게 자신을 다독이며 건은 그 후로 대부분의 경우 윤주의 의견에 따라 주었고, 늘 그녀의 선택을 존중해 주었다. 그래서였을까? 미친 듯이 아팠던 짝사랑의 시간은 조금씩 정리가 되기 시작했고 최건이란 남자가 점점 좋아지기 시작하는 윤주였다.

꽤 오랫동안 하늘만 올려다보던 윤주가 살짝 고개를 돌려 제 옆에 누운 건을 돌아봤다. 자신의 옆얼굴에 그녀의 시선이 느껴졌지만 건은 눈을 뜨지 않았다. 웃음기 가득한 얼굴로 그녀를 자신의 품으로 바싹 끌어당기며 입을 열었다.

"윤주야, 나랑 같이 살자."

많은 의미가 담겨 있는 말인데 그는 마치 '나랑 같이 밥 먹자.',

'나랑 커피 한 잔 마실래?' 그런 사소한 말처럼 아주 쉽게 꺼내 놓았다. 그래서 그 말이 농담인지 진심인지 헷갈려서 윤주가 혼란 스러운 표정을 짓자 건이 보충 설명하듯 덧붙였다.

"나랑 매일매일 같이 자고, 같이 눈 뜨고, 같이 밥 먹고."

아, 내가 왜 이러지. 설명이 너무 길고 지루하잖아. 그녀가 자신 의 구구절절한 설명을 이해하지 못할 수도 있겠다는 생각에 건은 두근거리는 가슴을 애써 진정하며 또박또박 말했다.

"나랑 결혼하자."

"픕!"

몇 초 전에는 나랑 살자 하더니 지금은 나랑 결혼하잖다. 가끔 씩은 또 이렇게 귀엽기도 한 남자다. 건의 짓궂은 장난이라고 생각 했는지 윤주는 그의 가슴을 손바닥으로 살짝 때리며 놀려주듯 말 했다.

"너 나랑 그렇게 자고 싶니?"

"응."

건이 눈 하나 깜짝하지 않고 정색하며 대답하자 윤주는 갑자기 긴장이 되었다. 그런 그녀의 모습을 지켜보는 게 재밌어서 건은 자 꾸만 비어져 나오는 웃음을 가까스로 참으며 진지하게 물었다.

"오늘 밤 나랑 같이 잘래?"

반드시 혼전순결을 지키겠다는 보수적인 사람은 아니지만 어쨌 든 오늘은 날이 아니다. 그리고 아직 그에게 모든 것을 다 내어 줄 만큼 마음의 준비가 되지 않았기에 윤주는 벌떡 몸을 일으켜 앉아 하늘을 올려다보며 불안하다는 듯 말했다.

"아무래도 비가 올 것 같지 않니?"

굳이 하늘을 올려다보지 않아도 그게 거짓말이라는 걸 알 수 있었다. 그녀가 잔뜩 긴장하는 모습을 지켜보는 것은 재미있지만 그렇다고 그녀를 더 놀려 주고 싶은 생각은 없었다. 그녀와 같이 오래오래 살고 싶으니 결혼하자고 한 말은 거짓말이 아니었기에 그녀도 같은 생각인지 알고 싶었던 건은 몸을 일으켜 앉았다. 그녀를 마주 향해 앉은 건이 윤주의 눈을 똑바로 들여다보며 말을 꺼냈다.

"나 진심이야."

"어……? 뭐가?"

못 알아들었는지 반문하는 그녀에게 건이 다시 입을 열었다.

"우리 결혼하자."

그런데 이상했다. 자신은 진심으로 고백했는데 그녀의 얼굴엔 별다른 표정 변화가 일어나지 않았다.

왜? 나는 매일매일 그녀와 아침에 같이 눈 뜨고 같이 밥 먹고 같이 잔다는 그 생각만으로도 행복해 죽겠는데 저 여자는 왜 뭐 씹은 표정을 짓는 걸까? 혹시 저 여자도 요즘 여자들처럼 연애 따로 결혼 따로, 그런 생각을 하는 걸까?

생각이 거기까지 미치자 건은 불안해서 견딜 수가 없었다. 묻기조차 두려웠지만 그래도 그녀의 생각을 알고 싶었기에 건은 떨리는 가슴을 진정하며 조심스럽게 물었다.

"주윤주, 솔직하게 얘기해 봐. 너 혹시 연애 상대 따로, 결혼 상대 따로 찾는 그런 여자야?"

농담이라면 너무 심했고, 진심이라면 몹시 서운한 말이었다. 맘에 들지 않은 듯 그녀의 미간에 금이 갔다. 그제야 그녀의 어두운 표정을 의식했는지 건이 다급히 말을 바꾸었다.

"결혼하자는 말 진심이었어. 너랑 같이 자고 싶다. 가끔이 아니라 매일매일 너와 함께 있었으면 좋겠어."

그녀의 표정이 조금 풀리나 싶더니 어느 순간 진지한 얼굴로 변했다. 단어를 고르는 듯 잠깐 생각에 잠기던 그녀가 조용히 입을 열어 물었다.

"건아, 그게 프러포즈니?"

그땐 정말이지 다른 생각을 할 겨를이 없었다. 사람의 욕심은 끝이 없다고 그녀와 연애라는 걸 시작하니까 벌써 결혼하고 싶어졌던 건이었다. 그래서 프러포즈에 대해 여자들의 기대가 얼마나 큰지를 미처 알지 못했던 그는 열심히 고개를 끄덕거리며 진심이라고 재차 말했다. 그런 건을 가만히 응시하던 윤주가 고개를 가로 젓더니 조심스럽게 입을 열었다.

"건아, 나 솔직하게 말해도 될까?"

건의 가슴이 두근거렸다. 그녀가 지금처럼 이렇게 나올 때면 진짜 예측불허다. 어디로 튈지 모르는 탁구공처럼 초조해서 견딜 수가 없는 것이다.

"건아, 프러포즈치곤 좀 재미없고 시시하다는 것 알아?"

서운하다는 표정을 감추지 않으며 윤주가 그를 향해 눈을 흘겼다.

"뭐, 아주 황홀한 이벤트까진 아니더라도 하다못해 반지라도 주면서 청혼할 줄 알았는데. 아, 너무 무드가 없단 말이지."

아, 그게 또 그렇구나. 그제야 뭔가를 크게 깨달은 모양인지 건은 자신의 실수를 인정하며 끙, 하고 신음 소리를 냈다. 그래, 이 여자가 서운할 만도 하겠다. 이를 어쩌나. 건은 변명이라도 하려고 단어를 고르고 있는데 그녀의 말이 다시 귓가에 울렸다.

"내 대답은 '노'야. 최건이란 남자가 좋지만, 아직은……."

결혼을 생각할 만큼 내가 그를 사랑하는 걸까? 스스로도 아직 확정할 수 없었기에 그녀는 잠깐 말을 끊었다. 또 괜한 말실수를 했다간 그의 기분을 망칠 것 같아서 윤주는 생각과 다르게 말했다.

"우리가 연애한 지 얼마나 됐다고 벌써 결혼이야? 그렇지? 난 조금 더 연애하고 싶거든. 알콩달콩."

그리고 그녀는 할 말 다 했다는 듯 자리에서 일어서서 손으로 엉덩이 먼지를 툭툭 털더니 먼저 걸음을 뗐다. 뒤에는 건을 혼자 남겨 두고서 말이다.

"휴우……."

건의 입에서 긴 한숨이 쏟아져 나왔다. 그녀를 하루라도 빨리 소유하고 싶은 생각에 눈이 멀고 귀가 멀어서 그녀의 기분을 제대로 헤아리지 못했다. 좀 더 그럴 듯한 이벤트를 준비했다면 모를까. 뒤늦은 후회를 하며 건은 손을 들어서 자신의 머리를 마구 헝클어뜨렸다. 그러나 그 와중에도 건은 그녀의 말에 공감할 수 없는 부분이 있었다.

'우리가 연애한 지 얼마나 됐다고 벌써 결혼이야?'

그는 이 말에 전적으로 동의할 수 없었다. 결혼하는 데 시간이 중요한 게 아니잖아. 또 굳이 시간으로 따지자면 우리가 서로 알게 된 시간이 십 년이고, 내가 짝사랑해 온 시간이 십 년인데 말이다.

아, 그래 이벤트. 평생 잊지 못할 이벤트를 해 줘야겠다! 잽싸게 몸을 일으킨 건은 빠르게 그녀를 쫓아가기 시작했다.

"윤주야, 같이 가자!"

웃음기를 머금은 짓궂은 목소리가 그녀의 등 뒤에 바싹 따라붙자 윤주는 부러 걸음을 더 빨리하기 시작했다. 결혼이라……. 아직 거기까지는 생각해 보지 못했다. 건을 좋아하지만 아직 하고 싶은 일도, 해야 할 일도 많다. 그런데 그는 결혼하자고 말했다. 그

흔한 실반지 하나 없이 농담처럼 말이다.

"아무리 그래도 그렇지. 프러포즈치곤 너무 시시했단 말이야."

혼잣말로 나직이 중얼거리는데 어느새 그녀를 바싹 따라잡은 건이 그녀를 자신의 품 안으로 끌어당기며 속삭였다.

"기대해! 평생 잊지 못할 추억을 만들어 줄 테니까."

― 딩동, 문자가 왔습니다. 빨랑 확인해 주세요.

여자의 예쁜 목소리는 하루에도 몇 십 번씩 반복되고 있었다. 참, 유치하다 하면서도 그래도 싫지는 않은 듯 문자를 확인하는 윤주의 얼굴에 환하게 웃음이 번졌다.

「뭐 특별하게 좋아하는 것 있으면 얼른 얘기해 봐! 영화 보기, 여행 가기, 뭐 그런 것 많잖아.」

「정말정말 가고 싶은 데 있어? 섬도 좋고, 무인도도 좋고. 우리 윤주가 가고 싶은 곳은 어디라도 좋으니까.」

'아, 연애란 이런 거구나.'

그런 설렘과 두근거림을 그녀는 요즘 자주 느꼈다. 그와 연애를 시작하고 나서부터 윤주는 점점 자신이 여자가 되어 가는 느낌이 들었다. 거울 앞에서 서성거리는 시간이 부쩍 늘어났고, 옷차림과 외모, 심지어 속옷에도 신경을 쓰게 되었고, 미용실에 가는 횟수도 빈번해졌다.

그런 그녀를 보고 민정은 가만히 지나치지 못했다. 짓궂게 놀려 주거나 참으로 민망하기 그지없는 말로 심술맞게 굴었다.

"최 사장이랑은 잘되나 봐. 요즘은 아예 애를 혼수로 준비한다고 하던데, 너희도 그럴 생각이니? 호호."

흘끗 째려보는 윤주의 시선에도 아랑곳없이 민정은 눈을 날카롭게 빛내며 관찰하듯이 그녀의 얼굴을 요리조리 뜯어보았다.

"아이고…… 이런 가여워라! 이리 둘러보고 저리 둘러봐도 온통 키스마크네. 쯧…… 최 사장 은근히 엉큼하다."

안 그래도 창피해서 고개를 들 수 없는데 민정이 얄밉게 나올 때면 윤주는 쥐구멍이라도 있으면 얼른 숨고 싶은 기분이 들었다. 그러나 윤주도 굴하지 않고 맞받아쳤다.

"뭐, 오빠는 안 그러나? 남자들은 다 똑같지 않아?"

윤주가 그렇게 대꾸하면 민정은 다급히 시선을 피하며 얼굴을 붉히곤 했다. 뭐라 대답하지 못하고 어물거리면 윤주는 또 이렇게 묻곤 했다.

"우리 태준 오빠는 어땠어?"

조금 괘씸한 것도 있고, 서운한 것도 있어서 그렇게 농담한 것인데 그럴 때마다 민정은 말도 안 되는 핑계를 대며 그 자리를 미꾸라지처럼 잘도 빠져나가곤 했다. 그러나 행복한 기분에 젖어 있던 윤주는 그 자세한 내막을 알지 못했다.

아무튼 건과 연애를 시작한 이후 그녀는 매 순간 마치 촘촘하지 않은 구름다리 위를 걷는 것처럼 기분이 짜릿했고 들떠 있었다.

그런데 언제부터인지 건은 뭐가 그리 바쁜지 얼굴을 보기가 힘들어졌다. 그새 사랑이 식은 걸까? 잠깐 그런 생각도 들었지만 이것은 좀 말이 안 된다.

'기대해! 평생 잊지 못할 추억을 만들어 줄 테니까.'

그 말을 한 게 보름 전 일이었고, 또 얼마 전에는 나랑 같이 불타는 밤을 보내자는 민망한 말로 그녀를 곤혹스럽게 만들기도 했던 건이었다.

혹시 나한테 싫증난 것은 아닐까? 아니면 그새 다른 여자라도 생겼나? 그것도 저것도 아니면 혹시 강수영이랑? 사랑에 빠진 여자들에게서 흔히 볼 수 있는 병이라고 할까? 그렇게 한 번 의심을 하기 시작하니 끝없이 확장되었고 의심이 의심을 낳는 결과를 초래하여 일이 손에 잡히지 않았다.

아니, 이것 봐라! 평소 같으면 그녀가 야근하면 정말 수고한다고 야식이라도 챙겨 그녀를 찾아올 텐데 바깥은 깜깜하고 시간은 이미 저녁 8시가 넘어가는데도 건은 전화 한 통 없었다. 평소에 지긋지긋하게 울리던 문자 수신음조차 끊겨 있었다. 사랑의 유효기간은 딱 3년이라고 하던데 우리한테 벌써 찾아온 건가, 하고 생각하며 윤주는 씁쓸하게 웃었다.

"뭐, 3년? 웃기지 마셔! 이제 연애한 지 겨우 한 달이나 되었나?"

가슴 한구석에 건에 대한 서운한 감정이 고여 들어 윤주는 끊임없이 투덜거렸다. 그러나 한편으론 그가 작업실을 찾아오지 않을까 하는 기대감에 열리지 않은 문을 하염없이 바라보기만 했다.

"휴우……."

지금은 아무 생각도 하지 말고 일에만 열중하자, 하고 자신을 수없이 다독여 보지만 한숨이 나오는 건 어쩔 도리가 없었다.

재봉틀 앞에 앉은 그녀가 이제 막 작업을 시작하려고 숨을 고르고 있을 때였다. 그녀의 어두운 기분을 감지하기라도 하듯 갑자기 전등이 꺼지더니 작업실은 캄캄한 어둠 속에 갇히고 말았다. 작업실은 크고 썰렁한 데다 지금 그녀는 혼자였다. 공포 영화에나 자주 나올 법한 그런 소름 끼치는 광경이었다. 왜? 갑자기 웬 정전이란 말인가?

조금 전까지 자신이 건을 원망하고 있었다는 사실조차 잊은 채 윤주는 다급히 휴대폰으로 건에게 전화를 걸기 시작했다. 그런데 신호음은 가는데 전화를 받지 않았다.

"정말 이럴 거야? 나쁜 자식. 나 지금 무섭단 말이야."

귀신은 그냥 공포 영화 속에만 나오지 현실에서는 존재조차 하지 않는다고 스스로에게 최면을 걸듯 되뇌어 보지만 심장은 불안하다고 미친 듯이 뛰고 있었다.

"저기요, 아무도 없어요?"

구원을 청하려고 소리를 질러 보았지만 대답해 주는 사람은 아무도 없었다. 하긴 작업실 안에는 그녀 혼자뿐이었으니까.

나를 도와줄 사람이 또 누구 있지? 머릿속 인명사전을 빠르게 넘기며 기억을 더듬고 있을 때였다. 갑자기 어디선가 노랫소리가 들려오기 시작했다.

『나랑 결혼해 줄래. 나랑 평생을 함께 살래.
우리 둘이 알콩달콩 서로 사랑하며
나 닮은 아이 하나 너 닮은 아이 하나 낳고
천년만년 아프지 말고 난 살고 싶은데…….』

이승기의 '결혼해 줄래'였다. 그런데 아닌 밤중에 홍두깨라고 영문을 알 수 없는 노랫소리에 그녀는 잠시 생각을 해 보려고 미간을 찌푸렸다.

그때였다. 작업실 문이 열리는 소리가 들리나 싶더니 이내 익숙한 목소리가 들려왔고 어둠에 파묻혔던 작업실 공간에 환한 불빛이 들어왔다. 갑자기 환해진 불빛 때문에 그녀는 아파 눈을 찡그리며 안으로 들어오는 익숙한 얼굴들을 하나씩 훑어보았다.

"이, 이게 어떻게 된 거죠? 오늘 무슨 날인가요?"

영업팀, 관리팀, 기획팀, 기술팀의 직원 모두가 대답은 하지 않은 채 부러움의 시선으로 윤주를 바라봤다. 그러자 그녀의 고개가 절로 갸웃거려졌다. 눈으로 재차 대답을 재촉했지만 그들은 약속이라도 한 듯 싱긋 웃을 뿐 입을 열지 않았고 자리를 비켜 길을 터 주었다.

기다렸다는 듯 누군가 꽃다발을 한아름 품에 안고서 그녀에게 한 걸음씩 다가오기 시작했다. 깨끗한 사랑, 순수한 사랑, 순결의 꽃말을 가진 백합으로 만든 꽃다발이었다.

"아!"

윤주의 입에서 자신도 모르게 감탄사가 새어 나왔다. 정신을 잃을 듯한 황홀한 기분에 젖어 그녀는 아무 생각도 할 수가 없었다. 그녀 앞으로 꽃다발이 더 가까이 다가왔고 남자는 정중하게 한쪽 무릎을 꿇고서 그녀를 응시하고 있었다.

"윤주야, 나랑 평생 같이 살자."

"와!"

여기저기서 박수가 터져 나왔고, 감탄사가 쏟아져 나왔다. 전혀 생각지 못한 이벤트에 윤주는 할 말을 잃은 듯 눈만 끔뻑거렸다. 그러나 그녀의 얼굴은 웃고 있었다.

건은 그녀의 웃는 얼굴에 얼마간 마음이 놓였다. 그래도 대답을 해야 시름을 덜겠는데 그녀가 아무 말도 하지 않자 건은 마음이 조급해져 다시 말했다.

"윤주야, 제발 나랑 같이 살아 줘. 너를 평생 나의 여왕님처럼 모실게."

"아 멋있다!"

"부러워요!"

그녀의 입에서 나온 말이 아니었다. 여직원들의 입에서 터져 나온 말이었고 지금껏 두 사람이 사내 연애를 하고 있다는 소문만 들었던 사람들은 소문이 거짓말이 아니구나 하며 연방 고개를 끄덕거렸다. 심지어 놀라서 확인 사살하는 사람도 있었다.

"어머나, 두 분 연애한다는 거 사실이었군요."

쑥스러운 듯 윤주의 뺨이 붉게 물들었고 눈시울이 촉촉이 젖어들기 시작했다. 그런 그의 진심도 모르고 연락이 뜸하다고 그를 원망하고 있었으니 이 얼마나 부끄러운 일인지 모르겠는 것이다.

그녀가 조심스럽게 앞으로 내밀어진 꽃다발을 받아 들자 건은 바지 주머니에서 무언가를 꺼냈다. 붉은색 벨벳으로 된 반지 케이스를 열자 다이아몬드가 눈이 부실 정도로 반짝반짝 빛나는 티파니 반지가 들어 있었다.

흡, 하고 여기저기서 숨을 삼키는 소리가 들렸다. 그러나 그것으로 끝이 아니었는지 건이 고개를 돌려 옆에 선 직원을 향해 눈을 찡긋거리자 그 직원은 미리 준비해 둔 상자를 건에게 건네주었다. 상자를 여니 정교하게 만들어진 수제화가 들어 있었다.

"이거 신고 햇살 좋은 날, 우리 같이 부모님께 인사드리러 가자. 너를 많이 좋아했다. 십 년 전부터. 하지만 앞으로도 더 많이 좋아할 거야."

"흑……."

다른 사람들이 부러워할 만큼 엄청난 선물과 고백을 받았는데 어째 바보처럼 눈물이 먼저 나오는지 모르겠다. 흘러내리는 눈물을 주체할 수 없어서 적이 민망해하는데 그런 그녀를 따뜻하게 안아 주며 건이 다짐받듯 물었다.

"내 곁에 평생 있어 줄 거지?"

아무 대답도 못한 채 그녀는 그의 품에 안겨 어린애처럼 엉엉 울기만 했다. 그런데도 건은 자신의 고백을 멈추지 않았다.

"우리 행복하게 살자."

"브라보! 브라보!"

"팀장님. 얼른 대답해 줘요."

"대답해! 대답해!"

자그마한 작업실 안에는 사람들의 부러움 섞인 비명 소리와 탄성, 그리고 행복한 웃음소리로 오랫동안 북새통을 이루었다.

9.
결혼 허락을 받다

'우리 행복하게 살자.'

그 말을 행동으로 실천하려고 윤주는 뭔가 큰 결심을 내렸다. 어찌 보면 그냥 지나칠 수도 있었는데 대수롭지 않게 넘어가자니 목에 생선 가시가 걸린 것처럼 속이 개운치 않았고, 자신이 행복하려면 이 껄끄러운 일을 깨끗하게 매듭지어야 한다고 생각했기 때문이다.

[안녕하세요. 재클린 씨, 지금 만날 수 있을까요?]

휴대폰을 손에 꼭 쥐고서 재클린과 통화하는 그녀의 목소리는 비장하기 이를 데가 없었다.

하늘하늘 가느다란 목소리, 그러면서도 분명하게 자기 의사를 표현하는 강력한 말투. 그 목소리의 임자가 누구인지 재클린이 모르지 않았다.

[드디어 결심을 내린 건가? good!]

혼잣말처럼 중얼거리는 재클린의 얼굴에 벌써 승리의 미소가 드리워졌다. 서두를 것도 없다며 여유 있게 행동하는 재클린의 모습에서 전혀 긴장한 기색이라곤 찾아볼 수가 없었다.

두 번째 만남임에도 불구하고 크고 단단하며 몹시 위험스러워 보이는 남자 앞에서 윤주는 자꾸만 위축되는 마음을 추슬러야 했다. 늘 성격이 강하다고 생각해 왔던 한태준이나, 차가우면서도 약간 독재자적 성향을 지니고 있는 건과는 또 다른 이미지의 남자였다.

산전수전 공중전을 다 겪은 사람이라서 그런 건지 아니면 자신을 뚫어질 듯 응시하는 남자의 눈빛이 너무도 차갑고 강렬해 보여서 그런 건지는 딱히 알 수 없지만 조금만 정신을 집중하지 않으면 그의 페이스에 휘말릴 것만 같은 불안감이 들었다.

'태준 오빠랑 결혼하겠습니다.' 그것도 아니면 '당신이 원하는 대로 하겠습니다.' 이 한마디면 모든 게임이 끝날 텐데 눈앞에 앉아 있는 작은 여자의 대답을 기다리는 것이 몹시 지루하면서도 마음이 조급해졌다. 하지만 재클린은 태연을 가장하며 느긋하게 그녀의 입술이 열리기를 기다렸다.

[재클린 씨, 우선 감사드립니다.]

또렷한 말투, 흔들리지 않는 표정 앞에서 재클린은 조금 당황했지만 얼굴에 그 어떤 감정도 나타내지 않았다.

[12살, 태준 오빠와 헤어지면서 저는 많이 울었습니다. 어머니역시 어쩔 수 없이 오빠를 보내야만 했던 자책감과 후회로 하루하루 지옥 같은 세월을 보내야 했습니다.]

그 당시 상황을 이해한다는 듯 재클린이 고개를 크게 끄덕거렸다. 윤주 역시 그때의 순간을 다시 떠올린 듯 감정이 격해지고 있었다.

[오빠가 외롭지 않을까? 아프지 않고 잘 지내고는 있을까? 미국이란 낯선 나라에서 잘 적응하고 있는지, 늘 오빠의 모습이 눈앞에 아른거렸고, 오빠 생각만 했던 것도 사실입니다. 내게 준이 오빠는 오빠인 동시에 남자이기도 했고 또 아름답고 순수한 추억이며 첫사랑이기도 했습니다.]

이야기는 생각보다 길어졌다. 눈앞의 작은 아가씨는 대체 무엇을 말하고 싶은 걸까? Yes인지 No인지 이것만 말하면 끝인데 두서없이 길어지는 이야기에 재클린은 일순 감을 잡을 수가 없었지만 묵묵히 듣고만 있었다.

[그런데 재클린 씨를 이렇게 직접 만나 보니 그나마 시름이 놓였습니다. 좋은 분이신 것 같아서요. 적어도 오빠를 구박하거나 오빠에게 폭력을 휘두르거나 하는 나쁜 사람은 아닌 것 같아서요. 진심으로 감사드립니다. 재클린 씨! 오빠가 외로울 때, 오빠가 아플 때, 오빠의 옆을 지켜 주셔서 고맙고, 오빠를 훌륭하게 키워 주셔서 감사합니다.]

[음…….]

진심으로 감사의 인사를 전하는 작은 여자 앞에서 재클린은 신음인지 한숨인지 모를 애매한 소리를 토해 냈다.

[그날 재클린 씨의 이야기를 듣고 많이 생각해 봤습니다. 아니, 생각이라기보다 역시나 내가 아는 태준 오빠는 정말 대단한 사람이구나, 감탄을 느꼈습니다. 자신을 입양 보내야만 했던 어머니에게 그 어떤 원망도, 비난도 하지 않은 오빠의 마음에 저는 울컥했습니다. 그래서 결심했습니다. 다시 돌아온 오빠를 절대로 떠나보내지 않겠다고. 오빠가 저와 어머니를 지켜 주려고 돌아온 것처럼

저 역시 오빠를 지킬 겁니다. 오빠는 지금 행복하게 잘 살고 있습니다. 이제 곧 결혼도 할 거구요.]

아니, 들으면 들을수록 자꾸만 뭔가가 이상해졌다. 이 여자가 하는 말을 자신이 잘못 이해하는 것은 아닐까 하는 생각이 들어 재클린은 다급하게 물었다.

[태준이 곧 결혼을 한다고 말했습니까, 윤주 양?]

[네 그렇습니다. 오빠 곧 결혼할 겁니다. 저도 곧 결혼할 예정이구요.]

생글 웃으며 대답하는 윤주와는 대조적으로 재클린은 몹시 상기된 표정으로 그녀의 말을 읊조렸다.

[태준이 결혼을 한다고?]

[착하고 좋은 여자입니다.]

재클린의 눈에 배신감이 일렁거렸다. 자신에겐 그런 말을 하지 않던데. 20년 동안 고이 키워 줬더니 이렇게 사람을 배신하다니? 울컥하고 화가 치밀어 올라 재클린은 입술을 살짝 비틀며 강경한 어조로 말했다.

[난 아들을 잃을 수 없어요, 윤주 양.]

[저 역시 단 하나밖에 없는 오빠를 또다시 떠나보낼 수 없습니다.]

절대 양보할 수 없다는 단단한 표정 앞에서 재클린은 뒤틀린 웃음을 지었다.

[태준 오빠가 이곳에 남아 있기를 원하는 한 저는 오빠를 떠나보내지 않을 겁니다.]

[준은 아무하고나 결혼해서는 안 돼요, 윤주 양. 그리고 이곳은 준이 있어야 할 곳이 아니야.]

어림 반 푼 어치도 없는 소리 말라는 듯 윤주가 재클린의 말을 반박했다.

[자식이 잘되기를 바라는 게 부모 마음이라고 들었습니다. 비록 친부모님은 아니지만 그래도 준이 오빠를 20년 넘게 키워 주셨잖아요. 오빠가 어떤 삶을 원하는지 봐 주세요. 부모라면 자식의 선택을 존중해야 한다고 저는 그렇게 생각합니다, 재클린 씨.]

마치 누구를 가르치는 식의 거만한 말투에 재클린은 극도의 반감을 가지지 않을 수가 없었다. 그러나 구구절절 맞는 말이기에 대놓고 눈앞의 작은 여자에게 욕을 퍼부을 수도 없었고, 또 맘껏 미워할 수도 없었다.

다시 허무하게 오빠와 헤어질 수 없다는 생각에 윤주는 쐐기를 박듯 단호하게 자신의 뜻을 똑바로 전했다.

[재클린 씨, 만약 당신이 오빠의 평온한 삶을 파괴하고, 오빠의 행복을 깨뜨린다면 저 역시 절대 가만있지 않을 겁니다. 남의 것을 빼앗는 사람은 아니지만 내 건 악착같이 지키거든요. 소중한 시간을 내어 여기까지 나와 주셔서 감사합니다.]

그러고서 그녀는 할 말 다 했다는 듯 몸을 일으켰다. 아직 재클린은 할 말이 많아 보이는데 한마디도 듣지 않겠다는 듯 그녀는 서둘러 그곳을 벗어났다. 아주 건방지게 말이다.

[하! 아주 당돌하고 건방진 동양 아가씨군!]

재클린의 비틀린 입술에서 흘러나온 불평스런 목소리가 허공을 울리며 맴돌았다.

요사이 하도 잠잠해서 이제는 그만 체념하고 미국으로 돌아간 줄 알았는데 재클린이 연락도 없이 불쑥 레스토랑에 들이닥치자 태준은 또다시 골치가 지끈거렸다. 썩 반갑지는 않았지만 그렇다고 찾아온 손님을 내쫓을 수는 없는 법이다. 게다가 그는 지난 20년 동안 자신을 키워 주신 양부가 아닌가 말이다. 그래서 어쩔 수 없이 그와 마주 앉긴 했지만 어쩐지 예감이 좋지 않았다. 아니나 다를까 그는 자리에 앉자마자 경악할 만한 한마디를 꺼내 놓았다.

[윤주 양을 만나고 오는 길이다.]

[뭐, 뭐라구요? 누구를 만났다구요?]

잘못 듣지 않았나 귀를 의심하며 태준이 다시금 물었다.

'윤주'라는 이름을 듣기 무섭게 발끈하는 태준을 보자 재클린은 복잡 미묘한 마음을 금할 수가 없었다. 그러나 조금도 그런 티를 내지 않은 냉랭한 얼굴로 그는 느긋하게 커피를 한 모금 들이켰다.

[아버지가 왜 그 아이를 만난 거죠? 그래서…… 만나서 무슨 쓸데없는 소리를 하신 겁니까?]

자신을 키워 준 은혜만 아니라면 당장이라도 눈앞의 노인네를 쫓아냈을 텐데 그럴 수 없음에 태준은 주먹을 꽉 말아 쥐었다.

[당돌한 아이더구나.]

자신에게서 태준을 절대 빼앗아 갈 수 없다고 당당하게 말하던 윤주의 모습을 떠올리며 재클린은 감탄하듯 말했다. 재클린의 얼굴에 나타나는 표정 변화를 고스란히 지켜보던 태준이 눈썹을 크게 꿈틀거렸다.

[아버지!]

[준, 참 유감이구나! 나는 그 아이가 마음에 들었는데 말이다.]

[아. 버. 지.]

분노를 참고 있는 듯한 억눌린 목소리가 태준의 입에서 흘러나왔다. 금방이라도 둘 사이에 뭔가 펑 하고 터질 것 같은 살벌한 분위기였지만 재클린은 아쉬움이 역력한 음성으로 말을 계속했다.

[곧 결혼을 한다고 말하더구나! 그러나 그 아이는 잘못된 선택을 한 거다.]

그 아이가 만약 태준을 설득할 수만 있다면 재클린은 이미 두 사람을 결혼시킬 마음의 준비가 되어 있었다. 어디 그것뿐인가? 부와 명예, 심지어 자신의 유산까지도 어느 정도 내어 줄 수 있었다. 그런데 그 작은 여자는 태준이 아닌 다른 남자랑 결혼할 거라고 말했다. 호박이 넝쿨째 굴러 왔는데도 그걸 발로 차 버리다니, 이 얼마나 어리석은 일인가? 아무리 생각해도 안타깝다는 듯 재클린은 탄식처럼 말을 쏟아 냈다.

[제법 똑똑한 아이더군. 그러니 곧 알게 되겠지. 자신의 선택이 얼마나 어리석었는지 말이야.]

쾅! 마침내 속에서 치솟는 울화를 참지 못한 태준이 주먹으로 테이블을 내리쳤다. 늘 침착하기 그지없던 그의 안색이 흉하게 일그러졌다.

[그 아이를 건드리지 마세요. 착하고 예쁜 내 동생을 건드리지 말라구요.]

"어머나, 세상에…… 대체 이게 무슨 일이에요? 태준 씨, 왜 그래요? 그리고 저 금발 남자는 누구래요?"

불현듯 여자의 목소리가 끼어들자 두 남자는 약속이라도 한 듯 동시에 고개를 돌렸다. 놀란 듯이 두 눈을 둥그렇게 뜨는 여자의 모습에 태준은 재빨리 표정을 감무리했고, 재클린은 누구냐는 눈빛을 보냈다. 상황이 이 지경에 이르자 재클린도 민정의 정체에 대해 알아야 할 필요가 있다고 느낀 태준은 그에게 그녀를 소개했다.

[저와 곧 결혼할 여자입니다.]

262

그리고 곧 민정을 돌아보았다.

"민정 씨, 인사해요. 20년 넘게 저를 키워 주신 아버지세요."

그제야 민정은 알겠다는 듯 나직하게 고개를 끄덕거리며 서툰 영어와 몸짓으로 재클린에게 인사를 건넸다.

[처음 뵙겠습니다. 은민정입니다.]

예비 며느리가 될 여자의 인사를 받고 나서도 재클린의 표정은 시큰둥하기만 했다. 오빠가 곧 결혼할 거라고 하던 윤주의 말이 거 짓말은 아니었다는 것을 알아채며 재클린은 관찰하듯 눈앞의 여자 를 날카로운 눈으로 찬찬히 훑어보기 시작했다.

[끙…….]

신음인지 한숨인지 모를 소리를 내뱉으며 재클린은 몹시 못마땅 한 표정을 지었다. 비록 친아들은 아니지만 친아들 못지않게 정성 을 다해 엄하게 훈육하면서 키운 아들이었다. 외모, 집안 배경, 능 력 어느 하나 빠질 것이 없는 완벽한 남자이면서도 결코 평범하지 않은 그런 남자였다. 그러니 딱히 절세미인까진 아니더라도 저와 어울리는 상대를 골라야지.

아무리 여자 보는 눈이 없다 해도 이건 좀 아니지 않나. 약간 심술이 있어 보이는 얼굴, 촌스럽기 그지없는 뽀글뽀글 파마 머리, 거기에 실실 웃는 모습하며…… 어느 것 하나 마음에 드는 구석이 없어 보였다.

[아들아, 이건 좀…….]

취향이 특이해도 너무 특이한 것 아니냐는 그 말은 차마 내뱉지 못하고 재클린은 대신 다르게 말했다.

[아비로선 유감스럽기 그지없구나! 너는 결코 평범한 사람이 아 니야. 누가 뭐라 해도 너는 내 아들이다. 내 아들로 커 온 이상,

너에겐 선택의 여지가 없다는 말이야. 결혼이든 뭐든 너는 네 마음대로 할 수 없다는 말이야.]

[이미 다 끝난 얘기로 알고 있습니다. 아.버.지.]

단단히 화가 난 듯 태준은 꽉 다문 잇새로 단어 하나하나를 씹어 말했다.

서툰 영어 실력 때문에 둘 사이에 오고 가는 대화 내용을 전부 알아들을 수는 없었지만 서로를 죽일 듯이 노려보는 두 사람의 눈빛에서 결코 예사로운 일이 아니라는 것쯤은 잘 알 수 있었다. 오늘 괜히 찾아왔나, 하는 그런 후회마저 없지 않아 민정은 눈치만 가만히 살피고 있는 중이었다.

[그래도 이 여자는 아닌 것 같구나, 아들아…….]

고집만 피우는 아들이 얄미워 제법 화가 날 법도 한데 재클린은 가까스로 분노를 억누르며 상냥하게 말했다.

[제가 좋다구요. 이 여자랑 있으면 제가 편하고 좋다구요, 아버지.]

[그리도 내 곁에 있는 게 싫으냐?]

체념한 듯한 재클린의 목소리에는 서운함이 가득 서려 있었다. 태준은 대뜸 대답을 하지 못했다. 현미쌀로 지은 밥과 배춧잎을 썰어서 끓인 된장국, 정성이 가득 담긴 김치를 매일 먹을 수 있어서 한국이 좋습니다. 저를 키워 주신 어머니와 하루하루 성장해 가는 여동생의 모습을 매일 지켜볼 수 있어서 이곳을 떠나기 싫습니다. 말하고 싶은 것은 많지만 자신을 20년 넘게 키워 주신 분한테 어떻게 이런 말을 서슴없이 할 수 있단 말인가?

[죄송합니다.]

[그뿐이냐?]

[죄송합니다. 아버지.]

복잡한 표정으로 죄송하다고 연거푸 말하는 태준을 지그시 바라보는 재클린의 얼굴에 착잡한 빛이 스쳐 갔다.

[나는 너를 잃고 싶지 않다. 준.]

무언가를 잠시 생각하는 듯 재클린은 잠깐 틈을 두고 다시 입을 열었다.

[이 모든 것이 네 선택이니 나는 더 이상 강요하진 않겠다. 그러나 언제든지 마음이 바뀌면 얘기하거라. 네가 돌아온다면 나는 두 손 들고 반길 것이다. 준! 너는 내 아들이야.]

너무 뜻밖의 말이었을까? 냉철하기 그지없는 재클린이 이 말을 한 게 아무래도 믿어지지 않아 태준의 얼굴에 놀람과 감격의 빛이 떠올랐다.

[흠⋯⋯.]

말은 그렇게 했지만 그래도 민정이 여전히 못마땅했는지 재클린은 그녀에게 시선조차 주지 않은 채 그대로 몸을 일으켜 레스토랑을 빠져나갔다.

[어어⋯⋯ 저기요⋯⋯.]

자신은 아직 할 말이 남았다는 듯 민정이 소리쳐 불렀지만 재클린은 고개조차 돌리지 않았다.

"어머나⋯⋯ 이를 어째. 저분 벌써 나가 버렸네요."

이래도 괜찮으냐고 태준을 빤히 쳐다보자 그는 신경 쓰지 말라는 듯 민정을 향해 빙그레 웃어 보였다.

'감사합니다. 아버지. 저도 당신 아들입니다.'

조금 전까지 재클린이 앉아 있던 자리를 건너다보며 태준은 조그맣게 중얼거렸다.

눈앞에 서 있는 빛이 날 정도로 잘생긴 남자를 바라보며 윤주의 어머니 박 여사는 올해는 그야말로 운수대통이라고 흐뭇한 웃음을 지었다.

얼마 전에는 아픈 손가락과도 같았던 아들인 태준이 신붓감을 데려와 인사시키더니 오늘은 연애나 결혼에는 관심조차 보이지 않던 윤주가 애인이라며 이 잘난 남자를 집으로 데려왔다.

'아이구, 여보. 무엇이 급해서 그리도 빨리 가셨어요? 지금 하늘나라에서 우리 준이와 윤주를 보고 있어요?'

가슴 깊이 뜨거운 것이 울컥 치밀어 올라 박 여사는 잠시 돌아앉아 눈물을 훔치고 있었다. 그러나 이내 표정을 수습하곤 다시 남자에게 시선을 돌렸다.

아무리 요모조모 살펴봐도 어디 흠잡을 데라곤 없는 완벽한 조각남이었다. 음…… 인물은 잘생겼다만 마음 씀씀이는 어떤지. 마치 남자의 모든 걸 꿰뚫어 보려는 듯 박 여사는 눈자위에 힘을 주어 또다시 남자를 빤히 쳐다보다가 조용히 물었다.

"우리 윤주랑은 어떻게 알게 되었지요?"

"실은 윤주랑은 십 년 전부터 아는 사이였습니다."

비록 불쾌한 기억은 있었지만 건은 솔직하게 대답했다. 건의 말에 박 여사는 물론이고 그 자리에 앉아 있던 태준과 민정이마저 몹시 놀란 표정을 짓고 있었다. 궁금증을 견디지 못한 민정이 불쑥 대화에 끼어들었다.

"어머나, 세상에…… 그게 정말이에요? 근데 왜 여태껏 아무 얘기 안 했어요?"

어떤 대답을 해야 할지 처음엔 난감해하던 건이 이윽고 큰 결심이라도 한 듯 무겁게 입을 열었다.

"십 년 전 그때, 저는 천방지축 말썽꾸러기 학생이었고, 그때 대학생이었던 윤주는 예쁘고 착하고 심성이 참 따뜻한 과외 샘이었습니다."

그 당시 대학생이었을 윤주의 얼굴을 머릿속에 상상하며 태준은 묘한 감정을 느꼈고 박 여사와 민정은 그 뒷이야기가 궁금하다는 듯 재촉의 눈빛을 보냈다.

"귀여운 얼굴답게 밝고 명랑한 소녀였던 윤주에게 저는 참 몹쓸 짓을 했습니다."

그 대목에서는 모두의 눈빛이 날카롭게 변했다. 눈앞의 이 녀석이 우리 윤주에게 무슨 해코지를 했길래 이런 말을 꺼내는 것인가, 하는 불안한 생각이 들었기 때문이다. 갑자기 변한 살벌한 분위기에 윤주는 숨조차 제대로 쉬지 못했지만 건은 지난날의 잘못을 반성이라도 하듯 침통한 표정으로 다시 말을 이었다.

"그때는 윤주에 대한 제 스스로의 감정이 어떤 것인지 정확히 알지 못했습니다. 윤주가 감당해야 했던 고통과 아픔과 상처가 얼마나 깊었는지도 모르는 채 그때 바로 윤주에게 사과하지 못해서 정말 미안했습니다."

지난날 자신이 저지른 실수에 대해 그는 아직도 죄책감을 느끼고 있구나. 오랜 시간 동안 죄책감을 떠안고 살아왔을 건의 마음이 고스란히 느껴져 윤주는 가슴이 몹시 아팠다.

"하지만 어머님께서 한 번 기회를 주신다면 윤주와 평생을 살면서 갚겠습니다. 윤주가 울면 눈물을 닦아 주고, 윤주가 슬퍼하고 괴로워하고 아파하면 윤주의 모든 설움과 아픔을 함께하겠습니다."

윤주에게 어떤 몹쓸 짓을 했는지에 대한 구체적인 이야기는 없었다. 대체 얼마나 큰 잘못을 저질렀기에 잘생긴 저 얼굴에 수심이 가득할까 의문은 끝이 없었지만 박 여사는 딸에게로 눈을 돌려 정색하며 물었다.

"윤주는 어떤 생각인 거냐? 정말 이 총각이랑 결혼할 생각이냐?"

딸의 말이라면 뭐든지 믿는다는 기색이 어머니의 목소리에 역력했다. 결혼이라…… 이 얼마나 신성한 단어인가? 그때껏 건이보다 더 긴장하고 있던 윤주가 고개를 들고 어머니를 똑바로 쳐다봤다. 그러다가 천천히 시선을 옮겨 태준과 민정을 번갈아 바라봤다.

오빠, 나 정말 결혼해도 되지? 어쩌면, 이 남자라면 오빠 못지않게 나를 지켜 줄 수 있을 것 같아. 윤주의 마음속 목소리를 알아들었을까? '윤주, 행복해야 된다! 꼭!' 태준이 그런 눈빛을 내보냈다. 건의 애간장을 바싹바싹 태우던 윤주의 입술이 마침내 열렸다.

"네 엄마. 전 이 남자가 좋아요. 최건이란 이 남자와 함께라면 행복하게 살 자신이 있어요."

그녀의 단호한 한마디에 건은 그제야 가슴이 뻥 뚫리는 것만 같았다. 그녀에게 고백하여 연인이 되고 프러포즈까지 했지만, 아직 확실한 대답은 듣지 못했다. 십 년 전의 아픈 과거 때문에 그녀가 행여나 자신을 용서하지 않고 밀어내면 어쩔까 불안해하고 있었는데 결혼하겠다는 그 한마디에 건은 진심으로 그녀에게 감사했다. 또 그녀와 같은 공간에서 함께 자고 함께 일어나게 된다는 그 사실이 꿈만 같아서 흥분을 주체할 수가 없었다.

"난 내 딸을 믿어. 내 딸의 말이라면 팥으로 메주를 쑨다 해도 말이야. 왜냐하면 내 딸은 지금까지 단 한 번도 날 실망시킨 적이 없었으니까."

딸을 전적으로 신뢰한다는 믿음이 어머니의 얼굴에 가득했다. 윤주에게 몹쓸 짓을 했다는 그 말은 마음에 걸렸지만 어차피 지나간 일이 아닌가? 똑똑한 윤주가 선택한 남자이니 믿어 보아야지. 자신에게 최면이라도 걸 듯 박 여사는 건의 손을 잡으며 자신의 마음을 전했다.

"지나간 일은 그냥 지나가게 두어요. 나도 두 사람 사이에 어떤 일이 있었는지 따지지 않을 테니."

내 딸만 행복해한다면 그게 뭐 대수인가? 지금까지 살아온 것보다 앞으로 살아야 할 시간이 더 많지 않은가? 그래 지나간 건 덮자, 너무 많이 알려고 하지 말자고 생각하며 박 여사는 두 사람의 결혼을 허락해 주었다.

"윤주, 축하한다. 꼭 행복해야 된다."

식사를 끝내고 돌아가는 윤주에게 태준이 복잡한 미소를 지으며 말했다. 그런 태준과 민정의 손을 잡아 주며 윤주는 미처 하지 못했던 말을 꺼내 놓았다.

"오빠와 언니도 행복해야 돼."

그러고는 자신보다 덩치가 훨씬 큰 태준을 꽉 끌어안으며 속삭이듯 말했다.

"미안해, 오빠. 행복하라는 말을 너무 늦게 해서. 이제 내 걱정은 안 해도 돼."

순간 건의 눈이 날카롭게 번득거렸다. 그걸 똑똑히 보았음에도 불구하고 태준은 일부러 그녀를 밀어내지 않았고 가만히 서 있기만 했다.

맹세컨대 절대 치기를 부리는 것이나 그녀에게 흑심을 품어서 한 행동은 아니다. 하지만 가끔씩 이런 못된 마음이 생기는 것은 질투심에 활활 타오르는 저 남자의 모습을 구경하는 재미가 쏠쏠했기 때문이다. 그걸 모를 리가 없는 민정 역시나 입술을 비집고 새어 나오는 웃음을 애써 참는 중이었다.

아까부터 건이 윤주의 뒤통수를 죽일 듯이 노려보고 있다는 걸 인식했는지 두 사람의 포옹이 길어지자 박 여사가 호호 웃음을 흘리며 수습에 나섰다.

"얘들이 12년을 함께 자라서 남달라요. 너무 신경 쓰지 말아요."

"아닙니다."

정작 말은 점잖게 했지만, 건의 눈에는 화르르 열기가 솟구쳤고, 가슴속에는 불이 활활 타오르고 있었다.

'주윤주, 두고 봐! 아무에게나 함부로 안겨도 된다고 내가 언제 허락한 적 있었나?'

크게 심호흡을 하는 것으로 가까스로 평정심을 되찾은 건이 조수석 문을 열어 준 뒤 자신은 운전석에 올라탔다. 곧이어 그녀가 올라타자 그는 잽싸게 차를 출발시켰다.

표정을 딱딱하게 굳힌 채 묵묵히 운전만 하는 그의 옆모습을 곁눈질로 살그머니 훔쳐보던 윤주는 영문을 알 수 없다는 듯 살며시 고개를 꺾었다. 그때였다. 별안간 건이 갓길에 끼익, 하고 급정거를 하며 차를 멈추어 세웠다. 화들짝 놀란 듯 눈을 동그랗게 뜨는 그녀의 어깨를 꽉 움켜잡은 그가 차갑게 말했다.

"주윤주, 경고하는데 너 두 번 다시 내가 아닌 다른 남자한테 함부로 안기지 마! 알았어?"

처음엔 무슨 뜻이지? 하고 눈을 끔뻑거리던 그녀가 뭔지 알겠다는 듯 크게 고개를 끄덕이며 수긍하는 척하더니 한마디 덧붙였다.

"그래도 나 오늘 잘했잖아. 진심으로 태준 오빠와 민정 언니를 축복해 주었잖아. 그들을 축복해 주었다는 건 내 마음속에서 머릿속에서 태준 오빠를 지웠다는 거고."

'그것도 모르니? 바보!' 대놓고 그 말은 하지 않았지만 그런 눈빛과 표정 앞에서 건은 어이가 없어서 그저 웃고 말았다.

그래, 그녀 어머니 말처럼 과거에 어떤 일이 있었든, 그녀가 과거에 누구를 사랑했든 지나가 버린 시간 따위 중요하지 않다. 살아온 날보다 살아가야 할 시간이 더 많기 때문에 이제부터 그녀와의 행복한 추억으로 가득 채울 것이다. 그런 행복한 상상을 하며 건은 콧노래까지 흥얼거렸다.

※

전혀 생각지 못한 사람에게서 걸려 온 전화를 받고 윤주는 처음엔 내가 뭔가 잘못한 게 있는 걸까? 하는 생각이 들었고 그다음엔 왜 만나자고 하는 걸까? 하는 의문이 머릿속을 채우면서 심장이 벌렁거렸다. 눈치를 보아하니 건은 아무것도 모르고 있는 것 같았다.

점심을 같이 먹자는 말에 대충 핑계를 대고 윤주는 옷매무시를 단정하게 하고서 누군가를 만나러 가고 있는 참이었다.

일반 음식점도 아닌 고급 한정식 앞에서 윤주는 긴장을 풀고자 숨을 한 번 크게 고른 뒤 몸을 꼿꼿이 세우고 안으로 들어갔다.

"어서 와요."

상대를 꿰뚫어 보는 듯한 예리한 눈빛, 도저히 나이를 가늠할 수 없는 남자의 늠름한 모습 앞에서 윤주는 또다시 긴장해져 심장이 제멋대로 널을 뛰기 시작했다.

최 회장은 시종일관 꼿꼿한 자세를 유지하며 행여나 놓칠세라 그녀의 동작 하나하나를 주도면밀하게 관찰했다.

그것이 언제였던가? 공부를 가장 하기 싫어하던 문제아, 선생님들의 골칫거리이자 반항아였던 아들이 어느 순간 갑자기 변하기 시작한 시기가 있었다. 꼬박꼬박 학원에 가고 밤새도록 공부하더니 명진이 단 한 번도 놓치지 않던 수석을 빼앗아 오기까지 했다.

아들의 변화가 너무나 갑작스러워 그때 최 회장은 몰래 아들의 일기장을 훔쳐본 적이 있었다. 작정하고 훔쳐봤던 것은 아니었다. 우연히 아들의 방에 들어왔다가 책상에 엎드려 자는 건의 팔꿈치에 깔린 일기장에서 신경질적으로 휘갈겨 쓴 글씨를 보았던 것이다.

「주윤주, 넌 지금 어디에 있는 거냐? 화를 내는 얼굴도 웃고 있는 얼굴도 자꾸만 내 머릿속에 떠올라. 너를 잊기 위해서 난 이를 악물고 공부하고 있어. 보고 싶다……. 보고 싶다고 말하는 내가 미친놈이다!」

그때 주윤주라는 이름 석 자를 알게 되었고 그녀가 바로 건의 과외 선생님이었다는 사실을 알게 되었다. 눈앞에 단아하게 앉아 있는 윤주를 바라보는 최 회장의 표정엔 짧은 순간 여러 가지 감정이 떠올랐다. 반항적이었던 아들을 변화시켜 준 것에 대한 감사함과 갑자기 사라져 버린 것에 대한 원망스러움……. 그러나 그런 감정을 빠르게 갈무리한 최 회장이 짐짓 떠보듯이 말했다.

"내가 인정하는 며느리는 강수영 하나뿐이었네."

냉랭하기 그지없는 한마디였다. 십 년 전 건의 집에서 과외를
했으니 그가 아주 잘사는 부잣집 아들인 줄은 알고 있었다. 또
그와 결혼하려면 여러 가지 어려운 문제에 부딪칠 거라는 것도 미
리 각오한 일이다. 그러나 정작 이렇게 들으니 집안이나 배경을 따
지는 최 회장의 강경함이 느껴져 윤주는 어쩔 수 없이 서글퍼지는
가슴을 느껴야 했다.

애써 평정을 잃지 않으려고 했지만 어두운 표정까지는 감출 수
가 없었다. 그녀의 얼굴에 떠오르는 표정 하나하나를 놓칠세라 꼼
꼼히 살펴보며 최 회장은 더욱더 냉정하고 잔인한 말들을 꺼내 놓
았다.

"아버지도 안 계시더군. 흠…… 알다시피 우리 집안은 그냥 평
범한 집안이 아니야."

솔직히 말해 최 회장은 다른 재벌 집들처럼 아직도 집안, 배경
같은 거 따지는 보수적인 사람이 아니었다. 자신이 듣기에도 역겹
고 혐오스럽기 이를 데 없는 말을 꺼내 놓는 건 눈앞의 이 아가씨
의 마음을 떠보기 위해서였다. 또 한편으론 혼자서 오랫동안 가슴
앓이를 해 온 아들에 대한 측은지심과 눈앞의 아가씨에 대한 원망
스러움도 없지 않았기 때문이다. 과연 그녀는 어떤 대답을 꺼내 놓
을까? 겁을 집어먹고 도망가는 걸까? 아니면…….

'이부자리 보고 발을 펴라.' 비록 대놓고 말은 안 했지만 최 회
장의 한마디가 그걸 의미하고 있었다.

모를 리가 없었다. 자신은 가난한 집안의 딸로 딱히 뭐 하나 내
세울 것 없다. 그러나 이제 와서 아무것도 내세울 것 없다고 물러
설 수는 없다.

처음엔 몰랐는데 시간이 지날수록 윤주는 자상하고 따뜻한 면도 가지고 있는 건이 편해졌고 좋아졌다. 아프고 외로웠던 첫사랑과 작별하고 이제 막 새로운 사랑을 시작하고 있던 참인데 난데없이 방해꾼이 나타났으니 윤주는 슬며시 화가 났다. 아니, 아직도 보수적으로 생각하는 눈앞의 남자에게 야속한 감정이 들었다. 게다가 아버지가 일찍 돌아가신 것에 대해 걸고넘어지는 것은 참기 힘들었다. 윤주는 크게 심호흡을 하고 나서 마음을 가라앉힌 뒤 신중하게 입을 열었다.

"비록 아버지 없이 컸지만 어머니는 부족함 없는 사랑으로 저를 키우셨습니다. 옳은 건 옳다 하고 틀린 건 틀렸다 하시며 반성할 줄 알아야 한다고 저를 그렇게 가르치셨습니다. 아버지가 일찍 돌아가신 건 제 잘못도 어머니 잘못도 아니라고 생각합니다. 그런데 아버지가 안 계신다는 이유로 저와 건이 사귀는 걸 반대한다면 회장님께서 큰 실수를 하시는 거라고 생각합니다."

전혀 두려움이 없는 목소리. 거기에 대기업의 운명을 쥐락펴락하는 회장 앞에서 당신이 큰 실수를 한 거라고 당당하게 말하지 않겠나? 꼿꼿한 눈길, 조금도 물러서지 않겠다는 단호한 모습 앞에서 최 회장은 못마땅해하는 표정과는 달리 속으로 흐뭇함을 금치 못했다.

'정말 당돌하군.'

"제게는 곧은 팔다리와 잔병치레 없는 건강한 몸이 있습니다. 건이가 힘들어할 때면 기댈 수 있도록 건강한 어깨를 빌려 줄 것이고 건이가 기운이 빠졌을 땐 힘내라고 응원하고 격려해 줄 겁니다."

대답은 발칙하기 그지없었지만 어째서인지 최 회장은 그녀가 밉지 않았다. 아무 표정 없는 그의 얼굴이 소름 끼쳤지만 윤주는 계속해서 말을 이었다.

"그리고 저는 저희 집안이 건이네보다 경제적으로 부족한 것이 두 사람이 행복하게 사는 데에 아무런 영향도 끼치지 않을 거라고 생각합니다. 회장님께서 생각하시는 행복은 정확히 어떤 것인지 모르지만, 제가 생각하는 행복한 삶은 두 사람이 슬픔도 기쁨도, 웃음도 눈물도 같이 하는 거라고 생각합니다."

내 아들이 십 년 넘게 기다려 온 여자. 왜 아들이 오랜 세월 동안 포기하지 않았는지, 그의 사랑을 얻어 내고자 전전긍긍해 온 강수영에게는 결코 마음 한 자락 내어 주지 않았는지 최 회장은 이제야 그 이유를 알 것 같았다. 또 십 년이란 그 기다림은 결코 헛되지 않았다는 걸 똑똑히 알았다. 그러나 그런 속마음은 내색하지 않은 채 그는 무뚝뚝한 어조로 말했다.

"날짜 잡고 건이랑 정식으로 인사 오게."

두 손 들고 반대할 때는 언제고 갑자기 이건 또 무슨 소리인가. 의아해서 쳐다보는 윤주에게 최 회장이 퉁명스럽기 그지없는 어조로 덧붙였다.

"착각하지 말게. 아직 허락한 것은 아니니까."

그 말이 끝이었다. 그리고 식사가 이어지는 내내 최 회장은 그어떤 말도 다시 꺼내 놓지 않았다.

✻

그로부터 보름이 지났다. 윤주를 부모님께 인사시키려고 본가까지 가는 내내 건은 기분이 날아갈 듯 좋아서 입가에 싱글벙글 웃음이 떠나지 않았다. 흥얼흥얼 콧노래를 흥얼거리기도 하고, 윤주를 향해 휘파람을 부는가 하면 덩치에 어울리지 않게 애교가 섞인 목소리로 '우리 애기이', '우리 마누라' 라고 부르며 허파에 바람 빠진 놈처럼 실실거렸다.

남은 긴장해서 죽겠는데 그걸 아는지 모르는지 건이 웃기만 하자 윤주는 괘씸하기 그지없었다. 정말 얄미운 녀석이라고 생각하며 윤주는 정신 나간 놈 쳐다보듯 아직도 뭔가를 쉴 새 없이 중얼거리는 건을 찌르듯 노려봤다.

성북동 건의 본가에 도착하고 나서도 윤주는 선뜻 들어가지 못하고 주춤거렸다. 한두 번 왔던 곳이 아님에도 이번에는 감회가 남달랐다. 십 년 전에는 건의 '과외 선생님'으로, 그리고 십 년 후에는 '예비 며느리' 신분으로 이곳에 온 것이다. 그녀는 잔뜩 긴장해 벌써부터 얼굴이 발갛게 달아올랐고 심장이 터질 듯 뛰기 시작했다. 윤주는 저도 모르게 건의 팔을 꽉 붙잡았다.

"왜?"

건이 그녀를 돌아보더니 씩 웃으며 물었다. 알면서도 확인하듯 일부러 묻는 그가 너무도 얄미워 윤주는 눈을 치뜨고 그를 노려봤다.

'으, 나쁜 자식. 분해!'

하지만 건의 얼굴에는 재미있어 하는 기색이 역력해서 윤주를 더욱 화나게 만들었다.

건은 정말이지 너무 즐겁고 재미있었다. 그러면서 한편으론 이런 생각도 들었다. 자신의 눈에 뭔가가 쓰인 게 틀림없다고. 그렇지 않고서야 어떻게 보면 볼수록 그녀에게 점점 빠져들 수 있는가 말이다.

지금처럼 긴장한 그녀의 모습을 보는 것도 즐거웠지만, 심지어는 아침에 금방 일어나 부스스한 머리에 눈곱 끼고 뻐끔뻐끔 입술을 놀리는 그녀의 흐트러진 모습도 너무 귀엽게 보였으니 생각하면 할수록 그런 자신이 우습지 않을 수가 없었다.

만약 누가 보았더라면 그런 그를 보고 한심하고 실없는 놈이라고 비웃을지 모르지만, 아무럼 그게 뭐 어때, 하고 대수롭지 않게 생각하는 거이었다. 내 마누라 내가 좋아하고 귀여워하는데, 하며 남의 이목 같은 것에 그는 아예 신경 쓰지 않는 듯했다. 사람이 많은 곳에서도 그는 '우리 예쁜 애기이!' 하고 낯간지러운 소리를 스스럼없이 해 대며 윤주를 민망하게 만들기도 했다.

"누가 보면 널 잡아먹는 줄 알겠다."

이게 뭔 소리? 눈을 동그랗게 뜨고 자신을 쳐다보는 윤주에게 건이 한쪽 눈을 찡긋 감으며 깜찍하게 웃어 주었다.

"너 안색이 허옇게 질렸어. 도살장에 끌려가는 소처럼 말이야."

'이 나쁜 자식! 그럼 내가 소란 말이야?'

분한 듯 윤주는 이를 으드득 갈며 그의 손을 털어 내듯 냅다 뿌리쳤다. 정말 잔뜩 화가 난 사람처럼 윤주는 쌩하니 바람을 가르며 앞으로 걸어갔다. 그 모습이 꽉 깨물어 주고 싶을 정도로 귀엽고 재미있어 건은 쿡쿡 웃음을 터뜨렸다.

"애기이야, 같이 가!"

잔뜩 골이 났는지 윤주가 신경질적으로 휙 고개를 돌리자 건이 마냥 즐겁게 웃으면서 그녀에게 뛰어왔다. 싫다고 뿌리치는 그녀를 감싸듯 끌어안고 건은 빙글빙글 웃으며 현관문을 열고 들어갔다.

"아버지, 어머니. 며느리 될 사람 데리고 왔습니다."

건이 큰 소리로 말하자, 곧이어 윤주가 고개를 살짝 숙여 다소 곳한 표정과 자세로 인사를 건넸다.

"안녕하세요, 어머님."

명진과의 전화 통화 후 며느리가 될 여자가 몹시도 궁금해서 이 제나저제나 기다리던 심 여사가 건의 목소리가 들리기 바쁘게 뛰 어나왔다. 그런데……

'어머님도 아는 여자입니다.'

명진의 목소리가 귓가에 스쳐 가자 심 여사는 관찰하듯 윤주를 찬찬히 살펴보더니 매우 놀란 듯 말을 더듬거렸다.

"아니…… 예전에 건이 과외해 주셨던 선생님 아닙니까?"

오랜만에 만난 심 여사가 반가워 윤주가 환하게 웃음을 짓자 그 녀는 또 뭔가 의아하다는 듯 말을 더듬거렸다.

"아무리 생각해도 우리 아들이 인사시킬 여자를 잘못 데려오지 는 않았을 테고, 그렇다면…… 선생님이……."

도저히 믿을 수가 없어서 얼떨떨해 있는 심 여사에게 건이 소개 를 했다.

"제 아내가 될 여자, 어머니 며느리가 될 사람이라구요."

"오랜만에 뵙겠습니다. 주윤주입니다, 어머님."

그제야 심 여사는 사실임을 인지한 듯 반갑기도 하고 기뻐서 어 쩔 줄을 몰라 했다. 어쩌면 여자를 보는 취향마저 자신과 이렇게 똑같은지 심 여사는 그저 아들이 기특하고 대견했다. 생각 같아서 는 당장 '아이고, 우리 아들 기특해!' 하고 어깨를 툭툭 쳐 주고 싶었는데 괜히 주책맞아 보일까 싶어서 꾹 참는 수밖에 없었다.

"어서 와서 앉게."

그때 최 회장이 무뚝뚝하고 위엄이 느껴지는 목소리로 말하자 윤주는 다시 긴장이 되어 흠칫 어깨를 떨었다. 아직도 자신을 못마땅해하는 줄은 알았지만 윤주는 그런 서운한 감정을 조금도 내색하지 않은 채 깍듯하게 인사를 건넸다.

"처음 뵙겠습니다, 아버님."

당연히 처음 만난 것은 아니지만 두 사람은 마치 약속이라도 한 듯 며칠 전에 한 번 만났다는 사실을 감추고서 전혀 내색하지 않았다.

"어서 와요. 며느리."

심 여사는 벌써 모든 과정을 생략하고 윤주를 며느리라고 부르며 살갑게 미소 지었다. 심 여사의 손에 이끌려 자리에 앉자 윤주는 손에 들고 온 무언가를 심 여사에게 건넸다.

"이건 뭐니?"

의아한 듯 심 여사의 표정이 어리둥절해졌다. 사실 건도 궁금하긴 마찬가지였다. 여기까지 오는 내내 그녀의 손에 들린 것이 무엇인지 몇 번이고 물었으나 윤주는 무슨 대단한 비밀이라도 되는 듯 그냥 입을 다물고 있었다. 몹시 궁금해하는 그들을 바라보며 윤주가 빙긋 웃음 띤 얼굴로 대답했다.

"십 년 전 약속을 너무 늦게 지켜서 죄송합니다."

"십 년 전 약속?"

알 수 없다는 표정으로 되묻는 심 여사에게 윤주는 환하게 웃으며 말했다.

"그때 어머님께서 제게 옷 한 벌 만들어 달라고 부탁하셨잖아요. 지키지 못한 약속 때문에 늘 마음에 걸렸어요."

그랬다. 지키지 못한 약속 때문에 윤주는 늘 목에 뭔가 걸린 듯한 느낌이 들어 마음속에 켕겼다.

그때 자신의 옷도 한 벌 만들어 달라는 심 여사의 부탁을 받고서 윤주는 몇 날 며칠을 두고 거듭 생각해 보았다. 어떤 것이 그녀에게 잘 어울릴지 머리에 쥐가 나도록 고민하다가 결국은 한복을 만들어 보기로 결심했다.

하지만 한복을 만드는 건 정말 대단히 힘든 일이었다. 한복을 만들면서 바늘에 손끝을 수없이 찔리기도 했고, 가위질을 하다가 손이 베이기도 했었다. 또 익숙하지 않은 한복 옷감이었기 때문에 여러 번 실패를 겪어 울기도 했었다. 비록 그때 건과는 관계가 틀어졌지만, 심 여사와의 약속은 단 한 번도 잊어 본 적이 없었던 윤주였다. 그렇게 한복이 다 만들어지기까지 3년 8개월이 걸렸다.

"열심히 만든다고는 했는데 마음에 드실지 모르겠어요."

어떤 옷일까 궁금해하는 표정으로 포장을 뜯던 심 여사의 눈이 놀란 듯 휘둥그레졌다.

"어머나, 이게 뭐니? 세상에, 이거 한복이 아니니? 아이고, 색깔이 너무 곱다."

심 여사의 옆에 앉은 최 회장도 몹시 놀라는 눈치였다. 김유지를 대신할 수 있는 천재 디자이너라고 소문이 자자하던데 과연 헛소문은 아닌 듯해서 최 회장은 윤주와 그녀가 직접 만든 한복을 번갈아 바라보며 속으로 감탄했다. 여전히 보고도 믿을 수 없다는 듯 심 여사는 감개무량한 표정으로 말했다.

"이거 정말 네가 직접 만들었니? 너무 예쁘고 맘에 들어서 보면 볼수록 눈을 떼지 못하겠구나."

"마음에 드세요, 어머니?"

건도 기분이 좋은 듯 빙그레 웃으며 어머니에게 물었다.

"마음에 들다마다. 아니, 내가 전생에 얼마나 좋은 일을 했기에 이런 멋진 선물을 다 받나 모르겠네."

하늘로 붕 날아오르는 것 같은 기분에 심 여사는 연방 입을 다물지 못했다. 왜 안 그렇겠는가? 이미 십 년 전의 일이다. 자신이 했던 부탁 따위는 이미 잊은 지가 오래였다.

그런데 저 아이는 약속을 잊어 본 적이 없다고 말하면서 전혀 생각지도 못한 한복을 만들어 왔던 것이었다. 게다가 한복을 만드는 것이 어디 쉬운 작업인가? 그것도 흠잡을 곳 하나 없이 완벽했으니 말이다. 심 여사는 기특하고 대견하다는 눈빛을 보내며 윤주의 손을 다정하게 잡아 주더니 다시 아주 소중한 도자기를 다루듯 한복을 조심스럽게 매만졌다.

"마음에 드신다니 너무 감사합니다. 혹시나 해서 걱정했는데."

"윤주가 정말 재간둥이구나. 못하는 게 없으니 말이다. 생각해 보니 인연이란 게 참 묘하지? 그때는 누가 알았겠어? 정말 오빠, 오빠 부르다가 나중에는 아빠가 된다고 하더니, 이래서 하는 말이었나 봐. 윤주가 십 년 전에 나를 자꾸만 어머님이라고 부르더니 정말 내 며느리가 될 줄을 누가 알았겠니. 호호."

심 여사는 좋아서 입을 다물지 못하는데 최 회장은 뭔가 마뜩잖아 하는 눈치였다.

집안의 분위기가 조금 이상했다. 처음 인사 오는 며느리 될 사람을 맞는 분위기가 아니라 몇 십 년 만에 친정을 찾아오는 딸을 맞는 그런 분위기처럼 느껴졌다.

글쎄 눈에 콩깍지가 쓰인 저 아들놈은 그렇다 치더라도 아직 결혼도 안 했는데 처음 인사 온 여자에게 말끝마다 새애기라고 부르며 너무 좋아서 입이 귀에 걸린 마누라의 모습은 더더욱 가관이어서 보기가 참 민망했다.

그렇다고 윤주가 마음에 들지 않는 것은 아니었다. 오랜 세월 산전수전 다 겪어 온 노련한 사업가답게 최 회장은 윤주의 얼굴을 처음 보았던 그 순간 기대 이상의 사람임을 알아보았다.

하지만 윤주가 너무 예뻐도 그렇지, 뭐든 정도껏 해야지 않은가 말이다. 쥐한테도 체통이 있는데 사모님으로서의 체통도 없이 너무 좋아서 입을 다물지 못하는 심 여사의 모습은 보다 보다 처음이었다.

언제나 다소곳하고 차분한 여성의 이미지였던 심 여사가 저렇게 흐트러진 모습을 보이니 최 회장은 절로 눈살이 찌푸려졌다. 그렇다고 대놓고 눈을 부라릴 수는 없어서 최 회장은 애꿎은 헛기침을 뱉어냈다.

그걸 아는지 모르는지 심 여사는 거기서 멈추지 않았다. 어찌 그렇지 않겠나. 작고 예쁘면서도 똑똑하고 당찬 이 아이가 십 년 전부터 그토록 마음에 들어서 저 아이 같은 여자가 우리 며느리가 되었으면 좋겠다고 혼잣말처럼 자주 말했는데, 말이 씨가 되었다. 그러니 당연히 기쁘고 흐뭇하지 않을 수가 없었다. 그래서 그녀는 싱긋벙긋 웃으며 최 회장을 향해 너무너무 행복하다면서 자랑을 하는 것이었다.

"여보, 어때요? 우리 새애기가 만들어 준 한복 너무 예쁘지 않나요?"

'이봐요, 당신. 얼른 침이나 닦으시오.'

그렇게 말하고 싶은 걸 가까스로 참으며 최 회장은 큼, 하고 헛기침을 크게 했다. 그 모습에 심통이 난 듯 심 여사는 입을 삐죽 내밀더니 그를 가볍게 흘겨봤다. 그 눈빛은 이렇게 묻고 있었다.

'왜요? 또 뭔 심술이래요?'

정말이지 심 여사는 이 상황이 너무나 기쁘고 기뻐, 벅차오르는 감정을 어떻게 말로 표현해야 할지 몰랐다. 저 예쁘고 똑똑한 아이가 자신의 며느리가 된다는 사실에 심 여사는 가슴이 뭉클해졌다. 지금 당장이라도 두 사람에게 본가로 들어와서 살라고 말하고 싶은 심정이었다.

과묵하고 무뚝뚝한 남편과 자신에게는 절대 애교를 부리지 않는 재미없는 아들놈과 함께 사는 게 너무 심심했다. 그런데 저 귀엽고 예쁜 며늘아기만 들어온다면 상황은 달라진다. 원래 예쁜 것들은 예쁜 짓만 골라서 한다더니 십 년 전 약속을 잊지 않고 지켜 주는 그녀의 마음 씀씀이에 심 여사는 울컥했다.

당장 내일부터 함께 사는 것 같은 기분이 든 심 여사는 덩실덩실 어깨춤이라도 추고 싶었다. 그래도 혹시나 하는 마음에 심 여사는 확인하듯 넌지시 말을 흘렸다.

"이 어머니는 우리 새애기랑 당분간 함께 지내고 싶은데."

분가하지 않았으면 좋겠다는 말을 빙빙 에둘러 표현한 것이었다. 그러자 그때껏 웃고 있던 건이 곤혹스러운 듯 얼굴을 찌푸렸다.

그 모습을 심 여사는 아직 눈치채지 못했으나 최 회장은 조금이라도 놓칠세라 물끄러미 아들의 표정을 지켜봤다. 아들의 속셈이 뻔히 들여다보여 최 회장은 저도 모르게 쿡쿡 웃음이 나오기도 했다. 뚫어질 듯 바라보는 시선에 건이 막 입을 열려는데 윤주가 먼저 말을 꺼냈다.

"저도 어머님과 함께 지내고 싶어요. 제가 원래 외로움을 잘 타서요."

오호, 애 봐라. 어쩜 예쁜 말만 골라서 하는지. 심 여사는 기특하다는 듯 윤주를 바라보며 흐뭇한 웃음을 금치 못했다. 그러나 건은 달랐다. 대체 저 여자가 무슨 생각으로 그런 말을 하는 건지 모르겠다며 고개를 갸웃거렸다. 그러더니 그렇게 말한 그녀가 원망스럽다는 듯 가만히 흘겨봤다. 맞은편에 앉은 아버지가 그의 일거일동을 빠짐없이 지켜보는 것도 모르는 채 말이다.

"새애기, 이 어머니를 이해해 주어서 너무 고마워."

"아니에요. 어머님."

수줍어하면서도 제법 깍듯하게 대답하는 윤주가 기특해 심 여사는 오랫동안 눈을 떼지 못했다. 그러다가 퍼뜩 정신이 들었는지 건을 향해 눈짓하며 말했다.

"네 방을 신혼 방으로 해야겠다. 괜찮겠지?"

건은 건성으로 고개를 끄덕이며 윤주에게 말했다.

"우리 신혼 방 한번 구경하지 않을래?"

"듣고 보니 그게 좋겠구나. 새애기, 필요한 것 있으면 이 어머니에게 서슴없이 얘기하세요."

네, 라고 공손하게 대답하며 윤주가 몸을 일으켰다. 건이 재촉하듯 애기이, 라고 부르며 그녀의 손을 잡자, 잠자코 앉아 있던 최 회장이 못마땅한 듯 혀를 끌끌 찼다.

"애기이? 저런 푼수 녀석."

다정한 모습으로 이 층으로 올라가는 두 사람을 바라보던 심 여사가 그렇게 말하는 최 회장을 나무랐다.

"부러우면 당신도 한번 해 보시든지요. 애기이, 하고 말이에요. 그것도 낭만적으로 사랑을 표현하는 방법 중 하나라는 걸 모르셨나 봐요? 최 회장님."

"뭐야?"

어이가 없고 기가 막힌다는 표정으로 눈에 힘을 주는 그를 향해 심 여사가 툴툴거리며 덧붙였다.

"하긴 재미없는 당신이 여자의 풍부한 감성을 어찌 다 알겠어요? 아이고, 볼수록 너무 예쁘다. 어쩜 이쁜 것들은 이쁜 짓만 골라서 하는지. 꽉 깨물어 주고 싶다니까. 호호."

한복이 마치 소중한 보물이라도 되는 듯 심 여사는 손으로 조심스럽게 만지기도 하고 얼굴을 파묻기도 하며 감탄사를 연발했다. 그런 그녀의 모습을 어이없어하며 지켜보던 최 회장이 마침내 참지 못하고 울지도 웃지도 못할 한마디를 내던지더니 곧바로 서재로 걸어갔다.

"침이 나옵니다. 나이 먹은 애기님."

곧 신혼 방이 될 건의 방을 두리번거리다 문득 옛 생각이 떠올랐던 윤주는 알지 못할 감정에 저도 모르게 입가에 미소를 지었다.

"갑자기 옛날 생각 난다. 내가 여기서 널 가르쳤는데. 그렇지?"

십 년 전 기억이 하나도 빠지지 않고 다 떠올랐다. 그녀의 말은 죽어라 듣지 않고 늘 엇서기만 했던 녀석의 싸가지 없던 모습이, 그녀가 먹던 사과를 냉큼 빼앗아 가던 녀석의 심술궂은 모습이, 일부러 딴 곳에만 정신을 팔며 조롱기를 대롱대롱 매단 얼굴로 그녀를 놀리던 못된 모습이. 기억이 영화 필름처럼 머리를 스쳐 지나가자 그녀가 일순 새치름하게 눈을 뜨고 건을 노려봤다.

"네가 얼마나 나쁜 놈인지 알아?"

밑도 끝도 없이 뜬금없는 시비를 거는 그녀를 어이없다는 듯 바라보던 건의 눈이 갑자기 짓궂게 변했다. 빠르게 그녀에게 다가간 건이 무지막지한 힘으로 그녀를 바닥에 쓰러뜨려 눕혔다.

"꺄악!"

건의 갑작스런 난폭한 행동에 깜짝 놀란 윤주의 입에서 외마디 비명이 터져 나왔다.

"너 나한테 할 말 없어?"

놀라서 눈을 크게 끔뻑거리는 윤주에게 건이 사악하게 웃는 얼굴로 물었다.

"무, 무슨? 거, 건아. 나 숨 막힐 것 같으니까 좀 비켜 줄래?"

"싫은데."

단칼에 거절하는 그를 얄밉게 흘겨보며 윤주가 위협하듯 말했다.

"나, 고래고래 소리 지를 거다."

"그렇게 해 보시든지."

제발이란 간절한 눈빛을 보냈지만 건은 눈도 깜짝하지 않았다. 생각하면 할수록 자신과 한마디 상의도 없이 함께 지냈으면 좋겠다는 어머니의 말에 냉큼 대답한 그녀가 그렇게 괘씸하지 않을 수가 없었다.

하지만 그가 왜 심술을 부리는지 전혀 알 턱이 없는 윤주로서는 그저 기가 막힐 뿐이었다. 갑자기 웬 놀부 심보야, 하는 표정으로 그를 홱 흘겨보며 그녀는 그에게서 벗어나려 온갖 몸부림을 쳤다.

"네 눈엔 내가 뭐로 보여?"

"으응?"

아니, 대체 왜 저러는데? 윤주는 의미를 알 수 없는 말만 늘어

놓는 건을 지그시 응시하며 답답하다는 표정을 지었다.

"뭐? 외로움을 탄다고? 놀고 있네."

툴툴거리며 마뜩잖아 하는 그를 보고 윤주는 비로소 그 이유를 깨닫고 입가에 배시시 웃음을 떠올렸다.

"우, 웃어?"

"넌 내가 벌써부터 어머니한테 미움받았으면 좋겠니?"

'그건 또 뭔 얼토당토않은 귀신이 씻나락 까먹는 소리야?'

대놓고 묻지는 않았지만 그녀를 빤히 내려다보는 그의 검은 눈동자는 그런 뜻을 드러내고 있었다.

"난 어머니랑 잘 지내고 그분 뜻에 잘 따르는 착한 며느리가 되고 싶거든. 벌써부터 미움받고 싶지 않다고. 그러니까 너그러우신 우리 최건 씨께서 이해해 주세요. 네?"

그래, 잠깐 잊고 있었다. 그녀가 너무 똑똑해서 도무지 말로는 그녀를 당해 낼 재간이 없다는 것을 말이다. 사실 너무나 맞는 말이잖아? 그녀를 골탕 먹이려고 작정했던 자신이 오히려 그녀에게 멋지게 한 방 당했다는 느낌을 도저히 떨쳐 낼 수 없는 건이었다. 그러나 이대로 순순히 그녀를 놓아주기는 억울했는지 건이 심술궂게 말했다.

"키스해 줘, 그럼 놓아줄게."

기가 막히고 어이가 없다는 듯 그녀는 작게 한숨을 내쉬었다. 그러면서도 싫지는 않은 듯 빙긋이 웃으며 팔을 뻗어 그의 목을 끌어안았다. 하지만 그녀보다 더 빠른 건이 그녀의 허리를 양팔로 감싸고서 번쩍 안아 들더니 살포시 침대에 눕힌 뒤 자신도 벌러덩 드러누웠다. 깜짝 놀라며 윤주가 다급히 일어나려 했지만, 건이 재빨리 몸을 틀어 그녀를 꽉 끌어안았다.

"신혼여행 어디 갈 거야? 특별히 가고 싶은 곳 있어?"

건이 넌지시 묻자, 윤주가 재미있다는 듯 호호 웃음을 흘렸다.

"정말 기특하다. 벌써 그런 생각을 다 하다니?"

이 여자, 말하는 것 좀 보게. 매우매우 한심하다는 눈초리로 건이 그녀를 비딱하게 째려봤다.

"넌 아직도 시간이 많은 줄 아냐?"

또 웬 심술이야? 볼멘소리로 불평을 늘어놓는 건을 의아하게 쳐다보면서도 윤주는 여전히 방긋 웃기만 했다.

"시간이 없다고. 알아? 난 올해 안에 결혼하고 애 갖고 싶거든."

작게 웃음을 터뜨리던 윤주가 마침내 참지 못하고 고개를 젖히며 마구 웃어 대기 시작했다. 그녀는 한참이 지나서야 겨우 웃음을 그치곤 얄밉게 대꾸했다.

"그건 네 생각이고. 난 대답한 적 없는데."

"어림없는 소릴!"

발끈하며 소리를 지르던 건이 다시금 표정을 부드럽게 바꾸더니 능글맞게 말했다.

"우리 애기이는 착하고 마음이 너그러운 아가씨잖아. 아, 또 착한 며느리가 되고 싶다고 했지? 부모님께 하루빨리 예쁜 손주 안겨 주는 것도 나름 효도가 아닐까? 그렇지?"

"이, 나쁜 자식! 으흣."

그러나 윤주의 웅얼거림은 채 이어지지 못했다. 그녀의 코앞까지 다가온 건이 그녀의 입술을 덮쳤기 때문이다.

아, 또다 또. 살짝 맛보고 얼른 놓아주려 했는데 그녀의 입술을 맛보면 맛볼수록 그는 더욱더 목마른 갈증에 허덕였다. 주술이라도 걸어 놓은 듯 그녀의 입술은 그를 더욱더 애타게 하고 열정으로 타들어 가게 만들었다.

'너란 여자는 정말 맛보면 맛볼수록 사람을 미치게 해.'

하지만 건의 그런 애타는 마음을 아는지 모르는지 윤주도 그의 목에 매달리며 그의 키스에 열정적으로 응해 주었다. 그렇게 문밖에서 노크 소리가 들려올 때까지 그들은 오랫동안 숨 막히는 듯한 길고 뜨거운 키스를 나누었다.

10.
우리 모두
행복해졌으면 좋겠어

그동안 부딪치지 않고 조용히 지내오던 강수영으로부터 만나자
는 전화가 걸려 온 건 뜻밖의 일이었다. 원래는 건과 반지를 맞추
러 가려고 했는데 윤주는 어쩔 수 없이 약속을 뒤로 미루어야 했
다.

피해서 해결될 문제가 아니라는 걸 직감했던 것이다. 이번엔 또
어떤 경고를 하려는 걸까? 아니면 또 어떤 추태를 부리려고 자신
을 불러내는 걸까? 온갖 부정적 생각을 하는 가운데 어느새 발걸
음은 약속한 장소에 가까워지고 있었다.

근데 도착하고 보니 이번에는 또 무슨 황당한 시추에이션을 벌
이려는 건지 테이블에는 맥주가 가득가득 채워진 컵들이 쭉 늘어
서 있었다. 지난번에 한바탕 그 난리를 쳐 놓고 말이다.

"강수영 씨!"

놀라서 기겁하는 윤주에게 수영은 싱긋 웃으며 자리를 권했다.

어째 그 웃음이 섬뜩하게 느껴져 윤주는 영 꺼림칙했다. 왜 그런 말도 있잖아. 여자가 한을 품으면 오뉴월에도 서리가 내린다고.

오지 말 걸 그랬나, 하는 생각에 약간의 후회감도 없지 않았다. 왜, 겁나니? 하고 도전적인 눈빛을 보내는 수영의 눈빛에 윤주는 마지못해 자리에 앉았다. 절대 두려워서가 아니다. 이왕 여기까지 온 김에 말이라도 들어 보자는 심정이었다.

"자 우리 한 잔 마셔요!"

아직 안주도 나오지 않았는데 벌써 술을 마시자고 권하는 수영 때문에 윤주는 금방이라도 무슨 일이 벌어질 것 같아서 걱정이 되었다. 그래서 대뜸 마실 엄두는 못 내고 엉거주춤 주저하는데 수영이 그런 그녀의 마음을 눈치챘는지 어깨를 으쓱해 보였다.

"괜찮아요. 지난번처럼 그러지 않을 테니까요. 왜요? 무서워요?"

자신을 무시하느냐는 그런 뉘앙스를 풍기자 윤주는 억지로 맥주를 한 모금 홀짝였다. 어느새 두 컵을 깨끗이 비워 낸 수영이 시원하다는 듯 아, 하고 감탄사를 내뱉더니 불쑥 말을 꺼냈다.

"건이 오빠랑 곧 결혼한다고 들었어요."

건이 윤주에게 마치 영화나 소설 속에서나 나올 법한 매우 특별한 프러포즈를 했다는 소문을 직원들에게서 들었다. 이제는 정말로 이 지독한 외사랑을 끝내야 하는구나 하는 생각에 수영은 씁쓸한 표정을 지우지 못했다.

수영이 몹시 위태롭고 안쓰러워 보여 위로를 해 주자니 괜히 자신이 가식적으로 보이는 것 같아서 윤주는 말없이 잠자코 앉아 있었다.

"건이 오빠를 사랑하는 거 진심 맞죠?"

조금은 신경에 거슬리는 질문이었지만 윤주는 웃으며 담담하게 응수했다.

"네. 진심이에요. 이미 십 년 전에도 느낀 거였지만, 비록 건이가 싸가지 없고 건방지고 무례하긴 하지만, 그 이면에 자상함과 따뜻함도 있더라고요. 수영 씨도 알고 있다시피."

듣고 있는 수영의 얼굴이 굉장히 슬퍼 보였지만 이번에도 윤주는 어떤 위로를 해 줘야 할지 마땅한 말이 생각나지 않았다.

"나, 언니가 미워요."

밑도 끝도 없이 밉다는 말만 몇 번 반복하고서 수영은 또다시 맥주를 홀짝거렸다. 저러다 취하지 않을까, 하는 생각이 들었지만 윤주는 굳이 말리지 않았다.

"난 언니가 아주 많이 미워요. 그런데 있잖아요."

울음을 터뜨릴 것 같은 슬픈 목소리. 그럼에도 수영은 아직 잘 참고 있었다.

"근데 언니를 마음껏 미워할 수 없네요."

이건 또 무슨 앞뒤가 맞지 않는 소리란 말인가? 이해할 수 없어서 고개를 갸웃거리는 윤주에게 수영은 어딘가를 하염없이 바라보며 말을 꺼내 놓았다.

"난 언니의 솔직함이 좋았어요."

만약 주윤주가 비겁한 여자라면 지난번 회의 때 절대 강수영의 디자인이 훨씬 훌륭하다고 솔직하게 터놓지 못했을 것이다. 진실을 인정하고 그대로 받아들이는 건 어려운 일이다. 나라면 할 수 있었을까? 수영은 살그머니 고개를 가로저었다.

"이제는 알 것 같아요. 건이 오빠가 왜 언니를 좋아하는지. 왜 십 년 넘게 언니를 기다려 왔는지."

그 말을 끝낸 수영의 눈에서 눈물이 주르륵 흘러내렸다.

"강수영 씨……."

몹시도 당황해하는 윤주의 손을 살며시 잡아 주며 수영이 늦은 축복을 해 주었다.

"언니, 나 건이 오빠 많이 좋아했어요. 근데 이제는 언니한테로 보내 주려구요. 내 것이 아니라는 걸 똑똑히 알아서요."

"수영 씨."

"자 우리 한 잔 더 해요."

이제는 무거운 모든 걸 내려놓을 수 있게 되었다는 편안한 표정으로 수영은 계속해서 맥주를 한 컵 한 컵 비워 나갔다. 걱정되는 마음이야 더 말할 것도 없었지만 윤주가 딱히 해 줄 수 있는 것은 아무것도 없었다. 살면서 감당하기 힘든 큰 시련 중 하나는 실연이라는 걸 모르지 않았기에.

자신이 태준을 잊지 못해 애태우고 아파했던 것처럼 수영 역시 같은 마음일 것이다. 그러나 그녀도 곧 새로운 사랑을 시작하게 될 것이다. 자신이 그랬던 것처럼. 그녀 역시 행복해질 날이 오겠지. 그런 생각을 하며 윤주는 수영의 잔에 자신의 잔을 부딪쳤다.

"수영 씨도 언젠가는 좋은 사람 만날 거예요. 꼭 행복해질 거예요. 왜냐하면 우린 모두 사랑받기 위해 이 세상에 온 사람들이니까요."

그 말을 알아들었을까? 수영이 잠시 고개를 들고 윤주를 빤히 쳐다봤다. '정말 그럴까요?' 그 눈빛에 화답하듯 윤주가 고개를 크게 끄덕여 주자 수영은 헤실헤실 미소를 지었다.

수영의 휴대폰으로 걸려 온 명진의 전화를 받은 것은 술에 취해 테이블 위에 고개를 박고 자고 있는 수영을 보고 이러지도 저러지도 못하고 한참 망설이고 있을 때였다.

그때까지만 해도 구세주가 나타난 것 같아서 기뻐서 별로 깊게 생각하지 않았는데 한달음에 뛰어온 명진을 보고 윤주는 약간 의문스러운 느낌을 떨칠 수가 없었다. 그래도 그다지 괘념치 않았는데 수영을 자상하게 챙겨 주는 명진의 일거일동이 그녀의 의심을 불러일으켰다.

"명진아."

주저하며 머뭇거리는 윤주에게 명진이 의문의 눈빛을 보내자 그녀는 조심스럽게 물었다.

"너 혹시 강수영 씨 좋아하는 거니?"

대뜸 대답 못 하고 곤란해하는 명진을 보고 윤주는 자신의 생각이 맞았다는 걸 알고서 희미하게 웃음을 지었다. 뛰어오느라 땀에 흠뻑 젖은 모습하며, 행여나 수영이 어디 다친 데는 없는지 아기처럼 섬세하게 보살펴 주는 모습하며, 무슨 술을 이렇게 많이 마셨나? 하고 그녀를 걱정하는 눈빛이 이 남자가 수영을 아주 많이 좋아하고 있다는 걸 설명해 주고 있었다.

"강수영 씨를 많이 좋아하는구나."

"귀엽잖아요."

윤주의 말이 끝나기 무섭게 명진이 바로 화답했다. 그 말을 하는 순간에도 명진은 고개를 푹 숙인 채 코를 쿨쿨 골고 있는 수영을 애정 어린 눈빛으로 쳐다봤다. 실은 코를 골며 침까지 질질 흘리는 수영의 모습은 아주 엉망이었는데 말이다.

그런 두 남녀를 바라보는 윤주의 얼굴에 안도의 빛이 스쳐 갔다. 이만 자리를 비켜 주어야겠다 싶어서 윤주는 잘해 보라는 듯 명진의 어깨를 툭툭 두들겨 주고서 그 자리를 떠나갔다.

✳

　만약 어제 명진의 전화를 받지 않았다면, 만약 어제 단둘만 남겨 두지 않았다면 강수영은 어찌 되었을까? 윤주는 그 후 꽤 오랫동안 생각해 봤다.

　다음 날 아침 몹시 수척해진 얼굴로 나타난 강수영은 다짜고짜 윤주를 데리고 회사 옥상으로 올라갔다.

　'그러니까, 강수영 씨 술은 적당히 하는 게 좋아. 거봐! 그렇게 술을 퍼마시니까 얼굴이 상했잖아.'

　얼굴이 몹시 초췌해진 수영을 보고 윤주는 조금 안됐다는 생각이 들어 마음속으로는 그렇게 말했지만 입 밖으로는 내뱉지 않았다. 대신 다른 말을 꺼내 놓았다.

　"강수영 씨, 아직 해장 안 했죠?"

　해장이고 자시고 수영에게는 지금 그게 중요한 게 아니었다. 수영은 울상이 된 얼굴로 한참을 주춤거리다가 윤주의 코앞에 대고 속삭이듯 낮은 소리로 물었다.

　"언니, 건이 오빠랑 자 봤어요?"

　어어, 이 발칙한 아가씨가 시퍼런 대낮에 이게 무슨 소리란 말인가? 듣기가 민망해서 윤주는 얼굴이 화끈거렸다. 그러나 그렇게 물어본 당사자는 부끄럽지도 않은지 궁금하다는 듯 윤주를 빤히 쳐다봤다. 아니, 근데 이런 건 대체 왜 묻는 거지? 어디로 튈지 모르는 탁구공처럼 그녀의 속을 종잡을 수 없어서 윤주는 매우 난처한 표정을 지었다.

　"언니 그럼 그거 할 때 피임은 했어요?"

'그거'라는 대목에서는 수영은 야한 손놀림까지 곁들였다. 아우, 진짜 이 당돌한 아가씨는 오늘따라 대체 왜 이리도 끈적끈적하게 논다니? 점점 난처한 상황으로 몰아가는 수영 때문에 윤주는 정말 난감했다. 어떻게 대답해야 할지 모르고 눈만 데굴데굴 굴리고 있었다.

그런데 이게 웬걸! 지금껏 줄곧 어이없는 질문만 해 대던 수영이 갑자기 아이구, 난 망했어! 라고 말하면서 한탄을 하지 않겠나.

"강수영 씨, 어제 무슨 일 있었어요?"

자리에 주저앉는 그녀를 다급히 부축하며 윤주가 조용히 물었다. 근데 수영의 표정을 보니 정말 무슨 일이 있었던 것 같았다. 당장이라도 울음을 터뜨릴 것 같은 얼굴로 수영이 더듬더듬 말했다.

"나, 나 어제 명진 오빠랑 같이 잤어요."

"아!"

수영의 말에 윤주의 입에서 감탄사 비슷한 것이 튀어나왔다. 이럴 때 다른 말은 생각나지 않았다. 잘된 일인지 아닌지 정확히 알 수 없었다.

아, 근데 요즘 세월에 남자랑 같이 자는 게 무슨 대수라고 저 아가씨는 저리도 당황해하는 걸까? 다른 사람도 아닌 명진이라면 한 번쯤 고민해 볼 필요가 있는 좋은 남자가 아닌가 말이다.

"피임도 안 했단 말이에요. 흑…… 아, 나 쫄딱 망했다구요……."

윤주의 입술이 씰룩거렸다. 남은 슬퍼 죽겠다는데 어째서인지 윤주는 이 상황 앞에서 슬며시 웃음이 났다. 눈앞의 아가씨가 귀엽다고 할까?

최건에게 처음을 내줄 때가 기억이 났다. 건으로부터 특별한 프러포즈를 받은 그날이었던 걸로 기억된다.

　"주윤주, 마음이 예쁜 너의 모든 걸 좋아해. 그래서 오늘은 네가 아무리 발버둥 치고 울고 몸부림쳐도 너를 꼭 나만의 여자로 만들 거야."

　그날 건은 그렇게 말하면서 윤주를 자신만의 편안한 공간인 오피스텔로 데려갔다. 그녀를 갖고 싶다는 건의 한마디에 윤주는 싫다고 대뜸 거절할 수가 없었다.

　처음엔 그저 얼떨떨했던 것 같다. 그녀에게 있어 그는 단지 상사이면서도 동생에 불과했을 뿐 그 이상도 그 이하도 아니었다. 처음엔 정말이지 한때나마 제자였던 그와 연인이 된다는 그 자체가 너무나도 어처구니가 없었다. 그녀의 첫사랑은 어디까지나 한태준 그 남자였다.

　하지만 서로 떨어져 지냈던 20년이란 시간은 그와 그녀의 거리를 너무도 멀게 만들어 놓았다. 정확히 그날에서야 뼈저리게 알게 되었다. 민정과 나란히 서 있는 태준을 보고 그는 더 이상 그녀에게만 속했던 유일한 존재가 아니라는 걸.

　그러곤 또 하나 알게 되었다. 그녀 역시 자신도 모르는 사이에 건을 조금씩 좋아하게 되었고 아주 짧은 시간 동안 그에게 멋지게 말려들었음을 인정하지 않을 수 없었다.

　여러 가지 사색에서 깨어나 정신을 차려 보니 어느덧 건의 오피스텔에 도착해 있었다. 벌써부터 괜히 긴장하고 떨리고 두려웠는지 오피스텔 내부를 두리번거리는 척하며 딴전을 피우는 윤주를 가만히 지켜보는 건도 상념에 젖어 있었다.

10년이란 긴 시간이 흘렀음에도 불구하고 건의 눈에 윤주는 여전히 22살에 머물러 있었다. 작고 예쁘고 귀엽게 생긴 여자. 단지 외모만 예쁜 게 아니었다. 해맑은 미소와 천사 같은 마음을 가진 그녀의 모습은 너무 아름다워서 그냥 보는 것만으로도 제 영혼이 맑아지는 느낌에 기분이 좋았다.

철없던 18살, 그래서 자연히 모든 게 서투를 수밖에 없었던 그 시절, 심술딱지가 더덕더덕 붙은 얼굴로 그가 아무리 그녀를 괴롭히고 곤란하게 만들어도 그녀는 얼굴 한 번 찡그리지 않았다. 시종일관 환한 미소를 유지하면서 차근차근 도리를 설명함으로써 그로 하여금 스스로 깨달을 수 있게 했다.

어디 그뿐인가? 그 누구에게도 열어 주지 않았던 마음의 문을 힘차게 두드리며 그에게 가까이 다가온 당당하고 강단이 있는 여자이기도 했다.

그러나 그때는 몰랐다. 그녀를 껴안고 범하고자 했던 자신의 진정한 속마음을. 처음엔 일시적인 충동이나 본능적인 욕망이라고 생각했다. 하지만 아니었다. 그건 그녀를 향한 사랑이었음을 깨닫는 데는 그리 오래 걸리지 않았다. 그녀에게 아무것도 해 준 것 없이 상처만 주었다고, 그의 심장이 극심한 아픔을 호소하며 끊임없이 울부짖고 있었다.

그렇게 그녀를 떠나보내고 지난 십 년 내내 그는 그녀를 잊으려고 애쓰며 발버둥을 쳤다. 하지만 그럴수록 주윤주란 이름 석 자는 마치 손에 박힌 가시처럼 수시로 그를 괴롭혔고, 그녀와 함께했던 기억은 가슴 깊숙이 남아서 그는 거기에서 벗어나려 심한 몸부림을 쳐야 했었다.

지금 생각해 보면, 참 바보 같았다. 그때 왜 그녀에게 미안하다는 말을 해 주지 못했을까? 그랬더라면 그도 그녀도 그렇게 힘들지 않았을 텐데⋯⋯. 그리고 그녀를 다시 보는 순간 건은 즉시 깨닫고 말았다. 그와 그녀는 끊어 낼 수조차도 없는 쇠사슬처럼 얽혀 버린 끈질긴 인연임을. 또다시 눈앞에서 허망하게 그녀를 놓치고 싶지 않았다. 그녀의 모든 것을 갖고 싶었다.

어지간히 긴장된 모양인지 그녀의 경직된 모습에 건은 쿡쿡 새어 나오는 웃음을 참으며 능청스럽게 물었다.

"왜? 두려워?"

얄밉게 느껴지는 어투에 윤주는 건을 향해 눈을 흘기다가 이내 고개를 푹 꺾었다. 수줍은 듯 발갛게 홍조를 띤 그녀의 얼굴을 요리조리 뜯어보던 건이 나직하게 읊조렸다.

"처음⋯⋯ 맞지?"

그 말에 이상하게도 심장이 먼저 반응하기 시작했다. 두근두근, 콩닥콩닥, 쿵쾅쿵쾅, 쿵쿵! 설렘과 두근거림, 그리고 두려움으로 다가오는 생소하고 낯선 느낌에 윤주는 어쩔 바를 몰라 했다. 수시로 얼굴 표정을 바꾸는 그녀를 가만히 보고 있던 건이 슬쩍 화제를 바꾸며 그녀에게 무언가를 건네주었다.

"너한테 보여 줄 것 있어."

"아, 이것⋯⋯."

짧은 탄식이 그녀의 입에서 흘러나왔다. 보고도 도저히 믿을 수 없다는 듯 그녀는 세차게 고개를 흔들었다.

"이게 어떻게 너한테⋯⋯?"

건이 그녀에게 건네준 것은 윤주가 매번 기분이 심란하거나 착잡할 때마다 별생각 없이 이것저것 끼적거렸던 스케치북이었다. 이리 뒤지고 저리 뒤져 보아도 도저히 못 찾아서 잃어버린 줄 알

있는데 그걸 건이 여태껏 갖고 있었다는 사실에 여간 놀란 게 아니었는지 윤주는 한동안 놀라움을 감추지 못했다.

"네 생각날 때마다 이걸 들여다봤어. 늦게 돌려줘서 미안해."

찰랑찰랑 물이 고인 것처럼 일렁이는 그녀의 새까만 눈동자를 응시하며 건이 지그시 물었다.

"내가 지난 십 년 동안 어떻게 지내 왔는지 궁금하지 않아?"

대답은 건너오지 않았지만 그를 빨아들일 것 같은 그녀의 눈동자에 답이 있었다. 그녀의 이마에 짧은 입맞춤을 한 건이 입가에 미소를 그리며 천천히 말을 이어 갔다.

"널 그렇게 보내고 어머니랑 약속했어. 다른 사람의 과외를 받지 않는 대신 명진이를 제치고 수석을 할 거라고 말이야."

명진에게서 언뜻 얘기를 들은 기억이 떠올랐던 윤주가 싱긋이 웃음을 지었다.

"음, 명진이가 그러더라. 너랑은 대체 무슨 껍딱지가 붙었는지 좀처럼 떨어지지 못한다고 말야. 엄청 분한 것처럼 말하던데 그것 때문이었나?"

"그 자식 울었거든."

조금은 놀란 듯 윤주의 눈이 공처럼 커졌다.

"수석 놓치고서 울었지. 아마도 이를 갈았을걸."

건이 이를 으드득으드득 가는 시늉을 하자 참지 못한 윤주의 입에서 기어코 웃음이 터져 나왔다.

"사내자식이 돼 가지고 질질 짜고 말이야."

"어이그, 그래 너 참 잘났다."

푸념 섞인 그녀의 말투가 거슬렸는지 건이 살짝 입꼬리를 말아 올리며 못마땅한 듯 가볍게 그녀를 째려봤다. 그리고 신경질적으

로 스케치북을 몇 장 펼치더니 윤주의 얼굴에 가까이 갖다 대며
물었다.

"이건 누구야?"

채 완성하지 못한 소년의 초상화에 윤주는 일순 숨을 급하게 들
이쉬었다. 조금은 혼란스러워하는 그녀의 표정에 건은 살짝 이맛
살을 구기더니 이내 다른 장을 펼치고 그녀에게 물었다.

"그럼 이건 누구야?"

그건 건이 심술궂게 굴 때마다 그렸었던 그를 모티브로 한 우스
꽝스러운 만화 캐릭터였다. 장난기를 가득 담은 그녀의 눈이 곱게
휘어지며 짓궂은 웃음을 만들어 냈다.

"알고 싶니?"

만화 캐릭터와 그녀를 번갈아 쳐다보는 건에게 윤주가 천천히
읊조렸다.

"이 캐릭터 이름이 최건이야!"

"뭐, 뭐야?"

적잖은 충격을 받은 듯 건의 표정이 어이없게 찡그려졌다. 하긴
그게 자신인 것조차 모르는 채 볼 때마다 배꼽 잡고 웃어 댔으니.

"주윤주."

이를 악물고 으르렁거리는 건의 입술에 윤주가 자신의 손가락을
슬며시 갖다 댔다.

"너, 이거 유혹이야?"

"좋은 대로 생각해."

살그머니 그의 입술을 쓸던 손을 치우려는데 건이 그녀를 놓아
주지 않았다. 그녀의 손가락을 입에 머금고 사탕을 빨듯 빠는가 싶
더니 혀로 할짝할짝 핥으며 간질였다.

"흑, 건아…… 그만!"

"그만은 무슨, 아직 시작도 안 했는데."

자리에서 일어서서 그녀에게 다가온 건이 그녀를 번쩍 들어 안고 침실로 빠르게 걸어가기 시작했다. 그리고 침대에 눕히기가 무섭게 그녀의 입술부터 탐했다. 입술을 혀로 건드려 그녀의 입이 열릴 때를 놓치지 않고 자신의 혀를 밀어 넣었다.

잇몸에서부터 혀를 감아 잡았다 당겼다가를 반복하며 그녀의 혀를 휘감고 세차게 빨아들였다. 넋을 잃을 정도의 감각과 심장이 녹아내릴 것 같은 입맞춤에 윤주는 눈을 감고 그가 원하는 대로 입술을 열고 그를 받아들였다.

"아직도 두려워? 준비됐어?"

그녀의 블라우스 단추를 열어 능숙하게 벗기고 드러나는 하얀 목덜미에 입술을 내리꽂으며 건이 자상하게 물었다.

"흑…… 건아."

목덜미에 와 닿는 그의 뜨거운 숨결을 피해 그녀가 외쳤지만, 이내 호흡은 끊기고 외침은 그의 입술 안으로 사라져 버렸다. 하얀 브래지어에 싸인 풍만한 가슴을 보는 순간 건은 금방이라도 숨이 멎을 것만 같았다. 활활 타오르기 시작한 불꽃은 거칠기 짝이 없었고, 자제력은 순식간에 무너지면서 심한 어지러움까지 느낄 정도였다.

다급한 손놀림으로 브래지어를 끌어내고 바지를 벗기며 건은 배려하듯 그녀의 눈가에, 입술에, 가슴에 자잘한 키스를 흩뿌렸다. 그러곤 오로지 자신만을 향한 그녀의 맑고 깨끗하고 투명한 눈동자를 깊이 응시하며 건은 재빨리 옷을 벗었다.

"지난 십 년 동안 한 번도 널 잊어 본 적 없었어."

빨갛게 달아오른 그녀의 얼굴을 조심스럽게 부여잡고 건이 부드럽게 속삭이며 입술을 포개었다. 뽀얗고 풍만한 가슴을 조심스레 입안에 머금다가 혀끝으로 앙증맞게 솟아오른 유두를 빨더니 이로 살짝 깨물었다. 낯선 느낌, 낯선 그 아찔함에 윤주는 건의 어깨를 잡은 손에 힘을 주었다.

"건아, 으흣⋯⋯."

"쉿. 아직 멀었어. 천천히 느껴 봐."

입안으로 새어 드는 그의 뜨겁고 격렬한 숨결을 맞이하면서 윤주는 그의 애무가 전해 주는 환희에 몸부림을 쳤다.

미지의 두려움에서 벗어나려는 그녀의 몸을 강하게 잡아 누른 그의 커다란 손이 그녀의 양 가슴을 번갈아 가면서 주물렀고 짜릿한 통증을 호소하는 유두를 입안에 머금고는 혀를 돌리다가 아래로 내려가 그녀의 아랫배에 뜨거운 숨결을 퍼붓고 수없이 입맞춤을 했다.

배 속이 뜨뜻해지면서 뭐라고 설명할 수 없는 감각이 아랫도리를 자극했다. 온몸이 찌릿하며 마치 전기가 흐르는 것 같은 느낌이 수차례. 그녀의 샘이 천천히 젖어 들고 있었다.

"늘 네 생각을 하고 네 꿈을 꾸었어. 잊으려 하면 할수록 더욱 간절해지고 지우려 하면 할수록 더욱 선명하게 떠오르더라."

그러나 이미 머릿속이 텅텅 비어 버린 윤주의 귀에 건의 말이 제대로 들어올 리가 없었다.

"헉! 건아⋯⋯."

가녀린 그녀의 다리를 은밀하게 쓰다듬던 그의 손길이 계곡 사이로 파고들자 그녀가 흠칫하며 신음했다. 급히 오므리려는 두 다리를 억센 힘으로 벌리고 건은 윤주조차도 알지 못하는 은밀한 숲으로 파고들기 시작했다. 그의 야만스런 입술은 그녀의 안을 정신 없이 탐닉하고 그의 어깨를 꽉 잡은 그녀의 손에 힘이 더욱 들어 갈수록 매끈한 손등 위로 툭툭, 힘줄이 불거졌다.

"괜찮아, 긴장 풀고 내게 널 열어."

그 말이 끝남과 동시에 활짝 벌려진 그녀 안으로 살이 찢기는 고통과 함께 그가 들어왔다.

"으윽……."

불에 덴 듯한 화끈거림. 생각했던 것보다 더 큰 압박의 고통이 전해지자 윤주는 입술을 꾹 깨물었다.

"미치겠군!"

몹시 놀란, 그리고 걱정스러운 목소리가 들렸던 것도 같았다.

"역시 처음이었구나."

심하게 표정을 일그러뜨리는 그녀의 입술을 머금고 부드럽게 빨 아들이며 건은 더욱 깊숙이 들어갔다.

"더 아플 거야. 많이 아플 거야. 미안해. 정 참지 못하겠으면 날 때려, 응?"

그런데도 쉽사리 그를 받아들이지 못하는 그녀에게 건은 쉴 새 없이 사랑의 밀어를 속삭였다.

"좋아해, 사랑해. 많이많이 사랑해, 윤주야……."

그녀를 향한 끝없는 사랑의 고백에 그제야 그녀의 여체가 그를 받아들이기 시작했다. 몰아붙이고 끌어안으며 끝없이 그녀를 탐하 게 만드는 신랄한 고문에 건은 힘이 잔뜩 들어간 손으로 그녀의 머리를 움켜쥐고 그녀의 입술을 덮었다. 혀가 서로 엉기고, 입술이 서로 맞물리는 숨 막히는 듯한 키스에 오직 감각만이 지배하는 아 득한 절정으로 두 사람은 한없이 빨려 들어갔다.

으읏, 그때 그에게 처음을 내주던 생각을 하면 지금도 온몸에 전율이 흐르는 것이 느껴져 윤주는 몸을 부르르 떨었다.

"난 아직 하고 싶은 것도 많고 해야 할 것도 많단 말이에요. 흑……."

울음기 섞인 목소리에 윤주는 그제야 완전히 사색에서 깨어난 듯 이해한다는 얼굴로 작게 고개를 끄덕거렸다.

그러나 행여나 임신이 되었다 해도 그게 그리 나쁜 일은 아니라고 뭔가 그럴싸한 설득을 해야 하는데 급히 머리를 굴려 봤지만 별다른 뾰족한 수가 떠오르지 않았다.

윤주가 말은 안 하고 애꿎은 헛기침만 내뱉자 수영은 더더욱 절망스러운 얼굴로 한숨만 푹푹 내쉬고 있었다. 단 하루 사이에 자신이 왜 이런 걱정을 하고 있어야 하는지를 모르겠는 것이다.

깨어나 보니 자신은 벌거벗은 채 명진의 품에 안겨 있었다. 어쩌다 이렇게 되었는지 영문을 알 수 없음에도 불구하고 수영은 보통 이런 상황에 직면한 보통의 여자들처럼 울고불고 질질 짜거나 고래고래 소리를 지르지 않았다.

그 순간 느낌을 한마디로 표현하자면 당황했다는 게 맞는 말이다. 순식간에 날짜를 계산해 보니 약간 위험한 시기였다. 게다가 피임도 하지 않았으니 애라도 생기면 어쩔까 하는 걱정 때문에 불안해서 견딜 수가 없었기 때문이다.

명진이 참 괜찮은 남자라는 건 알고 있지만 변변한 연애 한번 제대로 못 해 보고 아이가 먼저 생겨 결혼하게 된다면 이 얼마나 억울한 일인가 말이다.

"이렇게 빨리 애 엄마 되기는 싫다구요. 아, 아직 준비도 안 됐는데……. 어떡해요? 언니. 흑……."

정말 임신이 맞는지도 확신할 수 없는데 이 귀여운 아가씨가 너무 앞서 가는 것이 아닐까 하는 생각을 하고 있던 참인데 별안간 누군가의 목소리가 끼어들었다.

"어떡하긴 뭘 어떡해? 애 낳고 키우면 되지."

목소리의 임자는 바로 명진이었다. 저 남자는 어떻게 저런 말을 그리도 쉽고 간단하게 할 수 있을까 하며 수영은 야속하다는 눈빛으로 바라보다 얼른 고개를 푹 숙이고 말았다. 아침에 벌거벗은 채 명진에게 안겨 있던 자신의 모습이 뇌리를 스쳐 가자 그를 똑바로 바라보기가 부끄러워졌기 때문이다. 또 다른 제삼자의 목소리가 들려온 것은 바로 그때였다.

"태명진!"

마치 뭔가에 성이 잔뜩 난 건의 목소리였다. 어느새 명진의 앞으로 성큼성큼 다가간 건이 빠르게 그의 멱살을 잡고서 추궁하는 듯한 어조로 살벌하게 물었다.

"너! 태명진 너, 강수영한테 무슨 짓을 한 거야?"

흥! 어째서인지 그 말에 명진은 저절로 코웃음이 나왔다. 수영과는 남남인 주제에 마치 오빠인 양 주제넘게 나서니 아주 기가 막혔던 것이다.

자신을 때려죽일 듯한 눈빛으로 노려보는 건에게 명진은 어제 강수영과는 아무 일도 없었다고 솔직하게 말하지 않았다. 강수영이 뭔가 잘못 알고 있지만 그녀가 좋아서 이 기회를 틈타 적극적으로 밀어붙이는 거라는 말을 입 밖에 꺼내지 않았다.

정말 하늘에 대고 맹세하지만 나, 태명진은 비록 예쁜 여자를 좋아하는 건 맞지만 그렇다고 술에 취해 정신줄을 놓고 있는 여자를 범할 정도로 막돼먹은 나쁜 놈이 아니다.

그 어떤 해명이나 변명도 하지 않고 그저 피식 웃기만 하는 녀석이 괘씸하고 얄미워 참다못한 건이 그의 얼굴에 주먹을 꽂았다.

"오빠!"

그것으론 성이 차지 않았는지 다시 한 번 주먹을 날리려는 찰나 수영이 기겁한 얼굴로 건의 앞을 가로막아 섰다. 어서 뒤로 물러서라고 말하는 건에게 수영이 원망스러운 어조로 소리치듯 내뱉었다.

"건이 오빠! 미쳤어? 제정신이야?"

건이 숨을 씩씩거리며 명진을 노려보며 말했다.

"저 자식이 너한테 무슨 짓을 했는데!"

목소리에는 수영에 대한 안쓰러움과 명진에 대한 배신감이 깃들어 있었다. 그 말에 수영이 고개를 조금 돌려 명진을 똑바로 바라보다 다시 건에게로 시선을 옮기더니 노골적으로 불만을 터뜨렸다.

"오빠 깡패야? 말로 하면 안 돼? 사람을 왜 때리느냐고?"

대체 어떻게 때렸는지 코피를 쏟고 있는 명진을 보자 수영은 이유 없이 화가 나기 시작했다. 그래서 그녀는 한쪽 눈썹을 쓱 들며 건을 향해 위협적인 경고를 날렸다.

"한 번만 더 명진 오빠를 때려 봐! 절대 가만두지 않을 거야! 경찰에 확 고소해 버릴 거야!"

그때껏 목석처럼 굳은 채 한쪽 구석에 가만히 서 있던 윤주가 몹시 어이없어하며 그들에게로 다가갔다. 처음에 건이 명진에게 주먹을 날렸을 땐 너무도 놀라서 커다란 호흡을 토해 내며 미친 듯이 날뛰는 심장을 진정시켜야 했다. 그런데 어째 상황이 점점 이상하게 돌아가는 듯했다. 솔직히 말해 가해자는 명진 쪽이고 건은 그녀를 위해 주고 있는 건데 저 귀여운 여자는 아주 발칙하게도 은혜를 원수로 갚고 있었던 것이다.

"강수영 씨, 금방 우리 건이한테 뭐라 했어요?"

따지고 드는 윤주를 보고 수영은 가슴께에 팔짱을 끼며 불평을 터뜨렸다.

"언니도 그러는 거 아니에요."

"뭐, 뭐라구요?"

어이없어서 말까지 더듬거리는 윤주에게 수영이 봇물 터지듯 말을 쏟아 냈다.

"적어도 언니가 연장자로서 말렸어야죠."

어어, 이런 발칙한 아가씨를 보았나? 우리 건이가 대체 뭘 그렇게 잘못한 건데? 너를 만만하게 보지 말라고 저 남자에게 단단하게 경고하느라 그런 건데. 그녀의 오빠로서 나선 건에게 고맙다 해도 모자랄 판에 이런 소리나 하고 있다니? 하도 기가 막힌 윤주는 그만 언성을 높이고 말았다.

"강수영 씨! 입은 비뚤어졌어도 말은 바른대로 하라고 건이는 수영 씨를 도와준 거예요."

여자들의 소리가 점점 높아 가자 이번엔 남자들의 얼굴이 멀뚱멀뚱해졌다. 자칫 잘못하면 싸움이라도 일어날 것 같은 불안감에 명진이 수영의 손을 꽉 잡고 그만하라는 눈짓을 했다. 수영도 일을 크게 벌일 생각은 없었기에 명진의 손을 뿌리치지 않았다. 조금 아픈 듯 미간을 찡그리는 명진을 보자 다시 화가 났는지 수영은 일부러 건이 들으라는 듯 명진에게 크게 말했다.

"그래, 빨리 가자. 사람이 깡패도 아니고 이게 무슨 짓인지."

조금씩 멀어져 가는 두 남녀를 멍하니 바라보던 건은 너무도 기가 막혀 황당하다는 표정을 감추지 못했다.

"뭐야? 저 두 사람?"

"에휴, 방금 그건 좀 화나기는 했지만, 그래도 두 사람 잘 어울리지 않아? 난 둘이 잘되었으면 해."

멀어지는 두 사람의 모습이 보이지 않게 되자 화를 가라앉힌 윤주가 건에게 가까이 다가서며 말했다.

"그런가? 명진이랑 수영이가?"

그럼 강수영에 대한 명진의 마음이 진짜였단 말인가? 새롭게 깨달은 사실에 조금 놀란 듯 건은 오래도록 두 사람의 뒷모습에서 눈을 떼지 못했다. 건이 불안해하고 걱정하는 게 무엇인지 안다는 듯 윤주가 환한 미소를 지으며 위로처럼 말했다.

"잘되길 바라야지. 다 행복해졌으면 좋겠어. 우린 모두 행복하기 위해서 태어난 사람들이니까."

맞는 말이다. 이래서 난 주윤주라는 여자에게 자꾸 끌리나 봐. 매사에 긍정적이고 낙관적인 생각만 하는 여자니까 말이다. 그녀가 더더욱 예뻐 보여 건이 그녀를 자신의 어깨에 기대게 하며 감사의 마음을 전했다.

"언제나 내 곁에 있어 줘서 고마워."

※

결혼은 코앞으로 다가왔다. 결혼을 앞두고 건은 마냥 흥분하고 들떠 요사이 자주 윤주에게 짓궂은 농을 던지거나 장난을 걸기도 하며 수시로 그녀를 못살게 굴곤 했다. 그런 그가 얄미워 그녀가 눈을 흘기거나 화가 난 표정을 지으면 그 반응이 또 재미있어 건은 일부러 더 장난스럽게 굴었다.

솔직히 건은 요즘에야 비로소 윤주와 결혼한다는 실감이 났다. 며칠 전 양가 부모님과의 상견례를 마친 뒤 결혼식 날짜까지 잡아 놓은 상태였다. 앞으로 한 달도 채 남지 않았지만 건은 바싹바싹 애간장을 태우며 그날만 손꼽아 기다리고 있는 중이었다.

그러나 건과 그의 부모님이 결혼식 날을 애타가 기다리고 있는 반면 윤주의 어머니 박 여사는 조금 다르게 생각하는 모양이었다.

아니, 결혼이 무슨 번갯불에 콩 구워 먹는 것도 아닌데 상견례를 마치자마자 곧바로 결혼식 날짜를 잡는 사돈 될 분들 때문에 박 여사는 불만스러운 느낌을 지울 수가 없었다.

다른 시댁과는 달리 내 딸을 너무 예뻐해 주고 사랑해 주는 사돈 될 분들의 시원시원한 마음 씀씀이는 좋다만 그래도 이건 좀 심하지 않은가? 박 여사는 적어도 태준을 먼저 장가보낸 뒤 내년 초쯤으로 결혼 날짜를 생각하고 있었다. 윤주의 결혼까지는 여유가 있다고 무심히 여겼는데 이제 한 달도 채 남지 않았으니 마음이 조급하여 견딜 수가 없었다.

아니, 결혼식 준비는 둘째 치더라도 태준보다 윤주를 먼저 보낸다는 건 전혀 생각지 못한 일이라 얼떨떨하고 잘 키운 딸을 보낸다는 서운함에 기분이 이상해졌다. 그러나 이놈의 딸내미는 그걸 아는지 모르는지 기분이 들떠서 해죽거리느라 정신을 못 차리고 있으니 박 여사는 그저 그 섭섭함을 속으로 삼킬 수밖에 없었다.

사돈의 말이야 혼수고 뭐고 아무것도 필요 없으니 그저 윤주만 오면 된다고 하지만, 그렇게 덜컥 딸자식을 보내는 법이 어디 있단 말인가?

하지만 한창 달콤한 사랑에 폭 빠진 그들이 그런 부모님들의 마음을 전혀 알 턱이 없었다. 결혼을 앞둔 예비 신랑, 신부들이 예의 그렇듯이 그들은 눈코 뜰 새 없이 바쁜 와중에도 그저 즐겁고 행복하기만 했다.

건의 오피스텔이 자기 신혼집인 양 그곳에서 하루 내내 붙어 지내는가 하면 오늘처럼 다정하게 팔짱을 끼고 환하게 웃는 모습으로 거리를 누비며 돌아다녔다. 먼 곳에서도 그들은 굉장히 사람들의 이목을 끌었다. 하긴 어디 하나 흠잡을 곳이 없는 선남선녀였으니 그것은 아주 당연한 일이었다.

그들을 향해 부러움과 시기가 담긴 눈빛과 수군거림이 따르기도 했지만 윤주와 건은 전혀 신경을 쓰지 않는 눈치였다.

두 사람의 결혼 소식에 한태준이 운영하는 프랑스 레스토랑 '르 꼬데' 마저도 마치 축제가 벌어진 듯한 분위기가 감돌았다. 원래도 인기가 많아 사람들이 끊이지 않는 곳이었지만 요즘은 할인은 기본이고 재미있는 이벤트도 진행하고 있었기 때문이다.

그런데 모두 웃는 표정으로 앉아 식사를 하는 가운데 유독 한 여자만이 불퉁한 얼굴로 눈앞의 남자를 야속하다는 눈빛으로 노려보고 있었다. 그러나 여자가 그러거나 말거나 남자는 오늘도 여느 때처럼 빼곡히 들어찬 손님들로 북적대는 레스토랑 실내를 빙 둘러보며 만족스러운 웃음을 짓고 있었다. 가끔은 여자의 눈치를 힐끔힐끔 살피면서.

아까부터 자신의 말은 아예 무시하고 딴청만 부리는 남자 때문에 민정은 머리가 지끈지끈 아파 왔다. 그때는 사정이 하도 딱해 보여서 도와줬더니 이제 와서 은혜를 원수로 갚고 있다니 이게 말이 되는가 말이다. 생각 같아서는 뭐라 한바탕 크게 쏘아 주고 싶었지만 그래 봤자 괜히 자신만 손해일 것 같아서 민정은 애써 미소를 지으며 다시 한 번 말을 꺼냈다.

"한태준 씨, 예전에도 분명히 얘기했지만 난 결혼에 전혀 관심이 없어요. 난 지금 이대로 사는 게 편하고 좋거든요. 윤주도 곧 결혼하잖습니까? 그러니 우리도 이제 연기 그만해요."

어머니에게는 훌륭한 아들로, 윤주에게는 든든한 오빠로 남고 싶다는 그 한마디를 들었을 때 민정은 정말이지 가슴 한편이 뭉클해졌었다.

'머리 검은 짐승은 절대 키우는 것이 아니라는 말이 있습니다. 그러나 저는 그 말이 틀렸다는 걸 보여 주고 싶습니다. 어머니에게는 훌륭한 아들로, 윤주에게는 좋은 오빠로 남고 싶습니다. 도와주세요, 민정 씨.'

게다가 태준이 윤주와 어머니가 계시는 곳으로 다시 돌아오기 위해 이를 악물고 외로움을 견뎌 냈다는 그 말까지 덧붙이자 민정은 '나 못 해!' 하고 매몰차게 자를 수가 없었다. 그래서 지금껏 태준의 가짜 애인 행세를 쭉 해 왔었다. 근데 이제는 윤주도 곧 결혼하겠다, 때가 된 것 같아서 그만하자는 말을 꺼내 놓았는데 태준에게 거절당했으니 그녀는 황당하지 않을 수가 없었던 것이다.

"저는 진심이었습니다, 민정 씨. 결혼이란 게 뭐 대숩니까? 둘이서 그냥 재미있게 살면 되지요. 전 민정 씨가 좋습니다."

아, 그러니까 나는 싫다고! 기가 막혀서 말을 못 하는 민정에게 태준은 넉살 좋은 웃음을 지어 주며 계속 그녀를 설득했다.

"정말 민정 씨 말처럼 지금에 와서 우리 헤어졌다, 그렇게 소문을 내 버리면 윤주는 물론이고 어머니 역시나 가슴이 아파서 제대로 잠도 못 주무실 겁니다."

이보쇼, 한태준 씨! 입은 비뚤어도 말은 바른대로 합시다! 처음 당신이 자신의 애인 역할을 해 달라고 부탁했을 때 안 그래도 그게 걱정되어서 내가 몇 번이나 물었건만 당신이 뭐라고 대답했는지 전혀 기억이 안 납니까? 모든 걸 자신에게 맡기라는 식으로 말해 놓고서 이제 와서 딴소리를 해 대는 태준을 보고 민정은 당황함을 감추지 못했다.

"민정 씨, 지금은 몰라도 이제 늙으면 많이 외로울 겁니다. 그리고 여자 혼자 살기에는 세상이 너무 험하고 삭막합니다."

태준이 능청스럽게 밀어붙이자 민정은 이거 정말 단단히 잘못 걸려들었다는 불안한 생각이 들었다. 아무튼 남자의 말은 함부로 믿을 게 못 된다던 말이 거짓말은 아닌 듯싶었다. 애초에 그의 제안을 냉정하게 거절했어야 했는데 이 무슨 황당한 일인가 싶어서 민정은 연거푸 한숨을 내쉬다가 강경한 어조로 말했다.

"한태준 씨, 다시 분명히 얘기하지만 난 결혼에 관심 없어요. 우리 관계는 윤주 결혼식이 끝나는 대로 바로 정리해요."

말을 끝내기가 무섭게 민정은 단호하게 일어나 자리를 떠났다.

절로 인상이 찌푸려질 매몰찬 대답에도 태준은 자신만만한 표정이었다. 뭘 믿고 그러는지는 모르지만 말이다. 간다는 말조차 없이 냉랭하게 뒤돌아서는 그녀가 야속할 만도 한데 태준은 푸근한 웃음을 지으며 그녀의 뒤를 쫓아 나갔다.

결혼? 말도 안 되지! 민정에게 '결혼'은 발음조차 해 본 적 없는 생경한 단어와도 같았다. 그녀는 지금 이대로가 편하고 좋았다. 가끔은 아프리카에 가서 봉사활동도 하고 또 가끔은 '천사네 집'에서 아이들과 재미있는 이야기도 나누고 즐기는 게 행복했다.

"결혼? 미친 짓이지!"

아, 근데 신경을 써서 그런가? 아랫배가 살살 아파온다 싶었는데 그녀는 급기야 변의를 느꼈다. 정말 미치고 팔짝 뛸 것 같았다. 지극히 정상적인 생리현상임에도 민정은 이 상황에 몹시 기분이 나빠졌다. 아무리 근처를 둘러봐도 가까운 곳이라곤 한태준의 레스토랑밖에 없었기에 그녀는 어쩔 수 없이 다시 돌아서야 했다. 그 순간 줄곧 그녀의 뒤를 쫓아오던 태준과 바로 시선이 마주쳤다.

"어디 편찮으십니까, 민정 씨?"

안색이 그다지 좋아 보이지 않는 그녀를 걱정스럽게 쳐다보며 태준이 물었다. 그러나 그의 말은 무시한 채 민정이 힘이 드는 듯 몹시 괴로운 표정을 짓자 태준은 더 들을 것도 없다는 듯 그녀를 번쩍 안아 들었다.

"어머! 어머나! 지금 뭐하는 거예요?"

소스라치게 놀란 민정이 버럭 소리를 질렀지만 태준은 눈 하나 깜짝하지 않고 앞으로 성큼성큼 걸었다.

"아프면 병원부터 가는 게 올바른 순서지요. 안 그래요, 민정 씨?"

그러면서 태준은 그녀를 향해 찡긋 윙크까지 날렸다. 하아, 기가 막혀서!

"얼른 내려 줘요! 어서요!"

어서 내려 달라고 극구 항변했지만 태준은 그녀의 말은 듣지도 않고 결혼에 대한 좋은 점만 가득 늘어놓기 시작했다.

"혼자 살면 아플 때가 제일 서럽다고 했습니다. 지금도 저 없었으면 계속 혼자 앓고 있었어야 했을 거 아닙니까. 이래도 결혼이 싫다고 하실 겁니까?"

싫고 자시고 간에 난 지금 아픈 게 아니란 말이에요! 금방이라도 바지에 쌀 거 같아서 미칠 지경인데 태준이 중환자 취급을 하며 잔소리하자 민정은 정말 혀를 깨물고 죽고 싶은 심정이었다.

"그런 거 아니란 말이에요."

태준이 잠깐 걸음을 멈추고 그럼 그게 무슨 뜻이냐는 눈빛을 보내자 민정은 입술을 잘근잘근 깨물었다. 아우, 정말 쪽팔린다! 속으로 그 말만 여러 번 반복하다가 그녀는 아주 낮은 소리로 속삭이듯 말했다.

"화장실이 급하단 말이에요."

처음엔 그 말을 제대로 이해하지 못한 듯 태준은 그녀를 안아든 자세 그대로 한참을 서 있었다. 그러다 쿡쿡 웃음을 터뜨리며 그녀를 안고 빠르게 뛰어가기 시작했다. 민정이 어서 내려 달라고 그렇게 애원했지만 태준은 마치 그녀가 도망이라도 갈까 두려워하듯이 그녀를 안은 팔에 꽉 힘을 주었다.

"절대 당신을 놓아주지 않을 거예요."

11.
축하합니다, 임신입니다

"왔니?"

현관문이 열리는 소리가 들리기 바쁘게 소파에 앉아 있던 심 여사가 벌떡 몸을 일으켰다. 하지만 반가움도 잠시, 정작 자신이 기다리던 사람이 아님을 확인하자 그녀는 시큰둥한 어조로 물었다.

"윤주는 아직 안 왔습니까?"

집 안을 이리저리 두리번거리며 묻는 건을 아니꼽게 흘겨본 심 여사가 다소 못마땅한 듯 혀를 끌끌 찼다. 묻는 것도 한두 번이지 매번 같은 대답이 돌아오는데도 같은 질문을 하는 아들을 영 이해할 수 없다는 표정이 그녀의 얼굴에 역력했다.

"너도 참 질기다. 이제는 지겹지도 않니? 우리 새애기가 어디 집에서 가만히 노는 사람이냐?"

어머니의 핀잔에 건의 인상이 조금 일그러졌다. 그럼에도 불구하고 어머니의 나무람이 계속되었다.

"그렇잖아도 열심히 사는 모습이 보기만 해도 안쓰러운데 어쩜 남편이란 녀석이 속을 그렇게 빡빡 긁니?"

이제는 너무 많이 들어서, 기도 안 찬다는 목소리로 건이 툴툴거렸다.

"속사정 모르는 사람이 봤더라면 내가 주워 온 자식인 줄 알겠어요."

"아니, 내가 뭐 틀린 말을 했니?"

건은 뭔가 대꾸를 하려다 체념한 듯 고개를 설레설레 저으며 얼른 2층으로 올라갔다. 더 말해 봤자 뭣하랴, 결국은 본전도 못 찾을 것이 번연한데 말이다. 아버지나 어머니나 그녀를 무작정 감싸고도는 것이 뭐 어제오늘 일이 아닌데도 매번 이런 어처구니없는 말싸움이나 하는 자신이 바보가 아니면 뭐란 말인가?

얼마나 화가 났는지 쿵쿵거리며 계단을 올라가는 그의 걸음걸이에서 분노가 다 느껴질 정도였다. 그런 건의 뒷모습을 어이없다는 듯 바라보며 심 여사가 낮게 중얼거렸다.

"아니, 저 녀석이 뭘 잘못 먹었나? 또 웬 심술이래?"

이미 예상했지만 방에 올라와 보니 그녀는 그림자도 보이지 않았다. 아니 대체 어떻게 된 것이 요즘은 만날 자신보다 귀가가 늦는 건지 모르겠다고 생각하는 건이었다.

어느덧 결혼한 지 일 년이 넘었지만 한동안 휴식을 취하며 신혼을 즐기게 될 것이라는 건의 예상과 달리 그녀는 결혼 전보다 더 바쁘게 지내고 있었다. 대체 뭐가 그리 바쁜지 대기업 대표인 자신보다 더 귀가가 늦으니 건으로서는 황당하지 않을 수가 없었다.

그런 데다가 귀가가 늦는 그녀를 대하는 부모님들의 태도는 또 어떤가? 손꼽아 손주를 기다리면서도 겉으로는 아무렇지도 않은 듯 그녀가 하고 있는 일들에 모두 쌍수 들며 환영해 주니 말이다. 자신이 뭐라 잔소리라도 할라치면 부모님들은 곧장 도끼눈을 뜨니 그저 억울하고 원통해도 건은 꾹 참을 수밖에 없었다.

하긴 주윤주가 어디 보통 여자인가? 세상에서 가장 사악한 마녀가 아닌가 말이다. 말도 어찌나 예쁘게 잘하는지 부모님들은 그녀 말이라면 끔뻑할 정도로 열심히 귀담아 들어 준다. 어디 그뿐인가? 말끝마다 며늘아기, 며늘아기하면서 그녀를 끔찍이도 예뻐해 주고 있으니 갈수록 그녀가 득의양양해지는 것은 아주 당연한 일이었다.

그 순간 건은 신혼여행도 하는 김에 본가로 인사 간답시고 모든 걸 팽개쳐 버린 채 미국으로 훌쩍 떠나 버린 민정과 태준이 떠올랐다. 그래, 곰곰이 생각해 보니 그건 전적으로 그들 부부 탓이었다. 둘이 미국에 가지만 않았더라도 윤주가 이것저것 얽매여 바쁘게 지낼 필요가 없었다. 왜냐하면 태준과 민정은 떠나기 전 YJ와 레스토랑을 잠시 윤주에게 부탁했기 때문이었다.

그런데 짧은 여행이라 말하고 떠난 사람은 5개월이 지나도록 돌아오지 않고 있었다. 아니, 돌아오기는커녕 전화조차 받지 않으니 성질이 나지 않을 수가 없었다.

어디 그뿐인가? 며칠 전 장모님과 통화하다가 우연히 알게 된 사실인데 글쎄 민정이 임신을 했다는 것이다. 이에 박 여사가 대놓고 말은 못 하고 그에게 아이 가질 생각은 없느냐고 넌지시 물어 왔었다. 그걸 생각하자 양반다리를 하고 앉은 건은 갑자기 짜증이 확 난 듯 얼굴을 와락 구기며 침대에 벌렁 드러누웠다.

"빌어먹을!"

입안 가득 맴도는 욕설을 내뱉은 건은 발작이라도 하듯 침대에서 튕겨져 나올 기세로 이불을 걷어치우며 벌떡 일어났다.

같은 시각, 윤주는 그림 같은 음식과 좋은 분위기의 한정식집에서 최 회장과 마주 앉아 한창 저녁 식사를 하고 있는 중이었다. 요즘따라 매일매일 업데이트되는 신상품 때문에 그녀는 이모저모를 신경 쓰며 눈코 뜰 새 없이 바쁘게 지내는 참이었다. 그러다 보니 귀가가 늦어지는 건 당연지사였고 자연스럽게 건과 시부모님의 눈치를 보게 되었다.

그러나 시부모님들은 조금도 그녀를 나무라지 않았고, 오히려 늘 바삐 돌아치는 그녀를 몹시 안쓰러워했다. 그래서 그녀는 그것이 미안했고, 무언가 죄를 지은 것 같은 무거운 느낌을 떨쳐 낼 수가 없었다. 그랬기 때문에 지금 앉아 있는 이 자리도 가시방석에 앉은 것처럼 불편해서 저도 모르게 신경이 곤두섰다. 그녀가 긴장하고 있다는 걸 눈치챘는지 최 회장이 인자한 눈빛을 보내며 말했다.

"아가, 오늘은 우리끼리 맛있는 것 많이 먹자꾸나. 그러니 네가 먹고 싶은 것 많이 주문해라."

네, 하고 고개를 끄덕이곤 메뉴판을 훑어보는 그녀를 물끄러미 바라보며 최 회장이 걱정스러운 듯이 말했다.

"요즘 우리 아가가 많이 지쳐 있는 것 같아서 보기가 안쓰럽다. 일이 많이 바쁘니?"

"거의 끝나 가고 있으니 이제 괜찮아질 거예요. 그동안 걱정 끼쳐 드려서 죄송합니다, 아버님."

깍듯하게 말하는 윤주를 향해 최 회장이 온화한 미소를 지어 주었다.

"아가가 뭐가 죄송해. 지켜보는 우리가 안쓰러워 그러지."

주문을 마치고 기다리던 음식들이 하나둘씩 나오기 시작하자 최 회장이 젓가락을 들다가 인자한 표정으로 망설이는 듯하더니 이내 입을 열었다.

"아가, 실은 내가 아가한테 한 가지 부탁이 있어. 참 어려운 부탁이야."

부탁? 그 말을 속으로 되새김질하던 윤주가 의아한 듯 최 회장을 쳐다봤다.

"나는 우리 아가와 건이 함께 대현을 맡아 주었으면 좋겠구나. 아가도 이젠 충분히 조건이 갖추어졌으니 말이다. 대현의 디자이너로서 건이 옆에서 대현의 일에 집중해 줬으면 좋겠다."

전혀 예기치 못한 말씀 때문이었는지, 아니면 긴장 때문인지 윤주는 갑자기 울렁울렁 구역질이 났다.

아니, 솔직히 말하자면 며칠 전부터 몸 상태가 이상하다는 생각이 들었다. 그래서 이제 생리 예정일이 5일밖에 지나지 않았지만 오늘 결국 참지 못하고 윤주는 임신 테스트기를 샀다. 정말 혹시나 하는 마음에. 매직아이처럼 흐린 두 줄이 나오긴 했지만, 아직은 뭐라 확정을 할 수 없어서 꾹 참고 있는 중이었다.

신중해질 수밖에 없는 이유가 또 하나 있었다. 지금 생각해도 울지도 웃지도 못할 만큼 창피한 에피소드였다.

그건 결혼 후 4개월쯤 지났을 무렵이었다. 생리가 예정일보다 열흘이나 늦어지자 윤주는 더 말할 것도 없이 임신이라 확정하고 임신 테스트를 해 보았다. 분명 두 줄이 나와서 '나 임신했어요.' 하고 실컷 떠들어 댔는데 웬걸, 병원에 가서 검진해 보니 임신이 아니란 진단을 받았던 것이다.

솔직히 거기까지는 아무 일도 아니었다. 얼마든지 그럴 수 있다 싶었는데 뭐, 상상임신이란다. 이 무슨 생전 들어 보지도 못한 황당무계한 소리란 말인가?

하지만 의사가 했던 말은 정말이지 더더욱 가관이어서 충격이 아닐 수가 없었다. 상상임신을 한 것은 그녀가 임신에 대한 갈망과 불안이 컸기 때문이라는 것이다. 정말이지 그때 그녀는 너무도 부끄럽고 창피해서 쥐구멍을 찾고 싶은 괴로운 심정이었다. 하지만 그녀를 대하는 시부모님의 태도는 시종일관 부드럽고 온화했다.

'우리 아가가 마음고생이 너무 많았구나. 괜찮아, 괜찮아.'

늘 그런 식으로 그녀를 따뜻하게 위로했고, 편하게 마음먹자는 말을 입버릇처럼 중얼거렸다. 그리하여 그녀는 임신이 확정되기 전까지는 '저 임신한 것 같아요.' 같은 말을 선뜻 입에 올릴 수가 없었다. 만약 이것이 또 임신이 아니고 상상임신이라면. 그 지옥과도 같은 끔찍하고 참담한 일은 정말이지 두 번 다시 겪고 싶지 않았던 윤주였다.

"조금 무리한 부탁일는지는 몰라도 우리 아가만큼 마땅한 사람은 없더구나."

그 말을 바꾸어 설명한다면 최 회장이 자신의 사업을 건에게 물려주고 싶다는 뜻과도 같았다.

"하지만, 제가 어떻게 그렇게 엄청난 일을⋯⋯."

"우리 아가는 자기 자신을 너무 모르는구나. 우리 아가는 그만큼 능력이 되는 사람이야."

비릿한 냄새를 풍기는 생선이 올라오자 그녀는 목구멍 언저리에서 구역질이 스멀스멀 올라오는 걸 간신히 참았다. 그때서야 난처하고 곤혹스럽기까지 한 듯 얼굴을 찌푸리는 그녀의 이상한 상태를 눈치챘는지 최 회장이 당혹스러운 표정으로 물었다.

"괜찮니, 아가?"

뒷골이 당기고 신물이 올라오고 구역질도 나고 있었지만 윤주는 애써 웃어 보였다.

"네. 걱정 끼쳐 드려서 죄송합니다."

"아가가 몹시 힘들어 보이는구나."

"아닙니다, 아버님. 괜찮습니다."

"음⋯⋯. 인생 살아 보니 별거 없더구나. 뭔가를 더 하기에는 나이가 들었고, 나도 이만 평범한 노인네로 살아가고 싶은 맘이야. 이제는 너희 같은 젊은이들이 마음껏 꿈을 펼쳐 나아갈 수 있는 그런 시대야. 그러니 나 같은 늙은이는 이만 물러나 줘야 하지 않겠니?"

농담 반 진담 반으로 말을 하며 최 회장은 입가에 미소를 지었다.

"네 어머니랑 단둘이 해외여행을 다녀올까 한다. 그래도 너무 걱정하지 말거라. 손주 녀석이 생기면 곧 돌아올 테니까 말이다."

그것은 최 회장의 진심 어린 말이기도 했다. 지금껏 모든 정력을 쏟아 사업에 몰두하다 보니 집안일은 나 몰라라 방치했고, 아이들 교육 문제도 아내의 몫이라고 생각했던 최 회장이었다.

길고 긴 기억을 돌이켜 봐도 딱히 생각나는 것이 없을 정도로 삶이 너무도 무의미하게 느껴졌다. 비록 많이 늦긴 했지만 이제는 아내와 함께 평범한 인생을 살고 싶다는 생각이 들었다. 그런 최 회장의 생각을 전혀 모르지는 않았기에 윤주는 미소만 짓고 있는데 최 회장이 생선을 집어 그녀의 그릇에 얹어 주었다.

"으윽……."

윤주가 자꾸만 헛구역질을 해 대자 최 회장은 걱정이 가득 담긴 눈빛으로 그녀를 바라봤다. 그 눈빛에 윤주는 걱정하지 말라는 듯한 해맑은 표정을 지었지만 실은 아주 죽을 것 같은 괴로운 심정으로 간신히 그 자리를 견뎌 내고 있었다. 식사가 끝날 때까지…….

모처럼 두 사람이 함께 들어오자 기다리고 있던 심 여사는 조금 놀라는 듯한 눈치였으나 이내 활짝 웃으며 며느리를 반겼다.

"우리 새애기 왔니?"

뻔히 남편이 눈앞에 있는데도 그녀의 눈에는 며늘아기만 보이는지 최 회장에게는 눈길조차 주지 않았다. 그런데도 그는 별로 섭섭해하지 않는 듯했다. 하지만 윤주는 조금 달랐다. 아무리 늦게 들어와도 불평 한번 터뜨리지 않는 어머니에게 미안하고 감사한 마음이 들었다. 그래서 그녀는 일부러 웃음을 흘리며 농담조로 말했다.

"아버님이랑 데이트 좀 했어요. 우리 어머님 삐치지 않으셨죠?"

짓궂게 농담을 하는 그녀가 또 예뻐 죽겠다는 듯 심 여사는 환하게 웃으며 천연덕스럽게 그 말을 받았다.

"안 그래도 좀 삐칠까 했는데 우리 예쁜 아가 보니 웃음이 절로 나지 뭐니? 그래, 맛있는 것 많이 먹고 왔니?"

호호, 하고 웃음을 지으며 윤주가 고개를 크게 끄덕였다.

"그래, 다음에는 이 어머니랑 멋진 데이트 하자꾸나."

여전히 웃음을 머금은 채 윤주는 두 사람을 향해 공손하게 저녁 인사를 드렸다.

"그럼 아버님, 어머님, 안녕히 주무세요."

"오냐, 우리 아가도 잘 자거라! 근데 건이는 또 심술이 발동했나 보더라."

심 여사가 다소 걱정스럽다는 듯 말하자, 윤주는 별일 아니라면서 대수롭잖게 대꾸했다.

"저러다 괜찮아질 거예요. 제가 잘 달래 볼게요."

"이그, 우리 새애기가 참 여러모로 고생이 많구나."

그 말에 윤주는 전혀 그렇지 않다는 표정을 지으면서 얼른 이층으로 올라갔다. 윤주가 계단을 올라가는 뒷모습을 한참 동안 바라보다가 두 내외도 자신들의 방으로 걸음을 옮겼다.

"건아, 자니?"

방에 들어오자마자 윤주는 침대에 누워 있는 건을 발견했다. 눈을 꼭 감은 채 미동조차 없는 건의 얼굴을 빤히 들여다본 윤주가 물었다.

"어머, 정말 잠들었나 봐?"

혼잣말처럼 중얼거리던 그녀의 눈이 갑자기 빛났다. 건이 심술을 부리더라는 심 여사의 말이 떠올라 문득 장난기가 발동했던 것이다.

그녀는 방긋 웃으며 손가락으로 그의 길고 검은 눈썹을 가볍게 문지르는가 하면 수염이 뾰족뾰족하게 나 있는 턱을 문지르다가 손으로 그의 매끈한 얼굴선을 쓸었다. 그런데도 건이 죽은 듯이 자고 있자 흥미가 떨어졌는지 윤주는 입술을 삐죽거렸다.

"너 또 심술부렸다면서? 애도 아닌 어른이 참……. 요사이 자꾸 늦게 들어와서 미안한데 내일부턴 일찍 오도록 해 볼게, 응? 그러니까…… 뜨아악!"

그녀의 말은 더 이상 이어지지 못했고, 순식간에 자세가 뒤바뀌었다. 건이 단박에 그녀를 쓰러뜨려 눕히고 그녀의 몸 위에 올라탔기 때문이었다.

"나쁜 놈! 너 안 잤니?"

"어서 오세요, 하고 날 유혹한 것 아니었나?"

건이 손끝으로 그녀의 얼굴을 간질이듯 만지며 그녀의 입가에 뜨거운 입김을 부드럽게 불었다.

"으흣……."

그 신음 소리가 신호라도 되는 것처럼 건이 그녀의 옷을 하나하나 정성을 다해 벗겨 냈다.

"각오해. 오늘은 그냥 심심하게 넘어가지 않을 거야."

"으, 건아…… 안 돼!"

건의 위협에 덜컥 겁이 났는지 윤주가 다급히 그의 손을 잡았다.

"뭐가?"

씩, 사악하게 웃으며 되묻는 건에게 임신인 것 같다고 말할 수도 없었던 윤주는 몹시 곤란한 표정을 지었다.

"그러니까……."

"그러니까, 뭐? 할 말 있으면 그만하세요, 하고 공손하게 부탁해 봐."

그 와중에도 건은 미친 듯이 그녀의 몸을 탐닉하기 시작했다. 마치 제대로 복수하겠다는 듯, 거칠고 깊게, 끊임없이 그녀를 탐하기 시작했다.

"으흣……."

달뜬 신음을 내는 그녀에게 건이 노골적으로 말했다.

"공손하게 부드럽게 부탁해 보라니까. 응?"

그는 그녀의 젖무덤을 베어 물고 딱딱해진 젖꼭지를 이로 잘근 잘근 깨물었다.

"아앗, 아파! 흐흑……. 그러니까 부드럽게 해 달라고……. 으흣, 나쁜 놈!"

부끄러워 그녀가 얼굴을 발갛게 물들이며 말하자 건이 입꼬리를 씨익 올렸다. 그는 말 잘 듣는 아이처럼 고개를 크게 끄덕이더니 마치 보물 다루듯 너무나 부드럽게 애무해 가기 시작했다.

❋

다음 날 아침, 식탁에 앉았지만 음식을 도저히 먹지 못하고 몹시 곤혹스러운 표정을 짓는 윤주를 향해 식구들은 하나같이 걱정 어린 시선을 보냈다.

"새애기, 어디가 불편하니?"

"자기, 어디 아파?"

심 여사와 건이 이구동성으로 물었지만, 어제부터 왠지 며늘아기가 이상하게 느껴졌던 최 회장은 곰곰이 생각에 잠긴 듯 미간에 굵은 주름을 잡았다.

"죄……송해요."

톡 쏘는 신 김치 냄새를 맡으니 당장에라도 구역질이 올라올 것만 같았던 윤주는 황급히 욕실로 뛰어갔다.

"갑자기 왜 저래?"

건이 이상하다는 듯 고개를 갸웃거리며 낮게 중얼거렸다. 그런 아들을 마뜩잖게 바라보던 최 회장이 나무랐다.

"넌 어쩜 그리 눈치가 무디냐?"

"뭐라구요?"

아버지의 나무람에 건은 노골적으로 불편한 심기를 드러내며 얼굴을 잔뜩 찌푸렸다.

"넌 꿈도 안 꾸느냐?"

아버지, 이건 너무하시잖아요? 아무리 이 아들이 밉상스러워도 이제는 하다못해 꿈을 안 꾼다고 뭐라 잔소리를 하십니까? 그러나 그런 생각을 말해 봤자 뭐하랴? 공연히 타박이나 당할걸. 억울해도 꾹 참고 있는데 보다 못한 심 여사가 살짝 고개를 저으며 넌지시 물었다.

"그럼 당신은 뭐 아는 거 있어요?"

"당신도 어쩜 눈치가 그리 무디시오?"

"아니, 이 양반이."

기분 나쁘다는 듯 얼굴을 구기는 심 여사를 향해 최 회장이 말했다.

"며칠 전에 새끼 호랑이 두 마리를 한꺼번에 안는 꿈을 꾸었다고 하지 않았소?"

"새끼 호랑이 두……."

단호하게 잘도 이어 가던 말이 뚝 끊겼고 순간 심 여사의 얼굴에 웃음꽃이 활짝 피어올랐다. 그때야 건도 대체 어떻게 된 상황인지 알아차렸는지 숟가락을 팽개치며 벌떡 몸을 일으켰다.

"윤주야!"

건이 느닷없이 큰 소리로 부르자 막 식탁으로 걸어오던 윤주가 깜짝 놀란 듯 눈을 동그랗게 떴다. 모든 시선들이 그녀에게 쏠리자 얼떨떨해서 가만히 서 있기만 하는데 성큼성큼 다가온 건이 그녀를 번쩍 안아 들었다.

"미쳤어? 아버님이랑 다 계시는데."

낮게 속삭이며 윤주가 건의 어깨를 툭 쳤지만, 건은 못 들은 척 그녀를 안아 들고 조심스럽게 의자에 앉혔다.

"새애기, 왜 말하지 않았니?"

"네?"

대체 이들이 왜 이러는지 도무지 알 수 없어서 윤주는 어리둥절한 표정으로 심 여사를 향해 되물었다.

"혹시 지난번에 상상임신인지 뭔지 그것 때문이었니?"

심 여사의 말을 듣고서야 윤주는 비로소 상황을 알아차린 듯 입가에 어설픈 미소를 지어 보였다.

"지난번 일이 너무 창피해서……."

수줍어하며 어눌한 말투로 띄엄띄엄 말하는 윤주를 향해 심 여사가 따뜻한 눈빛을 보냈다.

"우리 새애기는 알고 보니 겁쟁이구나. 그게 어떻다고 그러니? 우린 가족이 아니니? 그러니……."

미처 끝나지 않은 심 여사의 말을 최 회장이 대뜸 받았다.

"네 어머니 말이 맞다. 가족은 외로움도 슬픔도, 즐거움도 행복도 모두 함께하는 거야. 그러니 그 어떤 말이든, 마음에 절대 혼자서 담아 두지 말거라, 아가."

"언제나 고맙습니다. 아버님, 어머님."

"우리도 언제나 우리 아가한테 고맙단다. 호호."

"아버지, 어머니. 그럼 저와 윤주는 병원부터 먼저 다녀오겠습니다."

"아니, 밥은 먹고 가야 할 것 아니냐?"

"됐어요. 나가서 먹을게요."

"저 녀석 성질 급한 건 알아줘야 한다니까."

순식간에 그녀를 꼭 안고서 이 층으로 올라가는 두 사람을 바라보며 최 회장이 혀를 끌끌 찼다.

"근데 당신은 용케 눈치챘네요. 언제 그렇게 유심히 본 거예요? 당신, 처음엔 그 아이를 그다지 마음에 들어 하지 않았잖아요?"

궁금하다는 듯 묻는 심 여사를 향해 최 회장이 짐짓 능청스럽게 답했다.

"자고로 며느리 사랑은 시아버지랬어. 허허."

무뚝뚝하던 남편이 던지는 농담 같은 목소리에 결국 심 여사도 참지 못하고 호호 웃음을 터뜨리고 말았다. 그렇게 두 사람의 유쾌한 웃음소리는 음악의 여운처럼 오랫동안 식탁 주변을 맴돌았다.

에필로그

6년 후.

빙빙빙! 뱅뱅뱅! 쿵쿵쿵! 쾅쾅쾅!

듣기 싫은 소음이 한창 달콤한 꿈나라에 있던 건의 귀를 사정없이 파고들었다.

"이런 빌어먹을!"

소리가 어디서 흘러나오는지 잘 알고 있었기에 건은 마침내 욕설을 내뱉고 말았다. 며칠 전 손주라면 껌뻑 죽는 최 회장이 사다 준 장난감 총이었다. 어디서 저런 괴물 같은 녀석이 태어나서는 요즘은 정말 고역이 따로 없었다.

아니, 요즘이 아니라 줄곧 이랬다. 아버지가 되면 좋을 것이라고만 생각했다. 그러나 좋기는 무슨 개뿔! 험한 소리가 절로 나올 정도로 지옥이 따로 없다고 거듭 생각하는 건이었다.

분명 생긴 것은 자신을 판박이로 똑같이 닮았는데 하는 짓은 영

락없이 괴물을 닮은 녀석이다. 말이나 못하면 밉지나 않겠다. 제 어미를 닮아 말도 어찌나 또박또박 잘하는지 여섯 살밖에 안 된 아이라고는 도저히 믿어지지 않는다.

그런데도 그런 녀석을 대하는 부모님의 태도는 또 어떤가? 며느리 하나로도 부족해서 이제는 손주까지 감싸고도니 건으로서는 아예 미치고 팔짝 뛸 노릇이다. 나는 대체 전생에 무슨 죄를 지었단 말인가?

녀석은 태어날 때부터, 아니 솔직히 말하자면 어미의 배 속에 있는 그 순간부터 말 그대로 애물단지였다. 윤주의 입덧이 너무 심했고, 태동이 너무 심해 항상 배 아팠고 태어날 때 모진 진통을 겪기도 했다. 그렇게 제 어미를 괴롭히고 하더니만 이제 태어나서는 이 아빠마저 가만두지 않는다.

어디 그뿐인가? 신생아일 때 녀석은 얼마나 성질이 급한지 우유를 조금이라도 늦게 주면 악을 쓰듯 고래고래 소리를 지르고 어찌나 많이 먹고 똥은 또 어찌나 많이 싸는지 그 뒤처리를 하느라 밤잠을 설쳐서 잠 편히 자 본 기억이 없었다. 그런데도 부모님은 손자가 예쁘다고, 눈에 넣어도 아프지 않다고 아이를 볼 때마다 싱글벙글 얼굴에 웃음이 떠나지 않는다.

"으으윽……."

귀청을 찢는 시끄러운 소리에 건은 고통스러운 듯 신음을 내며 이를 으드득 갈았다. 이 녀석은 잠도 어찌나 없는지 신생아 때부터 새벽 다섯 시면 어김없이 눈을 뜨고 밥을 달라고 아우성을 쳐 댔다.

"아빠, 얼른 일어나! 나랑 놀아 줘!"

녀석은 건의 귓가에 대고 소리를 빽 지르며 떼를 쓰기 시작했다.

"잠 좀 자자! 이씨!"

"이씨? 아빠, 엄마가 그랬어. 욕하면 나쁘다고 말했어."

그랬다. 쬐끄만 녀석이 대체 뭘 안다고 항상 이런 식으로 누군 가를 핀잔하고 훈계하니 기가 막힐 노릇이 아닐 수가 없었다.

"아빠가 지금 몹시 피곤하거든. 그러니까 조금만 더 자자! 응?"

건이 애원하듯 말했지만 녀석은 이해할 수 없다는 표정을 지으며 초롱초롱한 눈을 깜박거렸다. 그러거나 말거나 건은 머리끝까지 이불을 뒤집어썼다. 하지만 녀석은 여기서 쉽게 물러서지 않았다. 씨익 사악하게 웃으며 건의 배 위에 올라와 쿵쿵 엉덩방아를 찧기 시작했다.

"야, 이놈!"

"할머니가 그랬어. 밥 따뜻하게 먹으려면 일찍 일어나야 한다고. 아빠는 늦잠꾸러기. 아빠는 늦잠꾸러기!"

건은 마지못해 몸을 일으켰다. 너무나 억울하고 원통하고 분해서 눈물이 나올 지경이었다.

"으으윽……."

생각 같아서는 아침 여섯 시도 되지 않아 자신을 깨우는 녀석을 흠씬 두들겨 패 주고 싶었지만, 그래 봤자 자신에게 돌아오는 것은 윤주와 부모님의 잔소리밖에 없으니 그저 이를 악물고 참아야 했다.

하는 수 없이 몸을 일으켜 녀석과 함께 놀아 주고 나면 어느덧 아침 식탁이 차려져 있었다. 아니, 매일 하루가 이런 식으로 똑같은 패턴으로 흘러가고 있었다. 그래도 어쩌랴? 미우나 고우나 내 새끼인데 말이다.

"할머니, 오늘도 내가 아빠를 깨웠어. 나 잘했지?"

"우쭈쭈, 우리 강아지 너무 기특하네."

기특하다고 심 여사가 녀석의 얼굴을 부드럽게 만져 주었다. 하지만 녀석은 뭔가 못마땅한 듯 얼굴을 살짝 찌푸렸다.

"할머니, 나 강아지 아니야. 내 이름은 최주영이라고."

아이의 또박또박한 대꾸에 결국 식구들은 참지 못하고 키득거렸다. 그때 수저 가득 밥을 퍼서 입안에 넣고 복스럽게 오물오물 먹던 녀석이 초롱초롱한 눈망울을 빛내며 불쑥 입을 열었다.

"할머니 나 소원 있어요."

그 말 한마디에 식구들이 모두 수저를 내려놓고 몹시 궁금하다는 듯 녀석을 빤히 쳐다봤다. 아이가 좋아하고 아이가 원하는 거라면 뭐든 해 줄 준비가 되어 있다는 표정이었다. 그런데 어찌 된 것인지 녀석은 쉽사리 말을 꺼내 놓지 않고 있었다. 뭔가를 열심히 고민하는 듯 그 귀여운 얼굴을 찌푸렸다 폈다를 여러 번 반복하다가 뜬금없이 말했다.

"여동생 사다 줘요. 여동생이 욕심난단 말이야. 이이이잉……."

전혀 생각지 못한 말에 식구들은 어안이 벙벙한 얼굴로 한동안 서로를 쳐다보기만 했다. 워낙 난해하고 엉뚱한 녀석이니 처음엔 소원이 있다는 말을 듣고 이번에도 눈독 들인 장난감을 사 달라고 조를 줄 알았는데 뜬금없이 여동생을 사 오라고 말하자 한순간 할 말을 잃었기 때문이다.

온 식구의 귀여움과 사랑을 독차지하면서 자라 온 주영은 지금껏 그 누구에게도 거절당하거나 거부당해 본 적이 없었다. 자신이 뭘 원하면 별이라도 달이라도 따다 주는 가족들이었다. 그런데 그 말을 내뱉고 나서도 그들이 아무 반응이 없자 주영은 몹시 서럽다는 듯 그만 동여맸던 울음보를 터뜨리고 말았다.

아이의 울음소리는 더욱더 커져만 갔고, 갑작스러운 상황 앞에서 식구들은 경황이 없어 어쩔 바를 몰라 했다. 그중에서도 건이 먼저 황망한 정신을 수습하고 따뜻한 음성으로 아이에게 물었다.

"왜 여동생이 욕심난다고 말했는지 아빠는 그 이유를 알고 싶은데."

그 다정한 목소리에 자신의 요구를 틀림없이 들어줄 거라고 믿었는지 주영은 거짓말처럼 금세 울음을 뚝 그치고 건을 잠시 쳐다보다가 자리에서 일어섰다. 그러고는 가슴께에 팔짱을 끼더니 짐짓 엄숙한 표정으로 앙증맞은 입술을 열어 말했다.

"나도 민혁이 형아처럼 이렇게 하고 싶단 말이야. '네 이놈! 네가 감히 내 동생한테 손을 대는 것이냐!'"

가만히 듣고 있던 식구들의 얼굴에 웃지도 울지도 못하는 기묘한 표정이 떠올랐다. 그러나 그것으로 끝이 아니었는지 주영은 말을 계속했다.

"네 이놈! 다시 한 번 내 동생 건드려 봐라! 절대 가만 놔두지 않을 것이다!"

풉 하고 분명 웃어야 하는 상황임에도 불구하고 식구들은 재미있다고 웃음을 터뜨릴 수가 없었다. 어째서인지 가슴 한구석이 찡했다.

민혁은 한태준과 은민정 사이에 태어난 아들이었다. 처음엔 가짜 애인 행세를 했지만 포기라는 걸 전혀 모르는 태준이 민정을 설득시켜 마침내 결혼에 골인했던 것이다. 밀고 당기기를 거듭하더니 민정도 마지막엔 어쩔 수가 없었는지 두 손 두 발 다 들었다고 한다.

무엇이 그리도 급했는지 먼저 결혼한 윤주보다 더 빨리 임신해 아이를 일찍 낳았다. 그렇게 민혁은 주영보다 6개월 먼저 태어났다. 그뿐만이 아니다. 아이 욕심이 많은 태준이 그렇게 고집스럽기로 소문난 민정을 어떻게 설득시켰는지 이번엔 둘째까지 득녀했던 것이다.

아빠와 엄마를 골고루 닮은 하얀 얼굴, 벌렸다 오무렸다를 반복하는 작은 입술, 앙증맞게 자리 잡은 코. 주영은 그런 민지가 너무도 귀엽고 사랑스러워 윤주를 졸라 자주 태준의 집에 놀러가곤 했었다.

그런데 매번 그곳에 가면 불편한 일이 생겼다. 외삼촌과 숙모는 한없이 좋은데 밉상스러운 녀석이 하나 있었으니 그게 바로 민혁이었다. 자신의 여동생인 민지가 마치 무슨 보물단지나 비장의 무기인 것처럼 털끝도 못 건드리게 하는 것이다.

그래서 어느 하루는 민혁이 없는 틈을 타서 주영은 그 귀엽고 앙증맞은 민지의 얼굴을 실컷 보고 고사리 같은 손도 만져 보고 마지막엔 그 하얗고 작은 얼굴에 뽀뽀까지 했더랬다. 근데 그 야릇(?)한 순간을 그만 민혁에게 들켰으니 낭패도 이런 낭패가 없는 것이다.

아나나 다를까 주영을 노려보는 민혁의 얼굴은 노기로 가득했고, 눈빛은 이글이글 타올랐다. 분노로 굳게 닫혀 있던 그 붉은 입술이 열리며 화가 잔뜩 났다는 표시로 큰 소리로 외쳤다.

'네 이놈! 네가 무슨 짓을 했는지 아느냐! 감히 내 여동생을 건드렸겠다!'

사극에서나 나올 법한 대사를 읊조리며 민혁은 마치 사또처럼 죄인을 추궁하고 있었다. 자신을 나쁜 놈 취급하는 민혁 때문에 주영은 억울하고 서러워서 크게 울음을 터뜨리고 말았다.

그 일로 인해 민혁이 외삼촌과 숙모한테 세게 혼났지만 그것으로는 여전히 성이 차지 않았다. 자기에게도 민지처럼 그렇게 귀엽고 사랑스러운 여동생이 있다면 얼마나 좋을까? 하고 그런 생각을 수없이 해 왔던 주영이었다.

"난 여동생이 갖고 싶단 말이야. 민지처럼 귀엽고 사랑스러운 그런 여동생 말이야……. 이이잉잉."

울면 무조건 된다고 생각했는지 주영은 또다시 울기 시작했다. 마치 약속이라도 한 듯 식구들의 시선은 동시에 윤주에게로 옮겨졌다. 그 따가운 시선에 윤주의 얼굴이 화끈거렸다. 어어, 왜들 이러십니까? 때려죽인다 해도 둘째는 싫습니다, 아버님, 어머님!

입덧부터 시작해서 출산까지…… 피를 말리게 했던 힘든 순간들이 눈앞을 스쳐 지나가자 윤주는 흠칫 몸을 떨었다. 그러나 그렇게 간절한 표정으로 자신을 쳐다보고 있는 식구들 앞에서 윤주는 입안에서 맴도는 말을 내뱉을 수가 없었다. 내가 어찌 그런 말을 할 수 있단 말인가? 직접 대놓고 말은 하지 않았지만 시부모님들은 오래전부터 둘째 아이 갖기를 원하셨고 남편 역시나 은근히 바라는 눈치였다.

"아, 하마터면 깜빡할 뻔했네요. 오늘 중요한 미팅 자리가 있어서 먼저 일어날게요."

그 자리가 가시방석처럼 느껴져 윤주는 스리슬쩍 핑계를 대고 먼저 일어섰다. 아이구! 주영이 이 녀석은 왜 이리도 사람을 난처하게 한단 말인가? 그녀는 마음속으로 불평하며 빠른 걸음으로 계단을 올라갔다.

�֎

"주영 엄마, 나한테 뭐 할 말 없어?"

화장대 앞에 앉아 크림을 골고루 펴 바르고 있는데 뒤따라 방에 들어온 건이 윤주에게 물었다. 없다고 고개를 흔드는 그녀에게 건이 조금은 쓸쓸한 표정으로 말했다.

"난 할 말 있는데, 마누라."

아이 아빠가 되고 나서도 건은 여전히 능청스러웠다. 가끔은 애기이, 하고 짓궂게 부르는가 하면 또 가끔은 마누라, 하고 애교 섞인 목소리로 부르곤 했다. 또 어쩌다 한 번씩은 주윤주! 하고 이름 석 자를 부를 때도 있는데 그것은 극히 적은 경우이고 그가 정말 화가 단단히 났을 때에나 그렇게 불렀다. 지금처럼 마누라, 하고 부를 때면 뭔가 부탁이 있다는 뜻인데 그게 뭘까 하며 윤주는 머릿속을 굴렸다.

"주영이 한 말에 대해 어떻게 생각해?"

그가 며칠 전 아침 주영이 꺼냈던 말을 다시 상기시켰다. 그녀의 얼굴을 잡고 돌려 자신을 바라보게 하고 건이 정색한 얼굴로 물었다. 평소와는 달리 웃음기 하나 없는 표정이었지만 윤주는 마음을 다잡고 말했다.

"둘째를 갖자는 생각이라면 난 절대, 네버야!"

윤주가 손사래까지 쳐 가며 강하게 부정하자 건은 실망을 감추지 못했다. 물론 그녀가 주영을 임신하고 얼마나 힘든 순간을 지내 왔는지 전혀 모르는 건 아니다. 그러나 아들의 한마디가 너무도 마음에 걸렸던 건은 기운이 빠진 목소리로 더듬더듬 말했다.

"난 내 새끼가 했던 말에 여기가 너무 아프더라."

건이 손으로 심장이 있는 곳을 가리키자 윤주는 단 한 마디 변명도 꺼내지 못했다. 자신 역시 주영이의 엄마인데 그 말을 듣고 아무것도 느끼지 못했다면 말이 되지 않는다.

자식 욕심이 전혀 없었던 건 아니다. 그러나 그 힘든 순간을 또 한 번 반복해야 한다는 생각에 견딜 수 없는 두려움이 밀려왔던 것이다.

결혼을 한 뒤로 그녀는 친정에서 소외당하다시피 되어 버렸다. 박 여사는 그저 우리 아들, 우리 며느리밖에 몰랐고 태준만 감싸고 돌았다.

'엄마는 참 나빠! 나 엄마 딸 맞아?' 하고 서운하다는 듯 묻는 윤주에게 박 여사는 '딸은 시집가면 남이랬어.' 하고 냉랭한 말을 꺼내 놓으며 그녀를 섭섭하게 만들었다. 그러면서 이런 말도 덧붙였다. '이것아, 너는 그래도 시댁에서 이쁨받고 살잖아. 우리 태준이 민정인 믿는 구석이라곤 나밖에 없는데 내가 예뻐해 주지 않으면 누가 해 주겠니?'

그것도 변명이라고 하는지 조금 어이가 없었지만 그렇다고 기분이 나쁜 것은 아니었다. 조금 야속한 마음은 있었다. 거기까지는 그래도 참을 수 있었지만 매번 민정의 집에 가게 되면 태준은 자신의 마누라가 둘째를 낳은 것이 무슨 대단한 일이라도 되는 듯 민정에 대한 자랑을 한바탕 늘어놓으니 그걸 듣는 게 오히려 스트레스가 되었다.

게다가 아이들에게는 꼭 형제가 있어야 한다며 최 서방도 얼른 둘째를 가지라고 은근히 건을 부추기자 윤주는 그저 돌아 버릴 것만 같았다. 재미라곤 당최 없는 무뚝뚝한 우리 오빠가 어쩌다 저렇게 팔불출이 되었는지 그저 이해가 되지 않을 뿐이었다.

"마누라, 당신이 많이 힘들다는 것 알아."

건이 생각에 잠긴 윤주의 얼굴을 부드럽게 매만지며 말했다. 그녀의 얼굴을 스쳐 가는 복잡한 표정을 놓치지 않고 건이 다시 말을 이었다.

"그래도 한 번만 더 생각해 보면 안 될까? 우리 유우운주는 착한 아가씨잖아!"

아, 제기랄! 나쁜 녀석 같으니라고! 속으로 욕을 퍼붓고 있는데 건이 그녀의 몸을 번쩍 안아 들고 조심스럽게 침대에 눕혔다.

"건! 주영 아빠!"

건의 얼굴에 음흉한 웃음이 떠오르는 걸 보고 이건 분명 나쁜 징조라고 생각했지만 그녀가 도망갈 곳은 어디에도 없었다. 어느덧 건이 입술을 부딪쳐 왔고 그녀가 도망가지 못하도록 자신의 품에 가두었기 때문이다. 이건 반칙이야! 반칙이라고!

"건! 지금 시퍼런 대낮이야!"

"시퍼런 대낮인데 왜? 뭐가 잘못됐나?"

이글거리듯 타오르는 눈으로 그녀를 보는 건은 좋은 먹잇감을 앞에 둔 맹수 같았다. 덜컥 겁이 나면서도 짜릿한 쾌감을 느끼는 이율배반적인 상황에 그녀는 저도 모르게 나직한 한숨을 흘렸다.

"으홋……."

그 신음 소리가 신호라도 되는 것처럼 건이 그녀의 옷을 하나하나 정성을 다해 벗겨 냈다.

"각오해. 우리 요즘 꽤 재미없게 지낸 것 같지 않아?"

그동안 서로 바쁘다 보니 잊고 살았는데 며칠 전 주영의 말을 듣고 가만히 생각해 보니 그녀와 관계를 안 한 지가 벌써 보름이 넘어가고 있었다. 젠장! 내가 이래도 남자냐고? 생각할수록 억울하고 분했던 건이 진지하게 말했다.

"오늘은 그냥 심심하게 넘어가지 않을 거야."

"으, 건아…… 안 돼!"

건의 위협에 덜컥 겁이 났는지 윤주가 다급히 그의 손을 잡았다. 그녀는 아주 큰 결심이라도 한 듯 눈빛에 강렬한 빛을 담고서 또박또박 말했다.

"건아, 나 약속할게. 우리 둘째 낳자! 그러니까……."

"그러니까 뭐?"

미심쩍다는 듯 인상을 찌푸리고 그녀를 빤히 쳐다보던 건이 절대 안 속는다는 확고한 뜻을 밝히자 윤주는 작게 한숨을 흘렸다.

"그러니까 오늘은 안 돼. 건아, 날 못 믿는 거야? 으응? 오늘 중요한 미팅 자리가 있단 말이야. 주영 아빠."

애교 가득한 목소리를 내는 윤주에게 건이 정색한 표정으로 물었다.

"미팅이 중요해? 우리 둘째가 중요해?"

물론 둘째가 중요하긴 하다. 그런데 야심한 밤도 아니고 이 시퍼런 대낮에 이렇게 중요한 일을 후다닥 해치워야 한단 말인가? 절대 그럴 수는 없다고 생각하며 윤주는 천천히 몸을 일으켜 건의 얼굴을 똑바로 바라보고 또박또박 말했다.

"난 똑똑하고 총명한 아기를 낳고 싶단 말이야. 그러니까 주영 아빠, 우린 뭔가 거창한 계획을 세워야 할 거 같아. 우선 당신은 담배부터 끊어야 할 거 같고."

건이 잠시 생각하는 틈을 타서 윤주는 빠르게 그의 입술에 쪽 소리가 나도록 입을 맞춘 뒤 잽싸게 그곳을 벗어났다.

"주영 아빠, 내가 당신을 얼마나 사랑하는지 알지? 언제나 내

선택을 존중해 줘서 고마워. 저녁에 봐!"

빠이빠이 하고 손을 흔들며 사라지는 그녀의 뒷모습에 건은 아주 잠시 동안 어이가 없었지만 이내 웃고 말았다. 아직 윤주의 타액이 조금 묻어 있는 자신의 입술을 손가락으로 만지면서 건이 혼잣말처럼 중얼거렸다.

"그래, 주윤주. 나도 너를 사랑해. 너 때문에 행복하니까."

¡ "The end¡ "

'오빠, 언제 돌아와? 가지 않으면 안 돼? 흑…… 오빠…….'

어린 여자아이의 우는 소리가 귓가를 스쳤다. 곧이어 열대여섯 되어 보이는 남자아이의 목소리도 들려왔다.

'우리 예쁜 공주님은 울지 않는 거야. 오빠가 곁에 없어도 밥 잘 먹고 잠 잘 자고 잘 커야 돼? 알았지? 오빠는 꼭 돌아올 거야. 여기엔 어머니랑 우리 공주님이 있는 곳이니까…….'

'오빠…… 준이 오빠…….'

엎어지면 코가 닿을 듯 말 듯 한 거리에 예쁘장하게 생긴 여자 아이가 있는데도 그 아이의 얼굴을 만져 볼 수도 안아 볼 수도 없 어서 태준은 가슴이 답답해서 숨이 막혀 헉헉거렸다.

"윤주야…… 윤……주……! 헉…….''

소스라치게 놀라 깨어 보니 꿈이었다. 온몸은 땀으로 흠뻑 젖었 고 가슴은 세차게 방망이질했다. 20년 전부터 자주 꾸어 왔던 꿈이었다. 한국에 돌아오고 나서는 다시는 그런 꿈을 꾸지 않을 거라고 생각했는데 또다시 찾아온 악몽에 태준은 기분이 찝찝했다.

어제 윤주에게 너무도 모진 말을 뱉어 그런 걸까? 너의 남자가 될 수 없다는 자신의 말에 금방이라도 울음을 터뜨릴 것처럼 일그러져 있던 그녀의 서글픈 얼굴이 스쳐 가자 태준은 가슴이 너무나 아파 숨도 제대로 쉴 수가 없었다.

그러나 그녀가 아무리 슬퍼하고 아파해도 태준은 그녀를 가질 수가 없었다. 비록 피 한 방울 섞이지 않은 남남이지만 그녀와 그녀의 어머니는 그가 세상에서 가장 사랑하는 단 하나밖에 없는 가족이었기 때문에.

'오빠, 내가 그렇게 매력이 없어? 아니면 뭔가 많이 부족한 거야?'

윤주의 슬픈 목소리가 자꾸만 태준의 귓가에 메아리치자 그는 머리에 떠오르는 끔찍한 생각을 털어 내려는 듯 고개를 흔들어 댔다.

"매력이 없냐고 물었지?"

인천공항에서 만났을 때의 윤주의 얼굴이 떠올랐다. 그간 그녀가 보내온 편지들을 읽고 그녀의 사진을 봤는데도 불구하고 태준은 너무 많이 변해 버린 윤주를 한눈에 알아보지 못했다. '오빠, 여기!' 하고 윤주가 몇 번이나 손을 내저으며 부르고 나서야 그녀가 바로 20년 전 잘 울던 그 꼬마라는 걸 간신히 알아보았다.

"준이 오빠, 너무 보고 싶었어!"

너무도 반가운 나머지 윤주는 준이 오빠, 하고 하염없이 부르며 태준에게 덥석 안기었다.

성숙한 여자의 향기를 물씬 풍기는 그녀의 농염한 체취에 태준은 정신을 차릴 수가 없었다. 인형처럼 작고 예쁜 얼굴에 오목조목 자리 잡은 눈, 코, 입, 뽀송뽀송한 피부와 까만 눈동자. 그런 그녀의 모습은 지극히 정상적인 남자라면 한 번쯤은 호감을 품지 않을 수 없을 정도로 사랑스러웠다. 물론 어릴 때도 매우 예쁘고 귀여웠지만 말이다.

태준도 남자인데 그렇게 사랑스러운 그녀에게 단 한 번이라도 흑심을 품지 않았다면 그것이 오히려 더 거짓말일 터였다. 어젯밤 자신을 많이 좋아한다는 그녀의 고백에 태준의 귓가에는 그녀를 가져도 된다는 악마의 속삭임과 같은 소리가 끊임없이 웅얼거리며 들려왔지만 그 유혹을 떨쳐 내기 위해 그는 보이지 않는 악마와 치열하게 싸워야 했다.

그런 자신의 마음은 알지도 못한 채 저 사랑스러운 동생은 제멋대로 생각하며 상처받고 있으니 안타깝지 않을 수가 없었다. 녀석이 상처받지 말아야 할 텐데, 너무 아파하지 말아야 할 텐데……. 걱정스런 생각에 잠기던 태준은 갑자기 기발한 무언가가 떠오른 듯 돌연 머리가 맑아짐을 느꼈다.

은민정. 복고풍의 촌스러운 뽀글뽀글 파마머리에 큰 뿔테 안경, 거기에 임신 서너 달은 된 듯한 똥배까지. 그뿐만이 아니다. 말수도 상당히 많았고, 약간의 푼수끼까지 있었다. 윤주와는 완전히 대조되는 모습인데 어떻게 두 사람이 좋은 친구가 되었을까? 처음 은민정이라는 여자를 만났을 때 태준은 그 점이 약간 의문스럽기까지 했다.

자신을 뚫어질 듯 바라보는 남자의 시선을 느꼈음에도 아랑곳하지 않는 민정은 스파게티 면이 야들야들해서 맛있다고 연방 감탄을 금치 못하고 있었다.

"아이고, 태준 씨가 웬일로 나를 식사에 초대했을까나? 음……
그나저나 스파게티 맛이 장난 아닌데요. 진짜 프랑스에 왔다는 느
낌이랄까? 음……."

민정은 사람들이 빼곡히 들어찬 레스토랑 안을 주욱 둘러보며
감탄하듯 말했다.

"태준 씨는 돈 많이 버시겠어요? 요즘 거의 만석이라면서요?"

잠시 말을 멈춘 그녀는 갑자기 관찰하듯 그의 얼굴을 찬찬히 뜯
어보다가 의미 모를 웃음을 짓더니 농담하듯 말했다. 그 한마디가
큰 실수였다는 걸 생각하지도 못한 채.

"음…… 태준 씨랑 결혼할 여자는 참 좋겠다. 잘 생겼겠다, 돈
도 잘 버시겠다. 완전 땡잡았는걸요."

그 말에 태준의 입꼬리가 위로 씩 올라갔지만 민정은 아직 눈치
채지 못한 듯했다. 여전히 감탄하는 얼굴로 주변을 둘러보는 그녀
에게 태준이 빙긋이 웃으며 말했다.

"그럼 민정 씨가 내 여자가 되어 줄 수 있겠습니까?"

"뭐, 뭐……뭐라구요?"

못 들을 걸 들었다는 듯 민정의 눈이 커다랗게 변했고 그녀의
입안에서 꼬들꼬들한 면발이 툭 튀어나왔다. 그 모습이 보기 민망
했지만 태준은 얼굴 하나 찡그리지 않았고 그녀에게 휴지를 건네
주었다.

"말 그대로입니다. 내 애인이 되어 달라고 했습니다."

"큭……."

그 말을 확인시켜 주듯 태준이 다시 반복했지만 민정은 웃기는
소리 말라는 듯 손을 홱홱 젓다가 벌렁거리는 가슴을 가라앉히려

냉수를 벌컥벌컥 들이켰다.

"아이구, 태준 씨도 은근히 재미있다. 이런 농담도 다 하시고. 호호."

아직도 농담이라고 생각한 모양인지 민정이 호호 웃음을 흘리자 태준은 얼굴을 바짝 들이대고 진지하게 말했다.

"농담한 적 없습니다. 진심이었습니다."

아니, 이 남자가 오늘따라 뭘 잘못 먹었다니? 윤주와는 12년을 함께 커 온 오빠라고 했다. 얼굴은 딱 한 번밖에 보지 못했지만 그에 대한 인상을 한마디로 표현하자면 무뚝뚝하고 당최 재미라곤 없는 남자였다. 그런데 오늘, 자신을 여기까지 불러내 이런 어처구니없는 소리나 하다니? 울지도 웃지도 못할 정도로 난감한 상황 앞에서 민정은 황당해서 일순 정신이 멍해졌다.

"아이, 그러니까…… 태준 씨가 뭘 몰라서 그러시나 본데 나는 연애나 결혼 따위에 전혀 관심이 없거든요."

"네. 잘 알고 있습니다. 이해도 하구요."

아니, 이해한다면서 이런 황당한 소리를 하다니? 도저히 남자의 속셈을 알 수 없다는 듯 민정의 고개가 세차게 가로저어졌다. 그런 그녀의 의문을 풀어 주려는 듯 태준이 빙그레 미소를 지으며 천천히 말을 꺼내 놓았다.

"진짜가 아니라 가짜로 말입니다."

이건 또 무슨 뚱딴지같은 소리란 말인가? 자세히 설명해 보라는 듯 민정이 태준을 빤히 쳐다봤다.

"민정 씨도 알다시피 저와 윤주는 12년을 함께 커 왔습니다. 천애 고아가 되어 아무 데도 갈 데 없는 저를 보살펴 주고 키워 주신 분이 바로 윤주 부모님들입니다."

그것은 윤주에게서 익히 들어 알고 있는 사실이었다. 그런데 왜 자신에게 이런 이야기를 꺼내는지 그 이유를 모르겠는 것이다.

"윤주가 저한테 고백을 해 오더군요. 그런데 전 윤주를 받아들일 수가 없었습니다."

처음엔 사실대로 터놓을까 말까 하다가 태준은 사실대로 이야기하기로 작정했다. 민정이 이용당했다고 느껴지지 않도록 사실 그대로를 그녀도 알아야 한다고 생각했기 때문이다.

"비록 피 한 방울 섞이지 않은 남남이지만 그래도 어릴 적부터 같이 한집에서 커 온 남매 아닙니까? 그 귀엽고 사랑스러운 아이한테 제가 어찌 감히 딴 마음을 품을 수 있겠습니까?"

이게 다 무슨 소리인지? 머릿속이 정리되지 않아 민정은 도중에 태준의 말을 잘랐다.

"잠깐! 그러니까…… 윤주가 태준 씨한테 고백을 했다는 게…… 그러니까 태준 씨 말대로 해석하자면 우리 윤주가……."

두서없이 말하며 횡설수설하는 민정을 말없이 가만히 쳐다보던 태준이 답답한 듯 짧게 한숨을 흘렸다.

"그러니까 우리 유, 윤주가…… 태준 씨를 오빠로서가 아니라 남자로서 좋아하고 있었다는 그런 뜻입니까?"

조심스럽게 더듬더듬 묻는 민정에게 태준은 사실이라는 듯 크게 고개를 끄덕거려 주었다. 어머나! 세상에…… 이럴 수가. 전혀 예상 밖의 일이라는 듯 민정은 손으로 입을 가리며 몹시 놀란 표정을 지었다.

"머리 검은 짐승은 절대 키우는 것이 아니라는 말이 있습니다. 그러나 저는 그 말이 틀렸다는 걸 보여 주고 싶습니다. 어머니에게는 훌륭한 아들로, 윤주에게는 좋은 오빠로 남고 싶습니다. 도와주세요, 민정 씨."

사정이야 딱하지만 이게 어디 냉큼 대답할 일인가? 도대체 어떻게 해야 하나 정말 고민이 되지 않을 수가 없었다. 그때 태준의 우울한 목소리가 민정의 귓속을 파고들었다.

"윤주는 저보다 더 좋은 사람을 만나야 합니다."

그의 간절한 시선과 마주치자 그때 민정은 자신을 때려죽여도 절대 못하겠노라고, 머리를 가로저을 수가 없었다. 그러나 그것이 얼마나 큰 실수였는가를 깨닫는 데에는 그리 오래 걸리지 않았다.

✳

그는 분명히 '가짜 연애'라고 말했었다. 그런데 이게 뭔가? 시도 때도 없이 여자들만 사는 집을 들락날락거리지 않나, 지겹지도 않는지 문자는 물론이고 별다른 일이 없어도 요즘따라 부쩍 전화까지 해대면서 사람의 마음을 산란하게 만들고 있었다.

불편하고 불쾌한 것은 더 말할 것도 없었지만 웃는 얼굴에 침을 뱉을 수는 없어서 민정은 잠시 참을 수밖에 없었다. 그런 민정의 생각을 읽기라도 한 듯 태준은 사람 좋은 웃음을 지으면서 변명처럼 말했다.

"우리 윤주가 어디 보통 여자입니까? 얼마나 총명하고 똑똑하다구요. 괜히 어설프게 연애했다간 금방 들통 날 겁니다."

틀린 말은 아니지만 그래도 여자가 사는 집을 자주 들락날락거리는 건 썩 보기가 안 좋았다. 그러나 남이야 어떻게 생각하든 말든 태준은 마치 제집의 주방인 양 여기저기 뒤지기 시작했다.

"아, 아니…… 지금 뭐하시는 거예요?"

"민정 씨도 아직 저녁 안 먹었죠? 뭐 특별히 좋아하는 거 있습니까?"

그 말을 듣고 민정은 그만 입을 떡하니 벌리고 말았다. 원래 이렇게 넉살 좋고 능청스러운 남자였던가? 가만히 생각해 보던 그녀의 고개가 절로 가로저어졌다. 알게 된 지는 얼마 되지 않았지만 그는 상당히 말수가 적은 편이었고 잘 웃지도 않는 무뚝뚝한 남자였다. 그런데 지금 그의 모습은 정말 자신이 알던 한태준이 맞는지 의심스러울 정도였다. 끙, 하고 앓는 소리를 내며 민정은 가슴께에 팔짱을 끼고 의자에 털썩 앉아 버렸다.

은민정은 예쁘지도 날씬하지도 단아하지도 않다. 통통하고 말수도 상당히 많고 어느 모로 보나 자신의 취향은 아니다. 그런데 시간이 지날수록 자신은 그녀에게 흠뻑 빠져들고 있었다. 이상하기도 하지, 하고 생각하면서도 왠지 그녀와 함께 있으면 마음이 편하고 기분이 즐겁다.

그녀에게 아무런 설명도 해 주지 않은 채 무작정 어머니에게 데려가 인사시켰을 때 그녀는 몹시 당혹스러워했다. 얼마든지 자신을 원망하고 불평할 수도 있었을 텐데 그녀는 그 어떤 내색도 하지 않았다. 그가 왜 터무니없는 제안을 했는지, 그렇게 할 수밖에 없었던 당신을 이해한다고 말했다.

약간 푼수끼가 있는 모습과는 달리 이해심이 깊은 여자였다. 그 순간 태준은 진심으로 그녀가 고마웠고, 그녀의 색다른 모습에 기분이 미묘해졌다.

아마 그때부터였을 것이다. 그녀를 조금 다른 시선으로 바라보게 된 것이. 이 여자라면 나를 버리지 않을 거다. 이 여자와 함께라면 더 이상 외롭지도 않을 거다. 거기다 우리 아들, 우리 며느리, 하고 몹시 감격스러워 눈물을 펑펑 쏟는 어머니를 보면서 태준은 처음으로 결혼을 하고 싶다는 생각이 들었다. 가짜가 아닌 진짜 결혼 말이다.

"아니, 밥은 먹고 삽니까?"

요즘 윤주는 집에 잘 들어오지 않는다고 했다. 일이 바쁜 건지 아니면 연애라도 하는 건지 그녀는 늘 늦게 귀가한다고 했다. 태준이 알기로도 윤주는 자기 관리에 철저하고 섬세하고 꼼꼼한 성격을 가진 아이였다. 그런 윤주가 없는 주방은 완전 엉망이었다. 뭐라도 해 볼까 싶었지만 조미료 등 아무 재료도 없으니 기가 막힐 뿐이었다. 이런 여자를 자신이 지켜 주어야겠다는 강한 보호 의식이 들면서 태준은 또 한 번 민정과 결혼해야겠다는 자신의 생각을 굳혔다.

"남이야 밥을 먹고 살든 말든 태준 씨가 무슨 상관이에요?"

민정이 짜증이 난다는 얼굴로 툴툴거렸지만, 태준은 그녀의 말을 깨끗이 무시하고 밖으로 횅하니 나가 버렸다.

"아이구 잘됐네요. 나갔다가 다시 오지 마세요."

그의 등 뒤에 대고 민정이 뭐라고 주절거렸지만 태준은 고개조차 돌리지 않았다.

돌아갔나? 돌아갔겠지, 하고 생각했는데 30분도 채 되지 않아 그가 다시 돌아오자 민정은 놀라움을 넘어 당황스럽기까지 했다. 그의 양손에는 뭔가가 가득 담긴 비닐봉지와 종이백이 들려 있었기 때문이다. 아예 여기에 살림을 차릴 예정인지 태준은 접시, 냄비, 주전자 등 주방에 쓰는 용기들은 물론이고 별의별 잡동사니들을 잔뜩 사 왔다.

"한태준 씨, 지금 도대체 뭐하는 겁니까?"

따지듯이 묻는 민정에게 태준은 환하게 웃으며 대꾸했다.

"저는 민정 씨에게서 적잖은 도움을 받았는데 이만큼은 해 드려야지요. 주방에 보니까 아무것도 없더군요. 인스턴트 음식 같은 거 먹지 말고 밥을 드십시오. 뭐니 뭐니 해도 밥이 최고입니다."

그러더니 태준은 그녀의 똥배를 슬쩍 쳐다봤다. 그 노골적인 시선에 민정은 저도 모르게 얼굴이 확 붉어졌다.

"이…… 이……."

변태도 아니고 어딜 쳐다봐! 속으로 욕을 씹는데 태준의 목소리가 다시 그녀의 귓가를 울렸다.

"괜히 다이어트 약 같은 거 먹느라 고생하지 말고 살은 운동으로 빼십시오. 매운 음식은 적게 드시고 신 음식을 많이 드세요. 사탕, 과자 이런 것도 많이 드시면 안 좋아요."

"기, 기가 막혀!"

마치 시어머니처럼 태준의 잔소리가 끊임없이 이어지자 민정은 일순 황당해서 말문이 막혀 버리고 말았다.

"한태준 씨, 요즘 아주 한가하신가 보네요. 장사 안 합니까?"

태준이 정성껏 차려 놓은 식탁에 앉은 민정이 그렇게 비꼬듯 묻자 그는 거기에 응하듯 능청스러운 목소리로 대답했다.

"지금 제 걱정해 주시는 겁니까?"

"걱정은 무슨!"

어떻게 하면 쫓아낼 수 있을까 그 생각을 하고 있었건만. 그런 속내는 숨긴 채 민정은 국물을 한 수저 떠 마셨다. 시원했다! 솔직히 자신이 한 것보다 더 맛있었다. 그런 그녀의 마음을 읽기라도 했는지 태준이 짐짓 떠보듯 말했다.

"혹시 결혼하실 생각은 없습니까?"

"켁……."

태준의 말에 놀랐는지 아니면 당황했는지 그녀는 기침과 함께 캑캑거렸다.

"혼자 사는 거 외롭지 않습니까?"

"편하고 좋네요."

어림 반 푼 어치도 없는 소리 말라는 듯 민정이 딱 잘라 단호하게 대답했다. 그녀의 냉랭한 표정에도 태준은 그저 허허 웃기만 할 뿐이었다. 거기에 한술 더 떠서 많이 먹으라는 듯 반찬이 담긴 그릇들을 그녀 앞으로 밀어 주었다.

대체 어쩌자는 건지? 자칫 잘못하면 가짜가 진짜로 될 수 있을 것 같다는 불안감에 민정은 한편으론 수걱수걱 밥을 먹으면서 열심히 머리를 굴리기 시작했다. 어떻게 하면 그 남자로 하여금 발길을 딱 끊게 할 수 있을까 하면서 말이다.

＊

"아, 아! 재밌다!"

"아, 신난다, 신나! 아저씨, 빨리요."

"와우! 아저씨이, 최고!"

"더 놀아 줘요, 아저씨."

넓은 운동장에서 한창 아이들과 신나게 뛰놀고 있는 태준을 바라보는 민정의 얼굴 위로 복잡한 빛이 스쳐 갔다. 대체 저 남자는 괴물인지 사람인지 도저히 모르겠다며 민정은 머리를 세차게 흔들었다.

어찌하면 저 남자가 다시는 자신을 찾아오지 않을까 열심히 생각해 낸 게 이 방법이었다. 그를 데리고 무작정 '천사네 집'으로 왔건만 그는 별달리 놀라거나 하지 않았다. 이것저것 해 달라는 아이들의 성화에도 그는 아무런 불평 없이 고스란히 들어 주었다. 그것도 빙그레 웃는 인자한 얼굴로 말이다.

행여나 불평하거나 짜증이라도 내면 그걸 핑계로 다시는 자신을 찾아오지 말라고 윽박지를 텐데 아저씨가 너무 좋다고 말하는 아이들의 한마디에 민정은 어쩔 수 없이 분을 삼킬 수밖에 없었다.

멍하니 하늘을 올려다보는 그녀의 얼굴에 후회의 표정이 가득 차올랐다. 이래서 남자의 말은 함부로 믿어서는 안 되는 거였다. 이제 와서 누구를 원망하겠나, 어리석은 자신을 탓해야지, 하면서 민정은 자조적 탄식을 쏟아 냈다.

"이런, 무슨 걱정거리라도 있어요?"

어느새 그녀 곁으로 가까이 다가온 태준이 수심이 가득해 보이는 그녀의 얼굴을 걱정스럽게 들여다보며 물었다.

"한태준 씨, 솔직히 말해 봐요. 대체 무슨 꿍꿍이예요?"

"뭘 말이죠?"

"뭔가 착각하는 모양인데, 난 그쪽한테 진짜 눈곱만치도 관심 없어요. 아니, 결혼 자체에 아예 관심이 없다구요. 그러니까 괜히 고생하지 마세요."

"결혼에도, 남자에도 관심 없다는 것 잘 알고 있어요."

아니, 사람이 그 정도로 좋게 이야기했으면 말귀를 알아들어야지. 잘 알고 있다는 사람이 대체 왜 괜한 수작을 부리는 건지 그걸 모르겠는 것이다. 그래서 멀뚱히 그를 쳐다보는데 태준은 조금은 씁쓸한 표정으로 입을 열었다.

"민정 씨처럼 단 한 번도 결혼에 대해 생각해 본 적 없었던 남자가 결혼을 하고, 아기를 낳고 행복해지고 싶다는 생각을 한다면 이건 욕심일까요?"

"아, 그러니까……."

갑자기 진지하게 꺼낸 태준의 말에 할 말이 생각나지 않아 민정은 손가락으로 관자놀이를 지그시 누르다가 다시 입술을 열었다.

"그만한 것은 욕심이 아니죠. 지극히 정상적인 사고방식이지요. 한태준 씨는 충분히 행복해질 수 있어요. 결혼하고 아기 낳고 정상적인 인간이라면 누구나 한 번쯤 다 그런 걸 꿈꿀 거예요. 근데 그 결혼할 상대가 내가 아니란 말이죠. 다른 여자를 찾아보란 말이에요. 똑똑히 알아들었어요?"

제발 내 말 좀 알아들으라고 민정은 바락바락 소리까지 지르며 말했다.

"결혼이 왜 싫은 거죠? 이유가 있습니까?"

"이유 같은 거 없어요. 그냥 싫어요."

이제는 대답하기조차 지친다는 듯 민정은 기운 빠진 목소리로 바로 대답했다. 그런데도 태준은 조금도 물러서지 않은 채 오히려 이해가 안 된다는 투로 물었다.

"그럼 전 누구랑 결혼을 하죠? 결혼은 혼자 합니까? 아무하고나 살 수는 없잖아요."

그렇게 싫다고 말했건만 대화가 또다시 원점으로 돌아가자 민정은 뿔난 황소처럼 씩씩거렸다.

"하고많은 여자 중에 왜 하필이면 나죠?"

가까스로 짜증을 억누르며 민정은 따지듯이 물었다. 그러자 태준의 얼굴에 다시금 미소가 감돌았다.

"은민정 씨가 편하고 좋아서요."

당신이라면 든든할 것 같군요. 당신이라면 나를 외롭게 하지 않을 것 같네요. 그러나 태준은 마음속 말을 모두 꺼내 놓지 않았다. 그저 편하고 좋다고만 말해 주었다.

'그러니까, 나는 싫다니까.'

민정의 생각을 알 턱이 없는 태준의 얼굴에 내내 웃음이 떠나가지 않았다. 그런 그를 어이없다는 듯 한참 지켜보던 민정이 그에게 가까이 걸어갔다. 그러고는 가슴께에 팔짱을 끼고서 못을 박듯 말했다.

"한태준 씨, 잘 들으세요. 계속 이런 식으로 나온다면 나도 어쩔 수 없어요. 우리 사이 계약 없었던 일로 해요. 나 윤주한테, 그리고 아주머니한테 다 불어 버릴 거예요."

"지금 협박하는 겁니까?"

그녀의 위협 어린 경고에도 아직 그 어떤 위기의식을 느끼지 못했는지 태준은 덤덤하기만 했다. 그것이 그녀를 더욱더 화나게 만들었다.

"어쨌든 내가 할 말은 다 했으니까, 태준 씨가 알아서 하세요."

진짜 자기 할 말은 다 끝났다는 듯 민정은 말을 마치자마자 그에게서 등을 돌려 멀어져 갔다.

"내가 그렇게 싫은가?"

조금씩 멀어져 가는 민정의 뒷모습을 바라보는 태준의 얼굴에 대체 왜? 라는 의문이 가득 떠올랐다.

＊

"차 실장님, 나 어때요?"

프랑스 레스토랑 '르꼬데다'의 지배인이 뜬금없이 그렇게 묻는 태준을 의아하다는 듯 쳐다봤다. 밑도 끝도 없이 그렇게 물으면 누가 알아듣겠나. 고개를 갸웃거리는 지배인에게 태준이 다시 물었다.

"여자들이 혐오하는 그런 유형의 남자인가요?"

"누구요? 사장님 말인가요?"

깜짝 놀라서 묻는 지배인에게 태준은 그렇다는 듯 크게 고개를 끄덕거렸다. 그러자 지배인의 얼굴에 당황하고 놀란 빛이 역력하게 떠올랐다. 그 의도가 어떤 건지 짐작도 할 수 없었거니와 누가 봐도 멋지고 젠틀한 자신의 사장이 무슨 일이 있기에 이런 질문을 하는 건지 이해를 하지 못한 것이다.

한참이 지나도록 지배인이 아무런 대답도 하지 않자 태준은 한순간 덜컥 겁이 났다. 정말 자신이 여자들이 혐오하는 그런 유형의 남자가 아닌가 해서 말이다.

"그럴 리가요. 연예인 못지않은 훈훈한 외모에, 돈도 많겠다, 다정하겠다."

지배인은 지금껏 봐 온 한태준에 대해서 좌르륵 나열해 주었다. 자신을 칭찬해 주는 말이 듣기 싫지는 않았는지 태준의 입술이 곡선을 그렸다. 그러나 좋아했던 것도 잠시, 싫다고 진저리를 치는 민정의 모습이 떠오르자 태준은 의아한 표정을 띠고 물었다.

"음…… 근데 나를 싫다고 말하는 여자가 있던데…… 그건 무엇 때문일까?"

자신이 생각해도 자존심이 상한다는 듯 태준은 낙담한 얼굴로 끙 하고 앓는 소리를 내뱉었다. 그러자 당사자보다 지배인이 오히려 더 이해할 수 없다는 듯 억울한 표정으로 연거푸 물었다.

"아니, 설마요. 대체 어떤 여자가요? 정말 사장님이 싫다고 그렇게 말했다구요?"

그 여자 머리에 총 맞은 거 아니랍니까? 지배인은 하마터면 그렇게 물을 뻔했다. 자신이 생각해도 좀 납득이 되지 않아서 말이다. 지배인의 말에 조금 용기를 얻었는지 태준은 좀 더 확신하기 위해 이번엔 파티쉐를 불렀다. 그는 태준이 프랑스에서 최고 연봉으로 스카우트해 온 프랑스인이었다.

〈나 여자들의 이상형으로 어때 보여?〉

파티쉐 역시 그의 질문이 너무 뜬금없었는지 한동안 의아한 표정을 감추지 못했다.

〈준, 무슨 일이 있었어?〉

〈어렵사리 고백을 했는데 차였어.〉

〈이런……!〉

안됐다는 듯 파티쉐가 딱한 표정을 짓더니 격려하듯 태준의 어깨를 두들겨 주었다.

〈준, 너무 실망하지 마. 세상에 미인은 많아. 금발 미녀 어때?〉

파티쉐의 실없는 농담에 태준은 한숨을 내쉬었다. 괜히 얘기를 꺼냈나, 하는 후회감이 들었기 때문이다. 금발도 미녀도 다 싫다. 쭉쭉 빵빵 미녀도 썩 구미가 당기지 않는다. 여자에 굶주린 게 아니라 오직 은민정의 마음을 얻고 싶을 뿐이다. 그러나 그런 자신의 속마음을 내비칠 수가 없어서 태준은 답답한 마음에 한숨만 내쉬었다. 그러나 그런 태준의 모습을 다르게 오해한 모양인지 파티쉐의 눈에 안됐다는 듯한 동정의 빛이 떠올랐다.

〈지금 당장 그 금발한테 전화 한 통 할까?〉

〈관둬!〉

〈준!〉

아무런 대꾸도 없이 태준은 손을 세차게 저으며 바깥으로 휙 나가 버렸다. 사장이 평소와 달리 몹시 우울해 보여 기껏 도와주려 했건만 태준의 반응에 억울했는지 파티쉐는 한쪽 어깨를 들어 올리며 지배인을 향해 당신은 뭐 아는 거 없느냐는 눈빛을 보냈다. 그러나 그다지 아는 게 없었던 지배인도 나직하게 고개를 흔들 수밖에 없었다.

✻

"몹쓸 짓을 했다는 그 말이 아무래도 좀 마음에 걸리지 않습니까?"

오늘은 해가 서쪽에서 떴나 싶을 정도로 자신이라면 아주 진저리를 치던 그녀에게서 먼저 연락이 왔었다. 시도 때도 없이 그녀가 보고 싶지만 요즘은 좀 자제하는 편이었다. 그래서 뒤숭숭한 마음을 걷잡을 수 없어서 몹시 힘들었는데 그녀가 먼저 전화를 해 오다니 이것보다 더 기쁜 일은 없다고 생각하며 태준은 무척이나 신경을 써서 옷을 차려입고 민정을 찾아온 참이었다.

그런데 자리에 앉자마자 이런 뜬금없는 소리나 하다니 태준은 참으로 실망스럽지 않을 수가 없었다. 그러나 그런 자신의 마음을 조금도 내색하지 않은 채 태준은 생각하듯 말했다.

"그렇군요."

아무 생각 없이 내뱉은 말은 아니었다. 태준 역시 윤주에게 몹쓸 짓을 많이 했다는 건의 말이 마음에 걸렸던 것은 사실이었다.

"설마 우리 윤주한테 무슨 해코지를 한 건 아니겠지요?"

고민이라도 하듯 민정은 이마에 잠시 손을 얹고서 눈을 깜박거리며 혼잣말처럼 중얼거렸다.

"최 사장이 그럴 사람은 아닌데. 아주머니 말로는 윤주가 과외를 한 적 있었다고 했어요."

"저도 들었어요."

"근데 어째서인지 도중에 과외를 그만두고 일 년 정도 휴학을 했다고 하더군요. 그리고 다시 의상학과에 진학하구요."

"네, 그런 일이 있었다고 어머니한테 들었습니다."

듣고도 가만히 방관하고 있었단 말인가? 태준의 처사가 마음에 들지 않은 민정이 펄펄 뛰듯이 격하게 말을 꺼냈다.

"그럼 왜 그렇게 됐는지 우리가 그 이유라도 알아봐야 하지 않겠어요? 그냥 아무것도 모르는 것처럼 가만히 있자구요?"

그 말에 태준은 오랫동안 무언가를 생각하는 듯 미간에 깊게 주름을 잡고 있었다. 그가 입을 연 것은 그로부터 한참이 지나서였다.

"윤주도 이젠 어른입니다. 똑똑하고 제 앞가림 제대로 할 줄 아는 성인이란 말이죠. 그리고 이제 와서 과거 이야기 끄집어내어 봤자 뭐 좋을 게 있습니까?"

전혀 걱정이 안 된다면 그건 거짓말이었다. 그러나 지나간 건 지나간 것이고 이제 와 그런 걸 따져 봐야 다 소용없지 않은가 말이다. 윤주만 행복할 수 있다면 그것으로 만족인 것이다. 그렇게 자신을 위로하며 태준은 민정을 설득하듯 말했다.

"대현 아일랜드 대표이사 최건에 대해 제가 조사를 좀 해 봤습니다. 여자관계 깨끗하더군요."

오호, 역시 대단하다는 듯 민정이 감탄사를 연발하자 태준은 어깨를 한 번 으쓱거렸다.

"그러니 뭐 바람피울 남자는 아닌 것 같고, 또 윤주의 속을 상하게 할 것도 같지 않군요. 우리가 걱정 안 해도 될 듯합니다."

어느 정도 설득력이 있었는지 민정은 더 이상 따지지 않았다. 대신 그녀는 화제를 슬며시 돌리며 다른 말을 꺼내 놓았다.

"우리도 이젠 진짜 그만할 때 되지 않았나요? 한태준 씨."

정말 듣고 싶지 않은 한마디에 태준은 마음이 먹먹해지는 걸 겨우 참고서 꿋꿋이 앉아 있었다.

"한태준 씨는 어떻게 생각하는지 모르겠지만 저는 더 이상 힘드네요."

자꾸만 자신을 거침없이 내치는 그녀에게 야속한 마음이 들 정도였다. 더 이상 자리에 앉아 있다간 그녀의 심기만 불편하게 할 것 같아서 태준은 적당한 핑계거리를 대고 몸을 일으켰다. 뒤에 연거푸 한숨짓는 민정을 남겨 두고서.

✼

윤주와 건의 결혼식은 서울 모 호텔 그랜드볼룸에서 약 2천여 명의 하객이 참석한 가운데 성대하게 치러졌다.

정말 하늘에 대고 맹세하지만 결혼하면 행복해질 거라는 생각을 해 본 적이 단 한 번도 없다고 말할 수 있었다. 지금처럼 아무 곳에도 얽매이지 않고 자기 마음대로 거침없이 자유롭게 사는 삶이 편하고 좋았다.

그런데 오늘 윤주의 결혼식장에서 민정은 처음으로 복잡 미묘한 감정이 들었고 혼란스러운 마음을 주체할 수가 없었다. 신부인 윤주의 얼굴이 너무 아름답고 행복해 보여서 그런 걸까? 이유는 알수 없었으나 자신의 옆에 앉아 자꾸만 눈물을 훔쳐 내는 윤주 어머니 박 여사를 바라보며 민정은 자신도 모르게 짠한 감정과 함께 애틋함마저 느꼈다. 그래서 자신의 손을 슬며시 잡아 주는 태준을 밀어낼 수도 없었다.

저도 모르게 이 남자라면 내가 외롭지 않을 수도 있겠다, 하는 생각을 하던 그녀는 다시 말도 안 된다며 나직하게 고개를 흔들었다.

'내가 왜 이런 헛생각을 다 하지? 아니야, 요즘 너무 피곤해서 그런 걸 거야. 괜찮아.'

괜찮다고 애써 자신을 다독이며 민정은 윤주에게 정신을 집중했다. 환하게 웃는 윤주의 얼굴이 그 어느 때보다 더 예뻤고 그 옆에 선 신랑의 만면에 떠오른 미소는 더없이 행복해 보였다.

그런데 신랑 신부의 모습이 자꾸만 옆에 앉은 태준과 자신의 모습으로 겹쳐 보이는 것은 대체 무엇 때문인지. 마음속에서 끊임없이 일어나는 심적 갈등 때문에 괴로워 죽겠는데 옆에 앉은 태준이 조그맣게 중얼거리자 민정은 금방이라도 미칠 것만 같았다.

"우리 윤주 예쁘죠?"

"그렇네요."

"민정 씨도 저 자리에 서면 매우 아름다울 거예요. 아직도 생각이 바뀌지 않았나요?"

"나는……."

결혼이라면 절대, 네버! 어째서인지 이번엔 그런 말이 선뜻 나오지 않았다. 목구멍에 말이 걸린 듯 숨조차 턱턱 막혀 왔다.

"나는 부럽네요. 나도 저렇게 행복해지고 싶습니다. 민정 씨는요?"

초조한 마음을 숨기려고 민정은 입술을 지그시 깨물었다. 태준이 더욱더 세게 그녀의 손을 꼭 쥐고서 자신의 마음을 전했다.

"우리도 행복해지자구요. 나와 결혼해 주세요."

"……."

"민정 씨를 아프게 하지 않을게요. 외롭게 혼자 두지 않을게요."

어째서 싫다고 그를 거부하지 못했을까? 어째서 그의 손을 뿌리치지 못했을까? 민정은 그 뒤로도 꽤 오랫동안 생각을 해야 했다. 그 침묵을 긍정의 뜻으로 받아들이고 태준이 하객을 향해 선언하듯 말했다.

"다음은 우리가 결혼할 차례입니다. 윤주야, 그 부케 민정 씨한테 던져 줘!"

짝짝짝 박수 소리, 와아아 하는 감탄 소리, 그리고 하객들의 웃음소리가 결혼식장을 가득 메웠다.

'오빠, 나는 어때 보여? 나 예쁘지 않아? 나 귀엽지? 오빠에게 정말 어울리는 상대라고 생각하지 않느냐고.'

'강수영.'

'오빠, 다시 한 번 생각해 봐. 나 오래전부터 오빠를 좋아해 왔어.'

'수영아, 네가 뭔가 착각하는 거 같은데, 난 너한테 내어 줄 마음이 한 자락도 없다. 내 모든 걸 주윤주란 여자에게 다 줘 버렸거든.'

'오빠…… 꼭 그렇게 잔인하게 말해야겠니?'

'미안하다, 강수영. 십 년 전에 난 이미 주윤주라는 여자에게 내 심장과 영혼을 빼앗겨 버렸어. 그래서 너한테 줄 수 있는 게 아무것도 없다.'

남자의 잔인한 말에 여자는 꺽꺽 소리 내며 울고 있었다. 그런 여자를 보면서도 남자는 눈 하나 깜짝하지 않고 있었다.

"잔인하다."

누구의 입에서 흘러나온 말인지는 모르지만 어쨌든 그 말마따나 남자는 잔인하기 그지없었다. 그때 어떤 여자의 목소리가 빈 깡통의 울림처럼 자신의 가슴을 치고 지나가는 게 느껴졌다.

'강수영 씨, 나도 언니로서 충고 하나 해 줄까요? 나 쉬운 여자 아니에요. 남의 것이야 절대 빼앗을 생각 하지 않지만, 내 손에 한번 들어온 것은 절대 놓치지 않거든요……'

참았던 눈물이 봇물 터지듯 쏟아지기 시작했다. 절대 여자의 으름장에 겁먹어서가 아니다. 무슨 일이 있어도 남자를 놓치지 않겠다는 여자의 결심에 자신이 감히 끼어들 틈이라곤 전혀 없어 보였기 때문이다.

'울지 마라, 강수영. 네가 우는 건 어째서인지 싫다. 최건보다 더 좋은 놈 네 눈앞에도 있어. 너 혼자서 힘들어하지 말고 나한테 와라……'

동정은 아닌 것 같았다. 말을 해 놓고도 깜짝 놀라고 당황해하는 남자의 모습에서 그녀는 진심을 읽을 수 있었다. 그 다정한 목소리에 눈물이 쏟아질 것 같았다.

그래서 잠깐 이런 생각도 들더랬다. 차갑고 냉철해 보이는 최건과는 달리 다정하고 자상해 보이는 저 남자에게 다가가도 될까? 가고 싶은데……. 아니, 행복이 눈앞에 보이기에 가야 한다고 생각했다. 그래서 걸었다. 한 걸음, 두 걸음……. 그런데 남자의 모습이 점점 희미해져 가며 잘 보이지 않았다.

"가……지…… 마."

꽉 억눌린 목소리가 자신의 입에서 새어 나왔다는 걸 수영은 조금 늦게 깨달았다.

"괜찮아?"

왠지 그 목소리가 익숙하다. 다정하고 부드러운 목소리. 그 목소리에 눈물이 날 것만 같은 이 느낌이 결코 생소하지 않게 느껴진다. 걱정스런 눈빛으로 자신을 살펴보는 남자의 얼굴도 낯설지가 않아 보인다.

그 남자다. 잡으려고 쫓아갔지만 결국 붙잡지 못하고 점으로 사라져 버린 그 남자다. 남자의 얼굴을 좀 더 자세히 보려고 손으로 눈을 비비적거렸다. 보인다. 아까보다 더 선명하게……

"오……빠. 명, 명진이 오빠."

고개를 크게 끄덕거리는 남자를 보고 수영은 이번엔 꿈이 아닌 현실이라는 걸 깨달았다. 그러고 보니 기나긴 시간의 꿈을 꾸었던 것 같았다.

조금씩 정신이 들면서 그녀는 또르르 눈을 굴리며 주변을 둘러보았다. 익숙하지 않은 공간에 마구 벗어 놓은 옷들이 여기저기 어지럽게 널려 있었다. 누가 알려 주지 않았지만 여기가 호텔이라는 걸 그녀는 직감적으로 느꼈다. 그리고 자신은……

뭔가 좀 이상하다는 느낌을 지울 수가 없어서 시선을 아래로 내리는 순간 너무도 놀란 나머지 하마터면 외마디 비명을 지를 뻔했다.

몸에는 달랑 종잇장처럼 얇은 팬티 한 장만 걸치고 있었기 때문이다. 이게 대체 어찌 된 일인 걸까? 기억을 더듬고자 수영은 세차게 머리를 흔들었다. 어젯밤 술에 취한 와중에도 용케도 명진을 알아보고 외로우니 같이 있어 달라고 애원했던 기억은 난다. 그리고 추우니까 명진에게 잠깐만 안아 달라고 했던 것까지는 기억이 나지만 그 후에는 필름이 철저히 끊겨 버렸다.

그러고 보니 지난번에도 명진은 술에 떡이 된 자신을 집까지 데려다 준 적이 있었다. 아니, 매번 그녀가 힘들고 외롭고 슬퍼할 때마다 자신을 따뜻하게 위로해 준 사람은 건이 아닌 명진이었다. 그때껏 그녀의 행동을 유심히 지켜보던 명진이 자초지종을 설명하려고 막 입을 열었지만 수영이 한 박자 더 빨랐다.

"미안해, 오빠."

미안하다니, 뭘? 대체 뭐가 미안하다고 말하는지 의아했던 명진은 수영을 빤히 쳐다봤다. 그 시선에 부끄러움을 느낀 수영은 다급히 시트를 잡아당겨 드러나 있는 자신의 몸을 가렸다.

"나 괜찮으니까, 오빠 너무 신경 쓰지 마. 오빠를 너무 힘들게 해서 미안해."

뭔가 이상하다고 생각했던 그 느낌은 결코 착각이 아니었다. 수영이 뭔가를 단단히 오해하고 있는 모양인데 이를 어찌 설명해야 할지 몰라서 명진은 그대로 우두커니 서 있었다.

"오빠, 잠시 자리 좀 비켜 줄래?"

"수영아……."

네가 뭔가 잘못 알고 있는 모양인데 어젯밤 너와 나는 아무 일도 없었어. 옷이 벗겨진 건 네가 덥다고 하면서 옷을 훌훌 벗어 던진 거라고. 원래는 이렇게 말하려고 했었다. 그런데 그녀가 제멋대로 상상하고서 엉뚱한 말을 꺼내 놓는 바람에 명진은 또 한 번 사실대로 말할 기회를 놓쳐 버린 것이다.

"오빠는 그렇게 미안한 얼굴을 하지 않아도 돼. 책임져 달라는 소리는 하지 않을게. 나 정말 괜찮아. 명진이 오빠."

정말 하늘과 땅에 대고 맹세하지만 자신이 아무리 여자에 굶주

리고 욕구불만 폭발 직전이라 해도 술에 떡이 된 여자를 건드릴
만큼 막돼먹은 인간은 아니다.

그래, 솔직히 말하자면 어젯밤 아름다운 여체를 눈앞에 두고 시
선을 딴 곳으로 돌리기가 참으로 힘들었다는 것만은 인정한다. 잠
시, 아주 잠시 마음이 동요했던 것도 사실이다. 그러나 스치기는커
녕 그녀의 털끝 하나 건드리지 못했다. 그런데 엉뚱하게 오해하는
수영 때문에 억울하기 그지없었지만 명진은 변명을 하는 대신 그
녀의 말에 수긍하며 그곳에서 벗어났다.

더 이상의 기척이 느껴지지 않자 수영은 그때서야 후우, 하고
크게 숨을 뱉어 냈다. 얼마나 긴장되고 떨렸는지 온몸이 땀으로 흠
뻑 젖어 있었다. 땀인지 눈물인지 모를 액체가 그녀의 얼굴을 적셨
다.

"나 이제 어떡하지?"

몹시 혼란스러워 갈 곳 몰라 갈팡질팡하는 목소리가 산산이 부
서지며 적막한 공간을 맴돌았다.

❊

"아, 정말 짜증나. 건이 오빠 미친 거 아냐? 사람이 말이야. 깡
패도 아니고 어쩌면 이렇게 팰 수가 있냐고!"

명진의 퉁퉁 부어오른 입술을 손가락으로 살며시 어루만지며 수
영이 불평 섞인 어조로 툴툴거렸다.

"아니, 오빠는 바보야? 맞고도 가만있었어? 나 같으면 속 시원
하게 서너 대 패 주겠다."

얻어맞고도 가만히 서 있었던 명진에게 화가 나서 수영은 불만

을 잔뜩 드러냈다. 핸섬하다고 생각했던 얼굴에 멍이 들고 입술에 피딱지가 흉하게 자리 잡은 모습을 보노라니 뱃속이 부글거렸다.

나쁜 자식! 그것도 평소에 오빠, 오빠하고 부르며 무척 좋아하고 따랐던 사람인데 오늘 그는 애매한 사람을 두들겨 팼다. 왜 그 순간 자신도 가만히 있었는지 생각할수록 억울하지 그지없었다.

하다못해 그 인간의 팔뚝이나 꽉 물어 놓을 걸 그랬나. 윤주 언니도 그렇다. 곧 결혼할 약혼자가 사람을 두들겨 패는 걸 보면 나서서 말렸어야지. 어쩌면 그럴 수 있느냐고. 부창부수라고 정말 뻔뻔스럽기 그지없는 커플이 아닌가.

"오빠, 병원 안 가도 되겠어? 괜찮아?"

아픈 듯 얼굴을 살짝 찌푸리는 명진을 걱정스럽게 쳐다본 수영이 시름 섞인 목소리로 물었다. 그러자 언제 괴로워했냐는 듯 명진이 수영의 손을 살며시 잡으며 되물었다.

"강수영, 너 지금 내 걱정해 주는 거니?"

언제나처럼 그는 자신을 향해 다정하게 웃어 주고 있었다. 목소리 또한 따뜻하기 그지없었고. 그제야 현실로 돌아온 듯 수영은 당황해하며 더듬거렸다.

"나는……."

"난 아까 기분이 좋았다. 수영아."

기분이 좋았다니, 뭘? 한 대 얻어맞고도 좋다고 웃는 인간은 이 세상에 단 한 명도 없을 것이다. 그런데 명진은 기분이 좋았다고 환하게 웃고 있으니 수영으로선 어리둥절하기 그지없었다. 그가 다음 말을 꺼내기 전까지는.

"너 아까 내 편 들어 줬잖아?"

아까 건의 앞을 가로막으며 당장이라도 한 대 칠 것 같은 얼굴로 무섭게 윽박지르던 그녀의 모습이 뇌리를 스쳐 가자 명진은 또한 번 싱긋 웃었다. 그러나 수영은 그게 무슨 말인지 몰라서 여전히 의문스러움을 지우지 못했다.

"강수영, 나랑 연애 한번 해 보지 않을래? 난 네가 원하는 대로 다 해 줄 수 있는데."

"아!"

아니, 근데 지금은 연애가 문제가 아니잖아. 만약의 경우에 정말 임신이 맞는다면 연애고 자시고 간에 부모님은 불러 온 딸의 배를 보고 너 죽고 나 살자는 식으로 무섭게 추궁할 것이다. 안 그래도 지난번 술에 떡이 되어 명진의 등에 업혀 집에 들어온 다음 날 부모님이 자꾸 캐물으시는 바람에 식은땀을 삐질삐질 흘렸던 수영이었다.

후우…… 이래서 남자와 여자는 생리적, 감성적으로 다르다고 하는 건가? 심각하기 이를 데 없는 일인데도 그는 너무 태평하지 않은가 말이다. 그것 때문에라도 저 남자도 상황이 얼마나 심각한지를 반드시 알 필요가 있다고 생각하며 수영은 결심한 듯 비장하게 말을 꺼냈다.

"오빠, 내 꿈이 뭔지 알아?"

당연히 모른다. 어떤 꿈일까 궁금해하는데 수영이 어딘가를 아득하게 바라보며 말을 이었다.

"이렇게 말하면 남들은 웃을지 모르지만, 그래도 내 꿈이었어. 철이 들고 나서부터였을까? 음, 아니야. 아마 건이 오빠를 처음 만난 그때부터였을 거야. 다른 아이들은 의사, 변호사, 검사, 그런 꿈을 꾸고 있을 때 나는 지극히 소박한 꿈만 꾸어 온 것 같아. 매일 아침 남편이랑 밥 같이 먹고, 우리 애들이랑 같이 놀고, 같이 소풍도 가고……."

이미 과거가 되어 버린 이야기. 그래도 한때나마 소중했던 기억이 아닌가? 갑자기 코끝이 찡해지며 눈물이 핑 돌았지만 수영은 용케도 울지 않았다. 그 모습이 안타까웠지만 아무것도 해 줄 수 없었던 명진은 주먹을 꽉 움켜쥐었다.

"그런데 명진이 오빠. 천재 디자이너 김유지와 그 자리를 대신하여 메우는 윤주 언니를 보면서 난 많은 걸 느끼게 되었어. 특히 지난번 회의 때 윤주언니가 내가 만든 옷이 촉감도 좋고 디자인도 훌륭하다는 발언을 했을 때 난 다시 한 번 내 꿈에 대해 생각해 봤거든."

윤주가 그렇게 말했듯이 명진도 똑같은 생각이었다. 확실히 수영은 소재를 선택하는 면에서도 그렇고 전보다 놀라운 진보를 보였다. 그런 그녀의 변화를 지켜보는 것도 즐거운 일이어서 그녀의 말을 가만히 경청하고 있던 명진의 얼굴에 빙긋 웃음이 떠올랐다.

"새로운 의욕이 생겼다고 할까? 처음엔 그냥 건이 오빠가 좋아서, 건이 오빠랑 같이 있고 싶어서 의상학과를 다니고, 여기에 입사지원서를 낸 건데 그때부터 다른 욕심이 생기기 시작했어. 나도 무언가를 해 보고 싶다는 그런 욕심이라고 할까? 사람들에게 인정받을 수 있는 그런 디자이너가 되고 싶은 것 있지."

"얼마든지 할 수 있잖아. 나랑 연애한다고 해서 네 꿈이 영향을 받지는 않아."

"오빠는 잘 모르구나. 여자는 결혼하고 애 낳고 하면 자신만의 일을 마음껏 할 수 없어."

그래도 수영의 말이 이해되지 않는다는 듯 명진이 답답해서 소리쳤다.

"당장 결혼하겠다는 말이 아니잖아. 그러니까 나랑 연애부터 하는 거라고."

이번엔 수영이 미칠 듯이 갑갑해져서 언성을 높여 반박했다.

"그러니까 어젯밤 오빠랑 나랑 잤잖아. 그래서……."

잔뜩 풀 죽은 목소리로 수영은 얼굴까지 붉히며 띄엄띄엄 말했다.

"그래서…… 내가 임신을 했을지도 모르는 거잖아."

아! 그제야 그녀의 말을 똑똑히 이해했는지 명진은 아예 입조차 뻥긋하지 못했다. 어젯밤 아무 일 없었는데…… 또 한 번 해명할 기회가 찾아왔지만 명진은 갈등하기 시작했다. 끔찍할 정도로 숨통을 조여 오는 갑갑함에 미칠 것만 같은데 수영의 착잡한 목소리가 이어졌다.

"결혼을 앞둔 윤주 언니랑 건이 오빠 참 행복해 보이더라. 나도 연애하고 결혼하면 두 사람처럼 행복해질 수 있을까? 명진이 오빠."

얼마든지! 솔직히 말해서 최건 그 녀석은 싸가지 없고 건방지고 오만불손하기 짝이 없지만 난 적어도 자상하고 따뜻하잖아. 그리고 절대 널 울리지 않을 거야. 그런데 수영아 나 실은 고백할 것이 있어. 어젯밤 너와 나 정말 아무 일도 없었거든. 머릿속으로는 하고 싶은 말과 해야 할 말들이 끝도 없이 이어지고 있었지만 그는 차마 입이 떨어지지 않았다. 그때 수영이 그를 향해 손을 내밀었다.

"오빠는 착하고 자상하고 따뜻해. 그래서 어젯밤 일을 후회하지 않기로 했어. 그러니 오빠도 죄책감 같은 거 느끼지 않았으면 좋겠어. 오빠가 나 행복할 수 있도록 지켜 줘. 나도 노력해 볼게."

"수영아……."

그녀의 말이 무엇을 의미하는지 명진은 대뜸 알아듣지 못했다. 조금은 놀란 표정으로 자신을 어리둥절하게 쳐다보는 명진에게 수영이 활짝 웃으며 말했다.

"오빠, 나는 지금 오빠한테 고백하고 있는 거야. 내가 행복해질 수 있도록 내 손을 꽉 잡아 달라고."

"하…… 허……."

갑작스러운 고백 앞에서 충격을 받았는지 명진이 어쩔 바를 몰라 하자 수영이 뾰로통한 표정으로 재촉했다.

"정말 내 손 안 잡을 거야?"

진실을 말하기엔 이미 늦어 버렸다. 시야에 들어온 먹잇감을 쉽게 놓치는 사냥꾼은 없는 것처럼 명진 역시나 사내로서 눈앞의 여자는 절대로 그대로 포기할 수는 없는 사람이었기에 마침내 그녀의 손을 잡고야 말았다. 밝고 따뜻한 햇살이 그들을 격려하고 다독이듯 비추고 있었다.

✻

사랑에 빠진 남자치고 요사이 명진은 마음이 썩 즐겁지 못했다. 그것이 만약 수영의 집에서 자신과 수영이 사귀는 걸 반대하는 이유 때문이라면 납득이라도 될 텐데 문제는 그게 아니다.

지금껏 건을 예비 사위로 생각해 왔던 수영의 부모님들은 처음엔 수영을 찾으러 왔다가 우연히 얼굴을 마주친 명진을 보고 조금은 놀라는 눈치였으나 그다지 반대하지는 않았다. 명진의 집안이 비록 재벌가까지는 아니지만 워낙 명진이 외모면 외모, 학벌이면

학벌, 성격이면 성격 뭐 하나 빠지지 않는 남자이기 때문이었다.

그리고 무엇보다 그가 자신들의 딸을 그토록 신경 써 주고 배려하는 그 마음 씀씀이가 기특하고 대견스러워 두 사람만 좋다면 하루라도 빨리 결혼했으면 좋겠다는 그런 의사를 밝혔다. 그런데 마른하늘의 날벼락처럼 전혀 예상치 못한 일이 일어났다. 둘이 사귀게 된 지 100일째가 되던 날 수영이 공부하러 파리로 가겠다는 말을 해 왔기 때문이다.

세상에 영원히 지킬 수 있는 비밀은 없다고 기껏 버텨 봤자 얼마나 더 속일 수 있을까, 하는 생각에 그녀의 부모님을 만난 뒤 마침내 결심을 내린 명진이 그녀에게 진실을 말해 주었을 때도 수영은 크게 화를 내지 않았었다.

'수영아, 미안하다. 너한테 고백할 것이 있어.'

또 뭘까, 하며 궁금해하는 그녀의 눈빛 앞에서 명진은 몹시 괴로워하며 어쩔 줄을 몰라 했다. 그래도 이번에 명진은 피하지 않고서 솔직하게 털어놓았다.

'그날 밤, 우린 아무 일 없었어. 수영아. 미안하다.'

'그게 무슨 말이야? 오빠.'

'네가 취했던 그날 밤…… 우리 아무 일도 없었다고……'

다시 반복하기가 몹시 힘들어 명진의 얼굴에 고통스러운 표정이 스쳐 갔다. 그런 명진을 바라보는 수영의 얼굴에도 여러 가지 표정이 스쳐 갔다. 착잡함, 복잡함, 실망감, 분노…….

'그걸 왜 인제야 말해? 아니 지금 말하는 이유가 뭐야? 오……빠.'

선뜻 대답 못 하고 미안하다고 연방 말하는 명진에게 수영은 씁쓸하게 읊조리듯 중얼거렸다.

'난 오빠는 솔직한 사람이라고 생각해 왔는데. 조금…… 실망이

야, 오빠.'

그 말을 듣고서 명진은 얼마나 가슴이 아팠는지 모른다. 아니, 자신의 비겁함에 얼마나 가슴을 치며 후회하고 자책감을 느꼈는지 모른다.

그런 명진을 바라보는 수영도 씁쓸한 감정을 감출 수가 없었다.

술에 취한 와중에도 용케도 명진을 알아보고 자신을 안아 달라고 먼저 손을 내민 사람은 수영 자신이었다. 그동안 홀로 해 왔던 외사랑에 너무 아파서 잠시나마 명진을 이용했던 것은 아니었을까 하는 생각에 수영도 내내 자책감에 시달려 왔는데 말이다. 그런데 이제 와서 아무 일이 없었다고 진실을 말해 주는 명진이 때문에 수영은 혼란스러운 기분을 감출 수가 없었다.

심란해하는 그녀의 모습을 고스란히 지켜보면서도 명진은 아무 것도 해 줄 수가 없었다. 그저 미안하다는 말밖에는…….

'오빠, 내게 시간을 좀 주었으면 좋겠어. 고민할 시간이 필요해.'

오랫동안 이어진 침묵 끝에 그녀는 그렇게 선언하듯 말하고서 두 번 다시 연락하지 않을 것처럼 냉랭하게 돌아섰다. 하지만 며칠이 지나지 않아 그 당시 명진 오빠의 기분을 이해할 것도 같다면서 다시 그를 용서해 주었던 수영이었다. 그런데 그런 위기를 다 넘긴 지금에 와서 파리로 유학을 가고 싶다는 그녀의 말을 어떻게 이해해야 할지 몰라서 명진은 착잡한 기분을 지울 수가 없었다.

＊

요사이 명진의 얼굴이 급속도로 어두워진 걸 눈치챘는지 윤주가 막 사무실로 들어가려는 명진을 불러 커피숍으로 데려갔다.

"명진아, 혹시 요즘 강수영 씨랑 무슨 일 있었니?"

사내에는 두 사람이 사귀고 곧 결혼소식도 있을 거라는 소문이 자자한데 왠지 두 사람 모두 얼굴이 그리 좋아 보이지 않았다. 게다가 강수영이 파리로 갈 거라는 소식을 막 들은 참이었다. 곧 결혼을 앞둔 예비 신부의 입에서 나온 말치고는 괴이하기 짝이 없었다.

"누난 어때요? 건이랑 신혼은 재미있게 보내고 있어요?"

은근슬쩍 대답을 피하며 명진이 윤주를 보고 물었다. 조금은 쑥스러워하면서도 환하게 웃는 그녀의 얼굴이 아름다웠다. 아, 강수영도 웃을 때 참 예쁜데…….

그녀에게서 연락이 오지 않은 지 벌써 일주일째였다. 휴가를 냈는지 어쨌는지 회사에도 나타나지 않았다. 그녀도 지금 극심한 갈등을 겪고 있다는 걸 모르지 않았지만 수시로 고개를 쳐드는 불안감만은 도저히 떨쳐 낼 수가 없었다.

"누나가 행복해 보여서 보기 좋네요."

그 말에 살짝 얼굴을 붉힌 것도 잠시, 윤주는 갑자기 표정을 심각하게 바꾸며 넌지시 물었다.

"강수영 씨, 곧 파리로 유학 간다는 것 알고 있니?"

"네 얘기 들었어요."

평소의 능청스러우면서도 유쾌한 성격답지 않게 명진이 무기력하게 대답하자 윤주는 후우 하고 한숨을 크게 내쉬었다. 둘 사이에 무슨 일이 일어났음에 틀림없다는 확신이 들었기 때문이다.

"혹시 내가 도와줄 만한 것은 없을까?"

"누나 저 괜찮아요. 수영에게도 꿈이란 게 있을 텐데 괜히 저 때문에 수영이가 그 꿈을 포기하면 안 되잖아요. 하하……."

마치 아무 일도 없는 것처럼 명진이 하하 웃자 그 모습이 더 안타까워 윤주는 한숨처럼 말했다.

"나는 늘 너랑 강수영 씨가 참 잘 어울린다고 생각했는데. 무슨 일인지는 모르지만 오해가 생기면 최대한 빨리 푸는 게 좋을 것 같아. 이유야 어찌 됐든 간에 강수영 씨라면 너를 이해해 주지 않을까? 잘해 봐, 명진아."

아무래도 윤주는 두 사람이 크게 싸웠다고 생각하는 모양이다. 그녀가 뭔가 착각한다는 걸 알고 있었지만 명진은 구구절절 설명하지 않았다. 대신 애매모호하게 물었다.

"만약 건이라면 자신이 원하는 것은 절대 놓아주지 않겠죠? 그 녀석은 무례한 독재자니까요."

아마도 그렇겠지? 틀린 말은 아니었기에 윤주는 크게 고개를 끄덕거렸다. 그런 그녀에게 명진은 깍듯하게 인사하고 벌떡 몸을 일으켰다.

"고마워요. 누나."

강수영은 곧 파리로 유학 간다. 어찌하면 좋을까? 그녀를 보지 않고도 나는 정말 아무렇지 않은 것처럼 살아갈 수 있을까? 대답은 '노'였다. 이대로 그녀를 놓칠 수 없다고 온몸이 불안으로 요동치며 심장이 미친 듯이 울려 댔다. 지금 당장 그녀를 만나야겠다는 생각이 머리를 꽉 메우자 명진은 곧바로 행동에 옮겼다.

그리고 며칠 후.

언제나 그래 왔듯이 인천국제공항엔 어딘가로 떠나는 많은 사람들로 붐비고 있었다. 명진이 알아본 바로는 수영이 바로 오늘 파리로 떠난다고 했다. 수영을 찾고자 그 많은 사람들 틈을 헤집고 안으로 들어가며 명진은 샅샅이 뒤져 보기 시작했다. 벌써 떠난 건 아니겠지? 애써 불안감을 억누르며 여기까지 헐레벌떡 뛰어왔던 참이었다.

'강수영, 조금만 기다려. 나 이대로 너를 보낼 수 없어.'

공항 안을 빠짐없이 둘러보는 명진의 얼굴엔 초조한 기색이 가 득 어려 있었다.

그때 수영은 커다란 캐리어를 끌고 출국 수속을 밟기 위해 걸어 가고 있었다. 한편으론 행여나 자신을 찾는 사람은 없나 해서 흘끔 흘끔 뒤를 돌아보면서.

"후우……."

커다란 한숨이 그녀의 입에서 쏟아져 나왔다. 아주 뜬금없게도 대체 파리는 왜 가느냐고 심하게 다그치는 어머니 앞에서 잠시 머 리도 식힐 겸 공부 열심히 해서 훌륭한 디자이너가 될 거라고 둘 러대긴 했지만 마음 한구석엔 여전히 석연치 않은 무언가가 남아 있었다.

내가 아직도 건이 오빠를 못 잊어서 더 힘들게 느껴지는 건 아 닐까? 난 명진 오빠가 곁에 없어도 여전히 아무렇지 않은 듯 편하 게 살아갈 수 있는 걸까? 머릿속을 스치고 지나가는 수많은 생각 들로 인해 수영은 마음이 혼란스러웠다.

"후우……."

또 한 번 크게 한숨을 토해 내며 수영은 다시금 뒤를 돌아보았 다. 혹시나 명진이 보이지 않나 해서 말이다. 오빠, 제발 나타나서 나를 잡아 줘. 그럼 가지 않을게. 아무래도 그를 두고 혼자서 떠나 는 게 마음에 걸렸던 것이다. 이 무슨 모순되는 심리인지 스스로도 알 수 없다는 듯 그녀는 쓰디쓴 웃음을 머금으며 다시금 고개를 돌렸다.

"강수영."

그때였다. 익숙하면서도 조금은 화가 난 듯한 목소리가 그녀의 걸음을 우뚝 멈추게 한 것은.

"강수영, 정말 나를 혼자 두고 이렇게 가 버릴 거야?"

수영이 천천히 고개를 돌렸다. 그동안 마음고생이 많았는지 얼굴은 몹시 초췌해 보였고 각진 턱에는 수염이 거뭇거뭇했다. 그런 그의 모습이 안쓰러워 수영이 더듬더듬 말했다.

"오빠, 그동안 많이 야위었네. 밥 안 먹고 지냈어?"

"응."

부인하지 않았다. 그녀를 그대로 영영 잃어버리는 것은 아닐까, 하는 불안감에 밥은 둘째 치고 폐인처럼 지냈으니까.

"그래도 밥은 먹고 살아야지, 오빠."

"응. 그렇게."

기운 없는 목소리로 대답하며 명진이 그녀에게 한 발 다가섰다.

"근데 혼자서 먹는 밥은 맛이 없더라. 그래서 너와 함께 먹었으면 좋겠다. 수영아."

"오……빠."

언젠가 그가 했던 말이 귓가를 스치고 지나가자 수영은 심장이 욱신거렸다. 벌써부터 눈물이 핑 돌았지만 울지 않으려 애쓰며 그녀는 또박또박 자신의 뜻을 밝혔다.

"오빠, 나한테 시간 좀 줄 수 있겠어? 파리에 갔다가 아니다 싶으면 다시 돌아올 거야. 공부도 좀 하고 싶고 그래서."

한 달이 될지 일 년이 될지 아니면 십 년이 될지 영원히 알 수 없는 기다림을 계속할 자신이 없었기에 명진은 얼마나? 하고 되묻지 못했다. 적당한 말을 고르려는 듯 잠시 뜸을 들이던 그가 천천히 입을 열었다.

"만약 내가 아닌 최건 그 녀석이라면 죽어도 안 된다고 말하겠지? 그 녀석은 싸가지 없고 건방지고 제멋대로인 독재적 성향이 있으니까."

명진의 말이 틀리지 않다고 수영은 작게 고개를 끄덕였다. 건이 오빠라면 그러고도 남을 위인이지. 그런데 이 남자는 대체 무슨 말을 하고 싶은 걸까? 그에게서 눈을 떼지 못하고 있는 수영의 귓가에 명진의 목소리가 다시 울려 퍼졌다.

"근데 난 최건이 아닌 태명진인데 어떡해? 내가 좋아하고 내가 사랑하는 여자가 파리에 공부하러 가고 싶다는데 반대할 수가 없네. 난 착한 태명진이잖아. 그렇지?"

아니, 이럴 땐 오빠, 착하지 않아도 돼. 지금 당장 단 한 번만이라도 수영아, 가지 마. 그렇게 말해 주면 좋겠어. 진하게 소용돌이치는 슬픔과 차마 내뱉을 수 없는 말을 되삼키며 수영은 애써 미소를 지어 보였다. 실은 울음에 가까운 슬픈 표정이었지만.

"내가 언젠가 말했지? 난 네가 하는 일을 반대하지 않을 거라고. 네가 하는 선택과 너의 의견을 존중하고 따라 줄 거라고."

그 말은, 오빠랑 헤어지자고 말해도 상관없다는 말이야? 어? 명진 오빠. 아, 이건 대체 무슨 모순이란 말인가? 큰맘 먹고 떠나려고 할 땐 언제고 자신을 놓아주겠다는 명진의 말에 이리도 실망하고 낙담하다니? 그런 자신이 실망스러워 수영은 자조적인 미소를 씁쓸하게 지었다. 그러나 이대로 끝나기엔 아쉬웠던 모양인지 수영은 그의 마음을 확인받기 위해 더듬더듬 물었다.

"정말 나를 안 잡을 거야? 오빠…… 진짜 이대로 보내 줄 거냐고?"

"아니!"

"으응?"

강한 부정이 담긴 그 말을 어떻게 이해해야 할지 몰라 어리둥절해하는데 명진이 슬며시 미소를 지으며 그녀에게 바싹 다가왔다. 그리고서 주섬주섬 주머니에서 무언가를 꺼내더니 그녀의 눈앞에 대고 흔들어 보였다.

"강수영, 너 잊었구나. 나 건이 그 녀석이랑 죽마고우였잖아. 다른 건 몰라도 우리가 하나만은 신통하게 닮았거든. 자기 건 절대 안 놓치는 것."

아직도 이해하지 못한 표정을 짓는 그녀의 어깨를 살며시 감싸 안으며 명진이 말을 이었다.

"강수영은 내 거잖아. 내가 어떻게 쉽게 너를 보내 줄 수 있겠니? 제주도도 아닌 파리에 간다는데."

생각만 해도 끔찍하다는 듯 명진은 진저리를 치며 그녀의 손을 다정하게 잡았다.

"그래서 같이 가려고. 네가 학업을 무사히 마칠 때까지 난 너와 함께 있을 거야. 요즘은 여자 혼자 살기엔 힘한 세상이잖아."

전혀 뜻밖인 말에 수영은 기분이 둥실둥실 날아갈 것 같았지만 그렇다고 대뜸 좋아라 할 수도 없어서 뻘쭘하게 서 있었다. 그런 그녀에게 명진이 장난기 어린 목소리로 고백하듯 말했다.

"그렇게 해 주시겠습니까? 나의 여왕님!"

"흐으……."

마침내 참지 못한 그녀의 입에서 흐느낌이 새어 나왔다. 정말 얄미워 죽겠다는 듯 그녀는 자신의 작은 주먹으로 그의 가슴을 마구 때리기 시작했다.

"미안하다, 그리고 고마워, 강수영."

그때 그들과 저만치 떨어진 곳에서 두 사람의 모습을 빠짐없이 지켜보던 두 남녀가 있었다.

"아, 다행이다. 난 두 사람 이대로 헤어질까 봐 얼마나 걱정했는데."

여자가 안도의 한숨을 내쉬며 그렇게 말하자 남자는 그게 뭐 대수냐는 듯 시큰둥하게 반응했다.

"흥! 명진이 녀석 저대로 수영이 보내 버리면 한 대 시원하게 패 주려고 했더니만……."

아니, 사람이 무슨 깡패도 아니고 툭하면 누굴 패겠다고 윽박지르는 거야. 못 말린다는 듯 쳐다보던 윤주가 고개를 절레절레 저으며 몸을 돌렸다. 그런 그녀의 등 뒤로 건의 짓궂은 목소리가 따라붙었다.

"어이, 예쁜 마누라, 같이 가!"

너무도 제 손에 오래 머물렀다 떠나가는 아이들인 것 같습니다.

첫사랑, 첫이별, 첫경험……

'처음'이란 단어는 참으로 사람의 기분을 묘하게 만들기도 합니다.

저한테 '불타는 열망'이 그런 느낌으로 다가온 아이입니다. 처음 연재를 완결시킨 시간은 짧았으니 그 후가 무척 길었습니다. 이글을 다시 책으로 낼 때까지 계절이 네 번이나 바뀌었습니다. 그래서 연재 때와는 달리 '불타는 열망' 아이들에게도, 그리고 저한테도 수많은 변화가 일어났습니다.

'불타는 열망' 언제나 한결같은 윤주의 해바라기인 최건과 당돌한 여자 주윤주의 이야기를 쓸 때는 즐거웠지만 남매 아닌 남매로 살아야 하는 한태준이라는 남자를 쓸 때에는 가슴이 아팠습니다.

3살에 천애고아가 되어 버린 한태준과 그를 가슴으로 낳아 주신 어머니 박미순 여사는 어느 정도 현실에서 가져온 캐릭터라서 더더욱 가슴이 아팠던 것 같습니다. 비록 현실 속의 '한태준'은 일찍 생을 마치는 바람에 그리 행복하지 못했지만 소설에서나마 불가능했던 것을 가능하게 해 주고 싶었습니다.

태준이나 은민정이나 비록 부모 없이 외롭게 커 온 영혼들이지만 그들 역시 축복을 받기 위해 이 세상에 왔으니까요. 그런 두 사람에 대해 더 많은 이야기를 그려 내지 못해서 조금은 안타깝지만, 그래도 그들은 행복하다고, 앞으로도 쭉 행복할 것이라고 생각합니다. 아니 그 두 사람뿐만 아니라 '불타는 열망'의 모든 커플들을 비롯한 우리 모두가 축복을 받기 위해 이 세상에 온 사람들이기 때문에 행복해야 한다고 생각합니다. 더불어 이 글을 읽으신 모든 독자님들께 행복하세요, 하고 이 말씀을 전합니다.

마지막으로 언제나 힘이 되어 주신 나의 사랑하는 가족들과 저에게 많은 도움을 주신 출판사 관계자님께 감사의 말씀 전합니다.

오늘보다는 더 나은 글을 쓰기 위해, 언제나 초심을 잃지 않는, '로맨스 작가'라는 그 호칭이 부끄럽지 않은 그런 작가가 되기 위해 최선을 다하겠습니다.

모두모두 행복하세요.

─향기로운 선물(은혜) 올림

불타는
열망

1판 1쇄 찍음 2014년 4월 11일
1판 1쇄 펴냄 2014년 4월 17일

지은이 | 향기로운선물(윤혜)
펴낸이 | 정　필
펴낸곳 | 도서출판 **뿔미디어**

편집장 | 이재권
기획 · 편집 | 주종숙, 이은정

출판등록 | 2002년 9월 11일 (제1081-1-132호)
주소 | 경기도 부천시 원미구 상동로 117번길 49(상동) 503호
전화 | 032)651-6513 / 팩스 032)651-6094
E-mail | scarlets2012@hanmail.net
블로그 | http://blog.naver.com/dahyangs
홈페이지 | http://bbulmedia.com

값 9,000원

ISBN 979-11-315-0003-3 03810

※파본은 구입하신 서점에서 교환하여 드립니다.

※이 책은 (도)뿔미디어를 통해 독점 계약되었습니다.
저작권법에 의해 보호를 받는 저작물이므로 무단 전재와 무단 복제를 엄금합니다.

Scarlet

스칼렛

www.bbulmedia.com

Scarlet
스칼렛

www.bbulmedia.com